DRESDNER KRIMINAL

Thea Lehmann

TATORT KUHSTALL

Die Autorin

Thea Lehmann ist geboren und aufgewachsen am Ammersee in Oberbayern. Das Schreiben hat sie schon früh fasziniert, deshalb wurde sie nach dem Germanistikstudium Journalistin.
1998 verliebte sie sich in einen Sachsen und tauchte damit in eine völlig neue Welt ein: die sächsische Seele, die besondere Landschaft, die liebenswerte Sprache und eine Familiengeschichte, die eng mit dem Kirnitzschtal verbunden ist.
Heute lebt sie mit Mann und Kind in der Nähe von München, verbringt aber so viel Zeit wie möglich in der Sächsischen Schweiz.

Impressum

© SAXO'Phon GmbH
Ostra-Allee 20, 01067 Dresden
www.saxophon-verlag.de
© Reihengestaltung und Umschlagillustration
www.oe-grafik.de

FSC
www.fsc.org
MIX
Papier aus verantwortungsvollen Quellen
FSC® C083411

Autorin: Thea Lehmann
Grafische Gestaltung: Thomas Walther, BBK
Satz: Ö GRAFIK agentur für marketing und design
Druck: CPI books GmbH, Leck

ISBN 978-3-943444-76-6

Thea Lehmann

TATORT KUHSTALL

saxophon

Prolog

»Aber ich habe dich doch ...!« Den Rest des Satzes konnte er nicht mehr artikulieren. Stattdessen fuhr ein Schrei aus seiner Kehle, als ihm klar wurde, dass er keinen Boden mehr unter den Füßen hatte. Er hatte noch so viel zu erklären, so vieles vor, nachdem er endlich den roten Faden seines Daseins wiedergefunden hatte. Mit rudernden Armbewegungen fiel er ins Nichts, vor seinem geistigen Auge spulten sich die Bilder seines ganzen Lebens ab. Die Waldspaziergänge mit dem Vater, seine Mutter abends an seinem Bett, die Schule, seine Freunde, die Uni, der Mondscheinengel, das Unglück, die Schmerzen – und die Todesangst. Nach zwei Sekunden prallte er mit einem dumpfen Schlag auf den Waldboden. Ein faustgroßer Stein bohrte sich bis zum Stammhirn durch seinen Hinterkopf. Er war sofort tot.

Sanft wiegten sich die Zweige, die er gestreift hatte, dann war es wieder still und friedlich. Die Vögel, die kurz verstummt waren, zwitscherten wieder ihr Morgenlied und die Insekten summten durchs Unterholz. Im Gesicht des Mannes war keine einzige der heftigen Emotionen mehr zu lesen, die ihn zuvor überwältigt hatten: Liebe, Glück, Panik und schließlich die Gewissheit seines sicheren Todes.

Sonntag

»Ahhh, eine Calliphora!« Liebevoll betrachtete Rigobert Bausewein die blau schillernde Schmeißfliege, die sich vor ihm auf dem voll erblühten, giftigen Fingerhut am Nektar labte. Zwischendurch putzte sie sich emsig, dann wandte sie sich wieder den Staubgefäßen zu. Bei jeder Bewegung schimmerte ihr Panzer im Sonnenlicht. Vier Stunden lang hatte Bausewein das warme Juniwetter abseits der Pfade im Wildensteingebiet im Nationalpark Sächsische Schweiz für eine ausgiebige Erkundungstour nach seltenen Insekten genutzt. Nun war er auf dem Weg zurück zur Haltestelle der Kirnitzschtalbahn am Gasthaus Lichtenhainer Wasserfall. Bisher hatte er wenig Interessantes entdeckt. Wie es schien, winkte ihm nun aber doch noch das Glück. Die Calliphora war zwar nicht gerade rar, aber doch mit Abstand seine Lieblingsfliege. Sie saß immer noch auf dem Fingerhut und putzte sich die Vorderbeine. Dann kam noch eine Fliege und dann noch eine.

Bausewein träumte davon, eine bisher unbekannte Art der Schmeißfliege zu entdecken. Eine Calliphora Bauseweina wäre die Krönung seines Fliegenforscher-Lebens. Leider war es unmöglich, die einzelnen Arten mit bloßem Auge zu unterscheiden. Der einzige Weg zum Ruhm war, jedes einzelne Exemplar unter dem Mikroskop zu bestimmen.

»Wunderbar!«, murmelte der pensionierte Finanzbeamte angesichts des Andrangs auf der Pflanze und legte langsam und vorsichtig seinen Rucksack ab, um die Insekten nicht zu verscheuchen. Ohne die Augen von den Fliegen zu wenden, kramte er mit routinierten Handgriffen eine Plastikdose heraus. Um diese Wunderwerke der Natur einzufangen, gab es verschiedene Methoden. Rigobert Bausewein hatte die Erfahrung gemacht, dass man sie am besten mit dem lockte, was die Schmeißfliegen zur Eiablage suchen: Aas.

In der Plastikdose hatte er die Innereien vom Freitags-Brathuhn dabei. Heute, zwei Tage später, waren die in einem Stadium der Verwesung, das jede Aas liebende Fliege erfreuen würde. Bausewein holte tief Luft und öffnete beherzt den Behälter. Er versuchte, so lange nicht einzuatmen, bis der widerliche Geruch etwas verflogen war. Als er die Dose mit dem Köder in Richtung der rosa und weißen Fingerhüte hielt, erlebte er eine Überraschung. Ein ganzer Schwarm von Schmeißfliegen stürzte sich augenblicklich auf das Aas und in der Dose wimmelte es plötzlich von dreißig oder mehr Insekten!

Bausewein wusste, was das bedeutete: Irgendwo in der Nähe lag ein totes Tier. Er schloss den Deckel seiner Köderdose und packte sie in den Rucksack. Dann machte er sich auf die Suche. Über seine Liebe zu den Zweiflüglern, insbesondere zu den Fliegen, und seine Begeisterung für Kriminalromane hatte er ein zusätzliches Hobby gefunden: Er übte sich darin, anhand der auf ihrem Aas auftretenden Larven den Todeszeitpunkt verendeter Tiere zu bestimmen.

Die Schmeißfliegen zeigten ihm die Richtung. Er entfernte sich vom Wanderweg unterhalb des Kuhstalls, hin zum hoch vor ihm aufragenden Felsmassiv der Zyklopenmauer. Bald stieg ihm ein unguter, faulig-süßlicher Geruch in die Nase. Als er sich umsah, entdeckte er jedoch nur ein paar überreife Stinkmorcheln. Erst, als er fast unmittelbar vor der Felswand stand, begriff er, was die Schmeißfliegen so zahlreich angelockt hatte. Allerdings war es nicht das, was Rigobert Bausewein erwartet hatte. Erschrocken prallte er zurück, um gleich darauf voller Panik zurück zum Wanderweg zu hasten. Dort legte er die Hände auf die Oberschenkel und atmete mehrfach tief ein und aus, um sich zu beruhigen. Mit seinen achtundsechzig Jahren hatte er ja schon einiges erlebt. Jetzt aber war er ernsthaft erschüttert.

Doch offenbar war er heute noch nicht genug strapaziert worden. Die nächste böse Überraschung kam ihm auf dem Wanderweg vom Großen Winterberg entgegen: eine Gruppe von Wanderern, denen es an allem fehlte. Normalerweise hätte er sich sofort ins Unterholz verdrückt. Angesichts seines Fundes durfte er allerdings nicht übertrieben zimperlich sein. Er überwand sich und sprach die Leute an.

Hatte er das wirklich gewollt? Während sich Leo Reisinger zum Schausonntag durch die Wohnwelten eines Dresdner Möbelhauses schlängelte, suchte er hinter Schranktüren und Kommodenschubladen vergeblich einen Ausweg. Was er im April so leichtherzig angeregt hatte, war Wirklichkeit geworden: Veronika lebte seit drei Wochen bei ihm in Dresden. Sie hatte für ein Vierteljahr um Versetzung vom bayerischen Fürstenfeldbruck gebeten und war in einer Filiale ihrer Bank im Stadtteil Tolkewitz untergekommen. Veronika hatte diesen vorübergehenden Umzug zu ihrem Projekt gemacht und jede Menge Optimierungspotenzial erkannt. Leos Welt war seither aus dem Gleichgewicht geraten. So wunderbar es war, diese Frau so nah bei sich zu haben, so irritierend war es gleichzeitig. Er fand seine Sachen nicht mehr – Veronika nannte das »die Wohnung ein wenig organisieren«. Er bekam abends Dinge wie Kürbisnocken zu essen – Veronika hatte festgestellt, dass er viel zu viel Fleisch aß. Er begrüßte den neuen Tag nun mit dem »Einbeinigen Kranich« – Veronika war sich sicher, dass Yoga sein ständiges Getriebensein bremsen würde.

»Wir brauchen noch Möbel«, hatte sie gestern gesagt.

»Unsinn, ich bin doch nur noch bis Ende des Jahres hier in Dresden, wozu soll ich da Möbel einkaufen?«, hatte er geantwortet. Sie aber hatte seinen Protest nicht akzeptiert: »Wenn ich hier wohne, will ich mich auch wohlfühlen!«

Also hatte er sich gefügt. Leo hatte sich vor über einem Jahr für einen zweijährigen Aufenthalt bei der Kripo

Dresden gemeldet. Dass seine Wohnung hier eher wie eine Studentenbude aussah, hatte ihn nie gestört. Doch nun war er in seinem eigenen Reich plötzlich nicht mehr der Herr, Veronika hatte das Zepter übernommen. Es wäre besser gewesen, wenn sie sich gemeinsam eine neue Wohnung gesucht hätten. Aber für ein halbes Jahr lohnte das nun wirklich nicht. Leo war unzufrieden. Scheinbar interessiert beugte er sich tief über eine Kommode und studierte das Preisschild, als er unsanft von hinten angerempelt wurde.

»He, Alter, musste da rumstehen? Mach mal Platz!«

Ein stämmiger junger Mann mit Jogginghose und Baseball-Cap hatte ihn beim Vorbeigehen angerempelt und war offenbar auf Ärger aus.

Leo richtete sich betont langsam zur vollen Größe auf, drehte sich um und setzte seinen Kriminalkommissar-Blick auf.

»Wie bitte?«

Der Typ sah ihn an, zog den Kopf ein und verschwand murmelnd hinter den Wohnzimmerschränken.

»Tschuldigung.«

Mit solchen Typen wusste er umzugehen. Sie konnten riechen, dass er Polizist war und sich von Blendern nicht einschüchtern ließ.

Bei Veronika allerdings war er machtlos. Sie konnte seine Bedenken kurzerhand wegwischen und ihn gegen seinen Willen ins Möbelhaus schleppen.

Obwohl sie schon jahrelang ein Paar waren, hatten sie noch nie zusammengewohnt. Und diese drei Monate jetzt, die waren nur der Vorgeschmack auf die Zukunft: Heiraten, Kinder, ein Leben mit Veronikas Großfamilie im heimatlichen Hinterland bei Fürstenfeldbruck. Aber Leo durfte nicht jammern. Er hatte sich das alles selbst eingebrockt, als er sie aufgefordert hatte, ein Leben außerhalb des Dunstkreises ihrer Familie auszuprobieren und zu ihm zu kommen. Und es gefiel ihm ja auch.

Doch heute, an einem herrlichen Juni-Sonntag, durch dieses Möbelhaus zu laufen, fand er einfach nur dumm. Sie hätten so wunderbar eine Tour mit dem Rad entlang der Elbe unternehmen können, hinüber nach Radebeul oder auch in die andere Richtung, nach Pirna. Stattdessen stand er hier im künstlichen Licht, hatte die chemischen Gerüche nagelneuer Möbel in der Nase und war kurz davor, ärgerlich zu werden.

Er sah sich um. Wohin war Veronikas kurzer Haarschopf nun wieder verschwunden? Zielstrebig strich sie seit über einer Stunde zwischen den Möbeln herum und rief ihn mal von dieser, dann von einer anderen Ecke. Ihr bayerischer Zungenschlag ließ die übrigen Kunden immer wieder aufhorchen. Leo drehte sich langsam um die eigene Achse, um zwischen Sofas, Betten, Schaukelstühlen und Nippes seine Freundin zu entdecken.

Sie winkte ihm fröhlich aus der Schlafzimmerabteilung zu. Auf dem Weg zu ihr versuchte er, sich ein Lächeln ins Gesicht zu zwingen.

»Da, die da, die ist doch schön, oder? Was sagst du zu der?« Veronika begutachtete fachmännisch eine auf Hochglanz polierte Kommode.

"Nein, keine weißen Möbel! Dann sieht meine Wohnung ja aus wie ein Mädchenzimmer!"

»Quatsch. Das ist hochmodern und sorgt für eine klare Atmosphäre!«

Leo schüttelte den Kopf. »Nein, bitte nicht!« Er deutete auf ein anderes Modell: »Was ist mit der?« Veronika umrundete die schlichte, aus gewachstem Fichtenholz zusammengefügte Kommode abschätzig.

»Das ist voll Achtzigerjahre, so was fand meine Mutter schick, als sie so alt war wie ich jetzt!«

Leo seufzte. Immerhin hatte er an diesem Wochenende Bereitschaft und so die Chance, dass noch etwas passierte.

Veronika war weitergeschlendert und prüfte die Schubladen an einem Modell, bei dem jede eine andere Farbe hatte. Schon beim Anschauen wurde Leo Reisinger nervös. Doch bevor er einen freundlich formulierten Einwand loswerden konnte, vibrierte sein Smartphone. War das die Rettung? Er holte es aus der Tasche.

»Kriminalkommissar Reisinger, was gibt's?«

Sascha Pröve setzte mechanisch einen Schritt vor den anderen, während er mit einer Mischung aus Unglauben und Staunen in den Anblick des runden Hinterns der Wanderin vor ihm versunken war. Diese niedlichen Grübchen, was für Aussichten! Dagegen konnte das Panorama mit Neuem Wildenstein und Winterbergspitze nicht mithalten. Er war mit einer Gruppe von neun Leuten im Nationalpark Sächsische Schweiz unterwegs, ein Wandergebiet, das gleich vor den Toren Dresdens lag und das er bestens kannte.

Sein kleiner Rucksack scheuerte ein wenig am Rücken, aber die Temperaturen im Juni waren angenehm und er hatte hoffentlich genügend Mückenschutzmittel und Sonnencreme aufgetragen, um kein Risiko einzugehen. Es war bereits Nachmittag, die Sonne fiel schräg durch die Bäume und streichelte mit wundersamen, flirrenden Lichtfingern das Moos am Waldboden. Wie gut, dass er sich aufgerafft hatte, sich dieser Wandergruppe anzuschließen! Sascha fühlte sich ungewohnt frei und angeregt, müde vom Wandern und trotzdem zufrieden.

Er wurde aus seinen Betrachtungen gerissen, als sich ein aufgeregter älterer Herr seiner Wandergruppe in den Weg stellte.

»Hat jemand von Ihnen ein Handy? Wir müssen die Polizei anrufen. Da vorne liegt ein toter Mann am Fuß der Felswand unterhalb vom Kuhstall!«

Erschrocken blieb die Wandergruppe stehen. Alle kramten in ihren Rucksäcken, doch niemand hatte Netz. Sascha überlegte, ob er sich als Kriminalpolizist zu erkennen geben sollte. Wenn er es tat, bedeutete das, dass die Wanderung und sein freier Sonntag beendet waren. Andererseits konnte er damit bei der wohlproportionierten Melanie, die die meiste Zeit vor ihm gelaufen war, sicherlich Eindruck schinden. Er zögerte nicht lange.

»Ich arbeite als Kriminalkommissar bei der Kripo Dresden«, gab er sich zu erkennen. Ein Raunen ging durch die Gruppe.

»Wartet bitte einen Moment. Ich sehe mir das an.«

Sascha ließ sich von dem alten Herrn die Fundstelle zeigen, warf von Weitem einen Blick auf den Leichnam und eilte sofort zurück:

»Zwei Leute gehen bitte hoch zum Kuhstall, da gibt es vielleicht Handy-Empfang oder ihr nutzt den Festnetzanschluss des Gasthauses. Ruft die Kripo in Dresden an und sagt denen, dass wir hier einen Toten haben und dass ich vor Ort bin. Die sollen ein paar Beamte und die Spurensicherung schicken. Ich gebe euch die Nummer.«

Klaus, der Organisator der Wandergruppe, und Sandro machten sich auf den Weg. Sandro drehte sich noch mal um: »Wie heißt du, wegen des Telefonats?«

»Pröve. Kriminalkommissar Sascha Pröve. Die von der Bereitschaft kennen mich.«

»Und wir? Was machen wir?« Die dunkelblonde Frau, die das fragte, war diejenige, der Sascha so fasziniert hinterhergelaufen war. Ihr bewundernder Blick eben war ihm nicht entgangen. Sascha sah seine Chance, Eindruck zu machen, endgültig gekommen. Dafür, dass er sich als Neuer der Gruppe angeschlossen hatte, boten sich jetzt viele Möglichkeiten. Er räusperte sich.

»Also, Zivilisten haben an einem Fundort eigentlich nichts zu suchen. Ihr könnt weitergehen oder hier warten, bis Sandro und Klaus zurück sind. Nachdem es aber mindestens eine Stunde dauern wird, bis die Kollegen aus Dresden kommen, könnte ich hier schon ein wenig Hilfe brauchen.«

Er sah Melanie an.

»Zum Beispiel wäre es toll, wenn jemand Fotos machen könnte und wenn einer von euch Papier und Stift hätte, um die Personalien des freundlichen Herren hier aufzunehmen. Ich habe nichts zum Schreiben dabei.« Er deutete auf den Wanderer, der die Leiche gefunden hatte. »Aber nur, wer sich das zutraut.«

Natürlich war ihm klar, dass es Unsinn war, die Laien hier einzuspannen. Wahrscheinlich würde er sich von seinem Chef Richter und auch von Manni Tannhauser, dem Leiter der Spurensicherung, sogar einen Rüffel einhandeln. Anderseits machte es ihm außerordentlich großen Spaß, hier das Kommando zu übernehmen.

Die Gruppe fügte sich sofort.

Melanie holte eine kleine Kamera hervor. »Ich mache die Fotos und habe auch etwas zum Schreiben«, verkündete sie. Sascha nickte. Es war ihm sehr recht, dass nicht mit dem Handy fotografiert wurde und die Fotos womöglich eine Stunde später schon im Internet kursierten.

»Ich komme auch mit!«

Der junge Mann mit Dreadlocks in den Haaren, er hieß Jan, machte einen abenteuerlustigen Eindruck. Er ließ sich von Melanie einen Kugelschreiber und ein kleines Notizbuch geben. Die Ehepaare Lenke und Käserer entschieden sich zu warten, ebenso Sandros Frau Monika und das zehnte Mitglied der Gruppe, ein schweigsamer Mann mit langen, grauen Haaren und Bart.

Sollte er sich jetzt anziehen oder nicht? Sascha entschied, dass er im Dienst doch lieber Hemd und Hose tragen sollte, und holte seine Sachen aus dem Rucksack. Melanie und Jan taten es ihm gleich.

Zu dritt machten sie sich mit dem aufgeregten Finder nochmals auf den Weg. Dieser hatte sich, nachdem sie angezogen waren, sichtlich erleichtert als Rigobert Bausewein vorgestellt. Sascha ließ ihn wieder vorangehen. Hinter ihm kam Melanie und machte bereits ein Foto nach dem anderen.

»Nichts wegwerfen, nichts aufheben, in einer Reihe gehen!«, kommandierte Sascha.

Nach wenigen Minuten blieb Bausewein stehen. Sascha hob die Hand, um die anderen zum Warten zu bewegen, und ging allein die noch ausstehenden Meter zu dem leblosen Körper.

Der Mann lag auf dem Rücken, die Beine zur Felswand, die Arme weit ausgebreitet. Seine Augen waren offen, aber voller Fliegen. Er trug eine sandfarbene Stoffhose, ein Hemd mit dezentem, grün-beigem Karomuster und darüber eine helle Wanderjacke. Sein Kopf war offensichtlich auf einen Stein aufgeschlagen, das Erdreich darunter war dunkel getränkt von Blut. Der Körper lag friedlich da, fast, als hätte sich der Mann so hingelegt. Sascha ließ seinen Blick schweifen: Es lagen keine Gegenstände herum, kein Rucksack, keine Kleidungsstücke, nichts, was zum Toten gehören könnte.

»Ich schätze den Mann auf etwa fünfundfünfzig Jahre«, sagte er in wichtigem Ton und erntete ein zustimmendes Nicken seiner drei Begleiter. Das Haar des Toten war grau und schütter, sein Körper lang und schmal. Sein Gesicht wirkte irgendwie schief.

»Länger als zwei Tage«, so schätzte Sascha, »liegt er noch nicht hier.«

Er schaute nach oben, dahin, wo auch der Blick des Toten ruhte. Genau über ihnen ragte die Zyklopenwand gegen den Himmel. Sascha drehte sich um und verkündete: »Ich vermute, er ist gestern oder vorgestern von oben abgestürzt und war sofort tot.«

»Oh Gott, der arme Mann!« Melanie hatte sich die Hand vor den Mund geschlagen. Jan sah sehr käsig aus.

»Ein Bergsteiger ist er allerdings nicht, eher ein Wanderer. Merkwürdig, dass niemand den Unfall mitbekommen hat. Da oben sind doch ständig Leute unterwegs, vor allem am Wochenende.«

Sascha stand, ihre Arme in die Hüften gestemmt, neben dem Toten und betrachtete die Felswand.

»Vielleicht hat er das Gleichgewicht verloren«, sinnierte er. »Das sieht jedenfalls sehr nach einem Unfall aus. Aber man weiß ja nie. Die Spurensicherung und der Pathologe werden klären, wann und wie genau der Mann abgestürzt und zu Tode gekommen ist.«

Rigobert Bausewein, der den Toten gefunden hatte, räusperte sich:

»Wenn Sie wollen, kann ich Ihnen ziemlich genau sagen, seit wann der Mann tot ist. Ich bin Fliegenforscher. Die Schmeißfliegen geben zuverlässige Hinweise, wenn es darum geht, den Todeszeitpunkt festzustellen. Jede Fliegenart hat ihren eigenen Reproduktionsrhythmus, das nutzt die forensische Entomologie auch in der Kriminalistik. Wenn ich mal nachsehen soll, ob es schon Maden gibt und wie groß die sind ...«

Mit einem dumpfen Plumps sackte Jan in sich zusammen. Sascha beobachtete, wie Melanie sich über den Ohnmächtigen beugte und ihm ein paar Klapse auf die Wangen gab, bis er die Augen wieder aufschlug. Sie riet ihm, sitzen zu bleiben und tief aus- und einzuatmen, bis er sich besser fühlte. Dann zückte sie wieder die Kamera und hielt jede Geste von Sascha fest. Der lächelte ihr anerkennend zu und reckte beide Daumen hoch. Tolle Frau, fand er.

Auch über das Angebot des älteren Herren war er hocherfreut.

»Wie schön, einen Spezialisten vor Ort zu haben. Legen Sie los, aber fassen Sie nichts an und verändern Sie nichts an dem Leichnam!« Bausewein trat näher heran und inspizierte den Kopf des Toten.

Dass sich die Fliegen an der Kopfverletzung, an Augen, Nase und Mund tummelten, machte das Bild sehr makaber. Selbst Sascha, der schon einige Leichen gesehen hatte, spürte, dass ihm flau im Magen wurde. Rigobert

Bausewein allerdings konzentrierte sich ausschließlich auf die Fliegen und die Stellen der Eiablage.

»Hier, Calliphora vomitoria, es gibt erst ganz wenige, kleine Maden. Die haben gestern ihre Eier abgelegt. Der Mann kann noch nicht länger als achtundzwanzig bis dreißig Stunden hier liegen, sonst sähe das ganz anders aus. Nach drei Tagen wäre das Gesicht über und über mit Maden ...«

Hinter ihnen erbrach sich Jan auf ein duftiges Moospolster.

Melanie seufzte und sagte: »Ich kümmere mich mal.« Sie zog Jan hoch, legte seinen linken Arm um ihre Schulter und führt ihn zurück zum Wanderweg.

Sascha und Bausewein sahen den beiden nach. Dann richtete sich Bausewein auf und sagte:

»Ich glaube, ich kenne den Mann. Das ist Dr. Stefan Schüppel aus Bad Schandau.«

Als Leo Reisinger mit Manni Tannhauser und zweien seiner Mitarbeiter nach einer guten Stunde im Kirnitzschtal ankam, saß Sascha völlig entspannt neben einer dunkelblonden Frau mittleren Alters am Wegesrand. Die beiden unterhielten sich angeregt.

»Servus, Sascha! Mensch, hierher hätte ich ja nie allein gefunden.« Leo sprang aus dem Wagen, kaum dass er angehalten hatte, und schaute sich um. Sascha stellte ihn als »mein Kollege aus Bayern« vor und begrüßte die Kollegen der Spurensicherung, dann wandte er sich wieder der Frau an seiner Seite zu.

Leo atmete die würzige Waldluft ein und betrachtete interessiert die mächtige Felswand vor ihnen. Einige Polizisten in Uniform liefen durchs Gelände, wohl um die Unfallstelle abzusperren.

Manni Tannhauser, Chef der Spurensicherung, kannte sich wie die meisten Dresdner bestens im Nationalpark aus und war vom Kirnitzschtal aus ohne zu zögern auf für den Verkehr gesperrten Waldstraßen bis zum Fundort hinter dem Neuen Wildenstein gefahren. Zuvor hatte er Leo am Stadtrand von Dresden direkt am Parkplatz des Möbelhauses aufgelesen.

Veronika hatte ein langes Gesicht gezogen. Leo hatte zwar so getan, als ob er nur ungern diesem Anruf aus der Zentrale Folge leiste, doch insgeheim war er so froh gewesen, dort wegzukommen, dass sie es wahrscheinlich gemerkt hatte.

»Unser Dr. Gräber ist in Leipzig, der kommt heute nicht«, erklärte Tannhauser in Saschas Richtung, als er den Koffer mit seinen Utensilien aus dem Wagen hievte. »Wo ist die Leiche? Ich will hier nicht den ganzen Abend verbringen, ich habe heute noch was vor«, grummelte er angesichts der Plauderstimmung am Wegesrand und brachte seine zwei Mitarbeiter auf Trab.

Sascha riss sich los und kam zu seinen Kollegen.

»Da drüben, direkt an der Zyklopenmauer. Ein Wanderer mit Namen Rigobert Bausewein hat ihn gefunden. Alles notiert.« Sascha deutete mit einem Schreibblock nach hinten zur Felswand. Bevor er sich mit den anderen Beamten auf den Weg machte, schaute er der Dame am Wegesrand noch mal kurz und tief in die Augen.

»Bis morgen, Sascha!« Ihre Stimme hatte ein spezielles Timbre, als sie seine Hand losließ.

»Bis morgen, Sascha?«, echote Leo, als er hinter seinem Kollegen zwischen Bäumen hindurch in Richtung Felswand marschierte.

»Die ist echt toll, oder?«, kam zur Antwort. Leo lächelte. Er hatte angenommen, Sascha sei unsterblich in ihre gemeinsame Kollegin Sandra Kruse verliebt. Aber nachdem die ihm unmissverständlich klargemacht hatte, dass das nichts werden würde mit ihm und ihr, war er offenbar erfolgreich dabei, sich zu trösten.

»Ich war, ehrlich gesagt, ganz froh, dass ich den Anruf bekommen hab. Sonst hätte ich noch zwei Stunden durch

Möbelhäuser laufen müssen.« Leo atmete hörbar durch. »Hier ist es doch viel schöner.«

»Jetzt werdet endlich sachlich!«, polterte Manni Tannhauser. Er verströmte wie immer einen Geruch nach verschwitzten Polyesterhemden und war nicht zu privaten Gesprächen aufgelegt. Hinter ihm liefen seine zwei Kollegen von der Spurensicherung und vier Polizisten.

Nach einem kurzen Fußmarsch hielt Sascha die Gruppe an und deutet nach vorn zur Felswand: »Da ist es. Es sieht aus, als wäre er einfach runtergefallen. Der Zeuge Bausewein ist Insektenspezialist und hat den Todeszeitpunkt auf Samstag zwischen neun und zwölf Uhr bestimmt. Mal sehen, ob Gräber derselben Meinung ist. Der Zeuge hat mir außerdem gesagt, dass er den Toten kennt. Es handle sich um einen Dr. Stefan Schüppel aus Bad Schandau. Angefasst habe ich nichts, nur aufgepasst, dass keiner die Leiche berührt, und mich mit dem Herrn Bausewein unterhalten, bis der darum bat, heim zum Sonntagabendkrimi zu dürfen. Ich werde aber morgen noch mal mit ihm telefonieren. Er ist Pensionär, wohnt in Königstein und steht uns jederzeit zur Verfügung.«

Während die Spurensicherer begannen, das Gelände um die Leiche herum abzusuchen, schoss Tannhauser Fotos vom Fundort. Leo Reisinger ließ das Bild auf sich wirken. Der Tod als Anlass einer Ermittlung war nie schön, aber hier herrschte immerhin eine friedliche Ruhe. Der Gesichtsausdruck des Toten, die Art, wie er lag – all das sah eher nach einem überraschenden Ende aus, nicht nach Gewalt, Qual und Todesangst wie in anderen Fällen, die sie in seiner Abteilung bearbeiteten. Leo schaute nach oben. Eine mächtige Sandsteinwand, mindestens fünfzig Meter hoch, ragte senkrecht in den Himmel. Wo sie endete, konnte er weder auf der linken noch auf der rechten Seite erahnen. Dieses Sandsteingebirge war schon eine interessante Gegend, stellte er fest.

»Was ist da oben?«, fragte er Sascha und erntete von allen Anwesenden irritierte Blicke.

»Na, der Kuhstall!«

Das hatte er schon mal gehört. Aber er hatte keine Ahnung, womit er es zu tun hatte.

»Und wie ist der Mann da hochgekommen?«

Die nackte Felswand flößte Leo Respekt ein. Bestimmt gab es einen Weg hinauf, den die Sachsen zur Not mit Badeschlappen gingen, das kannte er von der Häntzschelstiege, die ihn der Nationalpark-Ranger im letzten Jahr hochgejagt hatte.

»Sei bloß froh, dass Sandra nicht hier ist«, feixte Sascha. »Die würde dich jetzt wieder zusammenfalten. Der Kuhstall ist eine der großen Attraktionen in der Sächsischen Schweiz, eine riesige Felsenhöhle.«

»Ne, das ist keine Höhle, das ist ein Tor«, korrigierte ihn Tannhauser. Er hob den Kopf des Toten an und gab den Blick frei auf einen blutigen Stein, auf den der Mann mit dem Hinterkopf aufgeschlagen war.

»Wie lange bist du jetzt schon in Dresden?«, fragte der Chef der Spurensicherung.

»Eineinhalb Jahre«, antwortete Leo.

»Und noch nie da oben gewesen? Mannomann, was für ein Banause!« Tannhauser schüttelte den Kopf. Dann ließ er vorsichtig den eingedrückten Schädel sinken und leerte die Taschen des Toten. »Das ist, als ob ich in Garmisch Urlaub machen und nicht auf die Zugspitze fahren würde.« Er holte eine Brieftasche mit dem Ausweis und diversen Karten aus der Brusttasche der Jacke.

»Ich war auch noch nie auf der Zugspitze«, gab Leo zu. Bergwandern war nicht seine Leidenschaft. Lieber joggte er eine Stunde durchs Gelände und setzte sich dann mit einem interessanten Buch aufs Sofa, als den ganzen Tag im Stau Richtung Alpen zu stehen und mit Hunderten im Tross einen Berg hinauf und wieder hinunter zu laufen. Er wusste nicht, ob es ihm unangenehmer sein sollte, dass er den Kuhstall nicht kannte oder dass er noch nicht auf der Zugspitze gewesen war. Verlegen kratze er sich im Nacken. Tannhauser wandte sich wieder dem Opfer zu.

»Der Ausweis lautet auf den Namen Dr. Stefan Schüppel, geboren am 12. September 1965 in Bad Schandau. Er wohnt in Rathmannsdorf, das ist ein Ortsteil von Bad Schandau, in der Hohnsteiner Straße.«

»Genau wie der Herr Bausewein gesagt hat.« Sascha klopfte auf seinen Schreibblock.

Tannhauser klappte die Brieftasche wieder zu und sah Sascha an: »Wie ist es, bist du jetzt im Dienst und fährst mit dem Bayern da hin?« Er deutete auf Leo. »Der hat nämlich kein Auto.«

»Ja, mach ich.« Sascha drückte Tannhauser den Block in die Hand.

»He, das ist nicht deine Schrift«, protestierte der, nachdem er einen Blick darauf geworfen hatte.

»Die Personalien hat Melanie Opitz aufgenommen. Zwei Mitglieder meiner Wandergruppe haben mich begleitet.«

»Laien haben an so einem Fundort nichts zu suchen, das weißt du genau!« Tannhauser steckte den Schreibblock nur unwillig ein.

Leo wunderte sich ebenfalls über Sascha. Aber er nahm es nicht so genau, wenn es um seinen Kollegen ging. Mit Sascha zusammenzuarbeiten war immer angenehm, weil er ein freundlicher, verträglicher Mensch war. Er würde schon seine Gründe gehabt haben und er ahnte auch, welche das waren.

Sascha überhörte Tannhausers Vorwurf geflissentlich. Er nickte Leo zu.

»Los, mein Wagen steht vorn am Beuthenfall.« Er deutete nach links den Wanderweg hinunter.

»Moment, wir sollten erst dort oben nach Zeugen oder Spuren suchen«, sagte Leo und legte den Kopf in den Nacken. An der Felswand war nur der abgerundete Sandstein zu sehen, der gelblich in der inzwischen tiefstehenden Sonne schimmerte. Wie der Mann von dort hatte herunterfallen können, leuchtete ihm nicht ein. Das sah aus wie eine wirklich schwierige Kletterpartie, aber dieser Herr war definitiv nicht geklettert, sondern allenfalls spazieren gegangen.

Außerdem wollte Leo gern da hoch und endlich wissen, was dieser Kuhstall war.

»Das kann doch Manni mit seinen Leuten ...« Sascha war offenbar nicht wild darauf, diese Höhe zu erklimmen.

»Nee, nee, nee, wir haben hier unten genug zu tun.« Tannhauser winkte ab. »Ihr könnt rauskriegen, von wo genau der heruntergefallen oder gesprungen ist. Wenn es Zeugen gibt, ist das ohnehin euer Bier!« Er drückte Leo eine Rolle weiß-rotes Absperrband in die Hand: »Wenn ihr den Platz gefunden habt, sperrt ihn ab, ich schicke dann zwei Leute hoch.«

Leo nickte und winkte Sascha auffordernd zu, mitzukommen.

»Oh nee, jetzt noch die steilen Treppen hoch, wo ich schon den ganzen Tag gewandert bin«, seufzte der. Schließlich wandte er sich ergeben in die entgegengesetzte Richtung und führte Leo auf einen Pfad direkt zum Fels und an eine Treppe am Fuße einer engen Klamm. Gut gelaunt folgte Leo seinem Kollegen und bestaunte die hoch aufragenden Sandsteinmauern, die hier nur eine etwa eineinhalb Meter breite Schneise freiließen. In dieser Schlucht gingen die beiden, mal auf Treppen, mal auf Felsboden, bergan, bis sie nach einer Linkskurve direkt auf eine ausgetretene Steintreppe stießen. Sascha war völlig aus der Puste, als sie oben ankamen. Leo blickte auf ein Hochplateau mit einem Gasthaus und gemütlichen Tischen auf dem Platz davor. Sascha deutete nach rechts:

»Da geht der Fußweg runter ins Kirnitzschtal. Wir sind jetzt auf halber Höhe. Links liegt der Kuhstall.«

Leo staunte. Das Gelände zur rechten Seite hin war flach und bewaldet, während links von ihm die Sandsteinmauer schroff nach oben ragte. Er stand vor einem beeindruckenden Durchbruch in der Felswand. An dessen Ende sah er ein Geländer und Touristen, die von dort den Ausblick über die Sächsische Schweiz genossen.

»So was nennt ihr Sachsen Kuhstall?«, fragte er entgeistert.

Sascha blieb stehen: »Seit wann genau die Höhle so genannt wird, weiß ich nicht, aber es hat was mit Krieg und Plünderei zu tun. Die Bauern der Gegend haben hier ihr Hab und Gut und ihr Vieh in Sicherheit gebracht. Deshalb heißt sie im Volksmund ›Kuhstall‹. Ihr offizieller Name ist ›Wildensteiner Felsenhalle‹, glaube ich.«

Als sie am Geländer angekommen waren, versuchten sie, unten im Wald Tannhauser und sein Team zu entdecken. Aber die waren, wie Leo und Sascha durch Zurufen feststellten, deutlich weiter rechts.

»Hier ist er demnach nicht runtergefallen.« Sascha drehte sich um: »Komm mit!«

Sie wandten sich vom Kuhstall weg links auf den Weg zwischen Felswand und Gasthaus. Nach einem kurzen Fußmarsch erreichten sie eine Lücke zwischen den Felsen. Mit Handläufen gesicherte Wege führten an die Außenseite des Felsenriffs.

»Hier lang!« Sascha ging voran, an die rechte Ecke, wo sich der schmale Bergpfad wie ein dünnes Band am Felsen entlangzog. Der Weg zur Idagrotte fiel Leo wieder ein und er weigerte sich, so nah am Abgrund weiter zu gehen. Während er sich krampfhaft am Geländer festhielt, folgte Sascha dem steinigen Pfad und rief nach unten.

»Manni?«

»Hier!« Die Antwort kam immer noch von rechts.

»Wir müssen noch weiter da rüber«, sagte Sascha, wischte sich über die Stirn und führte Leo auf einem Trampelpfad und an einem riesigen Sandsteinkoloss vorbei zu einer neuen Öffnung in der Felswand.

»Hier kommen eigentlich nur die Bergsteiger her«, sagte Sascha und deutete auf die Rettungsbox des Alpenvereins an der Felswand. Der sandige Boden war nur spärlich mit ein paar mageren Fichten und lichtem Gestrüpp bewachsen. Von hier aus war zu erkennen, dass sie auf einem sich verjüngenden Felsriff standen. Links von ihnen ragte die Felswand gut zwanzig Meter in die Höhe und versperrte die Aussicht, rechts sah Leo über das Kirnitzschtal hinweg auf entfernt liegende Höhenrücken mit einzelnen Häusern.

Er folgte Sascha zu einer neuen Schneise in der Sandsteinwand. Hier lagen mehrere Felsblöcke verteilt umher. Einer, der Leo an eine dicke Butterscheibe erinnerte, lehnte sich mit dem oberen Ende an die linke Felswand und bildete mit ihr ein spitzes, etwa drei Meter hohes Tor. Davor und dahinter lagen weitere mannshohe Brocken, aber es war nicht schwierig, über sie hinweg und zwischen ihnen hindurchzuklettern.

Wieder prallte Leo zurück. Zu seinen Füßen ging es senkrecht nach unten. Während Sascha das schmale Felsenband erkundete, das sich nach rechts zog, blieb er unter der gekippten Felstafel stehen und rief nach unten:

»Manni?«

»Bei der Arbeit!«

Diesmal standen sie direkt über ihm. Sascha nickte Leo zu: »Okay. Dann wissen wir jetzt, von wo er gefallen ist.« »Die Stelle am Wilderer hinter der Erste-Hilfe-Box«, brüllte er nach unten.

»Wir kümmern uns drum«, kam es zurück.

Sascha stieg vorsichtig über die Felsen zurück zu Leo.

»Irgendwas Auffälliges kann ich hier aber nicht entdecken. Du?«

Leo riss sich von der Aussicht auf die Baumkronen und das Panorama los und sah sich um. Der Sandboden war so trocken, dass sich keine Schuhabdrücke abzeichneten. Es gab keine herumliegenden Gegenstände, nichts, was zumindest auf den ersten Blick Aufschluss über den Verlauf dieses tödlichen Absturzes gegeben hätte.

»Glaubst du, er ist absichtlich gesprungen?«, fragte er Sascha.

Der zuckte mit den Schultern. »Wird sich erweisen.«

Sie suchten akribisch den Boden und die Felswände ab, konnten aber nicht den kleinsten Hinweis finden. Keine abgelegten Gegenstände oder Kleidungsstücke, keine textilen Spuren an den Felsen, nichts.

»Und wo ist jetzt der Wilderer?«, fragte Leo.

Sascha deutete auf die Felswand rechts vom Durchbruch. Der Fels schien öfter erklommen zu werden, schloss Leo aus den Metallringen, die in ihm verankert waren.

»Hat hier jeder Felsbrocken einen eigenen Namen?«, fragte er.

»Aber sicher!« Sascha nannte ihm ein paar: »Da drüben der Bloßstock, die Brosin-Nadel, weiter hinten der Falkenstein und dahinter die Schrammsteine. Und das sind nur die bekanntesten.«

Sie sperrten den Sandplatz mit dem Polizeiband ab und liefen zurück zum Gasthaus »Am Kuhstall«. Die Angestellten dort waren gerade dabei, den Imbiss zu schließen. Keiner von ihnen konnte sich daran erinnern, am Samstag einen etwa fünfzigjährigen, schlanken Mann mit sandfarbener Hose und Windjacke gesehen zu haben.

»Aber wissen Sie, hier gehen an schönen Tagen Hunderte von Leuten vorbei. Wenn da jemand nicht irgendwie auffällt, dann kann man sich nicht an ihn erinnern.« Leo und Sascha ließen, falls doch noch jemandem etwas zu dem Herrn einfiele, die Nummer der Dresdner Kripo zurück und verließen das Gasthaus.

»So, jetzt aber ab zum Auto, es ist ja schon bald Abend, wir müssen noch nach Rathmannsdorf und ich habe langsam einen Bärenhunger!«

Sie gingen am Gasthaus vorbei auf den ebenen Wanderweg, der direkt von der Kuhstall-Höhle wegführte.

Schon bald ging es steil nach unten, zum Teil über Treppen, zum Teil über schottrige Waldwege, bis sie an der leise vor sich hin plätschernden Kirnitzsch ankamen.

Die angegebene Adresse im engen Talkessel von Rathmannsdorf gehörte zu einer hellgrün gestrichenen Gründerzeitvilla. Sie schien rundum renoviert zu sein, doch für Leo passte die Farbe nicht so recht zu den dreieckigen Portalen über den hohen Fenstern und zur verzierten Fassade. Am schmiedeeisernen Gartentor prangte auf einem Messingschild nicht nur der Name »S. Schüppel«, sondern auch der Firmenname »Waldgold GmbH«.

Niemand öffnete, nachdem Leo den Klingelknopf gedrückt hatte. Alle Fenster waren geschlossen, die Terrasse leer und verlassen.

»Ein Blumenfreund war Herr Schüppel ja nicht. Aber für Grün hatte er was übrig.«

Leo deutete auf die üppigen, aber blütenlosen Pflanzen. Der Garten vor der Villa war dicht mit Farnen bewachsen, auch ein Gewächshaus war zu sehen.

Sascha nickte zur Bestätigung, aber seine Gedanken kreisten um Melanie. Seit sie die Leiche gefunden hatten, klopfte sein Herz in einem schnelleren Rhythmus. Er fühlte sich federleicht und gleichzeitig benebelt, auf eine angenehme und aufregende Art. So sehr er sich um ein professionelles Auftreten bemühte, seine Mundwinkel strebten ununterbrochen nach oben. Während Leo sich die Villa genauer ansah, schaute er einfach zu und freute sich an den warmen Erdtönen, die die Abendsonne hinter der Villa auf die Sandsteinwand malte.

Unverrichteter Dinge machten sie sich auf den Rückweg. Leo meinte, sie würden es am Montagvormittag noch mal probieren. Sascha schien sich in Gedanken zu verlieren, als er seinen Wagen über die Bad Schandauer Elbbrücke lenkte.

»Erzähl mal!«, forderte Leo ihn auf. Das ließ er sich nicht zweimal sagen. Er war so voll mit Eindrücken, dass er lossprudelte wie eine Colaflasche, die man geschüttelt hat.

»Melanie ist der Wahnsinn. Ich kann es immer noch nicht fassen. Sie besitzt alle Staffeln von ›Game of Thrones‹, ›Twin Peaks‹ und von noch ein paar wirklich guten Serien!«, frohlockte Sascha.

»Aha. Sowas bekommt man aber in jedem halbwegs gut sortierten Kaufhaus, oder nicht?«

Sascha schüttelte unwillig den Kopf.

»Darum geht es doch nicht. Sie guckt die gleichen Sachen wie ich, wir ticken ganz ähnlich, das ist das Tolle! Sie braucht nach einem Stück Torte unbedingt eine Essiggurke und kann bei Vollmond nicht gut schlafen. Sie liebt Badeschlappen und Zitroneneis und hasst Fitnessstudios. Genau wie ich besitzt sie alle Platten von Nina Hagen und sie sammelt Badeenten! Dass wir uns heute getroffen haben, ist Schicksal, sage ich dir!«

Leo sah ihn skeptisch an, kommentierte Saschas Begeisterung aber nicht. Bevor der weitere Gemeinsamkeiten aufzählen konnte, fragte er: »Wie bist du auf die Idee gekommen, dich einer festen Wandergruppe anzuschließen? Ist das ein Verein oder deine ehemalige Pfadfindergruppe oder ein Selbsterfahrungstrip?«

Sascha überlegte ein wenig, bevor er antwortete: »Na ja, nachdem Sandra mich so rigoros abgelehnt hat, dachte ich, es liegt vielleicht daran, dass ich so wenig Erfahrung mit Beziehungen habe. Ich meine, meine Mutter gilt da ja wohl nicht, oder?«

Er sah Leo an, der auf dem Beifahrersitz saß und entschieden den Kopf schüttelte.

»Nein, das zählt definitiv nicht!«

»Eben. Deshalb dachte ich mir, dass ich mehr unter Leute muss. Und weil ich nicht der Typ bin, der sich abends in Kneipen oder Clubs herumtreibt, um Frauen kennenzulernen, habe ich nach einer anderen Möglichkeit gesucht. Mir ist zu Ohren gekommen, dass es in der Region eine Gruppe für Nacktwanderer gibt und da habe ich mich einfach angemeldet. Ich fand das interessant und ein wenig skurril und hoffte, das hilft mir, meine Schüchternheit zu überwinden …«

»Nacktwanderer?!?« Leo unterbrach ihn so jäh, dass Sascha vor Schreck auf die Bremse stieg und sie beide nach vorn geschleudert wurden. »Bist du heute tatsächlich splitterfasernackt mit anderen Leuten durch den Wald gelaufen?«

Sascha sah ihn groß an, bevor er sich wieder auf den Verkehr konzentrierte.

»Wieso denn nicht? Das ist ein großartiges Gefühl. Du spürst den Wind auf der Haut und die Sonne überall, das ist ein ganz anderes Freiheitsgefühl als mit Klamotten, die nach einer Stunde durchgeschwitzt sind. Solltest du mal probieren!«

»Und diese Frau, mit der du dich morgen triffst, ist da ebenfalls nackt mitgelaufen?« Leo konnte es nicht fassen.

»Ja, sie und noch acht andere. Es war eine sehr angenehme Gruppe. Jan, der mit zur Leiche gegangen ist, hat allerdings schlappgemacht und gekotzt. Für ihn war das heute zu viel Natur.«

»Mensch, Sascha, wenn das die Medien erfahren, steht in allen Zeitungen, dass ein Kriminalkommissar nackt durch den Nationalpark gewandert ist und dabei eine Leiche gefunden hat."

Sascha zog eine Schnute.

»Beruhige dich mal wieder! Ich kann in meiner Freizeit machen, was ich will. Nacktwandern ist nicht verboten und es geht keinen was an. Ihr in eurem katholischen Bayern seid wahrscheinlich zu verklemmt. Das ist eine tolle Sache und ich werde es in jedem Fall wieder machen. Ich kann ja morgen mal Frank anrufen, den Leiter der Gruppe. Ich werde ihn bitten, dass er möglichst nicht rausposaunt, dass wir während der Wanderung auf eine Leiche gestoßen sind.«

Sascha fand Leos Bedenken völlig übertrieben. Sandra hätte wahrscheinlich ähnlich ablehnend reagiert. Sie war der Meinung, dass man als Kripo-Beamter gewissermaßen immer im Dienst sei und sich auch so verhalten solle. Na, egal, er würde es niemandem mehr erzählen. Er setzte Leo vor seiner Wohnung in der Alaunstraße ab und sputete sich, nach Hause zu seiner Mutter zu kommen. Er hatte viel zu berichten.

Montag

»Einen wunderschönen guten Morgen, Herr Pröve!«

Die Dame am Empfang im Präsidium an der Schießgasse überschlug sich fast vor lauter Höflichkeit. Sascha wunderte sich kurz, aber es gab Schlimmeres, als an einem Montag so freundlich begrüßt zu werden, zumal seine eigene Laune ebenfalls bestens war. Tatsächlich konnte er sich nicht daran erinnern, wann es ihm zuletzt so gut gegangen war. Mit Leo hatte er gestern vereinbart, dass sie erst zum Montagsfrühstück gegen halb elf Uhr erscheinen und dann die komplette Abteilung über den Leichenfund am Kuhstall informieren würden.

Als er die Treppe hochstieg, kamen ihm zwei Kollegen von der Abteilung Einbruch entgegen. Sie grüßten Sascha genauso überschwänglich wie die Dame unten an der Pforte.

»Na, schönes Wochenende gehabt?«, fragte einer der beiden, den Sascha als Martin Butscher zu kennen glaubte.

»Bis zu dem Zeitpunkt, ab dem ich arbeiten musste, schon«, antwortete Sascha freundlich.

»Kann ich mir vorstellen. Manchmal trifft einen das Schicksal ja völlig unvorbereitet.«

Die beiden lachten und verschwanden im Flur. Sascha fand das merkwürdig, aber angesichts seiner Verabredung zum Abendessen mit Melanie konnte ihm nichts die Stimmung verderben. Erst, als er mit einer Dose voll Hackepeter unter dem Arm in seine eigene Abteilung abbog und ein fröhliches »Guten Morgen« durch die offenen Bürotüren schmetterte, wurde er stutzig. Alle Zimmer waren verwaist.

Im Büro von Kai Nolde und Uwe Kröger fand er seine Kollegen. Sie hatten sich alle vor Noldes Computer versammelt und einen Heidenspaß. Als sie ihn sahen, prusteten sie los.

»Was gibt's?«, fragte Sascha mit erhobener Stimme.

»Im Internet macht gerade der gestrige Leichenfund die Runde. Alle nackten Tatsachen!«, wieherte Kai Nolde.

Nun schwante Sascha, was los war.

»Es gibt Bilder im Netz?«, fragte er und zwängte sich zwischen die grinsende Sandra und den feixenden Uwe Kröger. Auf dem Bildschirm prangte eine Website mit Fotos seiner gänzlich hüllenlosen Wandergruppe von gestern, er ganz vorn.

»Oh«, sagte Sascha.

Alle warteten gespannt auf seine Erklärung.

»Naja, ich bin dem Freundeskreis Sächsischer Naturisten beigetreten. Die wandern eben textilfrei. Ist ein sehr schönes Gefühl. Solltet ihr ruhig auch mal probieren ...«

»Ist das nicht Erregung öffentlichen Ärgernisses?«, fragte Kröger und fing wieder an zu lachen.

»Quatsch!« Sascha konnte nicht nachvollziehen, was daran so lustig sein sollte. »Da geht es nur um ein Gefühl von Freiheit und ums Einssein mit der Natur. Das hat überhaupt nichts Anstößiges! Und dass ihr die Fotos offenbar im kompletten Haus herumzeigt, ist nicht nur ärgerlich, sondern auch kindisch.«

»Manni Tannhauser hat einen Link bei Facebook gefunden und ihn weitergeleitet ...« Kai Nolde klatschte sich auf die Schenkel. »Das ist aber auch zu lustig: ›Mordermittlung im Adamskostüm‹!«

Alle kicherten wieder los und Sascha stand dazwischen wie ein begossener Pudel.

»Hey, wo seid ihr alle?«

Leos Stimme tönte durch den Flur.

»Hier, wir sichten den gestrigen Fall«, rief Sandra hinaus.

Leo steckte den Kopf durch die Tür: »Guten Morgen allerseits, was ist denn hier los?«

Kai Nolde winkte ihn heran: »Guck mal, wie eifrig Sascha gestern bei der Arbeit war!«

Leo warf einen Blick auf den Bildschirm, lächelte Sascha an und meinte: »Bevor es offiziell wurde, hast du dich aber angezogen, oder?«

Sascha lächelte säuerlich: »Natürlich. Was glaubt ihr denn?«

»Deine neue Flamme auch?«

Dafür erntete Leo einen bitterbösen Blick, den er auch sofort verstand. Nicht jeder in der Abteilung musste wissen, dass er bei seiner Nacktwanderung eine Frau kennengelernt hatte.

»Wenn ihr die Fotos Richter zeigt, werde ich echt sauer!«, brummte Sascha und verzog sich in sein Büro.

Das Gekicher der anderen folgte ihm.

Als das das komplette Team kurz darauf zum Montagsfrühstück im Konferenzraum versammelt war, klopfte Reinhard Richter mit seinem Kugelschreiber auf die Tischplatte und bat um Ruhe. Sascha lief beim Anblick des Hackepeters schon das Wasser im Mund zusammen. Als er gerade die Hand nach der Dose ausstrecken wollte, sprach Richter ihn an.

»Sie hatten gestern einen Einsatz in der Sächsischen Schweiz?«

Sascha nickte, ließ die Blechdose mit dem Hackepeter stehen und berichtete von dem Leichenfund.

»Wir haben die Villa des Opfers in Rathmannsdorf aufgesucht, aber niemanden angetroffen. Das wollen Leo Reisinger und ich heute nach der Sitzung noch mal versuchen.«

Richter schaute ihn an, seufzte, strich mehrmals mit der linken Hand über seine blassgrüne Seidenkrawatte und schüttelte schließlich den Kopf.

»Herr Pröve, ich kann Sie in diesem Fall nicht mehr einsetzen.«

»Wieso denn nicht?«

»Einer Ihrer Wanderfreunde hat auf seiner Website Fotos veröffentlicht, die zeigen, dass der Kriminalkommissar Sascha Pröve – ganz vorn im Bild – am Sonntag mit den Naturfreunden beim Nacktwandern war, als am Fuß der Zyklopenmauer eine Leiche gefunden wurde. Fazit: Wie gut, dass Sascha Pröve gleich kompetent den Tatort sichern konnte. Bis heute zehn Uhr gab es bereits einhundertsiebenundvierzig Kommentare dazu und der Link wurde schon Dutzende Male bei Facebook geteilt. Es ist nur eine Frage der Zeit, bis die Medien das spitzkriegen werden.«

Richter räusperte sich und sah Sascha kopfschüttelnd an. Dann schob er ihm ein Blatt Papier hinüber.

»Das ist ein Foto einer Gruppe von nackten Menschen in Wanderschuhen und Sie sind mitten drin. Was ist Ihnen denn da nur eingefallen?«

Sascha sah betreten auf den ausgedruckten Screenshot. Aber er wollte sich nicht geschlagen geben.

»Das war eine rein private Wanderung. Ich kann nichts dafür, dass wir ausgerechnet bei meiner ersten Wanderung mit dieser Gruppe auf einen Toten stoßen. Ich habe überlegt, ob ich mich überhaupt zu erkennen geben soll, aber nichts zu tun wäre ja auch nicht in Ordnung gewesen.«

Sascha sah hilfesuchend in die Runde, aber keiner sprang ihm zur Seite.

Richter ließ seine Hand auf die Tischplatte heruntersausen und durchbrach damit die Stille.

»Herrschaften! Ich hoffe, Sie überlegen sich genau, welche Art von Hobbys Sie pflegen, schließlich sind wir als Polizisten Vertreter der Staatsgewalt. Da muss man auch im Privatleben gewisse Dinge unterlassen. Sie, Herr Pröve, sind von der Mitarbeit an diesem Fall entbunden. Ich will, dass Sie sich komplett raushalten, verstanden? Sonst gibt es ein Disziplinarverfahren.«

Sascha sah ihn bedrückt an und nickte. Wenn er bloß nicht auch noch Melanies Fotos an die Spurensicherung gegeben hätte! Dass Richter so spießig reagieren würde, hatte er nicht erwartet. Nervös strich er sich über die Stirnglatze.

»Bei den Ermittlungen vor Ort waren Sie korrekt gekleidet?« Richter zog die Augenbraue hoch.

»Natürlich, Chef«, beeilte sich Sascha zu antworten.

Richter nickte erleichtert. »Dann schlage ich vor, dass Sandra Kruse und Leo Reisinger sich ab sofort um den Fall kümmern und gleich nach Rathmannsdorf fahren. Was gibt es noch zu berichten?«

Er wandte sich an Uwe Kröger und Kai Nolde. Die schilderten ihre Ermittlungen in der Dresdner Drogenszene. Dort hatte sich, nachdem sie im letzten Herbst einen großen Coup gelandet hatten, mittlerweile wieder ein reger Handel entwickelt.

Nur zögerlich begann Frau Kerschensteiner, Richters Sekretärin, nach den Brötchen und dem Hackepeter zu langen. Leo Reisinger packte schließlich seine Leberkäs-Semmel aus, die er jeden Montag beim Fleischer in der Seestraße kaufte. Auch Sandra bediente sich und schob den Korb mit den Brötchen zu Sascha. Aber dem war der Appetit vergangen.

»Sascha ist ein großes Schaf!«

Sandra stand in Leos Bürotür und wedelte mit ein paar Blättern Papier.

»Ich hab ein paar Infos zu diesem Stefan Schüppel gesammelt.«

Leo nickte abwesend. Er kam eben aus Saschas Büro. Der hatte erst nicht einsehen wollen, dass er für die Ermittlungen nicht tragbar war. Da er aber ohnehin noch jede Menge Urlaubstage übrig hatte, war er eingeknickt und hatte versprochen, sich für eine Woche abzumelden. Leo hätte sich lieber mit Sascha diesem Fall gewidmet, mit Sandra war immer alles komplizierter. Aber er fügte sich.

»Wir können gleich nach Rathmannsdorf rausfahren. Was hast du rausbekommen?«, fragte er.

Sandra strich sich eine blonde Strähne aus dem Gesicht und begann vorzulesen:

»Stefan Schüppel, geboren 1965, ist Forschungsleiter der ›Waldgold GmbH‹, die bereits in dritter Generation einen Kräuterlikör sowie verschiedene Körperpflegemittel aus heimischen Waldkräutern und Kräuteressenzen produziert. Die Produkte werden im Bad Schandauer Ortsteil Rathmannsdorf hergestellt, die Firma liegt in der gleichen Straße wie das Wohnhaus. Habt ihr sie gesehen?«

Leo überlegte.

»Gegenüber der Villa liegt ein Areal mit ehemaligen DDR-Fabrikhallen und neuen Gebäuden. Vielleicht ist sie dort.«

Sandra nickte und fuhr fort:

»Stefan Schüppel hat an der Universität Dresden einen Doktortitel in Biologie erworben. Er scheint einen guten Ruf unter seinen Wissenschaftskollegen zu genießen, jedenfalls erhielt seine zweite Firma, die ›Schüppel Science GmbH‹ in Sebnitz, einige Auszeichnungen für Forschungsprojekte. Seine Eltern, Harald und Barbara Schüppel, sind 2008 kurz nacheinander verstorben. Verheiratet ist er laut Personenregister nicht.«

Sandra sah auf.

»Was hat Sascha nur geritten, als er sich dieser Wandergruppe angeschlossen hat?«

»Tja, auch Polizisten sind eben nur Menschen«, murmelte Leo. Er verriet ihr nicht, dass Saschas Entscheidung auch eine Menge mit ihr zu tun hatte.

»Geh schon mal vor! Ich komme gleich«, sagte er.

Als Sandra zur Tür raus war, rief er Klaus Blum von der Wandergruppe an, der das Foto von Sascha veröffentlicht hatte.

»Herr Blum, mit der Veröffentlichung dieser Fotos bringen Sie meinen Kollegen Sascha Pröve und im Grunde die gesamte Kriminalpolizei in Schwierigkeiten. Bitte nehmen Sie sie wieder raus und unterlassen Sie weitere Posts dazu. Das ist nicht hilfreich für unsere Ermittlungen.«

Klaus Blum sah das anders.

»Sachsen ist ein freies Land und wir dürfen veröffentlichen, was wir für gut und richtig halten. Diese Geschichte ist die perfekte Werbung für unsere Wanderbewegung. Wenn Sascha deshalb ein Problem bekommt, tut es mir leid, aber der Zweck heiligt die Mittel.«

»So gehen Sie also mit neuen Wanderfreunden um?«, fragte Leo ärgerlich.

»Sascha war auch nicht gerade zimperlich. Er hätte sich ja nicht gleich an Melanie ranmachen müssen«, kam es erbost zurück.

Daher wehte also der Wind! Leo ahnte, dass er, genau wie Sascha, sehr vorsichtig sein musste.

»Herr Blum, von den persönlichen Verwicklungen habe ich keine Ahnung. Das müssen Sie mit Herrn Pröve selbst klären. Mir geht es nur um einen sachlichen und zurückhaltenden Umgang mit dem Todesfall.«

»Blödsinn! Sie wollen mir den Mund verbieten!«, schallte es aus dem Telefon. »Das ist Zensur! Damit kenne ich mich aus, ich bin lange genug DDR-Bürger gewesen! Wo kommen Sie denn überhaupt her?«

Leo seufzte und schloss die Augen.

»Ist gut, Herr Blum. Machen Sie, was Sie für richtig halten. Ich will Sie weder zensieren noch überreden, ich habe nur an Ihre Vernunft appelliert. Natürlich ist das hier ein freies Land und Sie dürfen im Rahmen der Gesetze veröffentlichen, was Sie für richtig halten.«

»Ach, jetzt geben Sie zu, dass Sie versuchen, mir mit der Staatsmacht zu drohen?«

Jetzt wurde es Leo aber doch zu bunt.

»Ich habe nicht gedroht, Herr Blum, und Sie sollten wissen, dass dieses Gespräch aufgezeichnet wird. Ich kann also belegen, dass Sie gerade versuchen, mir das Wort im Mund umzudrehen. Ich wünsche Ihnen einen schönen Tag!«

Er knallte den Hörer auf den Tisch und trat wütend gegen seinen Schreibtisch. Zu der Notlüge mit der Telefonaufzeichnung hatte er noch nicht oft greifen müssen.

Sandra bestand darauf, den Wagen zu fahren. Sie hatte gerade ein Fahrtraining hinter sich gebracht und hoffte nun bei jeder Dienstfahrt, in eine Verfolgungsjagd verwickelt zu werden. Dass Leo eine ärgerliche Schnute zog, bemerkte sie sehr wohl. Sie versuchte, sich ihre Freude darüber nicht ansehen zu lassen. Es wurde Zeit, dass er sie als gleichberechtigte Kollegin akzeptierte.

Während sie den Wagen Richtung Autobahn lenkte, rief er in der Pathologie an und fragte, ob Dr. Gräber schon etwas zur Leiche sagen könne. Auf seinem Schoß lagen die von Sandra ausgedruckten Blätter mit den ersten Informationen zu Stefan Schüppel.

Als er sich verabschiedet hatte, sagte er zu Sandra: »Herr Dr. Gräber ist erst mittags wieder im Hause und frühestens gegen siebzehn Uhr mit der Obduktion fertig. Den Bericht schickt er uns morgen früh.«

Sandra drehte die Klimaanlage um zwei Grad herunter. Der Himmel leuchtete in allerschönstem Blau und es versprach, ein warmer Junitag zu werden. Bis zur Autobahnauffahrt herrschte Schweigen.

»Und, wie läuft es so mit Veronika und dir, wo ihr jetzt erstmals zusammenwohnt?«

Sandra war mehr als neugierig, wie dieses Beziehungsexperiment ihres bayerischen Kollegen funktionierte.

»Eigentlich ganz gut«, antwortete Leo und zögerte, bevor er weitersprach. Sandra wusste, dass er nicht gern über Privates redete, also ließ sie ihm Zeit.

»Ich verstehe nur nicht, wieso sie Möbel kaufen und meine Wohnung umräumen muss, wenn sie doch nur für drei Monate bei mir wohnen will. Wenn ich zurück nach Bayern gehe und wir dort zusammenziehen, kann sie alles nach ihrem Geschmack einrichten, aber hier in Dresden, das ist mein Revier, finde ich.«

Sandra nickte verständnisvoll: »Ihr werdet das schon hinbekommen. Wenn Veronika Lust hat, sich mit mir auf einen Kaffee zu treffen, jederzeit gern. Ich verspreche dir auch, dass wir nicht über dich lästern werden.«

Sie grinste Leo von der Seite an. Aber der fand das nicht so lustig und zog die Stirn in Falten.

»Ich werde es ihr ausrichten.«

Herrje, war der Mann kompliziert! Sie musste ein anderes Thema finden.

Sandra verließ die Autobahn bei Pirna und bog auf die Bundesstraße entlang der Elbe ein.

Sie wollte Veronika unbedingt näher kennenlernen. Leos Freundin war in Beziehungen offensichtlich das genaue Gegenteil von ihr. Sie hielt an Leo fest, als ob er der einzige verfügbare Mann auf der Welt wäre, während sie selbst sich neu orientierte, sobald Probleme auftauchten. Das war nicht immer die beste Methode, vor allem, wenn man, wie sie, auf die Mitte Dreißig zuging und in einem sicheren Hafen landen wollte. Sie würde Veronika ein Loch in den Bauch fragen, um zu verstehen, wie sie das hinbekam.

Sie ließen Königstein hinter sich und überquerten kurz darauf auf der Bad Schandauer Brücke die Elbe, die sich graugrün und träge in ihrem breiten Bett voranschob.

Stefan Schüppels Villa lag jetzt am frühen Nachmittag in der prallen Sonne und leuchtete hellgrün gegen die Felswand im Hintergrund. Sandra hielt auf derselben Stelle neben dem Haus wie gestern Sascha.

Leo stieg aus und versuchte erneut sein Glück mit der Klingel am Gartentor.

Während sie warteten, fielen Sandra die vielen verschiedenen Wedel im Garten auf: »Guck mal, das sieht ja aus wie eine Zuchtstation für Farne!« Wie auf einem Kartoffelacker waren die Pflanzen in langen Reihen gesetzt, nur dass jede Reihe einen anderen Grünton zeigte. Stefan Schüppel hatte offenbar eine Schwäche für diese Pflanze gehabt.

Noch immer regte sich nichts in der Villa. Stattdessen bog ein Kleinwagen in flottem Tempo in die Auffahrt und hielt neben ihrem Auto. Eine etwa fünfzigjährige Frau in einem wild gemusterten Kleid und einer kurzen grünen Jacke stieg aus und kam, mit zwei Einkaufskörben bepackt, auf sie zu.

»Guten Tag«, rief ihr Leo entgegen. »Sind Sie Frau Schüppel?«

Als Sandra die Augen verdrehte, fiel ihm ein, dass er ja gerade gelesen hatte, dass Schüppel unverheiratet war.

Die Frau zögerte kurz, lächelte dann bedauernd und schüttelte ihren kurzen, blonden Schopf.

»Also wissen Sie, nein – mein Name ist Helene Petzold. Ich bin Herrn Dr. Schüppels Freundin und ›rechte Hand‹. Haben Sie einen Termin? Ohne vorherige Vereinbarung empfängt er keine Gäste.«

Sie blieb am Gartentor stehen, das Leo ihr mit einer galanten Bewegung öffnete, damit sie mit ihren Einkäufen hindurchgehen konnte.

Sandra zückte ihren Ausweis und hielt sie auf.

»Frau Petzold, wir sind von der Kriminalpolizei Dresden. Herrn Schüppel ist etwas zugestoßen. Können wir mit Ihnen sprechen?«

Leo versuchte, den einen Einkaufskorb aufzufangen, den Helene Petzold mit einem spitzen Schrei fallen ließ.

»Was sagen Sie da? Etwas zugestoßen?«

»Wie zartfühlend ihr Frauen doch seid«, raunte Leo ärgerlich in Sandras Richtung, aber die zuckte nur mit den Schultern. Er nahm der aufgeregten Frau auch den zweiten Korb ab und versuchte, sie zu beruhigen.

»Lassen Sie uns bitte in Ruhe reden, Frau Petzold. Können wir hineingehen?«

»Ich, ich verstehe nicht ... Ja, sicher. Kommen Sie!«

Sie hastete den kurzen Weg zur Eingangstür der Villa entlang. Mit zitternden Händen holte Helene Petzold den Hausschlüssel aus ihrer Jackentasche und wiederholte Sandras Worte: »... etwas zugestoßen ...«

Als sie im geräumigen Flur der Villa standen, drehte sie sich um und fragte:

»Was bedeutet das?«

»Wie nahe standen Sie Herrn Schüppel?«, wollte Leo wissen.

»Sind Sie eine Angestellte oder seine Partnerin?«, fragte Sandra.

»Es gibt Gespräche, die die Polizei nur mit den nächsten Angehörigen führt«, erklärte Leo.

»Also wissen Sie, das ist doch jetzt unwichtig. Sagen Sie mir endlich, was passiert ist!«, beschwerte sich Helene Petzold resolut. »Stefan hat keine engen Verwandten und ich weiß über alle seine Angelegenheiten Bescheid. Wir sind uns sehr nahe und haben keine Geheimnisse voreinander.«

Sandra gab Leo ein Zeichen und übernahm es, sie über den Tod ihres Chefs zu informieren. Wortlos hörte sich die Frau an, dass Stefan Schüppels Leiche am Fuß der

Zyklopenmauer unterhalb des Kuhstalls gefunden worden war.

»Oh, wie schrecklich«, flüsterte Helene Petzold und wankte durch eine zweiflügelige Tür ins Wohnzimmer. Dort ließ sie sich auf einen Sessel fallen und schloss die Augen. Leo folgte ihr und sah sich um. Seitlich führte eine Doppeltür auf eine geräumige Terrasse. Sofa und Sessel standen einladend mitten im Raum vor einem gut gefüllten Bücherregal.

Sandra setzte sich zu Helene Petzold.

»Wir können momentan noch nicht sagen, wie Herr Dr. Schüppel ums Leben kam. Aber vielleicht können Sie uns mehr über ihn und seine Gepflogenheiten berichten und so dazu beitragen, dass wir Antworten finden.«

Erst jetzt schien Helene Petzold zu registrieren, wo man Stefan Schüppel gefunden hatte.

»Am Kuhstall?«, fragte sie zweifelnd. »Stefan geht nie wandern. Er hat einen schlimmen Fuß und hinkt. Wandern ist das Letzte, das er freiwillig machen würde. Und dann noch am Kuhstall! Er ist ein zurückgezogener, um nicht zu sagen scheuer Mensch. Selbst wenn er Lust auf eine Wanderung hätte, würde er nicht ausgerechnet zum Kuhstall laufen! Da marschieren die Touristen doch busladungsweise hinauf.«

Nun begann sie doch zu weinen.

»Wir stehen uns sehr nah, müssen Sie wissen. Niemand kennt ihn so gut wie ich. Ich kann nicht glauben, dass er tot sein soll. Sind Sie sicher, dass es Dr. Stefan Schüppel ist, den Sie gefunden haben?«

»Er hatte seine Ausweispapiere bei sich«, sagte Leo.

Helene Petzold sprang vom Sessel auf.

»Moment, ich gehe nachsehen. Vielleicht irren Sie sich und er ist wie immer oben und arbeitet. Sie eilte die Treppe nach oben und rief mehrmals laut: »Stefan?«.

Leo und Sandra folgten ihr. Im ersten Stock befanden sich mehrere Zimmer, deren Türen Helene Petzold nun aufriss. Sie konnten einen Blick in ein geräumiges Arbeitszimmer, dann in ein Labor, in ein Gästezimmer und in ein modernes Bad werfen. Es fand sich keine Spur vom Bewohner der Villa. Außer im Labor herrschte überall penible Ordnung, Leo konnte kaum persönliche Gegenstände entdecken. Im letzten Raum, dem Schlafzimmer, war Helene Petzold stehen geblieben. Das altmodische, breite Holzbett war ordentlich gemacht, eine hellbraune Tagesdecke lag zur Hälfte darüber. Gegenüber stand eine Tür des dunklen Kleiderschranks offen und gab den Blick frei auf einen Stapel Hemden und diverse Schubladen.

»Stefan?« In Helene Petzolds Stimme schwang Verzweiflung mit.

Kraftlos ließ sie sich gegen den Türstock sinken. Leo war erleichtert, als er an der Wand hinter dem Bett wenigstens ein paar gerahmte Fotografien bemerkte. Sie waren schwarz-weiß und wohl schon älter. Er glaubte, auf ihnen junge Menschen in der Natur zu erkennen. Auf dem Nachttischchen lag ein Buch mit mehreren Lesezeichen.

»Stefan?« Es kam nur noch wie ein Flüstern von Helene Petzolds Lippen.

»Frau Petzold«, sagte Sandra mit ruhiger Stimme und berührte sie sanft am Arm. »Leider müssen Sie sich an den Gedanken gewöhnen, dass Herr Schüppel nicht mehr am Leben ist. Ich würde Ihnen gern ein paar Fragen zu ihm stellen.«

Sie führte Stefan Schüppels Gefährtin wieder hinunter ins Erdgeschoss. Bevor Leo ihnen folgte, warf er neugierige Blicke in das Arbeitszimmer, das von einer gewaltigen Schrankwand und dem dazu passenden Schreibtisch dominiert wurde. Erstaunt bemerkte er neben den sorgfältig gestapelten Briefen ein altmodisches Schnurtelefon. Sowas gab es noch? Einen Abschiedsbrief konnte er auf den ersten Blick weder im Schlafzimmer noch im Arbeitszimmer entdecken.

Im Labor zeugten blinkende Lichter an großen Kühlschränken, ein Laptop auf dem Tisch, eine Vorrichtung aus mehreren großen Glasbehältern, einer Heizplatte, einem Thermometer und metallenen Schläuchen, die Leo als Destilliergerät identifizierte, Pipetten, große, getönte Flaschen, Glaskolben in allen möglichen Größen und vor allem der intensive Geruch nach Lösungsmittel davon, dass Stefan Schüppel hier noch kürzlich viel Zeit verbracht hatte. In den Zimmerecken saßen jedoch auch traurige dunkle Schatten und erzählten von Einsamkeit. Auch hier keine Spur einer Nachricht, die Aufschluss über etwaige Selbstmordpläne Schüppels gegeben hätte. Leo packte den Laptop ein und nahm ihn mit ins Erdgeschoss.

Sandra saß Helene Petzold gegenüber auf dem Sofa und kramte ihr Schreibzeug heraus.

Leo machte auf sich aufmerksam: »Ich würde mir gern die Produktionsräume der Waldgold GmbH ansehen, Frau Petzold. Sind die gleich da drüben?« Er deutete nach draußen über die Straße.

Mit tränennassem Gesicht schaute Helene Petzold auf. Wimperntusche verteilte sich über ihre Tränensäcke und lief in unregelmäßigen Spuren die Wangen hinab.

»Über die Brücke auf die andere Seite vom Lachsbach. Sie werden es schon finden«, sagte sie matt.

»Der Stefan war so eine Seele von Mensch! Der konnte keiner Fliege was zuleide tun!« Helene Petzold schluchzte vornübergebeugt in ihr Taschentuch. Dann schnäuzte sie sich die Nase und richtete sich wieder auf.

»Am Kuhstall ist er gefunden worden, sagen Sie? Am Kuhstall?«

Sandra nickte: »Genau genommen unterhalb von ihm, an der Zyklopenmauer.«

Helene Petzold schien mit dieser Nachricht nach wie vor überfordert zu sein.

»Was sollte Stefan denn ausgerechnet da gewollt haben? Da gehen Touristen hin, aber doch nicht er. Wie denn auch, mit seinem schlimmen Bein?«

»Was war mit seinem Bein?«, fragte Sandra nach.

Ihr Gegenüber wischte sich mit dem Taschentuch über das verschmierte Gesicht.

»Er hinkt. Als Kind oder in seiner Jugend muss er einen schlimmen Unfall gehabt haben. Er hat nie darüber gesprochen, obwohl ich ihn ein paar Mal danach gefragt habe. Das war irgendwie tabu.« Sie schniefte. »Obwohl er mir sonst alles erzählt hat.«

Sandra machte sich Notizen. Es war sicher interessant herauszufinden, wie Dr. Schüppel mit diesem Handicap zum Kuhstall gelangt war.

»Mit welchem Bein hatte er dieses Problem?«

»Das rechte Bein war das schlimme. Er hat oft Schmerzen gehabt, der Arme.«

Helene Petzold fiel jetzt regelrecht in sich zusammen und weinte bitterlich.

Sandra wartete ab, bis sie sich wieder gefangen hatte. Sie sah sich im Wohnzimmer um, das trotz des hellen Sonnenlichts, das von draußen durch die Fenster schien, wie eisgekühlt wirkte. Die beiden Porträts in Öl, die über dem Sofa hingen, zeigten einen Mann und eine Frau. Er streng und hager, sie in hochgeschlossener grauer Bluse, ebenfalls eher schmal und freudlos.

Helene Petzold folgte ihrem Blick. »Stefans Eltern«, sagte sie knapp.

Sandra nickte und konzentrierte sich wieder auf sie.

»Er konnte also keine weiten Strecken gehen?«

»Nein. Er ist immer mit einem Gehstock unterwegs. Lange Märsche kann er nicht machen. Das ist schmerzhaft für ihn.«

Sandra notierte »Wo Gehstock?« und ließ sich genau beschreiben, wie Schüppels Gehhilfe aussah.

»Was, denken Sie, könnte Herr Dr. Schüppel am Kuhstall gesucht haben? War er öfter dort?«

Helene Petzold schüttelte voller Überzeugung den Kopf.

»Nein. Ich verstehe nicht, was er da wollte. Der Stefan liebt Pflanzen, besonders Moos und Farne und Kräuter. Sie sehen doch, wie der Garten aussieht, die reinste Farnzucht. Seine Familie macht schon seit drei Generationen in Kräuterlikör und Kräuterzusätze für Salben. Aber Menschen, vor allem viele auf einmal, die hat er gar nicht gemocht.«

Sandra überlegte: »Wenn er nicht so gut zu Fuß war, wird er so nah wie möglich mit dem Auto herangefahren sein. Das müsste also noch dort stehen. Was für einen Wagen fährt Herr Dr. Schüppel?«

»Gar keinen.«

»Wie? Ich verstehe nicht.«

»Wenn er irgendwohin wollte, was nicht oft vorkam, hat er mich gebeten, ihn zu fahren. Oder er hat sich ein Taxi gerufen.«

Sandra notierte sich, dass sie die örtlichen Taxianbieter anrufen würde, um zu erfahren, ob einer von ihnen Dr. Schüppel am Samstagmorgen zum Kuhstall gebracht hatte.

»Ich hätte nicht wegfahren dürfen!«, schluchzte Helene Petzold auf. »Ich bin seit Freitag nicht hier gewesen, weil mein Sohn in Heilbronn geheiratet hat. Ich hatte drei Tage Urlaub und dann passiert sowas. Warum habe ich ihn bloß allein gelassen?«

In Helene Petzold arbeitete es mächtig, ihre Erregung war ihr deutlich anzusehen. Sie atmete heftig ein und aus, bevor es sie schließlich nicht mehr im dezent gestreiften Sessel hielt und sie begann, im Wohnzimmer hin und her zu wandern.

»Wir wollten nächstes Jahr eine gemeinsame Reise machen, ans Nordkap! Er war in den letzten vier Wochen so fröhlich wie die ganzen sieben Jahre nicht, die ich nun schon bei ihm bin. Er hat wieder gelacht!«

Helene Petzold schrie es fast in Sandras Richtung.

»Er hat wieder gelacht! Er war glücklich! Stefan hat endlich verstanden, dass ich ihm treu ergeben bin und wir eine gemeinsame Zukunft vor uns haben! Und dann kommen Sie und sagen mir, dass er tot ist!«

Ihr mächtiger Busen bebte unter dem mit grünen Blättern bedruckten Kleid.

Sandra empfand Mitleid mit Helene Petzold. Offenbar waren die beiden ein spätes Liebespaar gewesen. Zwar fand sie es irgendwie tröstlich, dass man sich auch mit über fünfzig Jahren noch verlieben konnte, andererseits war Helene Petzold kein Happy End der Liaison mit ihrem Chef vergönnt gewesen.

»Sie wissen wirklich nicht, ob er noch nähere Verwandte hat?«, fragte sie, als Helene Petzold sich wieder hingesetzt hatte.

»Nein, ich weiß von niemandem. Die einzigen, die ihn länger kennen, sind seine Angestellten und die Hesses. Christian Hesse ist der Geschäftsführer von Waldgold. Seine Frau Doreen und er kennen Stefan schon seit ihrer gemeinsamen Jugend.«

Sandra nickte. »Gut. Mit denen reden wir als nächstes. Frau Petzold, ich denke, Sie sollten in Ihrem Zustand nicht allein bleiben. Kann ich jemanden anrufen, eine Verwandte, eine Freundin, die sich um Sie kümmert?«

Mit einer Handbewegung wischte Helene Petzold Sandras Bedenken beiseite.

»Also wissen Sie, das kippt mich nicht aus den Latschen. Mein Mann Richard ist vor zehn Jahren gestorben. Das war wirklich schlimm. Damals stand ich mit zwei Teenagern allein da. Ich komme auch diesmal zurecht. Aber ich werde Conni anrufen, das ist meine beste Freundin.«

Sandra tätschelte ihr den Unterarm.

»Das ist gut. Falls Sie sich jetzt besser fühlen, bitte ich Sie, noch einmal mit mir durch das Haus zu gehen und zu schauen, ob alles in Ordnung ist oder ob Ihnen etwas Ungewöhnliches auffällt.«

Helene Petzold sah sie aus Mascara-umwölkten Augen an.

»Meinen Sie einen Abschiedsbrief oder so was?«

»Zum Beispiel. Aber es kann auch etwas ganz anderes sein.«

Leo überquerte die Straße und auf der Brücke zum Gelände auch den Bach, der neben der Straße plätscherte. Er versuchte, sich auf dem weitläufigen Areal zu orientieren. Hier hatten in teils renovierten, teils noch im DDR-Originalzustand befindlichen Gebäuden eine ganze Reihe von Firmen und Handwerkern ihr Domizil gefunden. Bald entdeckte er einen Eingang, neben dem das Schild »Waldgold GmbH« prangte. Er klopfte und betrat einen kleinen Flur mit vier Türen, von denen eine offen stand. Eine Duftwolke nach Kräutern und Alkohol umhüllte ihn augenblicklich. Gleich hinter der offenen Tür saß eine junge, in jeder Hinsicht üppige Frau hinter einem Schreibtisch und tippte eifrig auf einer Computertastatur.

Sie hob den Kopf und sah ihn an: »Ja bitte?«

Ihre riesigen Ohrringe klimperten bei jeder Bewegung.

»Reisinger von der Kriminalpolizei Dresden. Könnte ich bitte den Chef sprechen?«

»Sie meinen den Betriebsleiter, Herrn Johne?«, fragte sie und musterte ihn interessiert. Ihr Gesicht samt dick aufgetragenem Make-up hatte etwas Maskenhaftes. Sie zögerte kurz. »Oder unseren Inhaber, Herrn Dr. Schüppel? Den finden Sie drüben in seiner Villa, falls Sie mit ihm verabredet sind. Der Geschäftsführer, Herr Hesse, ist nicht da.«

»Herrn Johne«, bestätigte Leo.

Die Sekretärin führte ein kurzes Telefonat und bat Leo dann, in Johnes Büro nebenan zu warten. Der Raum war vollgestopft mit Schränken, einem grauen Schreibtisch und einem in die Jahre gekommenen Bürosessel. Vor dem mit Papieren überfüllten Schreibtisch stand ein einfacher Holzstuhl für Besucher, auf den sich Leo setzte. An den Wänden blieb sein Blick an sechs gerahmten Fotografien von exotischen Stränden hängen.

Braungebrannt, dunkelhaarig und durchtrainiert stürmte André Johne zwei Minuten später schwungvoll durch die Tür in sein Büro und hielt Leo die Hand hin.

»André Johne. Womit kann ich Ihnen helfen?«

Er lächelte gewinnend und sprühte vor Energie.

Leo holte seinen Polizeiausweis aus der Tasche. »Reisinger, Kriminalpolizei Dresden.«

Johnes Lächeln verschwand augenblicklich.

»Was, was führt Sie ..., also ... worum geht es?«

Als wäre es mühsam, schleppte sich Johne die drei Schritte hinter seinen Schreibtisch und ließ sich auf den Stuhl sinken. Leo verfolgte diesen Stimmungswandel mit Interesse.

»Dr. Stefan Schüppel wurde gestern tot aufgefunden«, sagte Leo.

André Johne wurde blass.

»Wie schrecklich«, sagte er tonlos.

»Wann haben Sie ihn zum letzten Mal gesehen?«

Johne knetete seine Hände auf der Tischplatte und überlegte.

»Der Chef kommt selten zu uns rüber, läuft ja auch alles rund hier. Also ich würde sagen ...«, er sah Leo nicht an, »... vor drei Wochen.«

Dann beugte er sich zur Seite und rief durch die offene Tür: »Denise, wann war Herr Dr. Schüppel das letzte Mal bei uns im Betrieb?«

Leo schaute Johne interessiert ins Gesicht, aber der hob den Blick nur kurz, als es nach einigen Sekunden über den Flur schallte:

»Am 25. Mai, zu Eberhards Geburtstag!«

Johne nickte: »Danke!«

Er saß immer noch zusammengesunken auf seinem Bürostuhl und mied Leos Blick. Der fand seine Reaktion merkwürdig. Dass er sich den Tod seines Chefs zu Herzen nahm, war verständlich, aber dass Johne plötzlich jedem Blickkontakt auswich, irritierte ihn.

»Hatten Sie ein gutes Verhältnis zu Herrn Dr. Schüppel?«, fragte Leo.

»Ja ..., nein ..., ich ...« Johne straffte sich kurz und sah ihn nun doch an.

»Eigentlich hat keiner der zehn Mitarbeiter hier ein Verhältnis zu Herrn Dr. Schüppel, der taucht ja nur alle Jubeljahre mal auf. Wenn er kommt, ist er freundlich und umgänglich, verschwindet dann aber schnell wieder in seinem Labor drüben. Er ist nicht gerade ein sozialer Mensch. Mit ihm kann man nicht mal eben einen Plausch über alte Zeiten halten oder übers Wetter. Verstehen Sie?«

Johne knetete wieder seine Hände und starrte auf ein Strandfoto mit Palmen und türkisblauem Meer.

»Gut. Gibt es jemanden, der ihn besser kannte?«

Johne nickte, ohne ihn anzusehen.

»Christian Hesse. Herr Hesse ist unser Geschäftsführer, die beiden haben gemeinsam studiert. Christian Hesse ist eigentlich der einzige Mensch, der Zugang zu Herrn Dr. Schüppel hatte. Glaube ich jedenfalls.«

»Wo finde ich Herrn Hesse?«, wollte Leo wissen.

Johne zog eine Visitenkarte aus der Schreibtischschublade und reichte sie Leo.

»Meistens in Dresden, Telefonnummer steht drauf. Die Geschäftsführung der Waldgold GmbH macht er aber nur nebenbei, er hat noch eine eigene Firma, die Hesse Consulting. Den sehen wir hier auch nicht oft.« Der genervte, fast aggressive Unterton in Johnes Stimme war nicht zu überhören. Als Leo den Betriebsleiter fragend ansah, erntete er nur ein schmales Lächeln.

Also erhob er sich, um wieder hinüber in die Villa zu Sandra zu gehen. Unter dem Türrahmen machte er kurz halt und drehte sich um.

»Wie haben Sie den Samstag verbracht, Herr Johne?«

Der sah ihn entgeistert an.

»Vormittags bin ich achtzig Kilometer mit dem Rennrad gefahren, nachmittags habe ich mit meiner Freundin und einigen Kumpels in Pirna in der Schloss-Schänke gesessen und später den Sonnenuntergang beobachtet.«

Leo seufzte. So konnte ein Wochenende auch aussehen.

»Warum wollen Sie das wissen?«, fragte Johne alarmiert.

Die beiden Frauen verließen gerade das Haus, als Leo zurück in den Garten kam und gedankenverloren die Beete mit den verschiedenen Farnen zählte. Sandra hatte schon das Telefon am Ohr, um die Polizeidienststelle in Pirna anzurufen:

»... das Haus muss versiegelt werden. Der einzige Bewohner ist verstorben. ... Nein, haben wir nicht, das Siegel müssten Sie mitbringen. Können Sie jemanden herschicken, bitte? Wir warten so lange.«

Helene Petzold blieb abrupt stehen, als sie das Wort »versiegeln« hörte.

»Sie sperren die Villa ab? Dann muss ich die Lebensmittel holen, die liegen noch im Einkaufskorb. Da ist Wurst, Milch und Käse drin, das kann nicht so stehen bleiben.«

Leo nickte und öffnete ihr das Gartentor, während Sandra die Adresse durchgab: »Holen Sie die Sachen raus und verlassen Sie dann bitte das Haus, Frau Petzold!«

Sandra legte auf.

»Die sind in zehn Minuten da.«

Leo wartete ab, bis Helene Petzold in der Villa verschwunden war.

»Der Betriebsleiter, ein Herr Johne, hat ziemlich merkwürdig auf die Todesnachricht reagiert. Und er sagt, wir sollen mit dem Geschäftsführer Christian Hesse reden. Ich habe die Nummer.«

»Die habe ich auch«, nickte Sandra, »und wir sollten prüfen, wie Herr Schüppel zum Kuhstall gekommen ist. Er fährt nämlich kein Auto. Frau Petzold sagt, er habe sich üblicherweise ein Taxi gerufen. Das müssen wir überprüfen. Außerdem fehlt Schüppels Gehstock. Er hatte immer einen Stock dabei, weil er hinkte. Wo ist der abgeblieben?«

Leo sah sie erstaunt an.

»Oha!«

»Genau. Oha!«, bestätigte Sandra.

»Was hat den Mann bewogen, sich mühsam an diese Stelle zu schleppen, und das auch noch ohne seine Gehhilfe?«

Sie zückte wieder ihr Telefon: »Ich rufe Hesse an, du die Taxiunternehmen!«

Schon bei der zweiten Nummer hatte Leo Erfolg.

Als er sein Handy wegsteckte, hatte er erfahren, dass Stefan Schüppel am Samstagmorgen ein Taxi ins Kirnitzschtal bestellt hatte.

Sandra sprach derweil mit jemanden aus dem Büro von Christian Hesse: »Könnten Sie ihm ausrichten, dass wir ihn morgen Vormittag sprechen möchten?«, fragte sie und gab Leo gleichzeitig ein Zeichen, dass er mal nach Helene Petzold sehen sollte, die immer noch im Haus war.

So ging er durch den Garten zurück zur Haustür, die nur angelehnt war, drückte sie auf und rief laut nach Frau Petzold.

Atemlos kam es aus dem ersten Stock: »Komme sofort! Bin gleich da.«

Er hörte Helene Petzold die Treppen herunterlaufen. Unten angekommen, griff sie sich die beiden Einkaufskörbe, die im Flur standen.

»Ich habe oben sicherheitshalber noch die Fenster verriegelt«, sagte sie, während sie mehrfach die Tür zuschloss.

Leo nahm ihr einen der Einkaufskörbe ab und hievte das schwere Ding in ihren Kofferraum. Dann drückte er ihr die Hand.

»Kopf hoch, Frau Petzold, Sie kommen drüber weg.«

Sie schniefte und fuhr, mit einem Nicken zu Sandra, in Richtung Bad Schandau davon.

Leo wandte sich an seine Kollegin, die sich im Stehen ein paar Notizen machte.

Als sie fertig war, sah sie auf: »Christian Hesse kommt morgen früh direkt zu uns ins Polizeipräsidium, er ist ohnehin in Dresden, sagte seine Frau. Heute wäre er bei Kunden unterwegs und sie erwartet ihn erst spätabends zurück. Frau Hesse klang ziemlich geschockt.«

»Gut. Dann können wir uns morgen die Fahrerei hier raus sparen. Übrigens hat sich Dr. Schüppel am Samstagmorgen um halb sieben hier abholen und hoch zum Kuhstall bringen lassen. Sobald er ihn erreicht hat, ruft mich sein Taxifahrer zurück.«

Sandra kramte die Autoschlüssel aus ihrer Handtasche und schaute sich um: »Bin gespannt, wer das alles hier bekommt, wenn Stefan Schüppel keine Erben hat. Schöne Villa und interessanter Garten.«

Sie wandte sich zu Leo und zur Straße: »Wie groß ist denn die Firma Waldgold?«

»Zehn Mitarbeiter hier in der Produktion. Christian Hesse hat aber noch eine eigene Firma, Hesse Consulting in Dresden.«

Leo sah einen Polizeiwagen herankommen.

Nach einem kurzen Gespräch versiegelten die Polizisten die Villa und Sandra winkte ihn zum Auto.

»Lass uns zurückfahren. Die Spurensicherung soll prüfen, was mit dem Gehstock ist, und Dr. Gräber ist vielleicht schon mit der Obduktion fertig. Hier können wir nichts mehr tun.«

Leo stieg ein. Es war ihm ganz recht, zurück ins Büro zu kommen. Schüppels Laptop hatte er schon im Auto verstaut, bevor er hinüber zur Waldgold GmbH gegangen war.

Während er Sandra erzählte, wie der Betriebsleiter Johne reagiert hatte, musste er auch an Sascha denken. Hoffentlich ließ dieser Natur-Apostel aus seiner Wandergruppe das heutige Telefonat auf sich beruhen.

Sandra hatte mit Helene Petzold im Haus vergeblich nach einem Abschiedsbrief gesucht. Sie ging davon aus, dass dieser Tod die Polizei nicht lange beschäftigen würde.

»Das ist eine klare Sache, Herzinfarkt oder vielleicht auch Selbstmord, würde ich sagen. Obwohl es schon merkwürdig wäre, wenn sich jemand, der schlecht zu Fuß ist, ausgerechnet diesen Platz zum Sterben aussuchte, oder?« Sie sah Leo an.

Der war ihrer Meinung: »Da Schüppel ein großer Naturfreund war, hat er vielleicht nach besonderen Pflanzen gesucht. Es gibt sicher gute Gründe, warum er dort war.«

»Genau. Und ich bin sehr gespannt auf diese Gründe.« Sandra schaute auf die Uhr. »Oh, schön, wenn ich heute pünktlich Schluss machen kann, schaffe ich es noch in meinen Tangokurs.«

»Tango?«

»Liings ... rechsss ... Wiegeschried!« Von diesem lateinamerikanischen Akzent wurde Sandra ganz blümerant – und als Armando dann auch noch ihren stocksteifen Tanzpartner Guido zur Seite schob, um ihr diesen Tangoschritt mit vollem Körpereinsatz nahezubringen, spürte sie, dass es gefährlich wurde. Sandra mahnte sich selbst zur Vorsicht. Sie würde auf keinen Fall die Kontrolle abgeben und diesem südamerikanischen Charmeur verfallen. Und doch bekam sie Herzklopfen wie zu Teenagerzeiten und wurde kurzatmig wie nach einem Dauerlauf. Dabei hatte Armando sie nur fest um die Taille gefasst und sie in erhabener Haltung über das Parkett des Latin

Dance Clubs geschoben. Einen Tangokurs zu buchen, das war zwar vernünftig gewesen, um ihr über ihren Trennungsschmerz von Olli zu helfen. Gleichzeitig war es aber auch ein Anschlag auf ihre Selbstkontrolle. Ihr stand der Sinn überhaupt nicht danach, die Abgründe zu ihrem verschütteten »Ich« auszuloten, es war ungesichertes Gelände, in dem heftige Emotionen lauerten. Armandos lange, schwarze Locken streiften ihr Gesicht, als er sie durch sanften Druck auf ihren Rücken zwang, aufrechter zu stehen. »Como una reina«, säuselte er ihr ins Ohr, »stolz wie eine Königin!«

Eine Gänsehaut rieselte ihre Wirbelsäule hinunter.

Das hatte noch nie jemand zu ihr gesagt. Sandra atmete tief durch, straffte sich und versuchte, sich wie eine Königin zu fühlen.

Oder wenigstens wie eine Prinzessin. Sie hob den Kopf und drückte die Brust heraus, um diese für den Tango typische, ausdrucksvolle Haltung anzunehmen. Aber Armando schüttelte den Kopf. Während er sie im Kreis mit den anderen Tanzschülern weiterhin im Wiegeschritt führte, forderte er sie auf, ihm in die Augen zu sehen. Doch das fiel Sandra schwer. Sie versuchte, sich mit den Augen an seinen lockigen, schwarz glänzenden Haaren festzuhalten, an den großen Ohren, an den buschigen Augenbrauen – Armando wurde unzufrieden. Während er die Gruppe der anderen acht Paare weiter mit seinem hinreißenden Akzent und seiner samtweichen Stimme zu den einzelnen Schritten anleitete, blieb er kurz stehen und sagte zu Sandra: »Du musst mir schauen in die Auge!«

Einerseits war es unvernünftig, das zu tun. Sandras Verstand stellte ein riesiges Stopp-Schild auf. Andererseits hatte sie sich doch immer unter Kontrolle, oder etwa nicht? »Was soll schon passieren?«, flüsterte es in ihrem Hinterkopf.

Sandra atmete noch einmal tief durch, dann schaute sie in Armandos Augen, während er wieder ihre rechte

Hand nahm und gleichzeitig seinen Arm eng um ihre Hüfte legte. Intuitiv wusste sie, was passieren würde, deshalb zierte sie sich so. Armandos nachtschwarze Pupillen verhießen ihr alles, was gerade in ihrem Leben fehlte: Leidenschaft und Abenteuer, Glückseligkeit und Drama. Sie zitterte in seinen Armen.

»Qué bien!« Er war so nah an ihrem Gesicht, dass sie jede einzelne Wimper sehen konnte. Als er sie nun losließ, um sie wieder ihrem Tanzpartner Guido zu übergeben und sich um die nächste Tanzschülerin zu kümmern, war ihr schwindelig. Am liebsten hätte sie sich hingesetzt und nachgespürt, was eben passiert war. Hatte sie sich verliebt? Oder war das nur eine kleine Aufwallung gewesen, weil ihr dieser exotische Mann aus Argentinien so nahegekommen war? Sandra war verwirrt. Sie ließ sich von Guido widerstandslos durch den nächsten Tango führen und stolperte seinen ungelenken Schritten hinterher. Mit ihren Blicken allerdings suchte sie Armando. Machte er das mit jeder Frau im Kurs? War das seine Masche? Sie folgte seinen Bewegungen und stellte fest, dass er zwar zu jeder Tänzerin freundlich war, aber keiner so in die Augen sah, wie er es bei ihr getan hatte. Ihr Herzklopfen setzte wieder ein. Gleichzeitig schalt sie sich selbst eine Närrin. Wie konnte sie sich nur so gehen lassen?! Sie war hier, um nicht jeden Abend daran erinnert zu werden, dass sie wieder Single war. Also aus einem ganz vernünftigen Grund. Nur deshalb.

»He, du musst schon ein bisschen mitmachen, sonst wird das nie was mit uns!«, beschwerte sich Guido und blieb stehen.

Sandra hatte eben Armandos Blick aufgefangen und der war sehr vielsagend gewesen. Die letzten Takte des Tangos waren verklungen.

»Was?«

Sandra ließ Guido einfach stehen. Sie musste sich jetzt dringend sortieren.

Dienstag

»Herr Pröve hat die ganze Woche Urlaub genommen«, informierte ihn Frau Kerschensteiner gleich morgens, als er ins Büro kam. Gut so, dachte Leo, dann ist Sascha erst mal aus der Schusslinie. Die Sekretärin musterte ihn und signalisierte mit erhobenen Daumen, dass ihr sein heutiges Outfit gefiel. Veronika hatte ihn dazu überredet, statt eines seiner geliebten Polo-Shirts ein richtiges Hemd anzuziehen. Er lächelte schief zurück und ging an seinen Platz. Ihm graute bei dem Gedanken, es demnächst bügeln zu müssen.

Dr. Gräber hatte sich gestern Nachmittag geweigert, schon vorab eine Einschätzung abzugeben, und ihn mit den Ergebnissen der Obduktion auf heute vertröstet. Die Spurensicherung war Sandras Revier. Sie war noch nicht in ihrem Büro.

Leo ließ sich schwer auf seinen Bürostuhl sinken und sah hinaus, auf den belebten Pirnaischen Platz vor dem Dresdner Polizeipräsidium. Veronika war gestern Abend sehr beschwingt gewesen, nicht nur, weil sie tatsächlich noch eine Kommode bestellt hatte, sondern auch, weil sie am Donnerstag zum ersten Mal mit ihren neuen Kollegen aus der Bankfiliale zum Pizzaessen gehen würde.

»Die sind alle vier echt nett! Komm doch mit!«, hatte sie ihn aufgefordert. »Wird Zeit, dass du mal andere Leute kennenlernst, nicht nur Polizisten. Da ist Daniel, unser Privatkundenberater, ein bisschen jünger als wir, Nicole, die die Filiale leitet, Mario, Anlageberater, der ist manchmal etwas merkwürdig, und unsere Auszubildende Romy.«

Zähneknirschend hatte er zugesagt, obwohl er eigentlich keine Lust verspürte, mit diesen Menschen einen ganzen Abend zu verbringen.

Das Telefon klingelte. Die angezeigte Festnetz-Nummer sagte ihm nichts.

»Kriminalkommissar Reisinger.«

»Leo?«

»Hallo Sascha«, antwortete Leo erfreut. »Wie war dein Rendezvous?«

Sascha ließ sich Zeit mit der Antwort.

»Es war ... überwältigend!«

Leo wusste nicht, was er erwidern sollte. Überwältigend? Das hieß ja wohl: mehr als sehr gut. Diesen Superlativ konnte er sich in einer Beziehung nicht recht vorstellen. Einerseits spürte er ein wenig Neid, andererseits freute er sich für Sascha. Die genauen Details wollte er aber lieber nicht wissen. Deshalb antwortete er nur knapp.

»Freut mich für dich. Was gibt's?«

»Hat Richter noch was gesagt?«, fragte Sascha.

»Nein.« Leo musste nicht lügen, er hatte Richter seit gestern Vormittag nicht mehr gesehen.

»Gut. Ich gehe in Deckung. Aber kannst du mich auf dem Laufenden halten? Was habt ihr rausbekommen über den Toten vom Kuhstall?«

Leo informierte seinen Kollegen im Schnelldurchlauf über die neuesten Erkenntnisse.

»Der Obduktionsbericht von Dr. Gräber kommt heute und die Spurensicherung geht noch mal los, um den Gehstock zu suchen. Stefan Schüppel hatte ein krankes Bein und hinkte. Später kommt der Geschäftsführer von Schüppels Firma, von dem werden wir sicher noch einiges erfahren.«

»Prima. Ich melde mich morgen wieder.«

»Stopp, warte, Sascha!« Leo konnte ihm sein gestriges Telefonat mit Klaus Blum nicht verheimlichen.

»Ich habe gestern mit Herrn Blum gesprochen, dem Leiter deiner textilfreien Wandergruppe. Ich wollte ihn bitten, den Facebook-Post zu löschen und sich mit weiteren Veröffentlichungen zurückzuhalten. Aber der Schuss ist total nach hinten losgegangen. Die sehen das zum einen als tolle Werbung für ihre Sache und zum anderen ist er ziemlich sauer auf dich, weil du ihm Melanie weggeschnappt hast.«

Er hörte Saschas glucksendes Lachen.

»Und wie ich sie ihm weggeschnappt habe! Der wird sich schon wieder beruhigen. Mach dir keine Sorgen. Ich werde Melanie bitten, dass sie Klaus anruft. Ach, mir geht es so gut, du glaubst es nicht. Ich melde mich wieder.«

Leo legte auf. Wieso Sascha auch während seines Urlaubs im Liebesglück nicht von dem Fall lassen konnte, leuchtete ihm nicht ein, aber das war seine Sache.

Sandra steckte den Kopf in sein Büro.

»Guten Morgen. Christian Hesse kommt um neun Uhr. Willst du beim Gespräch dabei sein?«

»Logisch.«

Leo biss die Zähne aufeinander. Was dachte sich Sandra bloß immer dabei, wenn sie versuchte, ihn außen vor zu lassen? Schließlich war sie für Sascha eingesprungen, nicht umgekehrt. Er musste ihr wohl mal wieder klarmachen, wer in diesem Fall den Hut aufhatte. Er sah sie an und wusste sofort, wo er ansetzen konnte.

»Willst du tatsächlich mit Handschellen an den Ohren zu diesem Gespräch gehen?«

Sandra griff sich unwillkürlich an den Hals, wo große, silberne Kreolen baumelten.

»Denkst du, die sind zu auffällig?«, fragte sie etwas verunsichert.

»Du siehst aus wie ein aufgeputzter Weihnachtsbaum im Juni«, knurrte Leo.

Sandra knallte die Tür zu.

Hatte Leo recht, waren die Ohrhänger zu groß? Sandra betrachtete sich vor dem in ihrem Büroschrank angebrachten Spiegel von allen Seiten. Dann nahm sie die glänzenden Reifen aus den Ohrlöchern und legte sie bedauernd auf den Schreibtisch.

»Heute Abend kommt ihr wieder rein«, sagte sie zu ihnen und setzte sich.

Mit leisem Surren fuhr ihr Computer hoch und spuckte die neuesten E-Mails aus. Aber weder der Obduktionsbefund von Dr. Gräber noch ein neuer Bericht von Manni Tannhauser waren dabei.

Sandras Blick glitt zur Armbanduhr. Noch hatte sie eine halbe Stunde Zeit, bis Christian Hesse kam. Sie tippte »Armando Mirador« in die Suchmaschine und wartete gespannt ab. Mehrere Fotos poppten auf und zeigten ihn in seiner ganzen Schönheit: Armando bei verschiedenen Turnieren, mit wechselnden Tanzpartnerinnen, immer in der vollendeten Haltung des Tango-Lehrers. Die meisten Kommentare waren in Spanisch und Sandra konnte nur erahnen, was da stand. Ihre Dresdner Tanzschule hatte ihn jedenfalls als den neuen »Tanzgott« aus Argentinien angekündigt. Sandra seufzte. Beim Gedanken an seinen Akzent bekam sie weiche Knie und Herzklopfen. Sie würde sich in Acht nehmen müssen.

Christian Hesse machte einen sympathischen Eindruck. Freundlich schüttelte er Sandra und Leo zur Begrüßung die Hand und machte ein paar flapsige Bemerkungen über seinen ersten Besuch bei der Kriminalpolizei. Er trug eine helle Jeans und ein leichtes Sakko eines italienischen Designer-Labels, das er lässig über die Stuhllehne hängte. Das Hemd spannte über dem Bauch und Leo fragte sich, wie lange der Knopf dem Druck standhalten würde.

Sandra ließ sich seinen Ausweis zeigen und überprüfte die Personalien. Christian Hesse schien eine kurze Nacht hinter sich gehabt zu haben, denn seine Lider waren leicht gerötet und die Schatten unter den Augen tief.

»Sie wissen, dass wir den Fall von Dr. Stefan Schüppel untersuchen, der am Sonntag tot im Gebiet der Kuhstallhöhle gefunden wurde?«, fragte Leo ihn.

Hesse nickte.

»Das ist furchtbar. Meine Frau und ich sind völlig schockiert. Wissen Sie schon, wie das passiert ist?«

Sandra meldete sich zu Wort: »Leider nein. Wir haben bisher nur mit seiner Lebensgefährtin Helene Petzold und dem Betriebsleiter Herrn Johne ...«

»Lebensgefährtin?«, platzte Hesse dazwischen. »Das hätte sie wohl gern! Aber das ist definitiv nicht richtig. Stefan hatte nie Pläne mit Frau Petzold, das können Sie mir glauben. Sie hat für ihn gekocht und das Haus in Ordnung gehalten, mehr nicht. Was sich diese Person nur einbildet!«

Er schüttelte ärgerlich den Kopf.

Sandra und Leo sahen sich an. Das hatte gestern aus Helene Petzolds Mund anders geklungen.

»Haben Sie eine Vermutung, was Herr Dr. Schüppel am Samstag am Kuhstall wollte?«

Christian Hesse lehnte sich in seinem Stuhl zurück und sah aus dem Fenster.

»Nein. Stefan lebte sehr zurückgezogen, fast schon menschenscheu. Er ging völlig auf in seinen Projekten. Für die Firma ist das ein herber Verlust. Ohne ihn können wir erst mal keine neuen Produkte entwickeln. Er war immer der kreative Kopf und voller Ideen.«

»War Herr Dr. Schüppel denn öfter allein in unwegsamem Gelände unterwegs?«, fragte Leo.

Hesse schüttelte energisch den Kopf: »Wie ich schon sagte, Stefan verließ sein Labor nur selten. Wenn er nach Pflanzen suchte, schickte er einen unserer Mitarbeiter los. Stefan ging nie selbst ins Gelände. Das war so eine seiner Eigenheiten. Dafür ...«, er lächelte schief, also wolle er Schüppel entschuldigen, »... dafür überwachte er ständig alle Produktionsprozesse in der Waldgold GmbH. Seine Qualitätsstandards waren extrem hoch. Es wird wirklich schwer sein, ohne ihn weiterzuarbeiten.«

»Aber Sie werden die Waldgold GmbH weiterführen?«, fragte Sandra.

Christian Hesse fuhr sich nervös durch das schüttere, ehemals dunkle Haar.

»Ich hoffe, dass wir den Betrieb erhalten können. Da hängen immerhin zehn Arbeitsplätze dran – ohne meinen eigenen.«

»Wissen Sie, ob er Verwandte hat? Sie sind doch seit langem befreundet.«

»Ja, wir kennen uns schon lange, seit unserem ersten Semester an der Universität in Dresden 1986. Ich habe Biologie studiert, weil mir nichts Besseres einfiel, Stefan, weil er nie etwas anderes tun wollte. Er hat das Studium ja auch beendet, während ich es sofort nach der Wende abgebrochen habe. Wir haben uns gut verstanden und den Kontakt gehalten. Aber nein, nähere Verwandte hatte er nicht. Jedenfalls nicht, dass ich wüsste. Aber wer weiß? Vielleicht taucht ja noch ein entfernter Cousin auf. Stefan Schüppel war ein ziemlich ungeselliger Mensch. Ich kam halbwegs mit ihm zurecht, aber er war nicht einfach.«

Hesse lächelte und zog die Schultern hoch. Er sprach mit einer angenehm tiefen Stimme, war ständig in Bewegung und unterstrich jedes seiner Worte mit den Händen.

»Nur zur Information, Herr Hesse: Wie haben Sie den letzten Samstag verbracht?"

Der Angesprochene zog die Stirn in Falten und überlegte kurz.

»Am Vormittag habe ich gemütlich mit meiner Frau gefrühstückt und danach haben wir bis mittags in unserem Garten gearbeitet. Am Nachmittag waren wir gemeinsam einkaufen, dann habe ich noch zwei Stunden gearbeitet und abends waren wir nach einer kleinen Wanderung im Schwarzbachtal essen. Samstag war das Wetter ja sehr schön.«

Er sah Leo souverän an.

»Falls Sie auch das wissen wollen: Ich oder meine Frau haben am Samstag auch nicht mit ihm telefoniert. Unser letzter Kontakt war einige Tage zuvor, auch da nur am

Telefon. Es ging um Stefans Idee, die Rezeptur unserer Waldgold-Salbe leicht zu verändern.«

Es klopfte. Leo stand auf und nahm an der Tür den Bericht von Dr. Gräber entgegen.

»Sandra, kommst du mal kurz?«

Er bat Hesse um zwei Minuten Geduld und winkte sie auf den Flur.

Gemeinsam blätterten sie den Bericht durch, bis sie an die entscheidende Stelle kamen:

»… definitiv kein organisches Versagen, Todesursache sind die schweren inneren und äußeren Verletzungen nach dem Sturz aus großer Höhe. Der Schluss liegt nahe, dass der Verstorbene Suizid begangen hat. Für eine vorangegangene körperliche Auseinandersetzung und damit einhergehendes gewaltsames Einwirken auf den Toten gibt es keinerlei Indizien«, las Leo leise vor.

»Das bedeutet, dass er keinen Schwächeanfall oder Herzinfarkt hatte und auch keinen Kampf, sondern wahrscheinlich freiwillig von da oben heruntergesprungen ist«, fasste Sandra zusammen.

Leo nickte.

»Gehen wir wieder rein.«

Christian Hesse schaute ihnen neugierig entgegen.

»Herr Hesse, hatte Herr Dr. Schüppel Probleme, war er depressiv, eventuell sogar selbstmordgefährdet?«, fragte Leo.

Der Angesprochene atmete tief ein und verschränkte die Arme vor der Brust.

»Ich habe das schon befürchtet«, ächzte er.

»Wieso?«

»Stefan hatte seit seinem Unfall immer wieder starke Schmerzen und auch Depressionen. Zwischen den einzelnen Forschungsprojekten ging es ihm oft nicht gut. Er saß dann tagelang in seinem Arbeitszimmer und grübelte vor sich hin. Frau Petzold hatte Anweisung, dann sofort den Hausarzt zu rufen. Dass er letzte Woche so eine Phase gehabt hätte, ist mir allerdings neu. Armer Stefan.«

»Die Haushälterin hatte letzten Freitag bis Sonntag Urlaub, hat sie uns erzählt.« Sandra übernahm wieder die Gesprächsführung.

»Wie passend. Dann war es wahrscheinlich eine depressive Krise. Wenn das keiner mitbekommt, kann es böse enden«, sagte Hesse und sprang auf. »Er hätte ja auch mal anrufen können, verdammt!«

»Bitte setzen Sie sich wieder«, forderte Leo ihn auf.

Aber Hesse schüttelte den Kopf. »Es ist gleich um zehn, ich habe noch Termine und ich muss mich um die Beerdigung und die Firma kümmern und dringend mit einem Kunden sprechen. Nach diesem schrecklichen Todesfall gibt es unendlich viel zu organisieren. Tut mir leid, aber ich muss jetzt wirklich weg. Alles Wichtige haben wir doch besprochen, oder nicht?«

Leo war etwas ungehalten und er sah Sandra an, dass auch sie dieses Gespräch gern fortgesetzt hätte. Aber sie konnten Hesse schlecht gegen seinen Willen festhalten.

»Noch eine Frage«, sagte Leo und blieb demonstrativ sitzen. »Was war das für ein Unfall, den Herr Dr. Schüppel vor vielen Jahren hatte und der ihn mit seinen Folgen bis zu seinem Tod belastet hat?«

Christian Hesse drehte sich zum gekippten Fenster und sah hinaus. Der Duft seines teuren Rasierwassers wehte bis zu ihnen an den Tisch.

»Stefan ist beim Bergsteigen abgestürzt und wurde schwer verletzt. Schlimme Sache damals.« Christian Hesse drehte sich um und legte sich das Sakko von der Stuhllehne über den Arm. Er sah nochmals auf die teure Uhr an seinem Handgelenk.

»Ich muss jetzt wirklich gehen. Wann geben Sie seinen Leichnam frei, damit wir ihn beerdigen können?«

Sandra stand auf: »So bald wie möglich. Wir geben Ihnen Bescheid.«

Hesse nickte beiden zu und eilte den Flur hinunter zum Lift.

Leo stand neben Sandra und sah ihm hinterher.

»Wenn Schüppel depressiv war und Medikamente brauchte, die er möglicherweise am Samstag nicht bekommen hat, dann ist der Fall ja wohl ziemlich klar«, sagte Sandra.

Sie drückte Leo die Unterlagen in die Hand.

Er ordnete sie demonstrativ und sprach mehr zu den Papieren als zu seiner Kollegin.

»Dann erklär mir mal, wieso der Taxifahrer mir vorhin erzählt hat, dass Schüppel am Samstagmorgen so munter gewesen sei, wie er ihn trotz vieler Fahrten noch nie zuvor erlebt hatte. Wortwörtlich hat er gesagt: ›Ich hatte das Gefühl, der Doktor ist verliebt‹. Er hat lange rumgeeiert, bis er mir das sagte, weil es auch in seinen Ohren so verrückt klang. Aber er hat mir mehrmals bestätigt, dass das Schüppels Zustand am allerbesten beschreiben würde.«

»Verliebt?«

Sandra, die schon fast zur Tür raus war, drehte sich wieder um.

»Wieso hast du mir das nicht früher gesagt? Dann müssen wir mit Schüppels Arzt reden. Und seine Medikamente überprüfen. Und herausbekommen, was er vorhatte. Vielleicht hat er etwas eingenommen und überdosiert, etwas, das zu diesem Hochgefühl geführt hat, und dann, als die Wirkung nachließ ...«

Sandra hatte nun wieder ein neues Szenario vor Augen und zog ihre Stirn in Falten.

Leo nickte und meinte: »Außerdem sind die Angaben von Helene Petzold und Christian Hesse doch in vielen Punkten unterschiedlich. Dem gehe ich jetzt nach.«

Sandra streckte die Hand aus, um die Papiere wieder an sich zu nehmen, aber Leo schüttelte den Kopf.

»Den Gehstock hatte er im Taxi übrigens dabei. Um den kannst du dich ja kümmern.«

Diese Runde ging an ihn.

Gegen elf Uhr am Vormittag ging Rigobert Bausewein mit seinem alten Dederon-Einkaufsbeutel die Bielatalstraße in Königstein hinunter. Im Vergleich zu seiner Wohnung, die angenehm schattig und kühl war, drückte hier draußen die Mittagshitze.

Bausewein fühlte, wie müde er war. Seit dem Leichenfund konnte er nicht mehr schlafen. Immer wenn er einnickte, riss ihn der Anblick von Dr. Schüppels totem Körper aus Morpheus Armen. Er hatte da gelegen wie der Mann in Leonardo da Vincis berühmter Zeichnung »Der Vitruvianische Mensch«: die Arme und Beine abgespreizt und das Gesicht nach oben, als gäbe es da im Juni-Himmel etwas zu entdecken. Was wollte ihm dieses Bild sagen? Was wollte ihm Dr. Schüppel mitteilen?

Er kannte den Doktor schon sehr lange, wenn auch nicht persönlich. Aber bis vor vier Jahren hatte er Jahr für Jahr seine Steuerunterlagen auf dem Tisch gehabt und so verfolgen können, was für ein bedeutender Forscher dieser Mann war. Schon früh war ihm aufgefallen, dass er und Dr. Schüppel am gleichen Tag, dem 12. September, Geburtstag hatten. Aber noch viel mehr verband ihn mit Schüppel die Leidenschaft für die heimische Natur. Er betrieb seine Fliegenforschung zwar nur privat, während der Doktor seine Projekte zu Farnen, Sumpfporst oder Moosen in weitaus größerem Stil und wissenschaftlich untermauert vorantrieb. Trotzdem waren sie so etwas wie Brüder im Geiste. Jahrelang hatte er um alle Firmen im Raum Pirna, deren Name mit ›S‹ beginnt, einen Bogen gemacht. Als Zuständiger für deren Steuererklärung vermied er jeden persönlichen Kontakt. Nur Dr. Schüppel hätte er gern kennengelernt. Rigobert Bausewein war im Laufe der Jahre zu einem großen Bewunderer Schüppels, seiner Buchhaltung und seiner bezaubernden Steuerberaterin geworden.

Aus verschiedensten Fördertöpfen, vom Land Sachsen bis hin zur EU, waren großzügige Gelder in Schüppels

Forschungsvorhaben geflossen. Aber jede einzelne Maßnahme hatte sich gelohnt: Immer wieder hatte der Doktor neue Ideen entwickelt. So etwas schaffte nur ein Genie, ein wirklich einzigartiger, kreativer Geist.

Hinter dem Kaffeehaus an der Dresdner Straße waren die Terrassentische dicht gefüllt mit Touristen, die sich Eisbecher und Torten schmecken ließen.

Ob er sich auch eine Erfrischung gönnen sollte?

»Guten Tag, Rigo!«

Er fuhr aus seiner stillen Betrachtung der Café-Terrasse herum.

Vor ihm stand, schwer schnaufend, Renate Jäger, seine Nachbarin aus dem Haus gegenüber. Sie trug in jeder Hand eine Einkaufstasche, aus denen Grünzeug und eine Zeitung quollen.

»Tag, Renate! Wie geht's?«

»Nu, gut, mein Bester. Haste gelesen, dass sie den Schüppel aus Rathmannsdorf abgemurkst haben?«

Bausewein lächelte. Dass er höchstpersönlich derjenige war, der die Leiche gefunden hatte, würde Renate gleich schwer beeindrucken. Als er eben erzählen wollte, wie das am Sonntag abgelaufen war, machte sich plötzlich eine Erkenntnis in ihm breit, die ihm trotz der Hitze einen Schauer über den Rücken jagte.

»Abgemurkst, sagst du?«

»Nu, steht in der Sächsischen Zeitung. Wobei ..., nicht so ganz. Die schreiben, dass er beim Kuhstall tot aufgefunden wurde. Ist aber doch klar, dass der nicht freiwillig von da oben runtergehuppt ist. Den hat einer aus'm Weg geräumt, sag ich dir.«

Sie unterstrich ihre Überzeugung mit heftigem Kopfnicken.

Da fiel es Bausewein wie Schuppen von den Augen. Natürlich! Er war mitten in einem Mordfall gelandet! Warum war er nicht selbst darauf gekommen? Seine Alpträume waren Dr. Schüppels Botschaft an ihn, den Mord zu untersuchen.

Seine Erfahrung hatte ihn gelehrt, dass die Menschen von Grund auf schlecht waren. Wie oft hatte er erlebt, dass Steuerzahler unendlich viel Energie aufwandten, um ihre Steuererklärung zu fälschen. Fast jeder, von der Hausfrau bis zum Unternehmer, versuchte, das Finanzamt auszutricksen. Kein Wunder, dass es so schlecht um die Welt bestellt war, bei so viel kriminellem Eifer! Die Schüppel Science GmbH war da immer ein leuchtendes, absolut korrektes Vorbild gewesen. Bis zur letzten Ziffer hatten die Bilanzen gestimmt.

Und nun dieses schreckliche Ende. In Bauseweins Gehirn sprang ein Räderwerk an, dem er sich nicht entziehen konnte. Diesem blutjungen Polizisten im Adamskostüm traute er ganz und gar nicht über den Weg. Wer nackt durch den Wald lief, hatte weder Moral noch Grundsätze, war also erstens jederzeit erpressbar und zweitens nicht geeignet, die wahren Beweggründe für diesen Mord zu erkennen. Er, Rigobert Bausewein, war aus einem anderem Holz geschnitzt! War es jetzt nicht an ihm, Dr. Schüppels Tod zu untersuchen?

Ohne auf die erstaunte Renate Jäger zu achten, ließ Bausewein sie einfach stehen und eilte zum Zeitungsstand. Er wusste, was er zu tun hatte.

Sandra beschloss, Helene Petzold anzurufen. Sie ging hinüber zu Leo, der noch über den Obduktionsbericht von Dr. Gräber gebeugt saß.

»Was hältst du davon, wenn wir die Doch-nicht-Zukünftige von Stefan Schüppel anrufen und uns seine Medikamente zeigen lassen?«

»Gut, aber diesmal fahre ich. Rufst du sie an und bittest sie, uns um eins an der Villa zu treffen? Dann können wir noch was essen, bevor wir losfahren.«

»Ich kümmere mich drum.«

»Übrigens, Dr. Gräber schreibt hier, dass der Todeszeitpunkt auf die Zeit zwischen sieben und neun Uhr bestimmt werden kann.« Leo tippte mit dem Finger auf die entsprechende Stelle im Bericht.

Sandra rechnete kurz nach. »Dr. Schüppel hat sich ja um halb sieben abholen lassen. Dann hat er nicht viel Zeit dort oben verbringen können.«

»So ist es«, brummte Leo und vertiefte sich wieder in Dr. Gräbers Text.

Nach dem Telefonat mit Helene Petzold führte Sandra ein langes Gespräch mit Dr. Schüppels Hausarzt in Bad Schandau, der Hesses Angaben zu Schüppels Depressionen bestätigte. Dann googelte sie die Waldgold GmbH.

Das Familienunternehmen produzierte in der vierten Generation neben einem Kräuterlikör diverse Naturkosmetika mit Auszügen aus heimischen Kräutern, zum Beispiel ein Haarwasser, das Rasierwasser »Sächsisch Moos«, eine Hautcreme mit heimischer Arnika und Kamille gegen kleine Blessuren und eine Anti-Falten-Creme mit Auszügen aus Sumpfporst. Die, so erinnerte sich Sandra, hatte sie schon in ihrem Bioladen im Kosmetik-Regal stehen sehen.

Sie zog ihren Handspiegel aus der Schreibtischschublade und überprüfte kritisch ihr Gesicht. Wurde es mit ihren vierunddreißig Jahren auch bei ihr langsam Zeit für eine Pflege gegen Fältchen? Sie zog ein paar Schnuten und stellte dankbar fest, dass noch kein dringender Handlungsbedarf erkennbar war. Aber nächstes Jahr könnte sie sich ja mal ein Töpfchen der Waldgold-Wunder-Creme zu Weihnachten wünschen.

Es klopfte. Leo kam mit einer Leberkäs-Semmel in der Hand in ihr Büro und verbreitete einen Duft nach Brötchen und Bratenkruste. Ihr Magen meldete sich sofort.

»Mist, schon so spät?«

Der Artikel in der Sächsischen Zeitung war eher knapp gehalten. Es war nur zu lesen, dass Dr. Stefan Schüppel am Sonntag tot im Gebiet des Neuen Wildensteins, im Volksmund Kuhstall genannt, gefunden worden sei. Weder zum Fundort noch zur Todesursache fanden sich genaue Angaben. Rigobert Bauseweins Rolle in der Sache war mit »... gefunden von einem ortskundigen Pensionär« nur am Rande erwähnt worden. Dabei hatte er dem Polizisten doch seinen Namen, seine botanischen Vorlieben und vor allem seine Kenntnisse in der entomologischen Forensik genau erläutert.

Das war kein Zufall, schlussfolgerte Bausewein. Wenn es sich um einen Unfall oder ein Unglück gehandelt hätte, dann hätten all diese Angaben auch in der Zeitung gestanden. Der Artikel war ein Beleg dafür, dass Dr. Stefan Schüppel umgebracht worden war. Der Täter sollte in Sicherheit gewiegt werden.

Gedankenverloren ließ er seinen Blick über die Bücherregale wandern, die sein Wohnzimmer wie eine Schutzmauer umfingen. Zwei Meter Kriminal-Literatur, drei Meter Steuerrecht und Verordnungen, die er im Laufe seiner Tätigkeit beim Finanzamt gesammelt hatte, zwei Meter Klassiker und ein Meter biologische Abhandlungen über Insekten, insbesondere über Zweiflügler.

Er schweifte zurück zu den Krimis. Eigentlich wusste er doch, wie es geht.

Bausewein lief zwischen Küche und Wohnzimmer hin und her, überlegte, wo er beginnen sollte, und hätte darüber beinahe die Kartoffeln vergessen, die auf dem Herd kochten.

Nach dem Mittagessen wusste er, wie er es anfangen würde.

Sein phänomenales Zahlengedächtnis würde ihm helfen.

Sobald Leo das Siegel entfernt hatte, versuchte Helene Petzold mit sichtlichem Unbehagen die Haustür aufzuschließen.

»Ich bin immer noch total durcheinander …«, stammelte sie entschuldigend, als sie endlich den richtigen Schlüssel gefunden hatte. Der pinkfarbene Chiffonschal, der passend zum knallig schwarz und pink gemusterten Kleid um ihren Hals flatterte, kam ihr ständig in die Quere.

Sandra rollte mit den Augen, aber Leo lächelte ihr aufmunternd zu.

»Als Erstes zeigen Sie uns bitte Herrn Dr. Schüppels Medikamente«, bat Sandra. Helene Petzold führte sie die Treppe hinauf und trat ins Bad. Obwohl es nach hinten zur Felswand lag, war es dank der beiden großen Fenster mittags hell und angenehm. Sie öffnete den weißen Schrank neben dem Waschtisch und präsentierte ihnen drei Regalbretter voller Medikamente.

»Oha!«, entfuhr es Leo Reisinger. Das sah aus wie die Ausstattung einer mittleren Apotheke.

Helene Petzold war einen Schritt zurückgetreten: »Das meiste sind Vitamine, Mineralien, Algenextrakte und so Sachen. Stefan war ein bisschen, naja, hypochondrisch. Er hatte immer Angst um seine Gesundheit und nahm alles Mögliche, von dem er glaubte, dass es ihm guttun würde.«

»Und die Medikamente gegen Depressionen, wo sind die?«

Helene Petzold kam wieder näher und kniff die Augen zusammen, während sie das mittlere Regalbrett durchsuchte.

»Hier. Moclobemid. Das war aber nur für die Tage, wo es ihm ganz schlecht ging. An weniger schlimmen Tagen hat er seine Kapseln mit Johanniskraut genommen. Er schwor ja auf die Naturheilmittel.« Sie hielt zwei verschiedene Packungen hoch.

»Können Sie feststellen, wann er die letzten genommen hat?«, fragte Sandra.

Helene Petzold zögerte.

»Also die Moclobemid hat uns Dr. Friebel zuletzt vor drei Monaten verschrieben. Vor sechs Wochen ging es ihm mal nicht so gut, aber da wollte er nur die Johanniskraut-Kapseln.«

Mit fahrigen Bewegungen öffnete sie die Schachtel Moclobemid.

»Er hat keine einzige genommen ...«

Sie verschloss die Schachtel wieder und nahm die nächste, die laut Aufschrift hoch dosiertes Johanniskraut enthielt. In dieser Packung fehlten fünf Kapseln.

»Die hat er vor sechs Wochen eingenommen. Das weiß ich sicher.«

Leo sah Sandra an: »Das kann doch eigentlich nur bedeuten, dass Dr. Schüppel keinen depressiven Anfall hatte.«

Er wandte sich an Helene Petzold: »Er hätte doch gemerkt, wenn es ihm schlechter geht, und wenigstens die Naturkapseln genommen, oder?«

»Ich glaube schon«, flüsterte sie und nickte.

»Wissen Sie, ob er noch andere Psychopharmaka besaß? Stimmungsaufheller, die die Laune kurzfristig heben?«, fragte er und sah sie eindringlich an.

»Auf keinen Fall!«, protestierte sie heftig.

»Nun gut, bei der Menge an Medikamenten sollten wir das prüfen lassen.« Leo begann, die vielen Schachteln und Flaschen in einen Beutel zu füllen.

Helene Petzold sah ihn an und ihre Augen füllten sich mit Tränen.

»Wenn ich bloß nicht weggefahren wäre. Dann würde er bestimmt noch leben. Wir hätten so ein gutes Leben haben können.« Sie begann zu weinen.

Sandra atmete hörbar ein und aus.

»Frau Petzold«, sagte sie und klang dabei nicht sehr mitfühlend. »Herr Hesse sagte uns, dass Herr Dr. Schüppel keineswegs eine tiefere Beziehung mit Ihnen geführt hat. Kann es sein, dass Sie ein wenig übertreiben, was

Ihre gemeinsame Zukunft mit dem Verstorbenen angeht?«

Helene Petzold fuhr auf.

»Also, wissen Sie! Wie kann er es wagen?! Der hat sich hier doch kaum blicken lassen! Und jetzt bildet er sich ein, er wüsste irgendwas über Stefan?«

Sie funkelte Sandra wütend an.

Leo ging dazwischen: »Immerhin kannte er Herrn Dr. Schüppel seit dreißig Jahren.«

»Na und? So gut wie ich kannte Stefan niemand. Da können Sie sicher sein!«

Ärgerlich warf Helene Petzold die Türen des Badschranks zu und marschierte in das schräg gegenüber liegende Zimmer.

Es war Schüppels Arbeitszimmer. Der altmodische Schreibtisch mit Lederbespannung stand sorgfältig aufgeräumt mitten im Zimmer, dahinter eine ganze Wand voller Einbauschränke aus dem gleichen, dunklen Holz. Gegenüber lud ein zierliches Biedermeier-Sofa mit Tischchen zum Sitzen ein. Der dicke Teppich dämpfte die Schritte der Ermittler, als sie Helene Petzold ins Zimmer folgten.

Mit großer Geste und erst, als sie sicher war, dass ihr beide Kommissare zuschauten, nahm sie einen grün glasierten Keramikbecher vom Schreibtisch. Sie fischte die Stifte heraus und drehte den Becher um. Auf die leere Arbeitsfläche klimperte daraufhin ein kleiner Schlüsselbund mit vier silbernen Schlüsseln. Ohne ein Wort zu sagen, aber jede Bewegung betonend, als ginge es hier um ein Lehrvideo, schloss sie die erste Schranktür auf. Nacheinander entsperrte sie mit den kleinen Schlüsseln die Türen und ließ sie weit geöffnet stehen. Die Schränke waren vollgepackt mit beschrifteten Ordnern.

»Hätte Herr Hesse das auch gewusst?«, fragte sie spitz und warf sich den pinken Schal über die Schulter.

Leo verkniff sich ein Grinsen und meinte: »Keine Ahnung, jetzt brauchen wir ihn nicht mehr zu fragen.«

Zielsicher zog sie einen Ordner aus dem rechten Schrank und schlug ihn auf dem Schreibtisch auf.

»Hier! Eine Reise mit dem Schiff ans Nordkap im nächsten März für zwei Personen.«

Sandra warf einen Blick auf das Buchungsformular des Reiseveranstalters.

»Ihr Name ist da aber nicht eingetragen ...«, sagte sie und schaute Helene Petzold in die Augen.

»Nu, also wissen Sie, mit wem sollte er denn sonst fahren? Mit Herrn Hesse etwa?«

Sie fuchtelte mit ihrem gestreckten Zeigefinger vor Sandras Gesicht herum.

»Nein, nein. Ich bin sicher, er wollte mich überraschen. Ich habe im August Geburtstag.«

Leo konnte sehen, dass Sandra inzwischen ziemlich genervt war von Frau Petzolds Wunschträumen und ging dazwischen.

»Wissen Sie auch, wo er sein Testament aufbewahrte?«, fragte er.

Sie hielt in der Bewegung inne und stockte einen Moment.

»Nu, das ist im Tresor.«

»Und der ist wo?«, fragte Leo.

Helene Petzold kämpfte sichtbar mit sich selbst, ob sie das Geheimnis verraten dürfe.

»Wir sind von der Kriminalpolizei, Frau Petzold, uns dürfen Sie das schon sagen. Wir ermitteln schließlich im Todesfall von Herrn Dr. Schüppel.«

Leo bemühte sich, seine Stimme so sanft und tief wie möglich klingen zu lassen, das funktionierte bei älteren Damen eigentlich immer. Sandra zog ein Gesicht. Als aber Helene Petzold tatsächlich mit einem Nicken zum Schrank ging, einen Pappkarton herausnahm, der aussah wie eine Reihe Ordnerrücken, und damit einen quadratischen Tresor freilegte, riss sie die Augen auf und Leo lächelte zufrieden.

Er war sicher, dass sie auch den Schlüssel für den Tresor hatte.

Tatsächlich war er nebenan, in Schüppels Schlafzimmer, in der Krawattenschublade versteckt.

Leo holte unter Helene Petzolds kritischem Blick den Inhalt aus dem Tresor.

Ein Kästchen enthielt Erinnerungsstücke, Eheringe, Schmuckstücke, silberne Abzeichen, ein kleines Firmenschild und ein paar alte Münzen. In einem alten, schon brüchigen Lederordner befanden sich Geburtsurkunden, Firmenpapiere, Zeugnisse, Sterbeurkunden, das Familienbuch und Ähnliches.

Eine weitere Mappe enthielt diverse Sparbücher und Bankunterlagen. Leo sah sofort, dass Dr. Schüppel bei der Bank Kunde war, in der seine Freundin Veronika gerade arbeitete. Unter den Bankunterlagen fand sich schließlich auch eine Mappe mit dem typischen Einband und dem Siegel eines Notars.

»Da haben wir also das Testament. Das muss zum Nachlassgericht«, sagte Leo. Er klappte die Mappe auf und las vor: »Notar Dr. Ralf Himmelstoß aus Pirna.«

Sandra war zurück ins Schlafzimmer gegangen, wo sie mit einem kleinen Büchlein in der Hand stehen blieb und zu blättern begann.

Helene Petzold schaute nervös von ihm zu Sandra und wieder zurück.

Während Leo das Testament überflog, hörte er Sandra zu ihr sagen: »Keine Angst, Frau Petzold, wir geben alles zurück, was wir zur Untersuchung mitnehmen. Im Übrigen gehören Ihnen die Sachen ja nicht.«

Helene Petzold protestierte: »Ich weiß. Aber ich habe hier so lange für Ordnung gesorgt, ich fühle mich verantwortlich für Stefans Besitz.« Aus den Augenwinkeln sah er, dass Sandra einen Zettel aus dem Büchlein nahm und in ihr Notizbuch legte.

»Du hast Helene Petzold ja ganz schön um den Finger gewickelt«, sagte Sandra, als sie wieder auf dem Weg zurück nach Dresden waren. »Mir hätte dieser Drache den Tresor nicht geöffnet.«

»Ich kann eben mit älteren Damen umgehen«, sagte Leo selbstzufrieden.

»Pah, du bist ein Mamasöhnchen und auch noch stolz drauf!«

Sandra war schlechter Laune. Leos fast vertrautes Geplänkel mit Helene Petzold war ihr auf die Nerven gegangen, auch wenn es seinen Zweck erfüllt hatte.

Leo antwortete nicht. Stattdessen fragte er: »Was hältst du von ihrer Liebesgeschichte mit Dr. Schüppel? Bildet sie sich das ein oder war es tatsächlich so?«

Sandra ließ das Fenster herunterfahren und hielt ihre blonde Mähne in den warmen Sommerwind, als sie über die Elbbrücke in Bad Schandau fuhren.

»Keine Ahnung. Aber es tut ja nichts zur Sache. Sie ist im Testament zwar mit zehn Prozent von Schüppels Privatvermögen berücksichtigt, aber das ist ja schon seit drei Jahren so festgeschrieben und ich sehe keinen Grund, warum sie ihn deshalb gerade letztes Wochenende hätte umbringen sollen. Zumal sie ja ein Alibi hat: Ihr Sohn hat mir bestätigt, dass sie von Donnerstagabend bis Sonntag in Heilbronn war.«

»Na ja, so gesehen hätten Christian Hesse und seine Frau sehr viel mehr Grund, Schüppel aus dem Weg zu räumen. Die bekommen die Firmen und den Rest von Schüppels Vermögen. Aber Hesse war genauso geschockt wie die Petzold, denn die Schüppel Science GmbH, die im Testament explizit erwähnt wird, hat wohl sogar noch mehr Geld eingebracht als die Waldgold und ist ohne Schüppels Forschungsergebnisse praktisch erledigt. So habe ich ihn jedenfalls verstanden.«

Sandra sah das auch so.

»Ja, es gibt aktuell keine Motivlage, die für einen Mord spricht, zumindest, was das Erbe angeht. Bleibt also immer noch zu klären, ob es einen anderen Grund gab, ob Schüppel Selbstmord begangen hat oder ob er einfach gestolpert und verunglückt ist.«

Sandras Telefon klingelte.

»Kriminalkommissarin Sandra Kruse«, meldete sie sich.

»Guten Tag, Herr Hesse!« Sie stellte das Telefon laut, damit Leo mithören konnte.

»Ich stehe gerade vor Stefan Schüppels Villa in Rathmannsdorf. Die Haustür ist versiegelt. Wie soll ich da die nötigen Formalitäten in einem Todesfall erledigen?« Hesse klang ungehalten.

Sandra pustete sich eine blonde Strähne aus der Stirn und lächelte dann bedauernd das Telefon in ihrer Hand an.

»Das ist so vorgeschrieben, Herr Hesse. Das nennt man Nachlass-Sicherung. Wenn Sie ins Haus müssen, vereinbaren Sie einen Termin mit der Polizei, die Sie dann begleiten wird. Immerhin geht es hier ja um bedeutende Werte.«

»Jetzt hören Sie mir mal gut zu«, knurrte Hesse. »Denise Venus, die Sekretärin unseres Betriebsleiters André Johne, hat mir eben nicht nur mitgeteilt, dass Johne heute seine Kündigung geschickt und sich in den Krankenstand verabschiedet hat, sie hat mir auch erzählt, dass sie Sie heute Nachmittag mit Frau Petzold vor dem Haus gesehen hat. Wieso kann die rein und ich stehe vor verschlossener Tür? Soll die sich vielleicht um die ganzen Behördengänge kümmern, die Versicherungen, das Standesamt, die Bank und so weiter?«

Hesses Stimme tönte immer lauter und blecherner aus Sandras Mobiltelefon.

»Immerhin sind meine Frau und ich diejenigen, die mit Stefan seit Jahrzehnten befreundet sind und seit zig

Jahren mit ihm zusammen die Firmen leiten. Ich brauche dringend das Rezept für den neuen Kräuterauszug, an dem Stefan im Labor gearbeitet hat, damit wir unsere Testreihe beginnen können. Damit hat sich die Petzold ja wohl kaum befasst!«

Sandra atmete tief durch und sagte so ruhig wie möglich: »Ich verstehe Ihre Aufregung, Herr Hesse. Dr. Schüppels Tod ist für Sie sicher eine große Belastung. Wir finden Möglichkeiten, damit Sie Ihre Arbeit machen können. Frau Petzold haben wir gebeten, uns die Medikamente von Dr. Schüppel zu zeigen.«

Leo bog inzwischen in Pirna auf die Autobahn Richtung Dresden ein.

»Und, was hat sie Ihnen diesmal erzählt? Dass sie und Stefan schon die Hochzeitsreise geplant haben?«

Sein Lachen klang höhnisch.

»In der Tat hat sie uns eine Reisebuchung für zwei Personen gezeigt.«

Das Lachen erstarb sofort in der Leitung.

»Was? Eine Reise für Stefan und Helene Petzold?« Seine Stimme sprang eine Oktave höher.

»Nein, eine Reise für Stefan Schüppel und eine noch nicht benannte andere Person«, antwortete Sandra.

»Eine nicht benannte andere ...«, echote es aus dem Hörer.

»Wer könnte das sein, außer Frau Petzold?«, fragte Sandra lauernd.

Sie bekam eine ganze Weile keine Antwort.

»Ich habe nicht die leiseste Ahnung. Ich bin ehrlich überrascht. Aber ich bin ziemlich sicher, dass er nicht mit der Petzold verreisen wollte.«

»Gut. Dann wäre das so weit geklärt. Haben Sie sich schon mit dem Notar in Verbindung gesetzt, wegen des Testaments?«

»Nein, aber das mache ich sofort. Ich rufe ihn an. Das war, glaube ich, ein Notar in Pirna. Ich werde das rauskriegen.«

»Müssen Sie nicht«, sagte Sandra.»Es ist Dr. Ralf Himmelstoß aus Pirna. Wir haben das Testament.«

»Helene Petzold hat Zugang zu Stefans Tresor?« In Christian Hesses Stimme schwang jetzt nicht nur Empörung, sondern fast Panik mit.

Sandra hielt das Telefon am ausgestreckten Arm. Sie tauschte kurz einen Blick mit Leo, der Hesses Ausbruch mit einem Hochziehen der Augenbraue quittierte.

»Halten Sie diese Frau aus den Firmen-Angelegenheiten raus, das geht sie nichts an!«, rief er ins Telefon.

»Jetzt beruhigen Sie sich, Herr Hesse«, sagte Sandra besänftigend. »Wir haben das Testament von Herrn Dr. Schüppel an uns genommen, aber es wäre gut, wenn Sie als Geschäftsführer seiner Firma und Freund des Verstorbenen den Notar kontaktieren. Wenn Sie Unterlagen aus Schüppels Büro brauchen, dann rufen Sie in Pirna an und lassen Sie sich von Polizeihauptmeister Strohbach die Villa aufschließen. Er wird Sie begleiten, aber Sie nicht daran hindern, betriebliche Unterlagen zu sichten.«

Christian Hesse legte auf, ohne sich zu verabschieden.

»Na, der war aber auf hundertachtzig«, stellte Sandra fest. Die Abneigung gegen Helene Petzold konnte sie nachvollziehen, nicht aber diesen Gefühlsausbruch.

»Was denkst du, was ist da los?«, fragte sie Leo.

»Keine Ahnung, aber es wird immer interessanter.« Sie waren kurz vor Dresden, der Berufsverkehr bremste sie aus.

»Wenn du hier abbiegst und die Uni umfährst, kommst du ohne Stau in die Innenstadt«, sagte sie und deutete nach links.

»Ich fahre!«

Sandra beschloss, dem bayerischen Dickschädel seinen Willen zu lassen und sah aus dem Fenster. Gleich morgen früh würde sie alle Zahlen und Fakten zum Schüppel-Erbe zusammenzutragen. Immerhin schien es hier doch um eine erhebliche Summe zu gehen.

Dann fiel ihr Hesses Bemerkung vom Anfang des Gesprächs wieder ein:

»Hast du mitbekommen, dass Hesse sagte, der Betriebsleiter Johne hätte gekündigt und sich krankgemeldet?«

»Der hat von einem Tag auf den anderen das Handtuch geworfen?«, fragte Leo.

Sie nickte.

»Und ich hab noch was: In dem Büchlein auf Schüppels Nachttisch, übrigens Gedichte von Rilke, habe ich einen Zettel mit einer Telefonnummer gefunden.«

»Nur eine Nummer, kein Name?«, fragte Leo neugierig.

»Naja. Den Namen kann ich nicht entziffern. Schüppel hatte eine üble Handschrift. Ich würde auf so was wie ›Mandschiungel‹ oder so tippen.«

»In den Sommerferien kommen uns mein Bruder und seine Familie für eine Woche besuchen!«

Veronika begrüßte Leo mit einem Luft-Kuss in seine Richtung und hielt sich dann wieder den Telefonhörer ans Ohr.

Himmel, hoffentlich wollten die nicht die ganze Woche bei ihm wohnen! Veronikas Bruder Korbinian und seine Frau Heidi hatten zwei Jungs, Matthias und Lukas, und eine Tochter, Magdalena. Wie er die ganze Familie hier in seiner Zwei-Zimmer-Wohnung unterbringen sollte, war ihm schleierhaft und es löste beklemmende Gefühle in ihm aus. Er hasste es, wenn ihm Menschen so nahe rückten und er sich ihnen nicht entziehen konnte.

Ärgerlich sah er Veronika an, die immer noch schwatzend auf dem Sofa saß und sich mit ihrer Schwägerin unterhielt. Das hier war seine Wohnung und er wollte gefragt werden, wenn sie Leute einlud. Unschlüssig stand er im Flur. Veronika deutete zwischendurch in Richtung Küche. Er ging die zwei Schritte und sah, dass auf dem kleinen Küchentisch ein grüner Salat, Paprika und Tomaten lagen. Offensichtlich hatte Veronika einen Salat zum Abendessen geplant. Das verbesserte seine Laune nicht. Er hatte Hunger. Und er war sauer auf sie. Ob er sich in der Besuchswoche zu einem dienstlichen Außeneinsatz melden konnte? Vielleicht eine Observierung? Keiner der Kollegen war scharf darauf, sich die Zeit in billigen Hotels zu vertreiben, Freiwillige wurden immer gern genommen. Aber das würde bei Veronika nicht besonders gut ankommen. Außerdem würden sie seine Dienste als Reiseführer beanspruchen. Dabei hatte er noch gar nicht so viel von Dresden und seiner Umgebung gesehen. Diesen Kuhstall beispielsweise, von dem alle so taten, als sei er der Eiffelturm, den hatte er sich auch noch nicht in Ruhe angeschaut.

Veronikas Gespräch drehte sich inzwischen um Lukas und seinen Deutschlehrer, zuvor war es um Magdalena gegangen. Erfahrungsgemäß würde dieses Telefonat nicht so schnell zu Ende sein.

Leo schaute versonnen aus dem Küchenfenster in den asphaltierten Hinterhof. Dort spielten zwei Jungs Fußball und hatten einen Heidenspaß. Aus irgendeiner Wohnung zog verführerischer Essensduft vorbei und ließ seinen leeren Magen krampfen.

Mit drei Schritten war er im Schlafzimmer, zog seine Sportklamotten und die Laufschuhe an und war zwei Minuten später an der Wohnungstür. Bevor er die Tür hinter sich zuzog, drehte er sich noch mal um und begegnete Veronikas fragendem Blick.

»Bin laufen«, rief er und trippelte die knarzenden Holztreppen des Altbaus hinunter.

An der übernächsten Ecke kehrte er in seiner Lieblings-Dönerbude ein und genehmigte sich einen Riesen-Döner mit allem.

Sollte sie, oder lieber doch nicht? Sandra stand vor ihrem Spiegel im Schlafzimmer und probierte das neue Kleid, das sie sich für den Tango-Kurs gekauft hatte. Die Rüschen an den Ärmeln und am Saum waren ein bisschen zu verspielt für ihren Geschmack, aber das trug man beim Tango nun mal so. Das glänzende Schwarz ließ ihre blonden Haare wie Goldfäden leuchten. Die großen Kreolen für die Ohren sahen toll dazu aus.

Es gab jeden Abend nach den Tanz-Kursen eine Stunde freie Übungszeit für alle im Tanz-Studio angemeldeten Kursteilnehmer.

Armando würde sicherlich da sein. Er war nicht der einzige Tanz-Lehrer, aber bestimmt hatte er auch heute einen Kurs. Aber sie ging ja nicht seinetwegen hin, beruhigte sie sich selbst. Sie wollte ja nur die neue Schrittfolge üben. Die Frage war, ob sie einen Tanz-Partner finden würde. Guido war bestimmt nicht da. So schlecht, wie der tanzte, kam er nicht zu zusätzlichen Übungsabenden. Das war auch gut so, der ging ihr ziemlich auf die Nerven. Mit Armando zu tanzen war dagegen etwas ganz anderes. Wie er sie angesehen hatte, einfach unglaublich.

Sandra drehte sich noch mal vor dem Spiegel und ließ den weiten Rock um ihre Waden wirbeln.

Ob sie ihm gefallen würde?

Ach, Quatsch! Ihre Vernunft bekam sofort wieder Oberwasser. Sie ging da nicht wegen Armando hin. Wenn überhaupt, ging sie dahin, damit sie unter Leute kam und ordentlich tanzen lernte.

Sie zog die hochhackigen Sandalen an und schnappte sich ihre Handtasche.

»Um elf ist Schluss und halb zwölf liege ich brav im Bett«, ermahnte sie sich selbst, als sie die Wohnungstür hinter sich zuzog.

Mittwochvormittag

4:48. Die Leuchtziffern glühten rot in die Dunkelheit des Schlafzimmers. Veronikas Atemzüge neben ihm waren tief und gleichmäßig. Durch das gekippte Fenster drangen die gedämpften Verkehrsgeräusche der Stadt und ein erster Schimmer der Morgendämmerung. Kaum war er aufgewacht, hatte er den wirren Traum, der ihn aus dem Schlaf katapultiert hatte, schon wieder vergessen. Leo drehte sich auf den Rücken und fuhr sich über das Gesicht, er spürte seine Bartstoppeln auf der Handfläche. Er mochte dieses leicht schabende Geräusch. Zuverlässig wie der Sonnenaufgang war auch sein Bartwuchs und das tägliche Rasieren gehörte zu seinem Tag wie das leise Quietschen seiner Schuhe im Treppenhaus: der weiche Pinsel beim Einseifen, der frische Duft, das kühle Rasiermesser auf seiner Haut, die glatte Frische seiner Wangen nach dem Abwaschen. Er liebte dieses Ritual, aber manchmal war es auch lästig, so wie aufräumen. Aufräumen? Seine Gedanken blieben an diesem Wort hängen. War da nicht etwas in seinem Traum gewesen, das mit Unordnung zu tun hatte? Mit Papierbergen, die in den Himmel wuchsen? Leo versuchte, sich zu erinnern, doch die Bilder kamen nicht zurück.

Er stand leise auf und schlich im Dunkeln vorsichtig zur Tür. Auf dem Weg ins Bad konnte er schon ganz gut sehen, denn die Dämmerung schickte bereits genügend Licht durch das Küchenfenster in den Flur. Wie auf einer unterbelichteten Schwarz-Weiß-Fotografie traten die einzelnen Gegenstände als dunkle Kleckse hervor. Der Stapel Post auf dem Küchentisch vor dem Fenster reflektierte das erste schwache Licht und wirkte fast wie eine Marmorskulptur.

Leo hielt inne. Ein Stapel Post. Er schaute noch mal hin und war plötzlich hellwach. Wo war die Post geblieben, die bei seinem ersten Besuch auf Stefan Schüppels

Schreibtisch gelegen hatte? Wer, bitte schön, hatte da aufgeräumt?

»Wie, der ist schon unterwegs? Wir sind doch hier nicht bei der Terrorismus-Abwehr und fallen morgens um sechs in private Wohnungen ein!«

Sandra war sprachlos angesichts dieses Diensteifers von Leo Reisinger und von so viel Unverfrorenheit, sie einfach außen vor zu lassen.

Die funkelnde Leichtigkeit der gestrigen Nacht war mit einem Schlag verflogen.

Sie ging von Frau Kerschensteiner zurück in ihr Büro und knallte die Kaffeetasse auf den Schreibtisch. Ein kräftiger Schwapp überwand die Schwerkraft und sammelte sich kreisförmig um die Tasse auf ihrer To-do-Liste. Beinahe hätte ihr zitronengelbes Sommerkleid auch einen Fleck abbekommen.

»Mist!« Sie war unkonzentriert.

Das Schlafdefizit machte sich bemerkbar, jetzt, wo es mit ihrer Laune steil bergab ging. Mit dem Geschmack von Armandos Lippen auf der Zunge war ihr die Kürze der Nacht gerade eben noch herzlich egal gewesen. Doch nun merkte sie, wie müde sie war. Sandra nahm einen tiefen Schluck Kaffee und starrte auf die braune Pfütze und ihre Liste:

Spurensicherung
Hesse / Schüppels Erbe
Dr. Gräber
Notar
Schüppel Science GmbH
Verwandtschaft

Sie ging nach wie vor davon aus, dass Stefan Schüppel einen Unfall erlitten hatte oder einer Kurzschlusshandlung wegen der nachlassenden Wirkung seiner Medikamente zum Opfer gefallen war. Dennoch war es absolut richtig, die Umstände vollständig aufzuklären. Sie hatten viel zu tun. Und was machte Leo? Fuhr zu unchristlichsten Zeiten durch die Gegend und sagte ihr nicht Bescheid.

Sandra rief ihn auf seinem Mobiltelefon an. Es klingelte, bis die Mailbox ansprang.

»Na gut«, knurrte sie. »Wie du mir, so ich dir.«

Grimmig band sie ihre blonde Mähne zu einem Pferdeschwanz und straffte den Rücken.

»An die Arbeit!«

Sie wählte Manni Tannhausers Nummer bei der Spurensicherung.

»Gibt es Neuigkeiten wegen des Gehstocks?«, wollte sie wissen.

»Moment. Bin gerade erst zur Tür reingekommen.«

Tannhauser klang undeutlich, wahrscheinlich kaute er noch an seinem Frühstück.

Sandra wartete und gähnte.

Schließlich meldete er sich wieder.

»Also, das ist interessant. Gestern waren noch mal zwei Leute von mir draußen und haben die Gegend mit einer Handvoll Polizisten weiträumiger abgesucht. Sie haben tatsächlich einen altmodischen Spazierstock gefunden. Er lag hinter dem Gasthaus ›Zum Kuhstall‹ im Gebüsch, über dreihundert Meter entfernt von der vermutlichen Absturzstelle.«

Sandra zog die Stirn in Falten: »Wieso sollte Stefan Schüppel seinen Gehstock so weit entfernt ins Gebüsch werfen, wenn er vorhatte, sich die Felswand hinunterzustürzen? Hast du eine Erklärung dafür?«

»Nee, keine Ahnung. Das ergibt keinen Sinn. Es sei denn, jemand hat den Stock vorn am Abgrund liegen sehen und ihn aus Jux irgendwohin in die Landschaft geworfen.«

»Ist es denn sicher Schüppels Stock?«, wollte Sandra wissen.

»Hm, ja, ich denke schon. Er entspricht ziemlich genau der Beschreibung, die ihr mir geschickt habt. Ich schaue ihn mir gleich näher an. Willst du rüberkommen?«

Sandra überlegte eine Sekunde und entschied, genau das zu tun. Sollte Leo doch bleiben, wo er war, sie hatten ein neues Indiz und sie würde sich darum kümmern.

Leo stieg aus dem Wagen und traute seinen Augen nicht. Auf eine Ansammlung kleiner, schnuckliger Häuser war er nach diesen letzten Kilometern auf der gewundenen, engen Straße durch den Wald gefasst gewesen. Die Gleise, die der Straße streckenweise folgten, hatten in ihm Bilder einer lustigen kleinen Bimmelbahn für Urlauber erzeugt. Aber das hier, das war eindeutig fehl am Platz. Wie ein gestrandeter Wal lag eine alte Industrie-Anlage neben der Bahnstrecke und rottete vor sich hin. Zerbrochene Scheiben, in Mauerritzen und Türöffnungen wucherndes Grün und bröckelnde Mauerkronen legten nahe, dass das Werk schon seit Jahren stillgelegt war. Bis sich die Natur diesen Giganten wieder vollends einverleibt hatte, würde es noch sehr, sehr lange dauern.

Helene Petzolds Fachwerkhaus in Goßdorf saß wie Nippes inmitten eines blühenden, von einem niedrigen Jägerzaun umgebenen Bauerngartens. Morgens halb sieben war es still im Ort, in dem wahrscheinlich nicht mehr als einhundert Menschen wohnten. Die Kulisse, vor der das Haus stand, wirkte befremdlich. Zwischen die idyllischen Häuser und die satt begrünten Hänge des Sebnitztals hatte sich die gigantische Industriehalle aus rotem Klinker geschoben. Die kleinen Eigenheime der Goßdorfer sahen vor diesen mächtigen Mauern und Türmen aus wie Spielzeug.

Leo vergewisserte sich, dass ›Petzold‹ am Briefkasten stand, und drückte das Gartentor auf. Er musste eine ganze Weile warten, bis Helene Petzold mit wuscheliger Frisur und ungeschminkt die Haustür öffnete. Überrascht riss sie die Augen auf, als sie Leo sah.

»Also, wissen Sie!«, rief sie ihm als Antwort auf sein »Guten Morgen« entgegen. »Um diese Uhrzeit holt man doch keinen Menschen aus'm Bett! Kommen Sie in einer Stunde wieder!«

Sie trug einen lila Morgenrock und wollte ihn nicht reinlassen.

Leo stellte seinen Fuß hinter die Schwelle: »Frau Petzold, entweder Sie bitten mich rein und reden mit mir oder ich lasse Sie von der Polizei zum Verhör nach Dresden abholen. Die kommen in Uniform und mit Streifenwagen.«

Helene Petzold erstarrte einen Moment. Wahrscheinlich wägte sie ab, wie das auf ihre Nachbarn wirken würde.

Schließlich zog sie die Tür auf und trat einen Schritt zurück.

»Was wollen Sie denn wissen?«

Leo ging an ihr vorbei in den Flur. Rechter Hand lag die Küche. Leo ließ sich auf der Eckbank vor dem Fenster nieder und nötigte auch Helene Petzold zum Hinsetzen, indem er auf den Stuhl neben sich klopfte.

»Kann ich mich nicht wenigstens vorher anziehen?«, fragte sie. Ihre Stimme war nun eine Oktave höher als vorher an der Haustür. Leo nahm das als Bestätigung für seinen Verdacht.

»Gleich«, entgegnete er knapp.

Resigniert setzte sie sich.

»Wo sind die Unterlagen, die am Montag noch auf Herrn Dr. Schüppels Schreibtisch lagen, aber gestern plötzlich verschwunden waren?«

»Woher soll ich das wissen? Das Haus ist doch versiegelt.« Sie klang schrill.

»Eben.«

Leo ließ sie nicht aus den Augen, während sie sich bemühte, seinen Blicken auszuweichen.

»Sie wissen, was Unterschlagung bedeutet, Frau Petzold?«

Sie atmete schwer ein und aus. Dann gab sie nach.

»Also wissen Sie, ich wollte bloß mal schauen, ich hätte es ja zurückgelegt.«

»Wir haben ein Briefgeheimnis in Deutschland. Es ist strafbar, die Post anderer Menschen zu öffnen.«

»Die waren doch schon offen! Ich habe die Kuverts doch nicht aufgemacht!«, sagte Helene Petzold trotzig.

»Können Sie das beweisen?«

Kleinlaut fiel sie in sich zusammen.

»Das müssen Sie mir glauben, ich habe die Briefe nur gelesen, nicht aufgemacht.« Sie sah Leo an. »Der Stefan hatte keine Geheimnisse vor mir«, fügte sie hinzu.

»Würde Christian Hesse das auch so sehen?«

»Ach, der und seine Doreen. Der soll nicht so scheinheilig tun.«

»Frau Petzold, Sie geben mir jetzt diese Briefe und alles, was da am Montagmorgen noch auf Herrn Dr. Schüppels Schreibtisch lag!«

Sie nickte, stand auf und winkte ihn schweigend hinter sich her. Im Wohnzimmer zog sie eine Schublade auf und überreichte ihm daraus einen Stapel Briefe.

Er nahm sie in Empfang und ging zurück in die Küche. Helene Petzold hatte sich wieder gesammelt.

»Also wissen Sie, ich war am Montag so durcheinander und habe die eigentlich nur versehentlich mitgenommen. Da können Sie mich doch nicht anklagen deswegen, oder?« Sie zupfte ihn am Ärmel seines Poloshirts.

Leo schüttelte sie ab, setzte sich wieder und schaute sich die Briefe an.

»Ich warte hier unten, bis Sie angezogen sind. Gibt es eine Kaffeemaschine?«

In der Abteilung Spurensicherung arbeitete ein bunter Haufen Ingenieure und Wissenschaftler aus unterschiedlichen Fachgebieten. Sandra kam gern hierher und ließ sich die neuesten Errungenschaften zeigen, zum Beispiel zum Nachweis von Fußabdrücken, Werkzeugspuren oder Ähnlichem. Sie ging nur nicht so gern direkt in Tannhausers Büro, weil sich die Schweißfahne, die er üblicherweise hinter sich herzog, in dem kleinen Raum zu einer bedrohlichen Wolke ballte.

Aber sie hatte Glück, Tannhauser winkte sie gleich weiter in das große Labor nebenan. Dort war eine junge Frau damit beschäftigt, Proben unter einem Mikroskop zu untersuchen. Auf dem Tisch hinter ihr, in der Mitte des Raumes, lag ein Spazierstock.

»Das ist er also?«

»Sag du es mir«, antwortete Tannhauser. »Das Griffstück stimmt genau mit der Beschreibung überein. Hast du ein Foto vom Stock gesehen?«

Sandra nickte: »Die Haushälterin hat mir ein Foto von Dr. Schüppel gezeigt, auf dem der Stock ganz gut zu sehen war. Ich würde behaupten, das ist er. Heutzutage laufen nicht viele Menschen mit solch einem altmodischen Ding durch die Gegend.«

Tannhauser wandte sich an seine junge Kollegin.

»Irgendwas Interessantes gefunden, Anja?«

Sie drehte sich um und setzte ihre große, blaue Brille auf, die zuvor neben dem Mikroskop gelegen hatte.

»Aber hallo, Chef! Schauen Sie sich das mal an!«

Sie zog sich Handschuhe über und nahm den Stock in die Hand. Der Griff war silbern und in Form eines Greifvogels gearbeitet. Darunter schloss sich ein Schaft aus sehr dunklem Holz an, der in einer silbernen Spitze endete.

Anja Jakob nahm den Griff in die eine Hand und den Stock in die andere. Mit einer kurzen Drehung löste sie die Verbindung der beiden Teile und hielt nun den Griff und den Stock getrennt voneinander fest. Sandra verzog das Gesicht, das beeindruckte sie nicht allzu sehr. Wieso sollte man einen Griff nicht abziehen können?

Aber die junge Kollegin war noch nicht fertig: Sie legte den Griff auf den Tisch, dann schüttelte sie aus dem Stock eine kleine Glasphiole in ihre Hand.

»Was ist denn das?«, fragte Sandra nun erstaunt.

Das schmale Röhrchen war ein dünnes Reagenzglas mit einem festen Stöpsel, gefüllt mit einer bernsteinfarbenen Flüssigkeit.

»Das muss zur chemischen Analyse. Schnaps, wie ich erst vermutet habe, ist es jedenfalls nicht. Es riecht eher wie Hustensaft«, sagte die Forensikerin und zog den Stöpsel aus dem Glas. Sofort breitete sich ein intensiver Kräuterduft aus.

»Vielleicht der Kräuterlikör von Waldgold?«, warf Sandra ein.

Die junge Frau zuckte mit den mageren Schultern: »Keine Ahnung. Das müssen wir erst untersuchen.« Sie stöpselte das Glas wieder zu.

Tannhauser mischte sich ein: »Wie sieht es mit Fingerabdrücken aus?«

Anja Jakob hob den Griff hoch.

»In den Ritzen der Ziselierung habe ich organisches Material gefunden, das wir mit dem des Toten abgleichen werden. Aber auf dem Stock selbst waren keine Abdrücke. Nicht mal da, wo Daumen und Finger aufliegen, wenn man den Stock normal in der Hand hält.«

Sie zeigte, wie ergonomisch sich das silberne Griffstück in ihre Hand schmiegte.

»Wenn der Verstorbene den Stock vor seinem Absturz selbst in den Wald geworfen hat, muss er ihn vorher also gründlich abgewischt haben«, schlussfolgerte Anja Jakob mit ironischem Lächeln.

Sandra sah sie an und erkannte, worauf das hinauslief.

»Interessant. Und angenommen, ein unbedarfter Wanderer hat den Stock am Abgrund liegen sehen und ihn aus Jux in den Wald geworfen: Dann hätte der ihn vorher auch gründlich gereinigt.«

Ihre Kollegin fixierte sie durch ihre Brillengläser und nickte.

»Verdammt!«

Halb zehn meldete sich Leo endlich. Sandra ließ ihn ein bisschen zappeln, bevor sie das Gespräch annahm.

»Ah, der Herr Reisinger«, sagte sie spitz. »Wie war der Privatausflug und wo bist du überhaupt?«

Leo räusperte sich. Er hatte wohl nicht damit gerechnet, dass sie ihm sofort schnippisch kommen würde.

»Ich brauche deine Hilfe, Sandra. Hier ist was ziemlich schiefgelaufen.«

Sandra zögerte mit ihrer Antwort. Er brauchte Hilfe? Sie würde ihn noch ein bisschen schmoren lassen, bevor sie auf seine Bitte einging. Wie kam er bloß auf die Idee, dass sie einfach zur Verfügung stand, nur weil es ihm gerade in den Kram passte?

»Ich war in der Spurensicherung, die haben Schüppels Spazierstock gefunden. Das Ganze ist merkwürdig. Es sind keine Fingerabdrücke drauf, dafür steckt eine kleine Flasche mit einer Flüssigkeit drin. Da muss ich dranbleiben, außerdem würde ich mich jetzt gern um die Angaben von Christian Hesse kümmern ...«

»Hörst du mir überhaupt zu?«, rief Leo genervt. »Wenn du mich mal erklären lässt, was ich bei Helene Petzold rausgefunden habe, wirst du sehen, dass es noch viel merkwürdiger wird. Hesse kann warten. Komm bitte sofort hierher nach Pirna! Wir müssen mit André Johne reden. Und eventuell brauchen wir danach einen Haftbefehl.«

Sandra war perplex.

»Wieso willst du den verhaften?« Sie stand auf und suchte ihre Tasche und die Autoschlüssel.

»Weil er versucht hat, Dr. Stefan Schüppel zu erpressen. Ich habe einen entsprechenden Brief von ihm gefunden.

Du erinnerst dich: Hesse sagte gestern, dass Johne als Betriebsleiter gekündigt hat und wegen einer Krankschreibung nicht mehr in der Arbeit erscheint. Da ist was oberfaul. Ich fahre gerade von Helene Petzolds Haus in Richtung Pirna. Johne wohnt in der Lohmener Straße.«

»Man erscheint nicht ›in der Arbeit‹, sondern ›auf Arbeit‹«, korrigierte Sandra ihn. Dieses Bayerisch war eine seltsame Sprache. Eine versuchte Erpressung war allerdings eine heiße Sache. Sie ließ sich die Hausnummer von Johne durchgeben und versprach, sofort loszufahren.

»Soll ich noch eine Polizeistreife hinschicken?«, fragte sie.

Aber die Verbindung brach ab. Leo war wahrscheinlich durch ein Funkloch gefahren, davon gab es draußen in der Sächsischen Schweiz zahlreiche.

Leo parkte seinen Wagen vor Johnes Wohnhaus, stieg aber nicht aus. Diesen Zugriff alleine zu machen, war nicht sinnvoll. Er würde auf Sandra warten. Bis sie da war, beobachtete er die Fenster des Hauses. Es war ein neu gebautes Wohnhaus mit sechs Wohnungen. Von der Zentrale hatte er Johnes Autokennzeichen erfahren und den Wagen im Carport neben dem Haus entdeckt. Mit ein wenig Glück war André Johne zu Hause.

Helene Petzold hatte ihm eine Klarsichthülle für den Brief gegeben, mit dem er Johne konfrontieren wollte. Es war ein leicht zerknittertes Blatt mit dem Briefkopf der Waldgold GmbH. Johne hatte es sogar unterschrieben.

Sehr geehrter Herr Dr. Schüppel,

wir müssen uns unterhalten, sonst passiert was!

André Johne«

Sonst stand nur das Datum auf dem Blatt, es lag zehn Tage zurück.

Helene Petzold hatte versichert, keine Ahnung davon zu haben, womit Johne gedroht hatte. Im Gegenteil, sie hatte sich über Johne aufgeregt – wie der es wagen konnte, einen so wunderbaren Chef und Menschen wie Stefan Schüppel zu bedrohen. Sie könne sich nichts vorstellen, was Anlass für diese dubiose Drohung sein könnte.

Ein Auto hielt hinter ihm am Straßenrand. Sandra stieg aus und ließ sich neben ihm auf den Beifahrersitz fallen.

»Hast du neuerdings eine Art senile Bettflucht? Oder wieso ermittelst du morgens um sechs Uhr auf eigene Faust?«

Sie klang nicht mehr ganz so sauer wie vorhin am Telefon.

»Erkläre ich dir später«, beeilte er sich zu sagen. Er hielt ihr Johnes Brief hin.

»Lies!«

»Interessant, dieser Johne hatte also irgendwas gegen Dr. Schüppel in der Hand.«

»Wir sollten ihn danach fragen.«

Sie stiegen gemeinsam aus und näherten sich der Haustür. In diesem Augenblick kam Johne mit einer Reisetasche in jeder Hand aus dem Haus.

»Das ist er«, rief Leo und sprintete los. Johne erkannte ihn ebenfalls und machte auf dem Absatz kehrt. Leo versuchte, den verdutzten Mann daran zu hindern, wieder im Haus zu verschwinden. Er spurtete zur Eingangstür, die sich langsam wieder schloss, und schaffte es, sie vor dem Einrasten aufzuhalten. Leo lief Johne hinterher, aber der verschwand hinter der zweiten Wohnungstür im Erdgeschoss.

Sandra, die Johne ja nicht kannte, hatte eine Sekunde länger gebraucht, um zu reagieren. Sie stand nun neben Leo.

»Er ist da drin?«, fragte sie.

Leo nickte und betätigte den Klingelknopf neben dem Namensschild »Johne«.

Hinter der Tür rührte sich nichts. Leo versuchte es mit Klopfen und weiterem Klingeln.

Sandra hob die Hand, damit er mit dem Klopfen aufhörte und horchte in die Wohnung. Dann drehte sie sich um und flüsterte:

»Geh raus, damit er nicht durch den Garten abhaut. Ich bleibe hier vor der Tür.«

Leo rannte um das Haus herum und sprang über ein niedriges Türchen im Zaun. Hier lag ein kleiner Garten mit einem Schuppen, einem Sandkasten und einem Blumenbeet am Rande der Rasenfläche.

Leo brauchte nur eine Sekunde, um zu sehen, dass Johnes Terrassentür angelehnt war. Mist, der Vogel war schon ausgeflogen! Er spähte um sich, konnte Johne aber nirgends entdecken. Wohin würde er gehen, wenn er flüchten wollte?

Leo nahm den Gartenschuppen ins Visier.

»Herr Johne, Sie machen sich durch Ihre Flucht maximal verdächtig. Sie wissen das. Kommen Sie freiwillig raus und reden Sie mit uns!«

Leo sprach bewusst in Richtung Schuppen. War er da drin oder stand er dahinter?

Langsam und ohne ein Geräusch zu machen schlich er auf den Verschlag zu, bis er dessen schmale Wand erreicht hatte. Er war überzeugt, dass Johne sich dahinter verbarg. Als er sich vorsichtig entlang der Längsseite in Bewegung setzen wollte, knirschte Kies. Sofort spähte er um die Ecke und sah, wie Johne Richtung Gartenzaun losrannte. Na, warte! Leo war jetzt wirklich sauer. Wie konnte dieser Mensch nur so dumm sein und vor der Kripo davonlaufen?

Leo erreichte ihn, als er gerade sein Bein hob, um über den Zaun ins benachbarte Grundstück zu springen.

Er riss Johne zu Boden, kniete sich auf seinen Rücken und holte sein Handy heraus.

»Sandra, komm in den Garten und bring die Handschellen mit!«, sagte er keuchend.

»Lassen Sie mich los!«, rief Johne und wehrte sich heftig.

Leo drehte Johnes Arm so auf den Rücken, dass es schmerzen würde, sollte der sich zu heftig bewegen, während er ihm seine Rechte herunterleierte.

»Au!«

»Hören Sie auf, Herr Johne!«, herrschte ihn Leo an. »Was soll dieser Blödsinn, vor uns davonzulaufen?«

Johne zappelte immer noch, aber sein Widerstand schwächte sich deutlich ab. Er ließ sein Gesicht ins Gras sinken und ergab sich endlich.

»Das ist hier alles ganz falsch!«, hörte Leo undeutlich von ihm. Er kniete immer noch mit einem Bein auf Johnes wild geblümtem Hawaii-Hemd.

Sandra kam mit den Handschellen und befreite Leo aus der unangenehmen Position am Boden. Als Johne ebenfalls aufgestanden war, die Arme nach hinten fixiert, hatte er Panik in den Augen.

»Ich war's nicht!«, rief er Sandra mit angstverzerrter Stimme entgegen. Seine hellen Shorts und das sommerliche Hemd hatten Grasflecken, in seinen Haaren turnte ein Marienkäfer. Leo stand hinter ihm und führte ihn am Arm zum Auto.

»Was waren Sie nicht?«, fragte er und schaute Johne ins Gesicht.

»Ich hab Dr. Schüppel nicht umgebracht! Deshalb sind Sie doch hier, oder?«

Sandra warf Leo einen langen Blick zu.

»Warum sind Sie dann geflohen, Herr Johne?«

Pünktlich um halb zwölf verließ der Finanzbeamte Köhler sein Büro und ging hinüber in die Kantine zum Mittagessen. Rigobert Bausewein wartete ab, bis der Flur wieder menschenleer war, und stahl sich in Köhlers Büro. Der

Schlüssel zum Archiv, das hatte er sich bei der letzten Tour durch das neue Finanzamt in Pirna gemerkt, hing bei Köhler hinter der Zimmertür an einem Haken. Das Herz schlug ihm bis zum Hals und seine Finger zitterten, als er ihn an sich nahm. Was er vorhatte, war gegen jede Regel, gegen das Gesetz und auch gegen seine Überzeugung. Er hatte die halbe Nacht wach gelegen und sich gefragt, ob er das wirklich tun sollte.

Trotzdem musste er grinsen, als er an das Gesicht seiner früheren Kollegin Mareike Böhler dachte, die er eben mit einem Kuchenpaket zu ihrem Geburtstag überrascht hatte. Gut, dass er nie ein Jubiläum vergaß! Der Vorwand war genial gewesen und der Portier hatte ihn ohne Probleme hereingelassen. Wie froh Mareike allerdings gewesen war, ihn schnell wieder loszuwerden, als er verkündet hatte, auch noch den Kollegen Köhler zu besuchen, schmerzte ihn allerdings. Wenn die wüsste, was er vorhatte!

Nervös lief er vor dem Archiv des Finanzamts hin und her, bis er wieder allein im Flur war. Er brauchte ein wenig, bis er den Schlüssel im Schloss hatte. Kaum hatte er ihn umgedreht, hörte er schon wieder Stimmen. Blitzschnell schlüpfte er hinein und zog die Tür leise hinter sich zu.

Im Archiv war es kühl und die Luft roch nach altem Papier und Staub. Atemlos lehnte er sich an die Wand neben der Tür und horchte angestrengt nach draußen. Hatte ihn jemand gesehen? Aber nichts passierte. Langsam beruhigte sich sein Puls. Er musste das Licht anknipsen, da die kleinen Oberlichter nur wenig Tageslicht hereinließen. Bausewein schob sein schlechtes Gewissen weit weg und versuchte, sich wie ein Held zu fühlen. Schließlich war er für eine gute und gerechte Sache unterwegs. Er atmete mehrmals tief durch, dachte an Dr. Schüppel und machte sich an die Arbeit. Manchmal, nein, nur ganz selten, eigentlich nur in absoluten Ausnahmefällen, heiligte eben der Zweck die Mittel. Dies war ein absoluter Ausnahmefall, beruhigte er sich selbst. Normalerweise hätte er nie im Leben auch nur in Erwägung gezogen, das strenge Steuergesetz zu brechen.

Die Steuernummer der Schüppel Science GmbH war ihm noch so vertraut, dass er keine Probleme hatte, die Akten der letzten zehn Jahre zu finden. Er nahm sich die Unterlagen der letzten fünf Jahre vor, in denen er nicht mehr für die Firma zuständig gewesen war.

Zu seiner Zeit hatte Dr. Schüppel noch Grundlagenforschung betrieben. Wenn er sich recht erinnerte, ging es dabei um die Extrahierung von Wirkstoffen aus Farnen. Dr. Schüppel hatte damals, so verstand er dessen Arbeit, nach medizinisch einsetzbaren Substanzen gesucht.

Mit einem großen Stapel Papier, sorgfältig nach Jahren getrennt, suchte er den einzigen Tisch im Archiv, den er von seiner Besichtigungstour noch in Erinnerung hatte. Der stand ganz am anderen Ende des großen Raumes, was gut war, weil er dort nicht überrascht werden konnte. Er hievte die Papierberge auf den Tisch und machte sich an die Arbeit.

»Ich habe nichts mit dem Tod von Herrn Dr. Schüppel zu tun!«

Gebetsmühlenartig wiederholte André Johne diesen Satz. Sie saßen seit einer halben Stunde im Vernehmungszimmer der Kripo. Bereitwillig hatte er seine Personalien angegeben, hatte berichtet, dass er seit acht Jahren in der Waldgold GmbH als Betriebsleiter arbeitete und welchen Tätigkeiten er dabei genau nachging.

Als Leo ihn dann geradeheraus fragte, warum er vor ihnen geflüchtet sei, verschränkte André Johne die Arme vor der Brust und verstummte.

Daraufhin legte Leo ihm seinen Brief an Schüppel auf den Tisch.

»Erkennen Sie den Brief?«

Johne versuchte, keine Regung zu zeigen, aber eine kurze

Schrecksekunde lang hatten sich doch seine Pupillen geweitet. Er schloss die Augen und biss die Zähne zusammen.

»Was haben oder hatten Sie gegen Dr. Schüppel in der Hand?«, fragte Leo weiter.

Johne schüttelte nur leicht den Kopf, sonst kam nichts von ihm.

»Das wird ein ziemlich langes Gespräch werden, wenn Sie nicht kooperieren.« Leo und Sandra tauschten Blicke.

Johnes Kiefer mahlten. Er war offensichtlich im Konflikt mit sich selbst. Schließlich sagte er:

»Überprüfen Sie doch einfach mein Alibi.«

»Das werden wir tun.«

Johne nannte ihnen genaue Uhrzeiten und alle Orte, an denen er sich am Samstag aufgehalten hatte. Dazu die Personen, die seine Angaben bestätigen konnten: seine Freundin Silke Unger, die seit Freitagnachmittag ununterbrochen mit ihm zusammen gewesen war, dazu seine Freunde, mit denen sie zu viert am Samstag die Radtour gemacht hatten.

Sandra verließ das Zimmer, um die Angaben zu überprüfen.

Leo saß Johne nun allein gegenüber und fixierte den Mann. Er wurde nicht schlau aus ihm. Seine Reaktionen ergaben nicht wirklich Sinn, falls er tatsächlich nichts mit Dr. Schüppels Tod zu tun hatte. Im Moment signalisierte er mit seiner Körperhaltung null Bereitschaft, zu kooperieren. Leo musste das Eis brechen.

»Sie haben Reisetaschen gepackt. Wohin wollen Sie verreisen?«

Johne schaute teilnahmslos auf die Wand in Leos Rücken.

»Irgendwohin in die Tropen? Ihr Büro ist ja voll mit Fotos von exotischen Stränden und Kokospalmen.«

»Thailand«, knurrte Johne durch die Zähne.

Leo versuchte seine eigenen Bilder von Thailand ganz schnell wegzuschieben. Thailand war das einzige exotische Land, das er bisher bereist hatte, und es hatte in einem

Desaster geendet. Er hatte sich danach von Veronika getrennt. Dieses thailändische Mädchen ...

Er wischte die Erinnerung weg und konzentrierte sich auf Johne.

»Ist es Ihnen nicht zu heiß in diesem tropischen Klima?«

Johne überlegte, ob er sich auf das Gespräch einlassen sollte. Aber es war wohl unverfänglich genug. Er lockerte seine Haltung.

»Ich mag es, wenn es warm ist. Die Hitze macht mir nichts aus.«

Schön, dann reden wir ein bisschen über Thailand, beschloss Leo.

»Wo genau wollen Sie hin in Thailand?«

»Nach Phuket. Ich habe da ein Ferienhaus gemietet, direkt am Strand. Traumhaft!« Johnes Blick bekam etwas Schwärmerisches. Leo stellte fest, dass der Marienkäfer immer noch in Johnes dunklem Haar herumkrabbelte.

»Mögen Sie das Essen?«, fragte er.

»Das ist die beste Küche Asiens. Es ist fantastisch!«

Langsam taute Johne auf.

»Ich habe dem alten Schüppel so oft vorgeschlagen, einen Likör aus Ananas, Kokosnuss und Guaven zu machen, aber der war ja sowas von stur.»

»Sie meinen: statt des Kräuterlikörs?«

Johne bejahte: »Das Zeug ist ja ganz nett und es gibt auch Abnehmer, aber seien wir doch mal realistisch: ein Likör aus heimischen Kräutern? Die jungen Leute wollen was anderes. Das hat Herr Dr. Schüppel aber nicht verstanden. Christian Hesse hat es verstanden, aber gegen Schüppels Willen konnte der das auch nicht durchsetzen.«

»Sie wollten also das Sortiment der Waldgold GmbH erweitern?«

»Genau.«

»Jetzt, wo Herr Dr. Schüppel tot ist, stehen die Chancen dafür doch viel besser. Warum also haben Sie gekündigt und sich sofort aus dem Staub gemacht?«

André Johne sah ihn starr an und überlegte eine Weile.

»Ich hatte noch meinen Urlaub und Überstunden und für die noch fehlende Woche hat mich mein Arzt wegen Rückenproblemen krankgeschrieben.«

»Vorhin bei Ihrem Sprint durch den Garten wirkten Sie nicht sehr leidend«, stellte Leo fest.

Johne warf ihm einen verächtlichen Blick zu: »Sie wissen ganz genau, wie so was läuft. Ich will da nicht mehr hingehen. Die Waldgold GmbH wird es nicht mehr lange geben. Das ist ein sinkendes Schiff.«

»Warum?«

Johne machte wieder dicht. Er verschränkte die Arme und sah auf die Tür hinter Leos Rücken.

»Ohne Schüppel kein Waldgold. Fragen Sie Hesse, der kennt die Zahlen besser als ich.«

Leo nickte. Das würde er tun. Trotzdem musste es einen weiteren triftigen Grund geben, sonst hätte Johne wohl kaum auf die Schnelle gekündigt.

»Sie haben also einen neuen Arbeitgeber?«

Johne schüttelte den Kopf.

»Sie wollen ohne eine neue Stelle in Aussicht in den Urlaub nach Thailand fahren?«

»Das ist ja wohl nicht verboten.«

»Kann ich das Ticket sehen?«

Ärgerlich kramte Johne in seinem Rucksack und fischte ein dickes Kuvert mit Reiseunterlagen heraus.

Leo blätterte durch die Mappe.

»Sie fliegen heute Abend nach Phuket und haben erst für Ende August Ihren Rückflug gebucht?«

Johne sah ihm trotzig in die Augen.

»Das sind über zwei Monate.«

Die Antwort war ein Schulterzucken.

»Kommt Ihre Freundin mit?«, fragte Leo.

»Sie kommt für drei Wochen während ihres Urlaubes.«

Leo suchte das Buchungsdatum und fand es auf einem Rechnungsformular.

»Sie haben die Reise am Montag gebucht, also nachdem bekannt wurde, dass Herr Dr. Schüppel tot ist. Warum?«

Leo beugte sich vor, um Johnes Gesicht genau studieren zu können.

»Habe ich doch schon gesagt: Weil die Firma ohne ihn keine Zukunft hat.«

Johne wischte sich den Schweiß aus der Stirn und brachte dabei den Marienkäfer zu Fall. Angewidert schüttelte er den orangefarbenen Punkt von seiner Hand. Es war inzwischen Mittag und die Sonne heizte den Raum auf.

Sandra kam zurück und setzte sich wieder neben Leo.

»Ich habe alle Angaben überprüft. Herr Johne, Sie haben ein einwandfreies Alibi.«

Johne lächelte schief.

»Habe ich von Anfang an gesagt. Kann ich jetzt gehen?«

Er machte Anstalten, aufzustehen.

»Moment, Herr Johne. Erst sagen Sie uns, warum Sie diesen Brief geschrieben haben.«

Johne biss die Zähne aufeinander.

Das Schweigen dauerte an und machte die Luft im Raum zäh wie alte Baiser-Törtchen.

Als Leo schon hoffte, dass Johne endlich nachgeben würde, räusperte der sich und sagte:

»Ich will einen Anwalt sprechen.«

Leo sah Sandra an. Das war's dann wohl mit Johnes Befragung. Sie hatten nichts in der Hand, was ihnen gestattet hätte, Johne festzuhalten. Der Anwalt würde das schnell klarstellen. Ab heute Abend wäre Johne dann für zwei Monate weg.

»Das ist Ihr gutes Recht«, sagte Sandra und schob ihm den Telefonapparat entgegen.

Mittwochnachmittag

Auf Leos Schreibtisch lag ein Zettel. »SpuSi anrufen!«

Frau Kerschensteiner hatte ihn leuchtend gelb mitten auf seine vollgekritzelte Schreibunterlage geklebt.

Noch bevor er den Hörer abnahm, klingelte es.

»Ah, wenigstens du bist erreichbar.« Sascha klang erfreut, ihn am Telefon zu haben.

»Hallo Sascha. Genießt du deinen Zwangsurlaub?«, fragte Leo leichthin.

»Aber wie! Mir geht es fantastisch«, schallte es aus dem Telefon.

»Was gibt es? Wir haben hier einiges zu tun, denn dieser Todesfall Dr. Schüppel hat einige Ungereimtheiten. Da ist irgendwas faul, aber wir wissen noch nicht, worauf das hinauslaufen wird.«

»Deshalb rufe ich an. Kann ich was tun, das euch hilft? Solange Melanie im Büro ist, könnte ich ja auch ein wenig arbeiten. Nur Einkaufen und Kochen ist ein bisschen wenig während acht Stunden.«

»Du hast Urlaub. Lies ein gutes Buch, geh wandern, mach was Vernünftiges, aber denk nicht an den Fall. Das ist ja dämlich, dir davon deinen Urlaub versauen zu lassen.«

»Unsinn, das macht mir Spaß. Also erzähl mir, was ihr rausgefunden habt, und gib mir was zu recherchieren.«

Leo stand auf und ging in seinem Büro auf und ab. Sollte er Sascha wirklich einbinden? Wie würde sein Chef Richter reagieren, wenn er es herausfände? Er gab seinem Kollegen einen kurzen Überblick über den Stand der Ermittlungen.

Er und Sandra, so berichtete er, hatten frustriert zusehen müssen, wie Johnes Anwalt eine Stunde später erschienen war und verlangt hatte, dass sie seinen Mandanten gehen ließen. Es lag nicht mehr gegen ihn vor als ein Schreiben, in dem eine vage Drohung ausgesprochen worden war.

Nachdem Johne sich kurz mit dem Anwalt verständigt hatte, erklärte der:

»Diese etwas ungeschickt ausgedrückte Formulierung bezieht sich auf die Kündigung durch Herrn Johne, die er ja dann auch eingereicht hat.«

Sie hatten ihn gehen lassen und sie würden damit leben müssen, dass er heute Abend in ein Flugzeug nach Thailand stieg. Sascha hörte zu und war schließlich genauso empört wie Leo noch vor wenigen Minuten.

»Dieser Johne fährt also einfach nach Thailand und hat nicht ausgespuckt, worum es in seinem Brief ging?«, fragte er empört.

»Nein. Ich glaube nicht, dass er wirklich nur damit gedroht hat, die Firma zu verlassen. Wer droht denn so seine Kündigung an? Dahinter steckt garantiert was anderes.«

»Ärgerlich. Und was ist mit diesem Unfall, von dem immer wieder die Rede ist?«

Leo fragte sich das auch. Sie mussten dem nachgehen.

»Wir wissen von Hesse, dass Schüppel einen Unfall beim Bergsteigen hatte. Mehr nicht. Wir haben gestern versucht, in den alten Polizei-Akten etwas zu finden, aber das ist ja fast dreißig Jahre her.«

»Kann man da nicht im Archiv vom Alpenverein suchen? Die dokumentieren doch sicher solche Unfälle, jedenfalls wenn es um Bergsteiger geht, die in Kletterklubs aktiv waren«, fragte Sascha.

Leo hatte keine Ahnung, aber einen Versuch schien es wert zu sein.

»Wenn du willst, kannst du gern versuchen, dazu etwas herauszubekommen. Sobald ich Hesse wieder erreiche, frage ich ihn genauer nach dieser Sache. Ich habe jetzt aber leider keine Zeit mehr, Sascha, ich muss zu einem Termin nach Pirna.«

Bevor er sich auf den Weg machte, legte er den gelben Zettel auf Sandras Schreibtisch.

Rigobert Bausewein wusste Ordnung zu schätzen und seine Nachfolgerin Mareike Böhler hatte Ordnung gehalten. Alle Vorgänge fand er fein säuberlich nach Jahren in Hänge-Registern geordnet vor.

Die Unterlagen der Schüppel Science GmbH waren auch heute noch so vorbildlich wie zu seiner Zeit: jede Ausgabe und jede Einnahme perfekt dokumentiert, alles lückenlos erfasst und nach wie vor lieferte Dr. Schüppels Mitarbeiterin Doreen Hesse die Unterlagen pünktlich und höchstpersönlich im Finanzamt ab. Als er noch aktiv war, hatte sich Bausewein immer auf einen kleinen Plausch mit der Frau gefreut. Sie hatte wunderbare, warme Augen und eine sehr angenehme Stimme. Leider hatte er wenig bis gar keinen Grund für Rückfragen, dabei hätte er gern öfter mit ihr telefoniert. Sie hatte ihm immer das Gefühl gegeben, dass er etwas Besonderes war. Wahrscheinlich hatte er sich deshalb auch die Steuernummer der Schüppel Science GmbH so gut eingeprägt.

Bausewein blätterte durch die Unterlagen und wurde bald fündig.

Die Firma hatte in den letzten Jahren enormen Aufwind gehabt. Große, fünf- und sechsstellige Förder-Summen waren geflossen, um Dr. Schüppels Ideen Realität werden zu lassen. Wenn er es richtig verstand, forschte die Firma gleichzeitig an einer Moos-Tapete gegen Luftverschmutzung, an einer vollbiologischen Luftkläranlage, die gleichzeitig Energie erzeugte, und an einem Leuchtmoos, das die Beleuchtung vor allem von Unterführungen, aber im Grunde genommen von allen Gebäuden erleichtern würde. Wie genial war das denn? Ein Leuchtmoos, das wie eine Tapete auf alle möglichen Untergründe gepflanzt werden konnte und dort nicht nur Licht reflektierte, sondern auch Schadstoffe aus der Luft entfernte. Rigobert Bausewein leuchtete sofort ein, wie viel Potenzial diese Idee hatte. Wenn alle Unterführungen, die heute noch schmutzig und mit Graffiti verschmiert waren, mit diesem Leuchtmoos bepflanzt würden, wären sie nicht nur sauber und grün, sondern würden auch hell leuchten und niemandem mehr Angst einjagen. Ehrfürchtig zollte er Dr. Schüppel seinen Respekt. Darauf musste man erst mal kommen.

Angesichts der laufenden Umweltdebatten waren das sicher heiße Themen und Erfolg versprechende Konzepte. In den Unterlagen fand er einige Broschüren, die Dr. Schüppels Forschung beschrieben und ihn, immer von der linken Seite fotografiert, inmitten seiner verschiedenen Forscherteams zeigten. Die Forschungszeiträume variierten zwischen ein und drei Jahren, die Zuwendungen lagen zwischen einhundert- und fünfhunderttausend Euro jährlich. Beherzt steckte sich Bausewein eine der Broschüren ein.

Er war ein bisschen stolz auf Dr. Schüppel, der so viel Engagement zeigte und hier, am Rande der Republik, so bedeutende Arbeit verrichtete. Es würde ihn schon sehr wundern, wenn nicht der eine oder andere Weltkonzern hinter seinen Ergebnissen her gewesen wäre.

Die Frage war, wie weit Schüppel mit all diesen Themen bereits vorangeschritten war. Und wer würde etwas davon haben, wenn die Projekte nun nicht zu Ende geführt werden könnten?

Gab es sowas wie eine Umweltmafia?

Bauseweins Gedanken kamen in Schwung.

Er notierte sich alle Einzelheiten, die er für wichtig hielt, und vergaß völlig die Zeit. Erst als sich ein menschliches Bedürfnis meldete, schaute er auf die Uhr.

»Oh, schon gleich drei Uhr vorbei!« Er hatte über drei Stunden an den Unterlagen gesessen. Kein Wunder, dass er mal raus musste. Ohnehin war er fertig mit seiner Recherche. Bausewein räumte die Akten an ihren Platz, klappte sein Notizbuch zu und suchte nach dem Archivschlüssel.

Er fand ihn aber weder in seiner Hosentasche noch in der leichten Sommerjacke, die er trug. Hatte er ihn etwa draußen an der Tür stecken lassen?

Das sähe ihm so gar nicht ähnlich, doch die Umstände waren eben alles andere als gewöhnlich.

Bausewein eilte an den Aktenschränken vorbei in Richtung Ausgang. Die Hand schon am Lichtschalter, drückte er die Klinke und musste zu seinem Entsetzen feststellen, dass die Tür abgeschlossen war.

»Bester Pirnascher Barock«, sagte Ralf Himmelstoß, zeigte mit großer Geste durch den um halb zwei Uhr nur noch spärlich besetzten Gastraum des »Refugium« und ging gezielt auf einen Tisch am Fenster zu. Leo fühlte sich wie auf einer Zeitreise. Der grobe, dunkle Steinboden, die filigran bemalten Gewölbe – er hätte sich nicht gewundert, wenn ihm plötzlich Damen in Reifröcken und Herren mit weißen Perücken und einem Degen am Hosenbund begegnet wären.

Der Ober begrüßte sie mit einem »Na, heute sind Sie aber spät dran, Herr Notar«, und legte ihnen die Speisekarten hin. Leo studierte noch das urige Lokal.

»Und was nehmen wir heute, Tetzelspieß oder sächsischen Grillteller? Oder woll'n Sie doch noch einen Blick in die Karte werfen?«

Himmelstoß, der sich schwer auf den massiven Eichenstuhl hatte fallen lassen, schüttelte den Kopf.

»Zweimal Tetzelspieß, Günther.«

Leo wusste kaum, wie ihm geschah, aber er war sich sicher, dass die Wahl gut war. Als er vor fünfzehn Minuten in der Kanzlei von Ralf Himmelstoß vorgesprochen hatte, war ihm sein Hungergefühl durchaus bewusst gewesen. Immerhin war er seit halb sechs am Morgen auf den Beinen. Aber sowas konnte er wegstecken. Seine Mutter hatte ihm einmal gesagt, er esse wie eine Riesenschlange. Er konnte sehr lange durchhalten, ohne etwas zu sich zu nehmen.

Doch Ralf Himmelstoß, ein großer, beleibter Fünfzigjähriger mit rotem Gesicht und spärlichem, blondem Haar, war offenbar nicht gewillt, auf das Mittagessen zu verzichten. Seine Stimme klang, als würde er jeden Abend Heldenarien singen. Voll und brummend hatte der Bass aus seinem runden Bauch gedröhnt, als er Leo statt einer Begrüßung aufgefordert hatte, ihn zum Restaurant zu begleiten.

Jetzt sah er ihn zweifelnd an, als er ihm gegenüber Platz nahm:

»Oder essen Sie am Ende gar kein Fleisch? Der Tetzelspieß ist wirklich gut, kann ich nur empfehlen.« Der Kellner stand noch abwartend vor ihrem Tisch.

»Nein, das passt wunderbar. Danke!« Leo folgte gern der Empfehlung dieses Lebemannes.

Gegen seinen Willen bestellte der ihm dann allerdings auch ein kleines Bier der heimischen Brauerei.

Das würde den Tetzelspieß erst vollenden, sagte Himmelstoß, bevor er geschäftsmäßig wurde.

»Kann ich Ihren Ausweis sehen, bitte?«

Leo reichte ihm seine Dienstmarke und den Ausweis der Kriminalpolizei. Ralf Himmelstoß prüfte wohlwollend und gab ihm dann beides zurück.

»Nüscht für ungut, aber da könnte ja theoretisch jeder kommen. Sie möchten von mir ja wohl auch ein paar Informationen, die ich nur bei Vorlage einer richterlichen Verfügung herausgebe.«

Leo nickte und reichte ihm auch die Verfügung. Es war ihm sehr recht, dass der Notar sich vergewisserte.

»Und wieso sind Sie bei der Kripo Dresden? Sie kommen doch aus Bayern.«

Der Notar musterte ihn prüfend.

»Das ist eine lange Geschichte. Ich habe mich vor eineinhalb Jahren für einen Austausch gemeldet.«

Leo wollte hinzufügen, dass es ihm sehr gut in Dresden gefalle, aber Himmelstoß meinte nur trocken: »Na Hauptsache, Sie sind kein Berliner. Prost!«

Dem wollte Leo nichts hinzufügen. Er prostete zurück und erläuterte Himmelstoß anschließend, wann und wo Dr. Schüppel gefunden worden war und dass noch nicht geklärt sei, wie genau er zu Tode gekommen war. Er berichtete auch von einem zweiten Brief, der in Schüppels Post seine Aufmerksamkeit erregt hatte.

»Da schreibt Ihr Büro, dass Dr. Schüppel einen Termin mit Ihnen vereinbaren solle, um die Anpassung seines Testaments durchzusprechen. Können Sie mir sagen, worum es dabei ging?«

Ralf Himmelstoß nickte bedächtig mit seinem großen, roten Kopf und faltete die Hände wie ein Pfarrer vor seinem dicken Bauch.

»Herr Dr. Schüppel hatte mich am 3. Juni telefonisch gebeten, die Änderung seines Testaments vorzubereiten. Er war sehr aufgeregt bei dem Gespräch, regelrecht durcheinander. Ich habe ihn gebeten, sich das gut zu überlegen, immerhin ging es um sein privates Vermögen und seine Anteile an den beiden Firmen Waldgold GmbH und Schüppel Science GmbH.

»Warum dieser Sinneswandel?«, wollte Leo wissen.

»Ich bin nicht schlau aus ihm geworden. Aber es musste sich etwas ereignet haben, das sein ganzes Lebensmodell in Frage gestellt hatte. Er wollte sehr bald alles ändern und einen neuen Namen als Alleinerben einsetzen.«

»Wem wollte Herr Dr. Schüppel sein Vermögen vermachen?«

»Das ist das Ungewöhnliche. Er wollte mir das erst sagen, nachdem er etwas hatte überprüfen lassen. Er war sehr vage, hat mir nicht wirklich gesagt, worum es ging. Aber er war zuversichtlich, dass er es in Kürze würde klären können. Mit mehr Details kann ich Ihnen leider nicht weiterhelfen.«

Der Ober brachte zwei Salatteller. Himmelstoß stürzte sich darauf und auch Leo ließ sich nicht zweimal bitten.

Nach dieser Vorspeise wischte sich Leo die Salatsoße vom Mund und stellte die nächste Frage:

»Wer waren bis dato die Begünstigten in Herrn Dr. Schüppels Testament gewesen?«

Himmelstoß schob mechanisch das Besteck hin und her.

»Also, da sind für den Großteil Christian und Doreen Hesse eingetragen und für zehn Prozent des Privatvermögens seine Haushälterin Helene Petzold.«

Leo nickte. Genau so war das Testament formuliert gewesen, das sie in Dr. Schüppels Tresor gefunden hatten.

»Mit der Neufassung des Testamentes hätte also vor allem das Ehepaar Hesse eine bedeutende Erbschaft verloren«, folgerte Leo.

Ralf Himmelstoß sah ihn an und nickte.

»Auf welchen Wert würden Sie diese Erbschaft schätzen?«

»Nun, ich bin Notar, kein Immobilienmakler. Aber die Villa wurde vor einigen Jahren von Grund auf renoviert, die Firma Waldgold hat zehn Mitarbeiter. Von der Schüppel Science habe ich überhaupt keine Zahlen, da müsste ich raten. Insgesamt bestimmt nicht weniger als eine Million, würde ich schätzen.«

»Hesse und Dr. Schüppel waren alte Freunde, nicht wahr?«

Himmelstoß sah Leo lange an.

»Ich will Ihnen nichts vorenthalten, will aber auch niemanden beschuldigen. Ich sehe es so: Christian Hesse ist Geschäftsführer der Waldgold und der Schüppel Science GmbH. Er kannte Herrn Dr. Schüppel sicherlich schon lange, aber ich glaube, er hat vor allem wirtschaftliche Interessen.«

»Sie meinen, er sah Herrn Dr. Schüppel eher als gutes Investment denn als guten Freund?«

Der Ober stellte zwei überbordende Pfannen und Teller auf den Tisch. Es duftete himmlisch nach Schweinebraten, gebrutzelten Zwiebeln und Würstchen. Leo lief das Wasser im Munde zusammen beim Anblick der riesigen

Fleischportion. Davon sollte er Veronika heute Abend lieber nicht erzählen.

Himmelstoß schien im Konflikt zu sein, ob er die Frage beantworten oder lieber erst essen sollte.

Er entschied sich für ein Schweinswürstchen.

In seiner Not begann Bausewein mit den Fäusten gegen die Tür zu schlagen. Köhler oder irgendjemand, der hier vorbeiging, musste ihn doch hören! Was er demjenigen erzählen würde, war ihm noch nicht klar, aber darauf konnte er sich jetzt nicht konzentrieren. Er musste hier raus, und zwar schnell, sonst gab es ein Unglück. Wie hatte er nur so unvorsichtig sein und den Schlüssel draußen an der Tür stecken lassen können?

Das Gehämmer gegen die Tür verstärkte allerdings auch den Druck in seiner Blase, es war kaum noch auszuhalten.

Bausewein schlug bald nur noch mit halber Kraft gegen das Türblatt und begann sich umzusehen. Gab es hier vielleicht eine andere Möglichkeit? Doch außer Aktenschränken sah er nichts. Nicht mal eine Blumenvase.

Lange würde das nicht mehr gut gehen. Er schwitzte vor Anstrengung und hämmerte weiter.

»Aconitin?«, fragte Sandra. »Was ist das?«

Tannhausers Mitarbeiterin Anja Jakob hob das Glasfläschchen, das sie in dem Gehstock gefunden hatte, gegen die Schreibtischlampe und ließ die bernsteinfarbene Flüssigkeit im Licht funkeln.

»Aconitin ist ein natürliches Gift, das im Blauen Eisenhut vorkommt. Die meisten Leute, die diese hübsche Blütenstaude im Garten haben, wissen wahrscheinlich nicht, dass sie hochgiftig ist. Die Bauern haben früher die Wurzeln der Stauden in Fleisch gewickelt und als tödliche Köder für Füchse ausgelegt. Das Zeug ist für einen versierten Biologen nicht schwer zu extrahieren. Die vorliegende Menge hätte definitiv ausgereicht, um einen Erwachsenen ins Jenseits zu befördern.«

»Du glaubst also, dass er das selbst hergestellt hat?«

Sandra beobachtete fasziniert das goldene Schimmern der Flüssigkeit unter der Lampe.

Die Forensikerin nickte: »Davon gehe ich aus. Es ist in einem Kräuterlikör gelöst. Ich nehme an, im Schüppelschen Waldgold.«

»Das liegt nahe, ist aber nur eine Vermutung«, mahnte Sandra.

Anja Jakob steckte das Glas vorsichtig wieder in den Reagenzglas-Ständer.

»Ein Kollege ist gerade auf dem Weg, um eine Flasche zu besorgen, dann können wir wenigstens den Geruch, die Farbe und die Konsistenz vergleichen. Eine chemische Analyse dauert länger.«

Sandra ließ sich auf den freien Bürostuhl sinken und schaute Tannhauser und seine Kollegin an.

»Das bedeutet, dass der vermeintliche Besitzer dieses Gehstocks, also wohl Dr. Schüppel, eine tödliche Dosis Gift bei sich hatte.«

»Genau«, grunzte Tannhauser.

»Das bedeutet auch, dass Dr. Schüppel seinem Leben jederzeit hätte ein Ende machen können, wenn er das gewollt hätte.«

Tannhauser und Anja Jakob nickten gleichzeitig.

»Das bedeutet weiterhin, dass es wenig Sinn macht, freiwillig von der Zyklopenmauer zu springen. Das Aconitin spricht eindeutig gegen die Version mit dem Selbstmord.«

Tannhauser nickte wieder, doch Anja Jakob entgegnete:

»Es sei denn, er wollte sein Leben nicht mit Krämpfen, Lähmungen und schließlich Atemstillstand beenden, sondern es schneller hinter sich haben.«

Sandra wog ihren Kopf hin und her. Das war durchaus

möglich, auch wenn es ihr nicht sehr plausibel erschien.

»Ich glaube eher, dass dort oben etwas passiert ist. Möglicherweise hat er sich mit jemandem getroffen.«

»Jemand, für den das Gift eigentlich gedacht war?«, fragte Anja Jakob.

Tannhauser und Sandra wandten sich gleichzeitig zu ihr. Diese Idee warf möglicherweise ein völlig neues Licht auf die Ermittlungen.

»Noch ein Bierchen, Herr Notar?«

Himmelstoß schob dem Kellner mit leichtem Nicken seinen leeren Teller hin und strich sich zufrieden über den gewölbten Bauch. Leo kaute noch und staunte, in welcher Geschwindigkeit sein Gegenüber die große Portion verputzt hatte. Er legte sein Besteck ab und rückte seinen Teller ebenfalls zu Seite.

Der Kellner sah ihn bestürzt an: »Hat es Ihnen nicht geschmeckt?«

»Es war köstlich, aber ich habe genug«, sagte Leo und bestellte sich ein Mineralwasser.

»Sie Glücklicher«, meinte Himmelstoß, »ich habe nie genug und das sieht man mir ja auch an.«

Er breitete jovial seine Arme aus.

»Das sind die Gene. Dr. Schüppel war auch so ein dünner Hänfling. Der hatte sein Leben lang nichts auf den Rippen, dabei hat er eine Haushälterin, die nicht übel kocht. Ich war vorletzte Woche erst bei ihm zum Mittagessen.«

»Sie haben ihn besucht?«, fragte Leo erstaunt.

»Ja. Ich weiß, dass er ungern das Haus verlässt und nicht selbst fährt, also haben wir einen Termin bei ihm zu Hause vereinbart.«

Leo fragte sich, warum Helene Petzold das nicht erwähnt hatte.

»Das haben wir vor drei Jahren, als er das Testament

zugunsten von Frau Petzold verändert hat, auch schon so gemacht. Christian Hesse war damals etwas ungehalten über diese Änderung.«

Leo sah Himmelstoß ins Gesicht. Das Essen machte ihn ein wenig müde, aber doch nicht müde genug, um nicht die Botschaft hinter Himmelstoß' wohlgesetzten Worten zu vernehmen.

»Was genau meinen Sie mit ›ungehalten‹?«

Der Notar beugte sich vor und flüsterte fast.

»Er hat mich angerufen, geflucht wie ein Bierkutscher und Verwünschungen ausgestoßen. Dieser Mann ist eine Seele von Mensch, aber er ist auch sehr impulsiv.«

»Ja, das haben meine Kollegin und ich auch schon mitbekommen«, bestätigte Leo.

»Jedenfalls wollte er mich damals dazu überreden, meinen Einfluss geltend zu machen.«

»Sie meinen, er wollte Herrn Dr. Schüppel die Änderung des Testaments ausreden?«

»Ja. Aber das ist natürlich allein die Entscheidung des Klienten. Ich würde mich da nie einmischen.«

Himmelstoß lehnte sich wieder bequem in seinen Stuhl und leerte sein Bierglas.

»Wann wollte Herrn Dr. Schüppel das geänderte Testament unterschreiben?«, fragte Leo.

»Diesen Montag, also vorgestern. Wir hatten telefonisch einen Termin für vierzehn Uhr vereinbart, wieder bei ihm in Rathmannsdorf.«

Leo sah Himmelstoß an und las in seinen Augen.

»Falls beide Begünstigten wussten, dass sie enterbt werden würden, hätten sie ein starkes Motiv gehabt, die Testamentsänderung zu verhindern.«

Himmelstoß beugte sich wieder vor zu Leo und antwortete leise:

»Genau das ist der Punkt, auf den ich hinauswollte. Dr. Schüppel sagte mir, dass er zwar Protest von Christian Hesse erwarte, dass der aber schon verstehen müsse, dass er seinen Nachlass angesichts der veränderten Lage neu ordnen müsse.«

»Was war die veränderte Lage?«, fragte Leo genauso leise über die Tischdekoration zurück.

»Herr Dr. Schüppel wollte eine Familie gründen.«

Als der Schlüssel endlich von außen umgedreht wurde, schaute Bausewein in das fragende Gesicht einer jungen Frau. Sie stammelte, dass wohl jemand versehentlich ... Doch er raste an ihr vorbei und die zehn Meter den Flur hinunter in die Herrentoilette. »Entschuldigung!«, rief er ihr im Vorbeihasten zu. »Ein Notfall!«

Mit klopfendem Herzen und gespitzten Ohren saß er dann in der Kabine und wartete ab, ob ihm jemand hinterherkäme. Hatte das Mädchen jemanden informiert oder gar die Polizei gerufen? Quälend langsam rückte der Zeiger auf seiner Uhr vor. Erst nach einer halben Stunde wagte er sich wieder hinaus. Niemand war ihm gefolgt, niemand hatte nach ihm gesucht. Seine Angst wich allmählich. Inzwischen war es nach vier Uhr am Nachmittag, die meisten Finanzbeamten waren schon auf dem Heimweg. Die Gefahr, dass ihn jetzt noch jemand ansprechen und zur Rede stellen würde, war gering. Er schaute sich erstaunt im Spiegel an. Seine grauen Haare, die er sonst akkurat nach hinten gekämmt hatte, hingen ihm kreuz und quer ins Gesicht, seine Wangen hatten rote Flecken und sein Blick war ruhelos.

Selten in seinem Leben hatte er sich so aufgewühlt gefühlt. Die Mission um Dr. Schüppel nahm Ausmaße an, mit denen er nicht gerechnet hatte. Er hatte heute mehrere Regeln und Gesetze übertreten, sich in eine ganz unmögliche Lage gebracht und nun das Gefühl, kurz vor einem Herzinfarkt zu stehen.

Prüfend warf er noch mal einen Blick auf sein Spiegelbild und sagte laut zu sich selbst:

»Rigobert, ist es das wert?«

Er atmete tief durch. Abgesehen von dem Stress und der Peinlichkeit fühlte er auch kribbelige Energie durch seine Adern fließen. So lebendig hatte er sich lange nicht mehr gefühlt. Sollte er sich so schnell unterkriegen lassen? Er schüttelte den Kopf. Über sich selbst erstaunt gestand er sich ein, dass es trotz aller Widrigkeiten auch gut war, diese Spannung zu fühlen. Das kannte er ja nun aus seinen vielen Kriminalromanen, dass es immer auch Rückschläge gab, dass sich die Wahrheit nur mit viel Mühe ans Licht bringen ließ.

Mit den Fingern strich er sein Haar zurück, zog den Hemdkragen gerade und klemmte sich sein Notizbuch mit dem Flyer der Schüppel Science GmbH unter den Arm.

Er würde nicht aufhören. Seinen letzten Blick in den Spiegel begleitete ein zuversichtliches Nicken. Lauernd öffnete er die Tür einen Spalt und spähte in den Flur. Dann atmete er tief durch und ging zielstrebig und im Bewusstsein der geleisteten Arbeit, wie ein Finanzbeamter eben in den Feierabend geht, in Richtung des Ausgangs.

Obwohl er nach diesem üppigen Mittagessen mit Himmelstoß satt und müde war, flitzte Leo eilig die Treppe hoch in seine Abteilung. Er wollte Sandra unbedingt und sofort erzählen, was er eben vom Notar erfahren hatte. Aber Sandra war nicht in ihrem Büro und auch sonst nirgends zu finden. Er überlegte einen Augenblick, dann entschied er sich, ohne vorher mit Sandra gesprochen zu haben, Christian Hesse ins Präsidium zu bestellen.

Als er dessen Visitenkarte herausgesucht und die Nummer angewählt hatte, sprang allerdings ein Anrufbeantworter an. Der Anrufer möge bitte die Hesse Consulting kontaktieren, schallte es aus dem Hörer. Auch dieser Anschluss hatte eine Dresdner Vorwahl.

Dort ging eine freundlich klingende Dame ans Telefon, die gern Leos Anliegen aufnehmen wollte, ihn aber nicht mit Hesse verbinden konnte. Schnell wurde Leo klar, dass er es mit einem telefonischen Auftragsdienst zu tun hatte. Ihn beschlich das Gefühl, dass Christian Hesse untergetaucht war. Hatten sie die Situation völlig falsch eingeschätzt?

Er suchte nach der Privatadresse von Christian und Doreen Hesse und fand sie am nordöstlichen Rand von Dresden, am Elbhang in Loschwitz.

Auch unter der hier angegebenen Nummer ging, wie bei der Waldgold GmbH, nur der Anrufbeantworter ran. Leo hinterließ seine Nummer und die dringende Bitte um einen Rückruf.

Die Hesse Consulting, verriet ihm die Homepage der Firma, beriet Unternehmen in Fragen der Finanzierung und Expansion mit Schwerpunkt auf Umwelt-Themen.

Sandra spürte die kurze letzte Nacht in den Knochen und ging erst mal duschen. Gestern war sie bis nach Mitternacht in der Tanzschule geblieben und heute war der Tag ereignisreich gewesen. Die Phiole im Spazierstock, das Verhör André Johnes, die Entdeckung des Gifts, das alles ging ihr durch den Kopf. Durch die offene Balkontür kam milde Juni-Luft in ihre Wohnung und von irgendwoher drangen leise Gitarrenklänge an ihr Ohr.

Sie holte sich Brot, Käse und Tomaten aus der Küche und machte sich an ihrem kleinen Balkontisch ein paar Schnitten. Als sie gegessen hatte und die Beine hochlegte, fiel die Anspannung des Tages langsam von ihr ab. Sie sollte wirklich früher ins Bett gehen und sich gründlich ausschlafen, dachte sie. Während sie noch in die Betrachtung ihrer himmelblau lackierten Zehennägel vertieft war, klingelte ihr Handy, das auf dem Couchtisch lag. Sie sah auf. Eigentlich hatte sie keine Lust, jetzt aufzustehen.

Es klingelte weiter.

»Aber wenn es Armando ist?«, schoss es durch ihre Gedanken. Sie sprang ins Wohnzimmer und drückte hastig auf den grünen Hörer, noch bevor sie das Telefon überhaupt in die Hand nahm.

»Kruse.«

»Hi Sandra, ich bin's, Sascha. Du klingst, als wärst du gerannt.«

Sandra trottete enttäuscht zurück auf den Balkon.

»Hallo Sascha. Na, wie geht's im Urlaub? Bekocht dich deine Mama schön?«

»Quatsch, ich bekoche Melanie. Ich war seit Montag nicht mehr zu Hause. Ich fühle mich wie in den Flitterwochen.«

Sandra runzelte die Stirn. Hatte sie da was nicht mitbekommen? Wer war Melanie? Wieso war Sascha in den Flitterwochen?

»Äh, ja, das ist ja schön für dich, Sascha.«

»Nicht wahr?« Er klang extrem glücklich und zufrieden und ließ sich von ihrer verhaltenen Antwort nicht bremsen. »Ich glaube, jetzt verstehe ich endlich, was dich und Leo immer so umtreibt. Mit dem Unterschied, dass ich nur einmal gesucht und sofort den richtigen Menschen gefunden habe. Ist das nicht der Wahnsinn?! Ich will Melanie morgen meiner Mutter vorstellen ... das heißt«, er kicherte vor sich hin, »... falls wir aus dem Bett kommen. Du verstehst schon.«

Sandra schaute ungläubig auf das Smartphone in ihrer Hand. War das tatsächlich Sascha, das liebe, weiche, bisher so gar nicht maskuline Mamasöhnchen?

»Wie, du willst sie deiner Mutter vorstellen? Willst du sie heiraten?«

Sandra hielt den Atem an, hatte sie das tatsächlich richtig interpretiert?

»Ja.«

Es entstand eine lange Pause. Sandra überlegte, ob sie es war, die hier verrückt war, oder Sascha, der sich da

Hals über Kopf in eine Sache stürzte, die er mangels Erfahrung nicht einschätzen konnte.

»Wie lange kennst du denn diese Melanie?«, fragte Sandra vorsichtig.

»Seit letztem Sonntag. Wir waren gemeinsam wandern und haben dabei den toten Dr. Schüppel gefunden. Da war sie dabei. Was für ein Glück ich doch hatte! Stell dir mal vor, ich hätte mich, wie Richter das sagte, als Vertreter der Staatsgewalt davon abhalten lassen, mitzuwandern. Ich hätte die Frau meines Lebens nie kennengelernt. Dass wir bei unserem ersten Treffen auch noch gemeinsam eine Leiche gefunden haben, das ist so kurios, das können wir in dreißig Jahren unseren Enkeln erzählen und die werden es dann immer noch cool finden.« Er lachte herzlich bei dieser Vorstellung.

Sascha war kaum zu bremsen. Sandra fand es absolut beängstigend, wie schnell er sich in diese Beziehung steigerte.

»Also, Sascha, jetzt hör mir mal gut zu: Du kannst niemanden heiraten, den du gerade mal vier Tage kennst. Du hast doch überhaupt keine Erfahrung, wie der Alltag in einer Beziehung aussieht. Du kennst diese Frau doch noch gar nicht richtig«, mahnte sie.

»Oh, ich kenne sie schon sehr gut. Wir haben seit Montag Alltag. Es klappt wunderbar. Melanie ist ein wunderbarer Mensch, wir verstehen uns prächtig. Außerdem bist du doch diejenige, die beim ersten Alltagsproblem vor einem Mann davonläuft. Das habe ich ja nun in den letzten Jahren oft genug mitbekommen. Entschuldige, Sandra, aber ich glaube nicht, dass du in Sachen Beziehungen eine kompetente Ratgeberin bist. Ich habe immer wieder erlebt, dass du dich wie ein Chamäleon an deine wechselnden Partner angepasst, aber bei den ersten Schwierigkeiten gekniffen hast. Einen goldenen Mittelweg gibt es für dich anscheinend nicht. Nein, ich bin da viel realistischer als du, glaub mir.«

Sandra hielt den Atem an. Saschas Analyse tat weh, doch sie konnte nicht ernsthaft protestieren, weil er ihren wunden Punkt getroffen hatte. Tränen stiegen in ihre Augen und verschleierten ihr den Blick auf die Bäume und Balkone gegenüber.

»War's das?«, presste sie hervor.

»Oh, je, tut mir wirklich leid, Sandra, aber du hast mit den Beziehungstipps angefangen.«

Sandra schniefte.

»Eigentlich wollte ich dir etwas ganz anderes mitteilen. Ich erreiche Leo nicht und denke aber, dass es im Fall Schüppel wichtig ist. Es gibt im Archiv der Staatsanwaltschaft tatsächlich eine dünne Akte zu diesem Unfall beim Bergsteigen. Der wurde am 1.1.1990 von der Pirnaer Polizei aufgenommen. Festgestellt wurden damals der Tod eines Thomas Lippmann und schwere Verletzungen bei Stefan Schüppel. Jetzt rate mal, wo die beiden verunglückt sind!«

Sandra fing sich wieder. Sie wischte sich mit dem Handrücken die Nase, räusperte sich und sagte:

»Keine Ahnung. Wo?«

»Am Kuhstall. Muss ziemlich genau da gewesen sein, wo Schüppel jetzt heruntergesprungen ist.« Überrascht richtete sich Sandra auf.

»Das ist wirklich bemerkenswert. Aber wir glauben nicht mehr, dass er sich selbst umgebracht hat. Alles, was wir bisher rausbekommen haben, spricht dagegen. Was steht sonst noch in der Akte?«

»Der Staatsanwalt hat das Verfahren schon nach kurzer Zeit eingestellt und den Vorfall als Unfall deklariert. Das einzig Interessante ist, dass da neben dem Zeugen Christian Hesse, der wohl ein Bergkamerad der beiden war, noch ein weiterer Zeuge genannt wird, der sich später gemeldet hat. Ein Wolfgang Fritzsche. Geboren am, Moment ...«, Sandra hörte Sascha blättern, »... geboren am 15. Januar 1950 in Sebnitz.«

»Wo hast du diese Akte her, Sascha? Ich denke, du bist im Urlaub und auch noch in den ›Flitterwochen‹?« Sandra versuchte, sarkastisch zu klingen.

»Da staunst du, nicht wahr?« Sie konnte hören, wie sich Saschas Gesicht zu einem Vollmondlächeln verzog.

»Melanie arbeitet am Gericht. Deshalb hat sie auch so souverän reagiert, als wir die Leiche inspiziert haben. Sie hat ein paar ihrer Kontakte zur Staatsanwaltschaft aktiviert, nachdem ich beim Alpenverein nicht fündig geworden bin. Jetzt habt ihr eine neue Spur.«

Sandra hörte, wie Sascha die Hand auf den Hörer legte und sich mit einer Frau unterhielt.

»Du, das Essen ist fertig. Ich muss jetzt aufhören. Ich melde mich wieder!«

Sandra hielt ihr Handy noch eine ganze Weile in der Hand. Sie hatte einiges zum Nachdenken. Hatte Sascha Recht, wenn es um ihre Beziehungen ging, oder wollte er sich nur dafür rächen, dass sie ihm eine Abfuhr erteilt hatte?

Schnell schrieb sie den Namen auf, den er ihr genannt hatte, bevor sie ihn vergessen würde.

Wolfgang Fritzsche, geboren am 15. Januar 1950 in Sebnitz. Den konnte sie morgen suchen. Jetzt musste sie sich erst mal über sich selbst und ihre Sehnsüchte bezüglich Armando klarwerden.

Just in dem Moment klingelte das Telefon in ihrem Schoß erneut. Sie sah auf das Display und erkannte diesmal sofort Armandos Nummer.

»Und, kommst du morgen Abend mit?«, fragte Veronika, als Leo nach Hause kam. Sie stand mit einer bunten Küchenschürze über ihrer Lieblingsjeans vor dem Herd und knetete mit den Händen etwas in einer großen Schüssel. Die schlechte Stimmung von gestern schien verflogen.

»Hm, was gibt's?«, fragte Leo und schnupperte. Aber er konnte den Geruch mit keinem Gericht in Verbindung bringen. Was war es, was Veronika da vorbereitete?

»Grünkernbratlinge.«

Leos Mundwinkel sackten sofort eine Etage tiefer. Aber er hatte heute ja ein üppiges Mittagessen genossen, da war das keine Katastrophe.

»Oh, schön«, sagte er brav. »Kann ich was helfen?«

Veronika ließ ihn den Tisch decken und den Salat waschen, eine halbe Stunde später saßen sie gemeinsam am Küchentisch. Vor Leo lagen zwei Grünkernbratlinge auf dem Teller, die verdächtig nach bayerischen Fleischpflanzerln aussahen – und doch keine waren. Wie schade.

»Also, was ist jetzt?«, nahm Veronika ihr Anliegen wieder auf. »Kommst du morgen Abend mit, wenn ich mit meinen Kollegen essen gehe?«

Leo kramte in seinem Gehirn verzweifelt nach einer für Veronika akzeptablen Ausrede.

»Ich kann es nicht versprechen«, sagte er, und biss in einen der Bratlinge. Erstaunt nahm er zur Kenntnis, dass die gar nicht übel schmeckten.

»Wir haben da diesen neuen Fall, diesen Dr. Schüppel, der tot aufgefunden wurde und bei dem es einige Merkwürdigkeiten gibt. Noch ist nicht geklärt, wie der Mann zu Tode gekommen ist.«

Er spießte einen weiteren Bratling auf die Gabel und signalisierte Veronika, dass sie ziemlich lecker waren. Er staunte selbst, dass er nach dem schweren, späten Mahl mit dem Notar schon wieder essen konnte.

»Der war übrigens Kunde bei deiner Bank«, schob er hinterher und zwinkerte ihr zu.

Veronika, die mit ihren dunklen, kurz geschnittenen Haaren immer ein wenig burschikos wirkte, schaute von ihrem Teller auf.

»Ein Dr. Schüppel?« Sie überlegte.

»Hm, hm.« Leo kaute mit vollen Backen.

»Ich glaube, den habe ich gesehen.« Sie kniff die Augen zusammen und starrte hinauf in die Zimmerecke. »Ein magerer, älterer Herr mit Gehstock und verschobenem Gesicht?«

Leo schaute Veronika erstaunt an: »Das klingt sehr nach ihm. Du kannst dich tatsächlich an ihn erinnern?«

»Nur, weil der an meinem ersten Arbeitstag bei unserem Kundenberater Daniel war. Und vor allem, weil der Mann so merkwürdig aussah und Daniel danach stinksauer war. Er meinte, der Alte hätte ihm die Zeit gestohlen, weil er eigentlich gar nichts an seinen Geldanlagen habe ändern wollen, nur rumgelabert und ihn dauernd um dieses oder jenes gebeten hätte.«

Das fand Leo nun sehr interessant.

»Stefan Schüppel hat am 2. Juni die Bank aufgesucht?«

Veronika nickte und schluckte.

»Es war nicht das erste Mal. Daniel hat uns erzählt, dass er eine Woche vorher bereits einen Termin bei ihm hatte. Da scheint Herr Schüppel aber eine Art Schwächeanfall bekommen zu haben, denn er musste den Besuch abbrechen.«

»Meinst du, dein Kollege Daniel könnte mir erzählen, was Schüppel genau wollte?«

Seine Freundin rollte mit den Augen.

»Du bist gut. Wir plaudern doch nicht die Anliegen unserer Kunden aus!«

Leo verzog das Gesicht.

»Dann kann ich leider morgen Abend nicht mitkommen, weil wir von der Kripo ganz offiziell bei euch in der Bank ermitteln werden. Ich will nicht, dass du meinetwegen Ärger bekommst.«

Er versuchte sich seine Erleichterung nicht anmerken zu lassen. Wie elegant er doch diesem Abend mit langweiligen Bankangestellten entkommen war!

»Du verstehst sicher, dass ich Privates und Berufliches nicht vermischen darf. Am besten ist, wenn deine Kollegen nicht wissen, dass wir zusammen sind.«

Veronika sah ihn enttäuscht an. Aber sie konnte seine Begründung nachvollziehen.

»Na gut. Dann tue ich halt so, als ob ich dich nicht kenne. Obwohl ich das ziemlich blöd finde.«

»Ich weiß. Deshalb werde ich versuchen, Sandra zu schicken.«

Sie legte das Besteck zur Seite und zeigte mit dem Finger auf ihn.

»Abräumen und Küche sauber machen ist dein Job. Ich habe eingekauft und gekocht.«

Leo stapelte die Teller aufeinander und schichtete sie in die Spülmaschine.

»Könntest du vielleicht trotzdem mal einen Blick in die Konten von Dr. Schüppel werfen? Ich meine, nur mal nachsehen, ob sich da in den letzten Monaten etwas Besonderes ergeben hat, der Grund, warum er bei der Bank war ... sowas?«

Veronika zeigte ihm einen Vogel.

»Das geht auf keinen Fall. Das ist komplett gegen die Vorschriften«, wiegelte sie ihn harsch ab.

»Ich bekomme es ja doch raus, es dauert nur länger, wenn ich den offiziellen Weg gehe«, beruhigte er ihr Gewissen.

Donnerstagvormittag

»Wie weit sind Sie mit den Ermittlungen?«

Richter hatte Sandra und Leo in sein Büro gebeten.

Er deutete auf die neueste Ausgabe der Sächsischen Zeitung. Im Lokalteil von Sebnitz wurde die Frage aufgeworfen, ob Dr. Schüppel sich das Leben genommen hatte. Ein Indiz dafür sei, dass die Laborräume der Schüppel Science GmbH in der Weberstraße gekündigt worden waren. Tenor: Die Behörden wollten den menschenscheuen Forscher aus seinem Labor werfen, um den kompletten Gebäudetrakt neben dem Gymnasium abzureißen, ohne dabei die Folgen zu bedenken.

»Deckt sich diese Theorie mit den Ergebnissen Ihrer Recherchen?«, fragte der Leiter der Abteilung, während Leo und Sandra noch den Artikel überflogen. »Oder haben Sie Indizien gefunden, die gegen einen Selbstmord sprechen?«

Sandra sah Leo an und konnte in seinem Gesicht lesen, dass auch er es unglücklich fand, dass sie sich mit der Schüppel Science GmbH in Sebnitz bisher noch überhaupt nicht befasst hatten. Andererseits waren sie nur zu zweit und hatten bisher schon jede Menge Erkenntnisse gesammelt, die deutlich gegen einen Selbstmord von Dr. Schüppel sprachen. Sie forderte Leo auf zu beginnen, und er berichtete von seinem Gespräch mit dem Notar und Schüppels Wunsch, sein Testament zu ändern. Er erwähnte auch den Drohbrief des Betriebsleiters André Johne, der sich leider auf schnellstem Weg nach Thailand abgesetzt hätte.

Interessiert hörte Richter zu.

Sandra hatte, wie immer, eine Liste erstellt, um die wichtigsten Fakten zu sammeln. Und die präsentierte sie dem Chef im Anschluss an Leos Argumente:

»Erstens: Schüppel hat für Februar nächsten Jahres eine Reise gebucht. Zweitens: Schüppel hatte, soweit wir das anhand seines Medikamentenverbrauchs nachvollziehen können, an seinem Todestag keinen depressiven Schub. Drittens: Der Taxifahrer, der ihn zum Kuhstall gebracht hat, berichtete von Schüppels ausnehmend guter Laune. Viertens: Das Gift in Schüppels Gehstock, den er immer bei sich führte, hätte für einen deutlich weniger umständlichen Selbstmord ausgereicht. Fünftens: Dieser Gehstock ist über dreihundert Meter weit weg vom Absturzort gefunden worden, augenscheinlich ins Gebüsch geworfen, nicht einfach abgestellt, dafür aber sorgfältig gereinigt. Fazit: Wir glauben nicht, dass sich Dr. Schüppel das Leben genommen hat«, schloss Sandra und Leo ergänzte:

»Theoretisch könnte Dr. Schüppel auch gestolpert sein, als er an der Felskante über dem Abgrund die Aussicht genoss. Aber nach allem, was wir bisher über ihn wissen, ist es höchst unwahrscheinlich, dass er sich morgens mit dem Taxi zum Kuhstall bringen ließ, um sich mit seiner Gehbehinderung mühsam an die Absturzstelle zu bewegen, nur der Aussicht wegen. Es muss einen triftigen Grund für ihn gegeben haben, genau dorthin zu gehen. Wir gehen davon aus, dass es ein Treffpunkt war. Wir wissen allerdings noch nicht, mit wem er sich verabredet hatte.«

Richter lehnte sich in seinen Stuhl zurück, bis die Lehne knarzte, und strich sich über die hellgrüne Seidenkrawatte. Ein hoffentlich gutes Zeichen. Aber Sandra war sich bei Richter nie sicher.

Er fixierte Leo und sie eine Weile und lächelte dann.

»Das ist eine interessante Geschichte. Möglicherweise haben wir es mit einem Mord zu tun und die Medien sind völlig auf dem falschen Trip. Gut so. Sie können in Ruhe weiter ermitteln. Wenn Sie neue Erkenntnisse haben, lassen Sie es mich sofort wissen. Das wird ein Knaller bei der Pressekonferenz.«

»Wir könnten noch etwas personelle Unterstützung gebrauchen«, ergriff Sandra die Chance.

Aber Richter schüttelte den Kopf: »Ihr Kollege Pröve ist im Urlaub und in diesem Fall wegen der Umstände nicht einsetzbar. Wir können froh sein, dass sich die Presse nicht auf dieses Nacktwander-Thema gestürzt hat. Glücklicherweise gibt es von dieser Gruppe keine neuen Verlautbarungen zu dem Leichenfund. Kai Nolde und Uwe Kröger sind mit der tödlichen Messerstecherei am Bahnhof beschäftigt. Das müssen Sie also allein stemmen.«

Sandra zog Leo in ihr Büro, wohl um das weitere Vorgehen zu besprechen. Sie kam ihm nervös vor. Mehrmals fuhr sie sich durch ihre blonden, halblangen Haare und zupfte an ihrem blauen Shirt. Leo fragte sich, wie er Sandra dazu überreden konnte, dass sie zu Schüppels Bank fuhr und ihm das Gespräch mit dem Telefonkontakt vom Zettel aus Schüppels Schlafzimmer überließ. Er wollte keinesfalls als Veronikas Partner enttarnt werden.

»Du musst mit Sascha reden!« Sandra deutete mit ihrem Zeigefinger wie mit einem Messer auf ihn.

Leo sah sie erstaunt an: »Wieso? Hat er beim Alpenverein etwas herausbekommen?«

»Er ist dabei, eine große Dummheit zu begehen. Er will die Frau, die er am Samstag kennengelernt hat, heiraten!«

»Oh, ich dachte, er wollte zu Hause ein wenig recherchieren ...« Hatte Sandra gerade »heiraten« gesagt? Er sah sie konsterniert an.

»Leo, er hat gestern versucht, dich zu erreichen. Das war vielleicht eine Art Hilferuf!«

»Wenn er Hilfe bräuchte, würde er ja wohl eher seine Mutter anrufen als mich.«

»Leo!« Sandra war aufgestanden. »Er will sie seiner Mutter vorstellen! Nach vier Tagen!"

Jetzt war Leo tatsächlich beeindruckt. So ein Tempo hätte er dem gemütlichen Sascha nun wirklich nicht zugetraut.

»Also, jetzt verstehe ich langsam. Du meinst, Sascha ist drauf und dran, diese Melanie zu heiraten? Das ist ja toll!«

»Toll?«, echote Sandra und marschierte energisch vor ihrem Schreibtisch auf und ab. »Toll? Er rennt in sein Verderben! Wir können Sascha nicht eine Frau heiraten lassen, die er erst ein paar Tage kennt. Das kann doch nicht gut gehen!«

Leo machte eine abwehrende Handbewegung: »Es gibt keine Theorie, die besagt, dass eine glückliche Ehe eine bestimmte Vorlaufzeit haben muss.«

»Aber er weiß nichts über diese Melanie. Er wird in ein paar Monaten furchtbar enttäuscht sein und was dann? Wenn er dann schon verheiratet ist, hat er ein riesiges Problem.«

Leo rollte mit den Augen und schüttelte den Kopf: »Sandra, du verwechselst hier was. Das ist Sascha. Das bist nicht du. Du machst das immer so: Erst himmelhoch jauchzen und nach ein paar Monaten wirfst du die Beziehung zu Tode betrübt über Bord. Sascha wird schon wissen, was er tut. Er ist erwachsen und ich denke, er weiß, was er will. Wenn diese Frau ihn so aus seinem Phlegma holt, wird sie schon die Richtige für ihn sein. Ich bin gespannt, wie seine Mutter reagiert.«

»Du lässt Sascha in sein Verderben rennen!« Sandra war ganz offensichtlich nicht seiner Meinung.

»Quatsch! Jetzt lass uns lieber besprechen, wie wir im Fall Schüppel weitermachen. Saschas Privatleben geht uns nichts an.«

Mit offenem Mund und empörtem Gesichtsausdruck setzte sie sich auf wieder auf den Schreibtisch: »Das kann doch nicht dein Ernst sein! Wir müssen ihm helfen!«

»Nein, müssen wir nicht. Wir müssen unsere Arbeit machen: Kannst du nachher in Schüppels Bank in der Tolkewitzer Straße fahren und fragen, was er da wollte? Veronika arbeitet seit drei Wochen genau in dieser Filiale. Sie hat mir erzählt, dass er zweimal kurz hintereinander dort war. Einmal am 28. Mai und dann noch mal am 2. Juni. Beim ersten Besuch muss er eine Art Schwächeanfall gehabt haben. Beim zweiten Besuch, jedes Mal beim Privatkundenberater Daniel Weber, hat er sich angeblich so merkwürdig benommen, dass Veronikas Kollege hinterher sehr verärgert war. Das klingt, als würde es sich lohnen, da nachzuforschen.«

»Und Sascha?«, versuchte Sandra es erneut.

Leo stand auf.

»Der kann auf sich selbst aufpassen. Ich versuche, die Person zu erreichen, deren Nummer in Schüppels Gedichtband auf dem Nachttischchen lag. Am Nachmittag sollten wir uns dann dringend mit der Schüppel Science GmbH beschäftigen.«

Er war schon fast zur Tür draußen, als er sich noch einmal umwandte.

»Übrigens war mein Gespräch gestern mit dem Notar sehr aufschlussreich. Herr Himmelstoß sagte, Dr. Schüppel habe sein Testament ändern wollen, weil er eine Familie gründen wollte. Das ist verrückt, oder? Eine Familie gründen – das bedeutet Heiraten, Kinder, das volle Programm. Der alte Einsiedler muss sich ebenfalls Hals über Kopf verliebt haben, fast wie Sascha. Außerdem hat mir Himmelstoß erzählt, dass Christian Hesse bereits ungehalten reagiert hatte, als Dr. Schüppel vor einigen Jahren Helene Petzold als Erbin eingesetzt hat. Geht es doch wieder um sie? Was hältst du von alledem?« Er sah Sandra fragend an.

»Mir wird hier eindeutig zu viel vom Heiraten geredet«, stellte Sandra fest.

Unwillig wandte auch sie sich wieder dem aktuellen Fall zu.

»Die Sache mit dem Testament macht die Selbstmord-Theorie noch unwahrscheinlicher und klingt nach einer komplett neuen Spur. Nimm dir doch als Erstes noch einmal Frau Petzold vor, mit der kannst du ja so gut. Ich habe aber auch Neuigkeiten: Du weißt, dass Tannhausers Chemikerin in Schüppels Spazierstock ein tödliches Gift gefunden hat. Vielleicht wollte er ja jemanden umbringen und wurde vom möglichen Opfer überwältigt?«

»Ernsthaft?« Leo war verblüfft. Dass Schüppel jemand anderen hatte umbringen wollen, dafür gab es deutlich weniger Hinweise als darauf, dass er das Gift für sich selbst hergestellt hatte.

»Für mich klingt die Sache mit dem Gift eher nach einer Ration Selbstmord in Reserve, vor allem angesichts der Tatsache, dass er unter Depressionen litt«, entgegnete er.

»Wir wissen es nicht. Genauso wenig, wie wir wissen, was mit Johne los ist. Wir sollten ganz dringend noch mal mit Christian Hesse reden! Er ist nicht so selbstlos, wie er sich uns gegenüber dargestellt hat.«

Leo nickte. »Hab ich schon versucht. Der ist derzeit nicht erreichbar, sagt sein Anrufbeantworter.«

Himmel, war dieser Daniel Weber dünn! Obwohl er nur wenige Jahre jünger als sie selbst sein konnte, wirke er wie ein schlaksiger Teenager, den man in einen Anzug gesteckt hatte. Sandra war von der jüngsten Mitarbeiterin der Bankfiliale, wohl der Auszubildenden, in Empfang genommen und in eine Sitzecke vor den beiden Büros gebeten worden. Daniel Weber hatte Sandra im Vorbeigehen mit einem kurzen Nicken begrüßt, war dann aber in sein Büro gegangen, wo noch ein Kunde saß. Veronika hielt sich die ganze Zeit dezent im Hintergrund.

Sandra sah sich um. Die Bank war modern und edel eingerichtet, es gab zwischen den einzelnen Schaltern viel Raum für Kundengespräche. Aber jetzt, am Vormittag, war nicht viel los.

Kurz darauf bat der Privatkundenbetreuer Sandra in sein kleines Büro.

Sie stellte sich vor, zeigte ihren Ausweis und verwies darauf, dass es sich bei dem Gespräch um eine Befragung durch die Kriminalpolizei handle. Das machte immer Eindruck.

»Wir ermitteln im Todesfall von Herrn Dr. Schüppel. Da er Kunde Ihrer Bank war, wüsste ich gerne, ob er sich in den letzten Wochen in irgendeiner Form ungewöhnlich verhalten oder es in Bezug auf sein Konto Auffälligkeiten gegeben hat.«

Weber lächelte sie mit einem unverbindlichen Verkäufer-Gesicht an.

»Gehen Sie von Erbstreitigkeiten aus?«

Sandra machte eine vage Armbewegung: »Damit setzen sich die Gerichte auseinander. Wir ermitteln derzeit, wie Dr. Schüppel zu Tode gekommen ist. Es könnte ein Unfall gewesen sein, aber genauso gut Selbstmord oder ein Tötungsverbrechen. Wir gehen allen Spuren nach, die Licht ins Dunkel bringen.«

Ihr Gegenüber lächelte nicht mehr. Er räusperte sich und sagte:

»Ich kann Ihnen aber nicht einfach Informationen über die Konten eines Kunden geben, auch wenn er verstorben ist. Das müssen Sie schon offiziell beantragen.«

Sandra hatte sich eine Finte zurechtgelegt.

»Uns interessieren im Moment weniger die Beträge auf seinen Konten, als vielmehr der Anlass, warum Herr Dr. Schüppel in den letzten Wochen seines Lebens gleich zweimal die Bank aufgesucht hat. Wir haben in seinem Terminkalender Eintragungen gefunden, die darauf hinweisen, dass er ...«, Sandra sah auf ihre Notizen, »... am 28. Mai und am 2. Juni hier bei Ihnen gewesen ist.«

»Also das, ...« Weber rutschte unruhig auf seinem Stuhl hin und her. »Das geht nicht. Die Grundsätze unserer Bank verbieten es ...«

Sandra fiel ihm ins Wort: »Herr Weber, ich bin nicht irgendwer. Ich vertrete die Kriminalpolizei und ich will keine sensiblen Kontodaten, ich brauche lediglich ein paar Informationen zu Ihren letzten Kontakten mit Herr Dr. Schüppel. Machen Sie uns die Arbeit bitte nicht unnötig schwer!«

Der junge Mann fixierte sie eine Weile, dann wandte er sich zu seinem Computer und suchte angestrengt in seinen Daten.

»Also gut. Ich überprüfe das in unserem Terminkalender. Moment ..., ja, das kann ich bestätigen. Er war am 28. Mai nachmittags hier und dann noch mal am 2. Juni, genau wie Sie sagen.«

»Weswegen war er hier bei Ihnen?«

»Der Herr wollte Geldgeschäfte tätigen.« Weber sah sie fragend an. Sandra forderte ihn mit einer Geste auf, mehr zu verraten.

»Es ging um Aktien. Dr. Schüppel wollte Aktien kaufen.«

»... und hat er?«, fragte Sandra.

»Nein.«

Sandra zog die Augenbraue hoch.

»Er kam also zweimal kurz hintereinander in die Bank, führte ein Gespräch mit Ihnen, hat aber keine Geschäfte veranlasst?«

Weber saß ihr mit zusammengepressten Lippen gegenüber und nickte.

»Worum ging es dann?«

Weber machte zu: »Manche Kunden sind eben, wie sagt man so schön, seltsam. Ich bin aus seinem Verhalten auch nicht schlau geworden. Wissen Sie, Herr Dr. Schüppel war ein sehr liebenswürdiger, aber offenkundig etwas verwirrter Mann. Mehr kann ich Ihnen dazu nicht sagen.«

Sandra hatte das Gefühl, dass er log. Aber wie sollte sie ihm das beweisen?

Veronika hatte Leo erzählt, dass Daniel Weber stocksauer auf Schüppel gewesen war, weil der ihm zweimal hintereinander die Zeit gestohlen hatte.

Also fragte Sandra direkt: »Machte Herr Dr. Schüppel bei beiden Besuchen diesen seltsamen Eindruck?«

»Ja. Er verhielt sich beide Male merkwürdig.«

»Sie hatten den Eindruck, dass Dr. Schüppel verwirrt war, in dem Sinne, dass er nicht mehr zurechnungsfähig war?«

Der junge Bankberater zuckte mit den schmalen Schultern.

»Ich bin kein Arzt, aber auf mich machte er tatsächlich den Eindruck, dass er nicht ganz bei sich war. Vielleicht hatte er falsche Medikamente genommen. Ich habe mit meiner Mutter darüber gesprochen, die kennt sich mit so was aus. Sie meinte, es könne durchaus vorkommen, dass Menschen merkwürdig reagieren, wenn sie zum Beispiel medikamentös schlecht eingestellt sind.«

Als er von seiner Mutter sprach, wurde sein Gesicht weich wie das eines Schuljungen.

»Bisher ist uns nichts dergleichen bekannt. Herr Dr. Schüppel war weder Diabetiker noch nahm er permanent Medikamente ein. Wie genau hat er sich merkwürdig verhalten, Herr Weber?«, versuchte Sandra es noch mal.

Aber ihr Gegenüber schüttelte den Kopf.

»Ich kann Ihnen nichts anderes sagen. War es das?«

Sandra zögerte. Ihr Gefühl sagte ihr, dass etwas vorgefallen sein musste, das Stefan Schüppel durcheinandergebracht hatte. Bisher hatte keiner, der ihn kannte, auch nur annähernd von Symptomen einer Verwirrtheit gesprochen.

Auf Daniel Webers Schreibtisch stand ein merkwürdiges Ensemble aus einem Kugelschreiber in Form eines Golfschlägers, der in einem Golfball steckte. Sandra fand das Ding ziemlich hässlich.

»Sie spielen Golf?«, fragte sie.

Daniel Weber wurde wieder aufgeschlossener: »Ja, seit ich neun Jahre alt bin. Ein wunderbares Spiel.«

Vom Golfsport hatte Sandra so gut wie keine Ahnung, außer dass die Spieler meist mit bunten Klamotten und unförmigen Schiebewagen durchs Gelände pflügten, um einen kleinen Ball in ein Loch in der Wiese zu befördern. Aber auch angelesenes Wissen half manchmal weiter.

»Handicap?«, fragte sie.

»8,5.« Dem Gesichtsausdruck ihres Gegenübers nach musste das ziemlich gut sein. Sandra pfiff durch die Zähne.

»Da trainieren Sie wahrscheinlich in jeder freien Minute?«

»Das tue ich. Meine Mutter hält mir den Rücken frei, damit ich ausreichend Trainingszeiten bekomme.«

»Ja, Mütter sind so.«

Sandra wunderte sich über sich selbst, als sie das sagte. Dieses Gespräch lief in eine Richtung, die ihr nicht gefiel. Denn Daniel Weber hatte sie nicht zu interessieren und der Umweg über sein Hobby würde ihr auch nicht helfen, mehr über die Besuche von Dr. Schüppel herauszubekommen.

»Hat sich Dr. Schüppels Verwirrtheit bei seinem zweiten Besuch wieder gezeigt? War er da genauso merkwürdig wie beim ersten Mal oder unterschied sich sein Zustand?«

»Also bitte, Frau Kruse. Ich bin kein Arzt. Erwarten Sie keine psychologische Diagnose von mir. Er hat sich beide Male merkwürdig verhalten und ist gegangen, ohne mir einen Auftrag bezüglich seines Kontos zu geben. Mehr kann ich nicht dazu sagen.«

Sie kam bei ihm nicht weiter.

»Verstehe. Ich möchte noch kurz Ihre Kollegen befragen. Schicken Sie mir die bitte einzeln herein?«

Sandra legte ihre ganze Autorität in diesen Satz.

Daniel Weber stockte kurz, dann wurde er ärgerlich: »Wir haben Kunden und angemeldet haben Sie sich nur bei mir. Interna oder Informationen über Kunden-Angelegenheiten geben wir sowieso nicht heraus. Sie stehlen uns die Zeit wegen so einer Lappalie, muss das sein?«

Sandra verschränkte die Arme und lehnte sich zurück. Mit hochgezogener Augenbraue erklärte sie ihm: »Absolut. Ich ermittle in einem Todesfall. Das ist keine Lappalie.«

Weber knickte sofort ein.

»Ach, Entschuldigung. So sollte das nicht klingen.«

Er fuhr sich nervös über sein Gesicht.

Am Donnerstagmorgen hatte Rigobert Bausewein sich wieder von den Strapazen und Aufregungen des Vortages erholt. Er hatte einiges vor und würde nicht vor dem Abend zurückkehren. Zunächst war sein Ziel die private

Villa von Stefan Schüppel. Wenn möglich, würde er auch bei der Waldgold GmbH Nachforschungen anstellen. Den seit Generationen produzierten Kräuterlikör aus Rathmannsdorf kannte jeder Sachse. Vielleicht wussten die Angestellten dort auch etwas über Schüppels Forschung. Beide Ziele lagen gleich nebeneinander, das wusste jeder, der – wie er – ein Freund der wunderbaren Forellen aus der Fischzucht am Lachsbach war.

Als Ausrüstung hatte er außerdem bereitgelegt: ein Fernglas, eine Lupe, eine Taschenlampe, einen Fotoapparat und ein leeres Marmeladenglas. Das Wichtigste war allerdings ein messerscharfer Verstand, gepaart mit Neugier und Kombinationsgabe. Er wusste das ganz genau aus der Lektüre seiner Lieblingskrimis, von Agatha Christies Hercule Poirot über Sherlock Holmes bis Kommissar Maigret.

Bevor er die Wohnung verließ, wollte er sich noch eine Bestätigung seiner Fähigkeiten geben lassen. Sein Fachwissen über Fliegen und forensische Entomologie war hervorragend, da war sich Bausewein sicher. Er rief die Telefonnummer der Kripo in Dresden an und ließ sich mit der zuständigen Abteilung für den Fall Schüppel verbinden.

»Kriminalpolizei Dresden, Kerschensteiner am Apparat.« Die Dame am Telefon klang kompetent und verbindlich.

»Bausewein hier. Sind Sie die zuständige Ermittlerin im Fall Schüppel?«

»Nicht direkt. Damit sind die Kommissare Kruse und Reisinger betraut. Beide sind momentan unterwegs. Kann ich Ihnen helfen?«

Bausewein überlegt, ob er es später versuchen sollte, entschied sich aber für ein Gespräch mit dieser Frau Kerschensteiner.

»Hören Sie mir genau zu!« Er flüsterte fast. »Herr Dr. Schüppel ist umgebracht worden. Und zwar wegen seiner Forschung. Ich habe Beweise, dass er gerade dabei war, ein Leuchtmoos zu züchten, das die komplette Beleuchtung unserer Innenstädte überflüssig gemacht hätte. Stellen Sie sich nur mal vor, was man da an Elektrizität sparen würde!«

»Leuchtmoos?«, kam es ungläubig aus dem Telefonhörer.

»Ja, genau«, bestätigte Bausewein. »Da können Sie sich doch an einer Hand abzählen, wer sowas verhindern wollte.«

Triumphierend war er nun wieder lauter geworden.

»Übrigens bin ich der Mann, der Dr. Schüppel am Neuen Wildenstein unterhalb vom Kuhstall gefunden hat. Den nackten Mann, der da behauptet hat, bei der Kripo zu sein, den lassen Sie nicht mehr an dem Fall arbeiten, oder? Der hieß doch Pröve, nicht wahr?«

Die Dame am anderen Ende war etwas überrascht von dem Themenwechsel.

»Der hat Urlaub.«

Das bestätigte Bauseweins Meinung. Der Mann war nicht zuverlässig. Gut, dass er sich nun raushielt. Aber eigentlich wollte er auf etwas anderes hinaus:

»Ich bin Fliegenforscher. Diptera, meine Lieblinge, sind die zuverlässigsten Indikatoren, um die Liegezeit einer Leiche zu bestimmen. Für wann hat Ihr Pathologe denn den Todeszeitpunkt von Herrn Dr. Schüppel angegeben? Das würde mich, als Kollege in der Disziplin der forensischen Entomologie, natürlich interessieren.«

»Moment mal«, kam es aus dem Hörer. »Ich verbinde Sie mit dem Leiter unserer Abteilung, Herrn Richter.«

Rigobert Bausewein straffte seinen Rücken und lächelte. Ab sofort war er ›Chefsache‹.

Im Flur hing ein großes Foto, auf dem über einer weiten Eislandschaft grün irisierende Polarlichter schwebten.

»Oh, Aurora Borealis«, stellte Leo fest. »Waren Sie mal dort oben am Polarkreis?«

Die schmale Frau mit kurzer Bubikopf-Frisur blieb einen Moment vor dem Foto stehen und sah es an.

»Nein. Vielleicht, wenn ich Rentnerin bin.« Obwohl tiefe Schatten unter ihren großen dunklen Augen lagen und sich reichlich Silberfäden durch ihr brünettes Haar zogen, hatte Heike Webers Gesicht etwas Mädchenhaftes. Sie war so schmal und klein! Leo hatte das Gefühl, sie wie eine Puppe hochheben zu können. Ihre weiße Bluse mit blauen Tupfen verstärkte diesen mädchenhaften Eindruck noch.

»Sie sehen müde aus«, stellte Leo fest.

»Ich komme gerade von der Arbeit. Ich bin Nachtschwester im Klinikum. Das ist anstrengend. Aber als Kriminalkommissar haben Sie sicher auch keine regelmäßigen Arbeitszeiten, oder?«

Er nickte zustimmend.

»Sie leben allein?«, fragte er, obwohl die Einrichtung der Wohnung ihm schon verraten hatte, dass hier keine zweite Person wohnte. Die Schuhe und Jacken an der Garderobe, alle in der jeweils gleichen Größe, und die wenigen herumliegenden Accessoires hatten es ihm verraten.

Heike Weber bejahte und bat ihn in ihr Wohnzimmer. Die Wohnung lag im dritten Stock einer Mietskaserne in der Fetscherstraße, unweit des Dresdner Universitätsklinikums Carl Gustav Carus.

Leo sah sich um. Das Zimmer war gemütlich, aber eher karg eingerichtet. Ein gut gefülltes Bücherregal, ein Ledersofa mit passendem Sessel, ein Tisch dazwischen, zwei kleine Topfpflanzen auf dem Fensterbrett. Es roch leicht nach Desinfektionsmittel, aber das konnte auch die Kleidung der Krankenschwester sein.

»Frau Weber, wie ich Ihnen schon am Telefon mitgeteilt habe, möchte ich mit Ihnen über den Tod von Dr. Stefan Schüppel sprechen.«

Beim Telefonat hatte sie auf diese Nachricht merkwürdig desinteressiert reagiert. Nun verzog sie das Gesicht, setzte sich auf das mintgrüne Sofa und forderte Leo auf, ebenfalls Platz zu nehmen.

In sein Blickfeld schoben sich ihre Füße mit klobigen Gesundheits-Sandalen. Wahrscheinlich brauchte sie die, um nicht abzuheben. Er sah sie an.

»Wir haben bei Herrn Dr. Schüppel Ihre Telefonnummer gefunden und konnten schnell feststellen, dass Sie in den letzten drei Wochen mehrmals mit ihm telefoniert haben.«

Leo sah sie an. Heike Webers Halsschlagader pulsierte heftig und verriet, dass sie nicht so ruhig war, wie sie sich gab.

Sie nickte kurz.

»Woher kannten Sie Stefan Schüppel?«

Die Krankenschwester schloss die Augen und begann zu erzählen.

»Ich lernte Stefan Schüppel kennen, da war ich gerade zwanzig geworden und seit ein paar Wochen mit seinem Kommilitonen Thomas zusammen. Thomas, Christian und Stefan waren damals Studenten an der TU Dresden und fuhren öfter gemeinsam zum Klettern in die Sächsische Schweiz. Sie waren richtig gute Freunde, soweit ich das damals beurteilen konnte. Christians Freundin Doreen war die Fünfte im Bunde, sie arbeitete bei der SPOWA in Dresden und versorgte die Jungs mit Kletterausrüstung.«

»Das war wann?«, frage Leo.

»1989.« Die Antwort kam, kaum dass er die Frage ausgesprochen hatte.

»Was ist die SPOWA?«, wollte Leo wissen.

»Sie sind nicht von hier, nicht wahr?« Sie sah ihn mit spöttischem Lächeln an. »Das waren die Sportfachgeschäfte in der DDR. Es gab sie in jeder größeren Stadt. Man bekam dort Sportartikel und alles, was man zum Wandern brauchte – wenn man Glück hatte.«

»Sie kennen sich also schon ziemlich lange«, fuhr Leo fort.

Heike Weber schüttelte den Kopf.

»Wir kannten uns nur ein knappes Jahr, das kann man doch nicht lange nennen, vor allem nach den Jahrzehnten, die seither vergangen sind, oder?«

Sie hielt sich mit beiden Händen am Sofa fest, als würde sie sonst herunterrutschen.

»Nach dem Unfall habe ich weder Stefan noch Christian noch Doreen wiedergesehen. Am allerwenigsten wollte ich ausgerechnet mit Stefan Kontakt aufnehmen. Aber er hat vor drei Wochen bei mir angerufen und wollte sich mit mir treffen.«

Ihr Ton, der bislang völlig kühl und emotionslos gewesen war, bekam eine aggressive Nuance. Stefan Schüppel hatte ihr damals offenbar etwas angetan, schlussfolgerte Leo. Die Option, dass es Heike Weber war, die Dr. Schüppel hatte ehelichen wollen, war damit wohl vom Tisch.

»Erzählen Sie mir von dem Unfall«, bat Leo.

Die Frau ihm gegenüber schüttelte den Kopf.

»Frau Weber ...« Leo bemühte wieder das spezielle Timbre seiner Stimme, das bei reiferen Damen meist zum Erfolg führte. »Ich nehme zur Kenntnis, dass Sie Dr. Schüppel nicht getroffen haben und ihn auch nicht sehr schätzen. Aber ich brauche Ihre Hilfe, um diesen Todesfall aufzuklären. Dr. Schüppel lebte sehr zurückgezogen, Sie sind eine der wenigen, mit denen er in den letzten Wochen Kontakt hatte. Bitte erzählen Sie mir, was er von Ihnen wollte.«

Sie fühlte sich sichtlich unwohl. Schließlich sagte sie: »Er wollte unsere alte Freundschaft wiederbeleben, mit mir über die alten Zeiten reden, mir seine Version des Unfalls erzählen. Stefan hat mehrmals bei mir angerufen und um ein Treffen gebeten, aber ich habe abgelehnt. Warum er sich nun das Leben genommen hat, das kann ich Ihnen wirklich nicht sagen.«

»Ich bitte Sie trotzdem, mir zu erzählen, was damals passiert ist.«

Heike Weber atmete tief ein und aus. Sie überlegte.

»Also gut. Thomas, Christian und Stefan wollten 1989 den Jahreswechsel am Kuhstall verbringen. Thomas hatte sich in den Kopf gesetzt, an diesem denkwürdigen Silvester nach der Maueröffnung, und weil sein Vater das zweiundzwanzig Jahre vor ihm auch gemacht hatte, eine Jahreserste zu machen. Doreen, die auch klettern ging, lag damals mit einer Erkältung im Bett. Ich konnte auch nicht mit, denn ich musste arbeiten. Damals war ich Schwesternschülerin. Die drei sind also los und haben in der Sächsischen Schweiz gefeiert. Nach Mitternacht sind, so wurde mir das von der Polizei berichtet, Thomas und Stefan losgeklettert. Thomas ist abgestürzt, weil Stefan ihn nicht ordentlich gesichert hatte. So ist Thomas ums Leben gekommen. Er war mein Verlobter.«

Heike Weber leierte das eher emotionslos herunter, aber Leo glaubte, eine Träne in ihrem Augenwinkel zu sehen.

Obwohl es fast dreißig Jahre her war, ging ihr die Geschichte immer noch nahe, stellte er fest. Und er hatte keine Ahnung, was »Jahreserste« bedeutete. Aber das ließ sich später klären.

»Sie haben danach jeden Kontakt zu dieser Gruppe abgebrochen?«, fragte er.

»Wie hätte ich denn nach dieser Katastrophe einfach so weitermachen können? Christian und Stefan sind beide schuld an diesem schrecklichen Unglück. Ich kann ihnen das nie verzeihen!«

Sie hob den Blick und sah Leo an.

»Was hätten Sie denn an meiner Stelle getan? Es war nicht möglich, hier zu bleiben. Thomas' Eltern hatten mich ohnehin nie gewollt, die waren der Meinung, dass ihr Sohn etwas Besseres als eine Krankenschwester verdient gehabt hätte. Ich wohnte damals mit Thomas bei ihnen. Zurück zu meinen Eltern wollte ich auf keinen Fall. Also bin ich zu meiner Cousine nach Hannover gegangen und habe da meine Ausbildung abgeschlossen. Waren Sie schon mal in Hannover?«

Leo überging diese Frage, er wollte mehr über den Unfall wissen.

»Damals wurde Stefan Schüppel ebenfalls schwer verletzt«, sagte er beharrlich.

»Ja, aber er hat überlebt. Er hat Thomas gesichert und hätte seinen Absturz verhindern können. Das ist doch die Aufgabe desjenigen, der unten steht und sichert, nicht wahr?«

Sie sprach wieder so, als würde sie ihm den Wetterbericht auseinandersetzen. Leo konnte verstehen, dass sie die Gefühle von damals verdrängte. Über die Gepflogenheiten beim Klettern musste er sich dringend informieren. Sandra würde ihm das näher erklären müssen.

»Es muss schlimm für Sie gewesen sein, Ihren Verlobten zu verlieren«, sagte er mitfühlend.

Heike Weber sah aus dem Fenster.

»Das ist lange her. Man kommt drüber weg. Es musste weitergehen.«

Ihr Gesicht verriet nichts.

»Sie wissen, dass Stefan Schüppel am Kuhstall umgekommen ist, möglicherweise an genau der Stelle, an der damals der Unfall passiert ist?«

Heike Weber nickte: »Es stand in der Zeitung.«

»Können Sie sich vorstellen, dass jemand nachgeholfen hat?«

Sie sah überrascht auf. »Denken Sie das? Dann wäre es makaber, diesen Ort auszusuchen, nicht wahr?«

»Die Frage ist, wer ein Motiv dafür haben könnte.«

»Das zu beantworten ist Ihre Aufgabe. Ich kann Ihnen da nicht weiterhelfen. Ich habe Stefan Schüppel seit Jahrzehnten nicht gesehen. Vielleicht hatte er wirtschaftliche Probleme oder er hat sich Feinde gemacht, was weiß ich?«

Sie sah eine Weile schweigend aus dem Fenster. Dann sagte sie: »Aber das glaube ich nicht. Mir scheint ein Selbstmord naheliegender.«

»Eine späte Sühne?« Leo sah sie an.

»Nein.« Sie schüttelte den Kopf und zupfte äußerst sorgfältig einen kleinen Fussel von ihrer Jeans. »Ich glaube eher, dass er sich einsam gefühlt hat. Er suchte dringend Kontakt zu mir, aber das hat diese schreckliche Geschichte wieder in mir aufgewühlt. Es hat mich so mitgenommen, dass ich zwei Tage lang nicht zur Arbeit gehen konnte. Mein Sohn wollte mich schon zum Arzt schicken. Aber ich war nicht krank, ich wollte meine Ruhe haben. All das hinter mir lassen. Es war wirklich nicht leicht für mich, damals. Thomas und ich hatten unsere Hochzeit geplant. Ich hatte schon ein Kleid, alles war vorbereitet und dann war Thomas plötzlich tot. Schrecklich war das. Daran wollte ich nicht erinnert werden, verstehen Sie? Vielleicht habe ich ihn zu brüsk abgewiesen.«

Leo verstand das durchaus. Einsamkeit als Motiv – ja, das war eine Möglichkeit. Allerdings war er längst davon überzeugt, dass Stefan Schüppel sich nicht absichtlich das Leben genommen hatte.

»Es gibt einige Umstände, die gegen einen Selbstmord sprechen«, sagte er.

»Tatsächlich?«

Heike Weber sah ihn mit riesigen Augen an. Sie wirkte erschrocken.

»Welche?«

Leo schüttelte den Kopf. »Das kann ich Ihnen nicht sagen, wir sind mitten in den Ermittlungen.«

»Ja, natürlich.« Sie nickte zustimmend und widmete sich wieder ihrer Jeans.

Während Leo die Klarsichthülle mit dem von Stefan Schüppel handgeschriebenen Zettel aus der Tasche zog, fragte er: »Wann sind Sie von Hannover wieder zurück nach Dresden gekommen?«

Heike Weber war erleichtert über den Themenwechsel, das sah Leo ihr an.

Mit Stolz in der Stimme verkündete sie: »Mein Sohn hat von seinen Großeltern eine sehr schöne Wohnung in Blasewitz geerbt. Das war letztes Jahr. Erst hat er überlegt, sie zu verkaufen, aber zurzeit steigen die Immobilienpreise ins Unermessliche und das Geld auf dem Konto ist nichts mehr wert, nicht wahr? Deshalb sind wir zurückgekommen. Ihm gefällt es gut hier in Dresden. Und ich finde immer eine Arbeit. Der Job der Nachtschwester ist nicht sehr begehrt, weil es anstrengend ist, keinen normalen Tagesrhythmus zu haben.«

Leo reichte ihr den handgeschriebenen Zettel aus Schüppels Gedichtband, auf dem ihre Telefonnummer notiert war.

Heike Weber nahm ihn in die Hand und las. Sie wurde blass und ihre Lippen begannen zu zittern.

Da standen ihre Telefonnummer und ein Wort, das er und Sandra vergeblich zu entziffern versucht hatten. Für Leo las es sich etwa wie »Mauchschlingel«.

Sandra sah, wie Daniel Weber draußen erregt mit der Filialleiterin sprach. Sie stand auf, schnappte sich die jüngste der Kolleginnen, die gerade an der offenen Bürotür vorbeikam, und bat sie, kurz in Webers Büro zu kommen. Es war die Auszubildende Romy Schell.

Sandra stellte sich vor und erklärte ihr, warum sie da war.

»Sie sind noch so jung, Sie haben sicher ein super Gedächtnis. Können Sie sich an diesen älteren Kunden Dr. Stefan Schüppel erinnern, der vor drei Wochen binnen weniger Tage zweimal hier bei Ihrem Kollegen Daniel Weber war? Wir glauben, dass er ein bisschen ›durch den Wind‹ war, als er hier in der Filiale auftauchte.«

Sie lächelte die junge Frau freundlich an.

Romy Schell war ein unbedarfter Teenager mit großen dunklen Kulleraugen, der es extrem spannend fand, mit einer Kriminalbeamtin zu sprechen.

»Nu, klar«, sprudelte es aus ihr heraus. »Als der das erste Mal hier ankam, ist er bei Daniel im Büro fast vom Stuhl gekippt! Ich habe ihm ein Glas Wasser geholt, aber das wollte er nicht. Mann, der hatte vielleicht ein schräges Gesicht, wie in einem Horrorfilm!«

Sie fuhr sich über die rechte Gesichtshälfte. Sandra war sich sicher, dass sie eine ganz schlechte Lügnerin war.

»Hier, so komplett eingedrückt. Gruselig, sag ich Ihnen!«

Sandra freute sich, die richtige Person ausgesucht zu haben. Draußen vor der Glaswand konnte sie Webers angespanntes Gesicht sehen.

»Hat er denn gesagt, warum es ihm plötzlich schlecht ging? War ihm schwindlig?«

»Nee. Der hat nur seltsames Zeug gestammelt. Ich habe keine Ahnung, was der wollte. Er hat sich an Daniels Namensschild auf dem Schreibtisch geklammert, als wäre es ein Rettungsring. Voll abgefahren. Vielleicht hatte er ja einen Herzanfall oder so was. Ich habe gesagt, dass ich einen Notarzt rufe, aber das wollte er nicht. Kurz nachdem er da drin ausgeflippt ist, wollte er nur ein Taxi, das ihn nach Hause bringt. Das habe ich dann auch bestellt.«

Sandra machte sich Notizen und Romy Schell wartete brav, bis sie wieder gefragt wurde.

»Und fünf Tage später, als er wiederkam? Wie ging das zu?«

»Ha, also das hätten Sie mal sehen sollen!«

Romy Schell schüttelte in der Erinnerung an diesen Vormittag den Kopf.

»Der hatte wieder einen Termin bei Daniel und ist in sein Büro marschiert. Worüber die sich unterhalten haben, weiß ich nicht, aber Daniel ist bald genervt gewesen und aufgestanden. Er kam raus, holte ihm eine Tasse

Kaffee und sagte: ›Der Typ labert nur dummes Zeug und versucht, mich auszufragen‹.«

Sandra zog die Augenbraue hoch. Auszufragen?

»Daniel hat das Gespräch dann ziemlich bald beendet. Als der Mann weg war, hat er festgestellt, dass seine Kaffeetasse fehlte. Können Sie sich das vorstellen? Der kommt hierher, spricht mit einem Kundenberater und klaut seine Kaffeetasse! Dabei hat er wahrscheinlich massig Geld auf seinem Konto. Es gibt schon merkwürdige Leute!«

Romy Schell hatte sich in Rage geredet und Sandra hörte staunend zu. Was hatte Dr. Schüppel umgetrieben? Warum benahm sich ein Mann, der fast wie ein Einsiedler und nur für seine Forschung lebte, in seiner Bank so merkwürdig daneben?

Rigobert Bausewein traute seinen Augen nicht. Da stand allen Ernstes eine Leiter! Er war hinter Stefan Schüppels Villa in Rathmannsdorf an das Küchenfenster geschlichen und wollte eben hineinspähen, als er bemerkte, dass hinter dem nächsten Busch eine kleine Aluleiter an der Wand lehnte. Das Fenster im Erdgeschoß stand offen, aus dem Raum drang ein Rumoren. Waren das etwa Einbrecher? In Gedanken ging er seine Utensilien durch. Eine Waffe, um Kriminelle in Schach zu halten, war nicht dabei. Sollte er verschwinden?

Seine Neugier siegte. Er duckte sich hinter den Busch und konnte schon bald beobachten, wie eine Frau um die Fünfzig, gehüllt in ein wild gemustertes, türkisfarbenes Kleid, etwas umständlich aus dem Fenster und auf die Leiter stieg. Sie hatte eine große Einkaufstasche dabei, die ihr beim Balancieren auf der Leiter Probleme bereitete. Bausewein überlegte nicht lange, ging um den Busch herum und hielt ihr die Hand hin.

»Also wissen Sie!« Sie stieß einen spitzen Schrei aus. »Sie haben mich jetzt aber erschreckt!«

»War nicht meine Absicht, meine Beste!«

Er half ihr die Leiter herunter, dann stellte er sich vor.

»Rigobert Bausewein, ehemaliger Finanzbeamter. Ich habe Herrn Dr. Schüppel letzten Sonntag am Kuhstall gefunden. Kenne ihn schon lange. Und wer sind Sie?"

Die Frau ihm gegenüber fühlte sich ertappt, ihr Gesicht glühte.

»Helene Petzold. Ich bin, nein, ich war die Vertraute und Haushälterin von Herrn Dr. Schüppel.«

Sie reichte Bausewein die Hand.

»Warum haben Sie dann keinen Schlüssel für das Haus?«, fragte der gleich nach dem Handschlag.

Helene Petzold musterte ihn.

»Die Polizei hat das Haus versiegelt. Erbsicherung nennt man das wohl.«

Bausewein konnte sein Glück kaum fassen. Diese Frau war ihm vom Schicksal geschickt worden!

Er rückte näher an sie heran und flüsterte fast: »Gehen Sie noch mal mit mir rein!«

Sie schüttelte den Kopf: »Nein. Auf keinen Fall. Ich wollte nur ein paar Sachen überprüfen. Wegen seinem Selbstmord, wissen Sie? Ich gehe da nicht noch mal rein. Das ist gegen das Gesetz.«

Bausewein hielt sie am Arm fest und deutete auf ihre Einkaufstasche: »Gegen das Gesetz war Ihr Einbruch eben auch schon.«

Helene Petzold zuckte zusammen.

»Das war doch kein Einbruch! Also wissen Sie! Ich habe da praktisch gewohnt, also, naja, jedenfalls war ich jeden Tag im Haus, habe gekocht, sauber gemacht, die Wäsche und so. In der Tasche sind nur ein paar Sachen, die mir Stefan im Laufe der letzten Jahre geschenkt hat. Nur so kleine Dinge, zur Erinnerung. Ich bin doch nicht eingebrochen!«

Sie versuchte, sich loszureißen, aber Bausewein hielt sie weiterhin fest.

»Das würde die Polizei möglicherweise anders sehen, meine Liebe. Aber ich habe auch ein Anliegen und möchte etwas überprüfen. Da sind wir schon zwei. Gehen Sie noch mal mit mir rein!«

Helene Petzold überlegte. Bausewein konnte zusehen, wie sie die Situation analysierte und schließlich zu dem Schluss kam, ihm seinen Willen zu lassen. Damit wären sie quitt.

»Na gut«, kam es schließlich kleinlaut von ihr.

Er ließ sich nicht ansehen, dass er sich freute. Helene Petzold war die ideale Komplizin in dieser Sache. Und er hatte sie in der Hand.

Mit verschwörerischer Miene beugte er sich zu ihr und flüsterte: »Ich glaube, dass Herr Dr. Schüppel ermordet wurde und suche nach handfesten Beweisen.«

Helene Petzold zuckte zurück.

»Ermordet?«

Ihr ganzer Körper signalisierte Ablehnung, sie hörte gar nicht mehr auf, den Kopf zu schütteln.

»Nein. Bestimmt nicht. Stefan hatte immer wieder Depressionen. Er war ein sehr schwieriger Mensch. Ich hätte ihm das Leben retten können, aber er wollte mich nicht an sich heranlassen. Also wissen Sie, ich glaube, dass er sich umgebracht hat. Er hat keine seiner Pillen genommen. Die von der Polizei denken, das wäre ein Beweis dafür, dass er keinen depressiven Schub hatte. Aber ich weiß es besser. Wenn es ihm schlecht ging, hatte er das nicht so im Griff. Das ist nicht wie eine Grippe, wo man merkt, man bekommt Fieber, und nimmt eine Tablette und legt sich ins Bett.«

Rigobert Bausewein überzeugte das nicht.

»Herr Dr. Schüppels Forschung war bahnbrechend und für große Konzerne bedrohlich. Deshalb wurde er umgebracht.«

Sie fuchtelte mit den Händen vor seinem Gesicht. »Das glaube ich nicht. Die Polizei hat nichts davon gesagt.«

Bausewein ließ sich nicht beirren: »Diesem Polizisten, der den Fall zuerst untersucht hat, dem traue ich nicht. Der ist nackig durch den Wald gelaufen, stellen Sie sich das mal vor!«

Helene Petzold riss die Augen auf.

»Nee, also wissen Sie! Was sagt man denn dazu? Und die beiden Kriminalkommissare, die hier waren, da ist einer ein Ausländer und einer eine Frau!«

»Armes Vaterland!« Bausewein war erschüttert über die Zustände in der Dresdner Kripo. »Aber ich habe heute mit dem Chef der Kripo, einem Herrn Richter, gesprochen. Der war sehr kompetent und hat sich meine Verdachtsmomente notiert. Ich bin sicher, der schickt dann auch ein paar richtige Kriminalbeamte, um den Fall zu untersuchen.«

Helene Petzold zeigte sich beeindruckt.

»Wieso kennen Sie den Chef der Kriminalpolizei und wissen, wie man so einen Mordfall untersucht?«

Ein feines Lächeln spielte um Bauseweins Mund.

»Jahrelanges Studium, meine Liebe. Ich habe mich mit Fachlektüre auf einen Fall wie diesen vorbereitet. Mir kam Dr. Schüppels Tod von Anfang an verdächtig vor und ich habe Belege gefunden, dass er einer ganz großen Sache auf der Spur war. Einer Erfindung, die die Welt verändert hätte. Verstehen Sie? Da gibt es genügend große Konzerne, die sowas verhindern wollen. War er denn in der letzten Zeit merkwürdig? Fühlte er sich verfolgt?«

Helene Petzold sah ihn skeptisch an.

»Woher wissen Sie das mit dieser Erfindung?«

Bausewein gefiel diese Helene Petzold. Die Frau war auf Zack. Er lächelte sie an.

»Ich weiß es eben. Gehen wir rein.«

Er stellte ihre volle Einkaufstasche hinter den Busch, schob Helene Petzold zur Leiter und nötigte sie wieder hinauf.

Auf dem Weg zurück ins Büro machte Sandra Halt bei Saschas Wohnung. Sie saß eine Weile im Wagen und wägte ab, ob sie tatsächlich mit Saschas Mutter reden sollte. War es ihre Pflicht als enge Kollegin, sich Sorgen zu machen, oder mischte sie sich da in etwas ein, das sie nichts anging? Sie konnte sich nicht entscheiden und auch die Pro-und-Contra-Liste, die sie geschrieben hatte, war nicht eindeutig. Saschas Mutter war ihr die wenigen Male, die Sandra sie getroffen hatte, immer überfürsorglich erschienen. Bisher war sie selbst diejenige gewesen, die Sascha ermuntert hatte, sich von seiner Mutter loszueisen. Aber sich in eine Ehe zu stürzen war sicherlich nicht die sinnvollste Methode und bestimmt machte sich Saschas Mutter auch Sorgen. Schließlich siegte ihr Pflichtgefühl. Sie stieg aus und drückte den Klingelknopf unter dem Namensschild »Pröve«.

Sofort ertönte der Türsummer und die schwere Eingangstür des Altbaus öffnete sich fast von allein. Sandra lief die Treppe hinauf in den ersten Stock. Da stand Saschas Mutter mit einem Kochlöffel in der Hand, die Küchenschürze um den runden Leib gebunden, und strahlte sie an. Allerdings nur einen Moment, dann wirkte sie verwirrt.

»Frau, äh, Kruse, nicht wahr? Hat Sascha Sie auch zum Mittagessen eingeladen? Das hätte er mir aber sagen müssen, ich habe jetzt eigentlich nur für drei gekocht. Aber es wird schon reichen. Kommen Sie rein!«

Sandra kam nicht zu Wort. Sie wurde umarmt und in die Diele geführt und jedes Mal, wenn sie erklären wollte, warum sie eigentlich da war, funkte ihr Frau Pröve dazwischen.

Während sie einen vierten Teller auf den Esstisch stellte und Besteck und eine Serviette dazulegte, erzählte sie, was es zum Mittagessen geben würde, wie sehr sie sich freue, Saschas Freundin kennenzulernen, und dass sie schon immer gewusst habe, dass ihr Sascha schon noch die richtige Frau treffen würde. Es roch köstlich nach gebratenem Huhn, aber Sandra stand der Sinn jetzt nicht nach Essen. Ihr wurde klar, dass sie tatsächlich die Einzige war, die sich Sorgen um Sascha machte.

Ihre Bedenken würden bei Frau Pröve nicht auf fruchtbaren Boden fallen. Waren denn alle blind, dass sie nicht sahen, wie riskant Saschas geplante Blitz-Heirat war? Es war ihr jetzt höllisch peinlich, in der Pröve'schen Wohnung zu stehen und sich einfach so zum Essen eingeladen zu haben.

»Frau Pröve«, unterbrach sie den Wortschwall von Saschas Mutter schließlich energisch, »ich wollte nur kurz mal ›Hallo‹ sagen. Sascha hat mich nicht eingeladen, ich wusste gar nicht, dass er und seine Freundin gleich kommen. Ich gehe jetzt wieder, die beiden wollen das Essen doch mit Ihnen allein genießen.« Sie drückte der verdutzten Frau Pröve die Hand, um sich zu verabschieden.

»Das verstehe ich jetzt nicht«, sagte Frau Pröve. »Aber wenn Sie schon mal hier sind, Kindchen, dann essen Sie doch mit uns.«

Als es an der Tür klingelte, wusste Sandra, dass sie zu lange gewartet hatte.

Sie war ungemein tapfer, ohne Zweifel, aber sie hatte auch etwas an sich gehabt, das sie anspruchslos und gleichzeitig wütend erscheinen ließ. Leo wurde aus Heike Weber nicht recht schlau. Er verglich sie mit seiner Mutter, die ihr Leben auch ohne Ehemann gemeistert hatte, doch im Gegensatz zu ihr hatte Heike Weber einen harten Kern, in den sie ihre Gefühle einschloss. Sie hatte zum Schluss auf ihn wie eine mechanische Puppe gewirkt. Bestimmt hatte sie als junge Frau umwerfend ausgesehen, mit diesen riesigen dunklen Augen, dem großen Mund und der schmalen Statur. Er hätte sie gern einmal lachen gesehen, aber es schien ihm, als ob Heike Weber die letzten Jahrzehnte nichts zu lachen gehabt hatte. Sie schien nur aus Pflichtgefühl zu bestehen. Die Erwähnung ihres Sohnes hatte wenigstens kurz ein Lächeln in ihr Gesicht gezeichnet. Dass sie tief im Innern starke Emotionen verbarg, hatte er nur anhand ihres Schmerzes über den Verlust ihres Verlobten erkennen können, und in dem Moment, als er ihr den Zettel von Dr. Schüppel gegeben hatte. Da hatte sich in ihrer harten Schale ein Riss aufgetan.

Allerdings hatte sie ihn danach sofort hinauskomplimentiert. Er hätte zu gern gewusst, welches Wort in Schüppels krakeliger Handschrift wirklich über Heike Webers Telefonnummer stand. Aber sie hatte die Schotten komplett dicht gemacht und war nicht bereit gewesen, noch ein weiteres Wort mit ihm zu reden.

Leo fuhr zurück ins Büro und suchte Sandra, aber die war wohl noch in der Bank beschäftigt.

Als Frau Kerschensteiner ihn sah, schickte sie ihn sofort zu Richter.

»Da hat jemand angerufen, ein Herr, der etwas von Leuchtmoos erzählt hat. Ich habe ihn an Herrn Richter durchgestellt, denn er wollte Interna aus den Ermittlungen um Dr. Schüppel wissen.«

»Leuchtmoos?« Leo sah sie erstaunt an und folgte ihrem Zeigefinger in Richters Büro.

Sascha strahlte wie ein kleiner Junge, der eben seinen Herzenswunsch unterm Weihnachtsbaum gefunden hatte. Er war nur eine Sekunde lang irritiert darüber gewesen, dass Sandra ihm die Tür geöffnet hatte.

»Ach, Sandra, wie schön! Da kann ich dir Melanie auch gleich vorstellen.«

Er zog die Frau an seiner Seite noch näher an sich und sagte: »Melanie Opitz, die Frau meines Lebens.«

Sandra stellte er als seine Lieblingskollegin vor, was sie ziemlich albern fand. Ohnehin fühlte sie sich völlig fehl am Platz.

Sie versuchte, Sascha zu erklären, dass sie nur mal kurz vorbeigekommen war, um seiner Mutter Hallo zu sagen, ohne zu wissen, dass er und Melanie mittags zum Essen eingeladen waren. Aber ihre halbherzige Erklärung ging im Wortschwall von Saschas Mutter unter. Sie umarmte nicht nur wortreich ihren Sohn, sondern auch die Frau, die allem Anschein nach schon bald ihre Schwiegertochter sein würde.

Sandra verstand die Welt nicht mehr.

Sie beobachtete Sascha und seine Melanie und konnte tatsächlich nichts als Glück in ihren Gesichtern sehen. Wie konnten erwachsene Menschen sich so vorbehaltlos verlieben, dass sie nach ein paar Tagen sicher waren, für immer zusammenbleiben zu wollen? Sascha zwinkerte ihr ein paarmal zu, während er stolz neben seiner Mutter stand. Die herzte noch immer diese etwas pummelige Melanie Opitz und begutachtete sie dabei wie ein Rennpferd.

Sandras Laune ging immer mehr in den Keller. Sie spürte, dass sie hier raus musste, sonst würde sie laut losschreien.

Die Gelegenheit kam, als Mutter Pröve zu Tisch bat.

Sandra versuchte, sich zur Wohnungstür zu drängen, aber Saschas Mutter ließ sie nicht los.

»Kindchen, Sie sind ohnehin viel zu dünn! Kommen Sie und essen Sie mit uns!« Mit ihrer imposanten Figur schob sie Sandra durch den Flur in Richtung Esszimmer. Sie protestierte, aber erst als sie sich an Sascha wandte, ließ Mutter Pröve sie gehen.

»Hast du diesen Wolfgang Fritzsche gefunden?«, rief ihr Sascha hinterher.

Wolfgang Fritzsche? Sandra brauchte bis ins Erdgeschoss, um sich daran zu erinnern, dass er ein möglicher

Zeuge für den Bergunfall von Dr. Schüppel war. Als die Haustür hinter ihr ins Schloss fiel, beschimpfte sie sich selbst als blöde Gans. Sie wollte so schnell wie möglich zurück ins Büro. Zu spät merkte sie, dass sie auf der Bautzner Straße viel zu schnell unterwegs war, und wurde prompt geblitzt.

Donnerstagnachmittag

»Was gibt's, Chef?«

Reinhard Richter saß an seinem Schreibtisch und tippte mit dem Zeigefinger auf ein Blatt Papier, als Leo das Büro betrat. Trotz der sommerlichen Temperaturen trug Richter immer noch Krawatte und Sakko. Leo schwitzte und der steife Hemdkragen scheuerte ihm den Hals wund.

»Wissen Sie, wie der Mann heißt, der Dr. Schüppel am Sonntag gefunden hat?«

Leo überlegte kurz.

»Bauwein, oder so ähnlich. Richard Bauwein.«

»Rigobert Bausewein«, verbesserte ihn Richter.

»Der Mann hat heute hier angerufen, um mir mitzuteilen, dass er davon überzeugt ist, dass Dr. Schüppel von der Umweltmafia wegen seiner bahnbrechenden Forschungsarbeit um ein Leuchtmoos ermordet worden sei.«

Leo war sich nicht sicher, ob Richter vielleicht einen Witz riss, aber der sah ihn so ernst an, dass das wohl keine Option war.

»Interessant. Und diese Theorie basiert auf welchen Erkenntnissen?«

»Er sagte mir, er sei Steuerfachmann und habe die Schüppel Science GmbH jahrelang steuerlich bearbeitet. Daher wisse er, woran Dr. Schüppel geforscht habe. Seiner Meinung nach ist dieses Leuchtmoos eine lukrative Erfindung, die durchaus ein Verbrechen wert wäre.«

Richter lehnte sich zurück und strich über seine Krawatte.

»Das ist zwar noch lange kein Beweis für seine Mordtheorie, aber es ist interessant, dass hier wieder die Schüppel Science GmbH ins Spiel kommt. Sind Sie und Frau Kruse mit dieser Firma schon weitergekommen?«

Leo seufzte.

»Nein. Sandra Kruse ist noch in Dr. Schüppels Bank, wo es vor gut drei Wochen einen merkwürdigen Vorfall mit ihm gab. Die Bank und eine Krankenschwester sind die interessantesten Telefonkontakte, die die Technische Abteilung uns bisher gemeldet hat. Die Krankenschwester habe ich heute befragt. Dr. Schüppel hat sie in den letzten drei Wochen mehrmals kontaktiert. Sie ist eine Bekannte aus seiner Jugend und der Meinung, dass Schüppel schuld am Tod ihres Verlobten war. Es geht da um einen Bergsteigerunfall in der Silvesternacht 1989/90.«

»Verdächtigen Sie die Frau, Dr. Schüppel aus Rache umgebracht zu haben?«

Richter sah ihn forschend an.

»Nein. Das glaube ich nicht.«

»Dann kümmern Sie sich endlich um diese Schüppel Science GmbH!«

Richter wandte sich wieder seinen Akten zu.

»Ja, Chef. Sobald Frau Kruse zurück ist, fahren wir raus und reden mit den Leuten in Sebnitz.«

Richter wedelte ihn hinaus, als ob er eine Staubwolke wäre.

»Wonach suchen wir denn?«

Helene Petzold stand mit Rigobert Bausewein in Stefan Schüppels Arbeitszimmer und sah ihn misstrauisch an. Einen fremden Menschen ins Haus zu lassen, auch wenn er versicherte, ein ehemaliger Finanzbeamter zu sein, war ihr nicht geheuer. Bausewein konnte es an der Art erkennen, wie sie ihn ansah. Er hatte sie erpresst und zum Mitmachen gezwungen. Was er eigentlich brauchte, war jemand, der ihm half.

Seine ursprüngliche Selbstsicherheit hatte auch ihn verlassen. Das Labor nebenan hatte keine Erkenntnisse erbracht. Unschlüssig sah er sich um. Wie würde wohl ein Beweis dafür aussehen, dass jemand Dr. Schüppel um den wohlverdienten Erfolg hatte bringen wollen?

»Hat Herr Dr. Schüppel ein Tagebuch geführt?«, fragte er ins Blaue.

»Keine Ahnung.«

Selbst wenn sie es gewusst hätte, hätte sie es ihm nicht gegeben. Helene Petzolds Gesicht sprach Bände.

Bausewein setzte sich auf das Biedermeier-Sofa in Schüppels Arbeitszimmer und ließ die Atmosphäre auf sich wirken: die dunkle Schrankwand hinter dem Schreibtisch, den dicken Teppich, die Stores vor dem Fenster. Alles sah so normal aus. Er musste Helene Petzold für seine Agenda gewinnen, sonst kam er nicht weiter.

»Liebe Frau Petzold, ich brauche Ihre Hilfe, um Dr. Schüppels Mördern auf die Spur zu kommen. Ich glaube, dass eine Organisation, ein Konzern oder so, scharf auf seine Erfindung mit dem Leuchtmoos war. Falls er sich geweigert hat, sein Wissen zu verkaufen, dann haben die ihn umbringen lassen, damit sie entweder an seine Forschungsergebnisse rankommen oder verhindern, dass sie veröffentlicht werden«, sagte er.

»Was erzählen Sie denn dauernd von Leuchtmoos? Hier im Arbeitszimmer gibt es garantiert kein Moos. Hier habe ich immer penibel sauber gemacht.«

Helene Petzold setzte sich neben ihn. Diese ganze Aufregung erschöpfte sie.

Bausewein spürte, dass er auf dem richtigen Weg war.

»Wo, liebe Frau Petzold, hätte Dr. Schüppel das Moos und die Ergebnisse seiner Arbeit darüber aufbewahrt?«

Mit mahlenden Kiefern überlegte sie eine Weile.

»Sie glauben also tatsächlich, dass Stefan ermordet wurde?«

»Ich bin davon überzeugt. Liebe Frau Petzold, ich weiß, dass in den letzten Jahren über zwei Millionen Euro an Fördergeldern in seine Forschung geflossen sind. Das ist kein Pappenstiel. Er war da einer ganz großen Sache auf der Spur. Und plötzlich springt er vom Kuhstall in den Tod? Seien Sie ehrlich, das glauben Sie doch selbst nicht.«

Seine Worte begannen, wie Kletten an ihr hängen zu bleiben. Als er die zwei Millionen erwähnte, erstarrte sie in Ehrfurcht.

»So viel Geld? Für das bisschen Moos?« Sie flüsterte es fast.

»Seine Idee war genial«, erklärte ihr Bausewein. »Dr. Schüppel wollte es wie eine Tapete auf Mauern aufbringen, zum Beispiel in Unterführungen. Dann hätte eine kleine Lichtquelle genügt, damit die ganze Unterführung hell leuchtet. Das ist doch fantastisch! Stellen Sie sich nur mal vor, wenn wir statt der stinkenden, verschmierten Durchgänge überall hellgrün leuchtende, moosig duftende Tunnel hätten!« Seine Augen leuchteten, als er das Bild von den sanft schimmernden Unterführungen malte.

Helene Petzold blieb skeptisch. Doch dann erhob sie sich.

»Kommen Sie mal mit!«

Sandra schlich zurück in ihr Büro und wollte niemanden sehen. Ihre Tasche knallte sie auf den Schreibtisch, sie öffnete das Fenster und stellte sich für ein paar tiefe Atemzüge davor. Sie, die immer alles perfekt machen wollte, hatte sich, was Sascha anging, komplett verrannt.

»Tief ein- und ausatmen!«, ermahnte sie sich und versuchte, ihre wie Silvesterraketen hin und her schießenden Gedanken einzufangen. Langsam wurde sie ruhiger. Ab sofort würde sie sich ausschließlich um ihre eigenen Belange und um die Arbeit kümmern. Sascha musste selbst sehen, wie er zurechtkam.

Sie hatte genug damit zu tun, sich über ihre Gefühle für Armando klar zu werden. Er war so unglaublich süß gewesen am Telefon, trotzdem musste sie vorsichtig sein.

Aber jetzt gab es Wichtigeres zu erledigen. Sie rief die Verkehrsüberwachung an, teilte der Kollegin mit, dass sie soeben im Einsatz in einen Blitzer geraten war, und bat darum, die Geschwindigkeitsüberschreitung nicht weiterzuverfolgen.

»Wenn Sie nicht Sonder- und Wegerechte in Anspruch nehmen mussten, die Ihr Vorgesetzter bestätigt, geht da gar nichts, das sollten Sie doch wissen«, kam es unfreundlich aus dem Telefonhörer.

Sandra stöhnte und fragte sich, wie sie Richter erklären sollte, dass sie auf dem Weg zurück ins Büro dringend so schnell fahren musste, dass sie geblitzt wurde. Das würde teuer werden. Der Tag war einfach wie verhext. Um sich zu beruhigen, schrieb sie eine Liste mit Aufgaben, die sie abarbeiten würde. Der erste Punkt lautete:

Wolfgang Fritzsche suchen.

Sie setzte sich an den Computer und wurde bald fündig. Wolfgang Fritzsche lebte als Rentner in Sebnitz, wo er am 15.1.1950 auch geboren worden war. Zu diesem Bergunfall im Wendejahr war er also neununddreißig Jahre alt gewesen. Sandra notierte sich seine Adresse und Telefonnummer, als es klopfte.

Leo steckte den Kopf zur Tür herein.

»He, du bist zurück und meldest dich nicht? Ich warte auf dich!«

Dieser vorwurfsvolle Ton hatte ihr gerade noch gefehlt.

»Lass mich bloß in Ruhe! Ich arbeite.«

Leo ließ sie nicht in Ruhe, er schloss die Tür hinter sich und setzte sich auf den Besucherstuhl vor ihrem Schreibtisch.

»Was ist denn mit dir los, Sandra? Du siehst aus, als wäre dir was Furchtbares passiert.«

Wenn er ihr weiter Vorwürfe gemacht hätte – damit hätte sie umgehen können. Aber dieser mitfühlende Ton brachte sie endgültig aus der Fassung.

»Ist mir auch! Ich bin geblitzt worden, bekomme wahrscheinlich einen saftigen Strafzettel und ich weiß nicht, ob ich Armando trauen kann, und Sascha hat mir eben seine Zukünftige vorgestellt und der ist so was von glücklich!« Sie konnte die Tränen nicht mehr zurückhalten und schniefte laut los. Es war alles zu peinlich.

An Leos Gesicht konnte sie ablesen, dass er rein gar nichts verstand.

»Lass mich in Ruhe!«, herrschte sie ihn an. Sie wollte, dass er ganz schnell ging. Seine abschätzenden Blicke konnte sie nun wirklich nicht gebrauchen. Sie atmete tief durch, um sich wieder in den Griff zu bekommen, und starrte auf ihren Computerbildschirm.

Endlich stand Leo langsam auf, ohne ein Wort zu sagen. Aber statt sich zur Tür zu wenden, ging er um ihren Schreibtisch herum und zog sie hoch an seine Brust. Das war jetzt wirklich zu viel. Sie ergab sich der Tränenflut und überließ sich ihren stürmischen Gefühlen von Wut, Scham, Ärger und Ratlosigkeit.

Rigobert Bausewein hatte von Dr. Schüppel immer nur außergewöhnliche Dinge erwartet, doch als Helene Petzold ihm den großen Kellerraum öffnete, war er sprachlos. Auf langen, groben Holztischen lagen Ziegelsteine, Sandsteine, Betonbrocken, Granittafeln und anderes Material. Es roch feucht und waldig, die Deckenlampe goss kühles Licht in den Raum. Das Beste aber waren die Wände. Sie leuchteten sanft in fluoreszierendem Grün. Auf den Tischen, das wurde ihm schnell klar, befanden sich verschiedene Trägermaterialien für das Moos. Ganz so hell, wie er es sich vorgestellt hatte, leuchtete der grüne Bewuchs allerdings nicht.

Helene Petzold war an der Tür stehengeblieben.

»Und, glauben Sie wirklich, dass das hier eine ganz große Sache ist?«

Bausewein war erneut unschlüssig. Hier gab es Leuchtmoos, ja, aber hier gab es keine Forschungsabteilung, jedenfalls nicht so, wie er das angesichts der hohen Fördersummen erwartet hatte.

»War das hier Dr. Schüppels private Forschung oder gehörte das zur Schüppel Science GmbH?«, fragte er Helene Petzold, während er die Schilder vor den einzelnen Materialien studierte.

Angegeben waren jeweils das Material und das Datum, an dem die Kultur angebracht worden war. Bausewein konnte die altmodische Handschrift problemlos lesen.

»Von dieser Seiens GmbH, von der Sie reden, weiß ich nichts. Stefan war entweder hier unten, oder aber oben im Labor, in seinem Büro oder draußen im Garten.«

Bauseweins Gefühl, hier am falschen Ort zu sein, verstärkte sich.

Nun gut, die Haushälterin war ja auch nicht den ganzen Tag im Haus gewesen und Dr. Schüppel hatte seine Forscherteams sicherlich auch über das Telefon anleiten können und deshalb nicht jeden Tag seine wertvolle Zeit außer Haus verbringen müssen. Er warf einen letzten Blick auf das hellgrün schimmernde Moos in der Ecke. Er hatte keine Ahnung von biologischen Versuchsreihen und ihrer Dauer. Aber das hier war ein wenig ärmlich. Entschlossen drehte er sich um:

»Ja, das Leuchtmoos ist eine große Sache. Ganz bestimmt ist es das. Aber wir müssen uns das eigentliche Labor der Science GmbH ansehen. Kommen Sie mit mir nach Sebnitz!«

»Moment noch!« Helene Petzold beäugte ihn nochmals kritisch, als er neben ihr hinauf in die Eingangshalle stieg. »Es gibt da noch etwas, das vielleicht wichtig sein könnte.«

Bausewein, der schon seinen rotkarierten Campingbeutel hatte schultern wollen, hielt in der Bewegung inne.

»Ja?«

Helene Petzold fixierte einen Punkt oben an der Treppe und begann zu erzählen: »Da war letzte Woche ein Brief vom Betriebsleiter Johne in Stefans Post. Wortwörtlich hat der geschrieben: ›Wir müssen uns unterhalten, sonst passiert was!‹«

»Das ist ja 'n Ding!«

Bausewein war wie elektrisiert. Ein Erpresserbrief?

»Wissen Sie, womit der Mann gedroht hat?«

Helene Petzold verneinte.

»Herr Johne ist Betriebsleiter der Waldgold GmbH. Die arbeiten gleich gegenüber.«

Sie deutete mit dem Kopf hinaus und auf die andere Straßenseite.

»Die haben aber nichts mit der Schüppel Seiens GmbH zu tun, von der Sie dauernd reden. Die machen Likör und Salben.«

Bausewein rekapitulierte seine Aufzeichnungen, die er im Finanzamt gemacht hatte. Da war auch von einem Forschungsprojekt für ein Rheuma-Mittel die Rede gewesen. Ging es vielleicht darum? Er durfte ja von alledem eigentlich nichts wissen. Seine Ermittlungen mussten im Geheimen stattfinden.

»Ich kann da nicht einfach hingehen und ihn zur Rede stellen. Das muss die Polizei machen«, seufzte er. »Interessant wäre das aber schon ...«

Er sah Helene Petzold an und fragte: »Weiß die Polizei von dem Brief?«

Sie nickte und wirkte gleichzeitig verlegen, was ihn irritierte.

»Gehen wir jetzt endlich? Ich will hier raus.«

Sie wandte sich zur Besenkammer, zu der das offene Fenster gehörte.

Sandras Tränen hatten auf seinem Hemd ein wildes Muster aus Wimperntusche und feuchten Flecken hinterlassen. Dankbar erinnerte sich Leo an sein Poloshirt, das als Ersatz für Notfälle in seinem Büroschrank hing. Sandra hatte sich langsam wieder beruhigt und wollte sich um einen Zeugen des Bergunfalls kümmern. Von Richters Anweisung, sich um die Schüppel Science GmbH in Sebnitz zu kümmern, hatte er ihr noch nichts gesagt.

Er setzte sich ans Telefon und rief Christian Hesse an. An den Apparat bekam er dessen Frau Doreen.

Ihr Mann sei momentan nicht erreichbar, ob sie helfen könne?

»Ich benötige Auskünfte über die Schüppel Science GmbH. Können Sie mir da weiterhelfen?«

»Aber natürlich.«

Sie klang ungeheuer freundlich und verbindlich am Telefon. Leos Laune besserte sich augenblicklich.

»Die Schüppel Science GmbH hat Stefan Schüppel gemeinsam mit meinem Mann und mir 1995 gegründet. Das Labor war bis letztes Jahr in Sebnitz in der Weberstraße 4. Aber da die Stadt das Gebäude demnächst abreißen lassen wird, haben wir uns schon früh Ersatz gesucht. Unser internationales Forscherteam arbeitet inzwischen in Liberec in der Tschechischen Republik.«

»Ach, die Schüppel Science GmbH gibt es in Deutschland gar nicht mehr?«

»Nun ja, der Sitz der Firma ist weiterhin Deutschland, aber das Forschungslabor haben wir vor acht Monaten verlegt.«

»Geht das so einfach?«

»Nein. Nichts ist einfach. Aber es war sinnvoll und Stefan hat es befürwortet.«

»Die Kündigung der Laborräume war also keinesfalls ein möglicher Grund für Herrn Dr. Schüppel, sich das Leben zu nehmen?«, fragte er.

Die Frau am anderen Ende der Leitung lachte spitz.

»Aber nein. Wie die Journalisten nur immer auf solchen Unsinn kommen! Wir wussten doch längst, was die Stadt mit dem Areal vorhat. Unser Mietvertrag lief aus und es war völlig klar, dass wir ein neues Labor brauchen.«

»Wir sind in den Ermittlungen auf ein Forschungsprojekt zu einem Leuchtmoos gestoßen. Wird das in dem neuen Labor weitergeführt? Trotz Dr. Schüppels Tod?«

»Nein. Ohne Stefan wird es überhaupt keine Forschung mehr geben. Er war immer der Kopf des Ganzen. Mein Mann löst das Labor gerade auf. Die Sache mit dem Leuchtmoos war, soweit ich informiert bin, noch nicht von Erfolg gekrönt. Vielversprechender war wohl der Wirkstoff gegen Rheuma aus Farnen. Aber das ist ja nun alles Vergangenheit. Stefans Tod hat uns wirklich empfindlich getroffen. Es ist so traurig. Am Montag ist übrigens die Beerdigung.«

Sie klang bewegt, als sie das sagte.

»Würden Sie mir bitte per Mail eine Liste aller Mitarbeiter zur Verfügung stellen?«, bat Leo.

»Natürlich.«

»Gab es Ihrer Einschätzung nach jemanden, mit dem Herr Dr. Schüppel in einen Konflikt geraten war?«

"Aber nein, auf keinen Fall.« Doreen Hesse klang völlig überzeugt. »Die meisten Forscher sind jung und hatten nur einen Vertrag für ein Jahr. Sie haben gelernt, was Stefan ihnen beibringen konnte, haben gearbeitet und sind zu neuen Projekten weitergezogen. Viele sind auch ins Ausland gegangen. Forschung ist ein sehr internationales Geschäft.«

Leo entschied, dass das Thema Schüppel Science GmbH keine heiße Spur war, im Gegensatz zu diesem Unfall im Wendejahr.

»Frau Hesse, kennen Sie eine Heike Weber?«

Schweigen.

»Frau Hesse?«

Endlich meldete sie sich wieder.

»Ja, ich kenne sie.«

Ihr Tonfall hatte sich verändert. Sie klang besorgt.

»Wann haben Sie sie zuletzt gesehen?«

Doreen Hesse überlegte eine Weile.

»Das war am 5. Januar 1990 bei der Beerdigung unseres Freundes Thomas Lippmann. Danach ist sie verschwunden, jedenfalls habe ich sie seitdem nicht wiedergesehen. Wieso fragen Sie?«

Leo war nicht bereit, ihr darauf zu antworten. Stattdessen sagte er:

»Ich möchte mich gern mit Ihnen und vor allem mit Ihrem Mann über den Unfall von Dr. Stefan Schüppel und Thomas Lippmann im Wendejahr unterhalten.«

Er hörte, wie sie Luft ausblies und wieder tief einatmete.

»Gut.«

»Am besten treffen wir uns direkt da, wo es passiert ist, oben an dieser Felsenhöhle. Wann können Sie und Ihr Mann morgen vor Ort sein?«

»Passt Ihnen dreizehn Uhr?«, fragte sie zögerlich.

Es passte ihm. Sandra würde er in jedem Fall dabeihaben wollen, sie kannte sich mit Bergsteigen aus.

»Zweimal Lachsforelle mit Kartoffelsalat, bitte!« Rigobert Bausewein hatte Helene Petzold überredet, mit ihm zu Mittag zu essen. Er balancierte die Teller hinaus in den sonnigen Vorhof des kleinen Fischladens. Gegenüber lagen die Fischbecken, durch die der Lachsbach floss. Seine neue Komplizin saß an einem der drei Tische unter einem Sonnenschirm und unterhielt sich mit der jungen Frau, die eben noch vor ihm zwei Fischbrötchen gekauft hatte.

Er schob Helene Petzold einen Teller hin und setzte sich. Die quittierte das Essen mit einem erfreuten Nicken und stellte ihm ihre Gesprächspartnerin vor:

»Das ist Denise, die Sekretärin von André Johne, dem Betriebsleiter der Waldgold.« Diese hatte ihre honigblonden

Haare zu einem Dutt zusammengebunden und trug ein flattriges Spitzenhemd über ihren üppigen Formen.

Bausewein nickte ihr freundlich zu und überlegte, wie er von ihr Informationen über Johne bekommen könnte.

Aber Helene Petzold hatte das schon erledigt: »Denise hat mir gerade erzählt, dass André Johne am Dienstag gekündigt hat und seither einfach weg ist. Er hat sich für eine Woche krankschreiben lassen, hat noch Urlaub und das war's.« Sie sah Bausewein an und zog vielsagend die Augenbrauen hoch.

»Der Wahnsinn, oder?«, bestätigte Denise Venus. »Haut einfach von heute auf morgen ab, weil Herr Dr. Schüppel verunglückt ist. Dabei würden wir ihn gerade jetzt besonders dringend brauchen. Herr Hesse ist dauernd unterwegs und ich kann doch keine Entscheidungen für die Firma treffen und Absprachen mit Kunden und Lieferanten machen. Bei uns geht es drunter und drüber! Deshalb muss ich jetzt auch los. Tschüssi, ihr zwei!«

Damit wandte sie sich um und ging mit schnellen Schritten an den Fischbecken entlang zum Zufahrtsweg. Der Beutel mit den Fischsemmeln schlenkerte an ihrer rechten Hand.

»Der Johne ist einfach verschwunden!«, flüsterte Helene Petzold verschwörerisch.

»Das muss was zu bedeuten haben.« Bausewein sah der jungen Frau besorgt hinterher.

Während sie sich der Lachsforelle mit Kartoffelsalat widmete, fühlte er sich unbehaglich. Hier ging viel zu viel durcheinander. Sollte er seine Pläne, am Nachmittag nach Sebnitz zu fahren, aufgeben? Sollte er sich mit der Waldgold GmbH und diesem Johne beschäftigen? Das Ganze wurde langsam anstrengend. Er schob die unguten Gedanken zur Seite, tat es Helene Petzold gleich und ließ sich die Forelle schmecken.

»Fritzsche.«

Die Stimme am Telefon klang tief und warm, fast wie die ihres Großvaters. Sandra hatte sich eine Liste mit allen Punkten angelegt, die sie mit Wolfgang Fritzsche besprechen wollte. Sie stellte sich vor und bat um Auskünfte bezüglich des Bergunfalls an Neujahr 1990.

»Sie erinnern sich sicher, da sind zwei junge Bergsteiger oben am Kuhstall verunglückt. In alten Akten haben wir Ihren Namen gefunden, Sie werden da als Zeuge genannt. Allerdings gibt es keine entsprechende schriftliche Zeugenaussage in den Unterlagen. Im Grunde haben wir nichts, außer der Information, dass es ein Bergunglück mit einem Toten und einem Verletzten gab.«

Sie hörte lautes Schnaufen am Telefon, dann wieder diesen wohlklingenden Bass:

»Und da kommen Sie jetzt, nach all diesen Jahren, und wollen mich dazu befragen?«

Sandra hatte erwartet, dass der Mann erstaunt über ihr Anliegen sein würde.

»Es gibt einen Grund dafür, Herr Fritzsche. Der Bergsteiger, der damals schwer verletzt überlebte, ist kürzlich an derselben Stelle zu Tode gestürzt. Wir versuchen herauszubekommen, warum. Der Unfall von damals spielt unserer Meinung nach eine Rolle.«

»Aha. Inwiefern? Das ist doch nun wirklich alles schon so lange her. Mein Gott, ich weiß nicht mal mehr, wie die drei Burschen hießen, die beteiligt waren. Einer von denen war ja nicht mitgeklettert und hat mich zu Hilfe geholt. Schlimme Sache damals.«

»Können wir trotzdem mit Ihnen über diesen Unfall reden? Vielleiht erinnern Sie sich ja doch noch an Details?«, fragte Sandra hoffnungsvoll.

»Ne, also, das würde ich mir jetzt nicht mehr zutrauen. Das ist so lange her. Das kann sich doch kein Mensch merken. Ich bin damals auch nicht von der Polizei befragt worden, obwohl ich mich ein paar Tage danach gemeldet habe. Wahrscheinlich, weil es ohnehin klar als Unfall zu bewerten war. Ging ja damals auch alles drunter und drüber. Die Polizisten, die in dieser Zeit noch Dienst geschoben haben, hatten sicher Wichtigeres zu tun.«

»Sie sind damals nicht am Kuhstall geblieben, bis die Polizei kam?«

Fritzsche räusperte sich kurz.

»Nee, ich glaube ich war nur da, bis der Notarzt kam. Ich war durchgefroren und übermüdet und meine Begleiter wollten nach Hause. Wie gesagt, ich habe mich danach bei der Polizei gemeldet, aber die wollten nichts mehr von mir wissen.«

»Kennen Sie sich mit Klettern aus?«, fragte Sandra.

»Nu klar. Den Schwerverletzten habe ich aus der Wand geholt. Ich war damals oft in der Sächsischen Schweiz, sind ja unsere Hausberge. Aber wissen Sie was? Ich kann jetzt nicht lange mit Ihnen reden. Habe gleich einen Termin in der Werkstatt. Wenn Sie Glück haben, finde ich noch mein Tagebuch von damals. Bestimmt habe ich was dazu aufgeschrieben. Dann haben Sie einen Zeugenbericht aus der Zeit. Aber ich muss erst nachschauen. Rufen Sie mich morgen noch mal an?«

Sandra versprach, sich mittags zu melden.

Das klang nicht schlecht. Wenn Wolfgang Fritzsche sich auskannte und kurz nach dem Unfall einen Tagebucheintrag verfasst hatte, würde man sich halbwegs auf die Informationen verlassen können. Nach diesen Jahrzehnten einen Unfall aus Erinnerungen rekonstruieren zu wollen, war kritisch. Das Gehirn spielte den Menschen die verrücktesten Streiche. Sandra kannte Zeugenaussagen von verschiedenen Beteiligten, die völlig unterschiedlich waren, obwohl sie denselben Vorfall betrafen. Und je länger ein Ereignis zurücklag, desto eher hatte jede Person ihre eigene Version von der Wahrheit entwickelt.

Und was war ihre Wahrheit, wenn es um Armando ging? Sie fuhr sich über ihr Gesicht. Leo hatte ihr geraten, sie selbst zu bleiben. Aber wer war das denn: sie selbst? Wenn sie in Armandos Nähe war, wollte sie eine Tango-Tänzerin sein – als sie noch mit Olli zusammen gewesen war, hatte sie sich dagegen als ökologisch bewusstes Naturmädel gefallen.

»Hör auf, den Männern etwas vorzuspielen«, hatte Leo sanft gesagt. »Du bist eine Kriminalkommissarin mit knallharten Prinzipien und einem Hang zum Perfektionismus. Das ist doch schon mal was.«

War das was? Sie war wegen Sascha völlig verunsichert. Wieso wusste ausgerechnet Sascha, der so gut wie keine Erfahrung mit Beziehungen hatte, wer die richtige Partnerin für ihn war?

Sie beschloss, Leo über Wolfgang Fritzsche zu informieren und dann nach Hause zu gehen. Sie musste nachdenken und sie wollte in die Tanzschule.

Leo hatte gut damit zu tun, die vielen Zeugenaussagen zu protokollieren.

Als er endlich den letzten Punkt unter sein Gespräch mit Heike Weber setzte, verfluchte er sein mühsames Zwei-Finger-Suchsystem am Computer. Hätte er damals in der Schule mal einen Maschinenschreibkurs gemacht und gelernt, mit zehn Fingern zu tippen.

Er knetete die Kuppe seines rechten Zeigefingers, als Sandra in sein Büro trat. Sie sah wieder gefasster aus.

»Gut, dass du kommst«, sagte Leo. »Ich muss dich ein paar Sachen fragen, die ich nicht verstehe. Was zum Beispiel ist eine ›Jahreserste‹?

Sie sah ihn verständnislos an. »Eine was?«

»Heike Weber hat mir erzählt, wie es zu diesem Kletterunfall gekommen war. Sie sagte, dass ihr Verlobter Thomas Lippmann zusammen mit Stefan Schüppel in der Silvesternacht eine Jahreserste machen wollte.«

»Ach so, ja, das kenne ich!«

Sandra setzte sich und begann zu erklären: »Auf jedem offiziellen Klettergipfel der Sächsischen Schweiz ist eine Kassette mit einem Gipfelbuch angebracht. Du hast garantiert schon mal eine gesehen, oder?«

Ja, Leo erinnerte sich, in Rathen kleine, graue in den Stein verankerte Kästchen gesehen zu haben.

»Alle Bergsteiger, die den Gipfel erreichen, tragen sich dort mit Namen und Datum ein. Wenn ein Gipfel oft bestiegen wird, muss das Gipfelbuch häufig ausgetauscht werden, aber es gibt andere Felsen, da bleibt so ein Gipfelbuch viele Jahre oben, bis es voll ist. Die Jahreserste ist die erste Besteigung eines Gipfels im neuen Jahr. Dafür darf man eine neue Seite beginnen und oft wird diese dann verziert und noch ein Sinnspruch dazu geschrieben. Es ist was Besonderes. Viele junge Bergsteiger machen sich einen Spaß daraus und klettern noch in der Silvesternacht, oft angetrunken, auf einen Gipfel, um einmal als Erster im Jahr im Gipfelbuch zu stehen. Mein Ex-Freund Olli hat das auch ein paarmal gemacht. Man feiert in der Hütte bis in den Morgen und dann ziehen die, die noch laufen können, los, um eine Jahreserste zu machen.«

Sandra fasste sich an den Kopf um deutlich zu machen, was sie von diesem Brauch hielt.

»Völlig bescheuert und ganz schön gefährlich!«

»Gut, das habe ich verstanden. Thomas Lippmann und Stefan Schüppel wollten also am Kuhstall eine Klettertour und damit eine Jahreserste machen. Heike Weber begründete das damit, dass der Vater von Thomas Lippmann als junger Mann auch so eine Jahreserste gemacht hatte. Sie ist der Meinung, dass Stefan Schüppel an Lippmanns Tod ist, weil er ihn nicht richtig gesichert hat. Mein Eindruck war, dass sie das bis heute nicht wirklich überwunden hat.«

Sandra blies sich eine blonde Strähne aus der Stirn.

»Genau das meine ich. Die waren wahrscheinlich angetrunken und dann passieren solche Unfälle. Diese Frau

Weber ist also die Ex-Freundin von demjenigen, der ums Leben gekommen ist?«

»Genau.«

»War sie beim Unfall vor Ort?«, fragte Sandra.

Leo verneinte. »Sie sagte, sie hätte Dienst als Krankenschwester gehabt und auch die Freundin von Christian Hesse, seine heutige Frau Doreen, sei nicht dabei gewesen, weil sie krank war. Wir haben also bisher nur Christian Hesse, der was dazu sagen kann. Oder bist du mit deinem anderen Zeugen weitergekommen?«

Leo war froh, dass Sandra sich wieder gefangen hatte. Die Zusammenarbeit klappte erstaunlich gut. Er war zwar immer noch auf der Hut, aber momentan lief es sehr harmonisch mit ihr.

»Ja, ich habe eben mit Wolfgang Fritzsche gesprochen. Er sagte, der Unfall wäre zu lange her, um sich zu erinnern. Aber er meinte, er hätte damals bestimmt was in sein Tagebuch geschrieben. Ich hoffe, dass er es findet, denn in diesen Wendejahren ging alles drunter und drüber, da fehlen offizielle Akten oder die noch vorhandenen sind seitdem fünfmal umgezogen und kaum aufzutreiben. Nachdem der Fall nie vor Gericht ging, haben wir nur die dünnen Fakten, die Sascha über seine Zukünftige bei der Staatsanwaltschaft ausgegraben hat.«

Leo überging den sarkastischen Ton, mit dem Sandra das Wort »Zukünftige« ausgesprochen hatte.

»Frau Weber behauptet, sie habe sich nicht mit Stefan Schüppel treffen wollen, weil sie ihm die Schuld am Tod ihres Verlobten gibt. Einen späten Selbstmord aus Sühne schließt sie aber auch aus. Sie glaubt, dass er sich aus Einsamkeit das Leben genommen hat.«

Unwillig schüttelte Sandra ihr blondes Haar.

»Meine Güte, Leo, das hatten wir doch schon. Ein Mann, der ständig ein tödliches Gift mit sich herumträgt, schleppt sich doch nicht mühsam da hinauf, um sich vom Felsen zu stürzen. Ich dachte wir wären schon übereingekommen, dass es kein Selbstmord gewesen sein kann. Schüppel hat sich mit jemandem getroffen, da bin ich mir inzwischen sicher.«

»Schon gut.« Leo hob beschwichtigend die Hände. Die kratzbürstige Sandra war wieder zum Vorschein gekommen. »Du hast ja Recht. Und wir wissen auch, dass zwei Parteien eine deutliche finanzielle Einbuße hätten hinnehmen müssen.«

Sandra ließ sich wieder auf den Stuhl sinken: »Das Ehepaar Hesse und Helene Petzold. Die bis dato Begünstigten im Testament. Außer, er wollte tatsächlich seine quietschbunte Haushälterin heiraten.«

»Dann hätte Helene Petzold natürlich deutlich profitiert. Aber ich glaube nicht, dass sie seine Auserwählte war. Und ich traue ihr auch nicht zu, einen Menschen umzubringen«, gab Leo zu bedenken.

»Ja, aber die beiden mit dem weitaus größeren Anteil haben ein starkes Motiv.«

Leo war zu derselben Schlussfolgerung gekommen.

»Wir müssen dringend die Alibis der beiden Hesses vom Samstagvormittag überprüfen«, folgerte Sandra.

»Ja, die beiden müssen wir uns vorknöpfen. Morgen Mittag treffen wir uns um dreizehn Uhr mit Christian Hesse und seiner Frau, um den Unfall vor Ort am Kuhstall zu rekonstruieren. Das habe ich vorhin mit Doreen Hesse vereinbart. Bitte komm mit und hör dir das an, du hast im Gegensatz zu mir ja Ahnung vom Klettern. Wir können uns morgens kurz besprechen und dann gemeinsam rausfahren.«

Sandra nickte zustimmend und ergänzte: »Und nach dem Ortstermin bringen wir die beiden hierher und nehmen sie in die Zange. Okay?«

»Gut.«

Sandra stand auf und ging zur Tür: »Ich gehe jetzt heim, ich brauche eine Pause.«

Sie winkte Leo zu und verschwand.

Der nochmalige kurze Blick in die große Einkaufstasche, die er Helene Petzold nach ihrem Abenteuer in der Villa in ihren Kofferraum gehievt hatte, beruhigte Rigobert Bausewein. Natürlich war es nicht in Ordnung, dass sie Sachen aus diesem Haushalt entfernte. Aber er selbst bewegte sich ja nun schon seit dem Beginn seiner privaten Ermittlung am Rande der Legalität und würde kein Urteil über die ehemalige Haushälterin von Stefan Schüppel fällen. Und zwar vor allem deshalb nicht, weil sie Dinge hatte mitgehen lassen, die ihn schmunzeln ließen.

Er sah, dass sie eine Küchenmaschine, ein Ungetüm mit Motor und Rührtopf, eingepackt hatte, dazu eine Kaffeemaschine und ein paar Geschirrtücher, um die Geräte abzupolstern. Das waren allesamt Dinge, die wahrscheinlich ausschließlich sie benutzt hatte, und er fand es verzeihlich, dass sie die davor bewahren wollte, irgendwo verschrottet zu werden. Gebrauchte Küchengeräte gehörten zu den geringwertigen Wirtschaftsgütern. Hätte sie etwas Wertvolles entwendet gehabt, da fühlte sich Bausewein seinen Grundsätzen verpflichtet, hätte er sie genötigt, die Sachen zurückzubringen, und keinen Kontakt mehr zu ihr gesucht. So aber hoffte er, dass sie als seine Komplizin weiterhin gemeinsam mit ihm nach Beweisen für einen Mord suchen würde.

Sie verabschiedeten sich mit einem freundlichen Handschlag und jeder fuhr in seinem eigenen Wagen davon – nicht ohne ein freundliches Winken, als sich ihre Wege trennten.

Erst wunderte sich Leo, dass es so ruhig in seiner Wohnung war, aber dann fiel ihm ein, dass Veronika den Abend mit ihren Kollegen beim Italiener verbrachte und später nach Hause kommen würde. Erleichtert ließ er sich auf sein Sofa fallen und genoss die Ruhe. Wenn Veronika abends da war, wollte sie immer mit ihm reden und alles Mögliche besprechen. Deshalb kam er nicht mehr zum Nachdenken. Dabei liebte er diese stillen, einsamen Abende, an denen er sich den aktuellen Fall durch den Kopf gehen lassen und in Gedanken seine Theorien ausprobieren konnte.

Zu Hause hatten ihn seine Mutter und seine Oma immer in Ruhe gelassen, wenn er sich in sein Zimmer zurückgezogen hatte. Aber jetzt hatte er kein eigenes Zimmer mehr. Seit drei Wochen kam er nur noch zum Nachdenken, wenn er sich alleine zum Joggen entlang der Elbe aufmachte. Er lauschte in die Stille der Wohnung, hörte von irgendwoher Wasser durch Rohre rauschen, ein Hupen von der Straße, Stimmen und Schritte im Treppenhaus. Dann herrschte wieder Ruhe. Sein Ärger darüber, dass Veronika ihren Bruder samt Familie nach Dresden eingeladen hatte, war noch nicht verraucht. Veronika hatte seine Bedenken einfach weggewischt und gemeint, für ein paar Tage ginge das schon. Sie könnten der Familie ihr Schlafzimmer überlassen und die paar Tage auf einer Luftmatratze im Wohnzimmer nächtigen.

»Wird sicher lustig«, hatte sie gesagt.

Was daran lustig sein sollte, war ihm schleierhaft. Er liebte sein Bett.

Leo beschloss, für Korbinian und seine Familie eine Ferienwohnung zu buchen. Das würde zwar einen Streit mit Veronika geben, aber den nahm er in Kauf.

Armando gab im großen Saal der Tanzschule noch Unterricht für eine fortgeschrittene Klasse. Danach würde die Fläche allen Übungswilligen zur Verfügung stehen. Sandra holte sich einen Drink an der Bar. Das weitschwingende Kleid spielte um ihre nackten Waden, doch ohne ihre großen Kreolen fühlte sie sich irgendwie nackt. Im Spiegel hinter der Bar kontrollierte sie ihr Aussehen: Die knallroten Lippen und das Rouge auf ihren Wangen ließen sie verführerisch aussehen. Sandra nickte sich zufrieden zu.

Sie bemerkte, wie Armando sie aus den Augenwinkeln ansah. Bei seinen Kommandos wurden ihr schon wieder die Knie weich.

Vielleicht sollte sie sich von ihrem ewigen Perfektionismus bezüglich einer Beziehung befreien und einfach den Moment genießen, so wie Sascha? Armando war bildschön, mit seinen langen, dunklen Locken und den fast schwarzen Augen. Sie würden ein sehr schönes Paar abgeben, sie mit ihrer blassen Haut und den blonden Haaren und er, der sonnengebräunte Latino. Eine Kombination wie Vanille und bittere Schokolade. Sandra gestattete sich sogar, einen Moment darüber nachzudenken, wie ihre Kinder aussehen könnten, und musste lächeln. Aber das war natürlich Blödsinn. Zuerst galt es, herauszufinden, ob Armando ernsthaft an ihr interessiert war.

Die Tanzstunde ging zu Ende, die Paare verabschiedeten sich von ihrem Lehrer.

Armando kam strahlend auf sie zu. »Hola Sandra!« Sie spürte, wie ein kribbeliger Schauer ihren Rücken hinunterlief. Er umfasste ihre Taille und drückte ihr einen Kuss in den Nacken, was sie fast um den Verstand brachte.

»Hast du Zeit, mit mir essen zu gehen?«, fragte sie ihn.

»Oho, deutsche Fraue sind immer so pragtisch«, säuselte er. Er roch nach Sonne und Meer und Mann.

Verunsichert sah sie Armando an, der sie immer noch anlächelte.

»Ich möchte gern, dass wir uns besser kennenlernen, Armando. Ich weiß fast nichts von dir und du auch nichts von mir.«

Armando blinzelte ihr zu und beugte sich dann zu ihrem Ohr. Seine dunklen Locken kitzelten sie, als er flüsterte: »Ich weiß alles, was wichtig ist, mi amor!«

Er drückte sich an sie und machte unmissverständlich klar, dass ihm der Sinn weniger nach Essen als nach anderen Genüssen stand.

Sandra war geneigt nachzugeben. Andererseits wollte sie nun doch sichergehen, dass dies nicht nur ein schnelles Abenteuer war.

Sie wand sich aus Armandos Umklammerung und hielt ihn auf Abstand.

»Sag mir, wie alt du bist!«

»Swanzigacht, mi amor.« Er strahlte sie immer noch an, hielt das hier offenbar für ein lustiges Spielchen. Aber Sandra war sofort alarmiert. Er war erst achtundzwanzig? Sie hatte ihn auf mindestens fünfunddreißig geschätzt. Er war also fünf Jahre jünger als sie. Sollte sie das stören? Sollte sie ihm sagen, dass sie älter war als er? Wie würde er reagieren? Sie schob die Fragen beiseite.

»Du bist Tanz-Lehrer, ich arbeite bei der Kriminalpolizei«, sagte sie.

Armandos Lächeln verschwand, stattdessen spürte sie plötzlich etwas Gehetztes in seinem Blick. Sie erschrak. Mit Neugier hatte sie gerechnet, nicht aber mit dieser fast ängstlichen Reaktion.

»Du bist Policía?«, fragte Armando vorsichtig nach.

Sandra nickte und lächelte ihn an: »Ja. Ich liebe meinen Beruf. Sehr interessant, aber auch anstrengend.«

»Sehr gut. Deutsche Fraue sind so tüchtig«, sagte Armando, aber es klang ein bisschen kraftlos.

Die Bar um sie herum füllte sich mit den Tanzschülern und denen, die zum Üben kamen, die Gespräche um sie herum wurden lauter. Sandra fühlte sich nicht wohl damit, dieses Gespräch inmitten von Publikum zu führen. Sie wollte gern mit Armando in einem lauschigen Restaurant sitzen und dort mit ihm ihre beiden Lebensgeschichten austauschen. So jedenfalls hatte sie sich den heutigen Abend ausgemalt.

»Und, hast du nun Lust, mit mir etwas essen zu gehen und mir von dir zu erzählen?«

Armando verzog sein Gesicht und setzte die traurigsten Hundeaugen auf, die sie je bei einem Mann gesehen hatte.

»Kanne nicht, Sandra, musse noch was erledigen. Tute mir leid.«

Er drückte sie kurz am Arm und schon war er durch die Menge der Tanzschüler verschwunden. Sandra stand da wie bestellt und nicht abgeholt. War das jetzt wahr? Nachdem er sie einen Abend lang so leidenschaftlich geküsst und ihr die unglaublichsten Komplimente gemacht hatte, ließ er sie heute einfach stehen?

Eine schlanke, dunkelhaarige Frau, die sie vorhin in Armandos Tanzkurs beobachtet hatte, stand plötzlich neben ihr.

»Hübsches Kleid«, sagte sie mit einem anerkennenden Nicken.

Sandra sah sie irritiert an. Sie war in Gedanken noch zu sehr mit Armandos plötzlicher Flucht beschäftigt. Warum hatte er sich einfach verdrückt?

Die Frau sah ihr nun direkt ins Gesicht.

»Armando hat hier einen gewissen Ruf.« Sie raunte ihr das zu, als wäre sie um eine Auskunft gebeten worden. Sandra drehte sich weg, hörte ihre Stimme aber trotzdem.

»Hat er Sie auch um den Finger gewickelt, der Gigolo? Sie sollten wissen, dass er zu Hause in Buenos Aires eine Frau und zwei Kinder sitzen hat.«

Freitagvormittag

Sandra schleppte sich müde in ihr Büro. Nur aus den Augenwinkeln sah sie Leo winken und nickte ihm kurz zu. Sie hatte sich die ganze Nacht einzureden versucht, dass Armando ja nur ein kleiner Flirt war und es ihr nicht naheging, dass er sich so plötzlich aus dem Staub gemacht hatte. Gut, sie hatte ihn geküsst, aber das war ja noch nichts Ernsthaftes gewesen. Mit zu sich nach Hause hätte sie ihn nur genommen, wenn er gestern den Test bestanden hätte. Wenn er ihr eine passable Lebensgeschichte erzählt und sich für ihre interessiert hätte.

Der Tango-Kurs hatte sich für sie ab sofort erledigt. Dieser langweilige Guido musste sich eben eine neue Partnerin suchen. Das würden die in der Tanzschule schon regeln. Aber dass sie nicht gemerkt hatte, dass sie für Armando nur einer von vielen Flirts gewesen war, das nagte an ihrem Selbstwertgefühl. Sie war Kriminalkommissarin! Warum hatte sie diesem argentinischen Frauenheld einfach alles geglaubt, was er ihr ins Ohr gesäuselt hatte? Wie naiv war sie denn? Wobei, wenn sie es kritisch hinterfragte, er hatte ihr eigentlich gar nichts erzählt. Er hatte ihr nur dauernd schöne Augen gemacht und ihr das Gefühl gegeben, etwas ganz Besonderes zu sein.

Erschöpft ließ sich in ihren Bürostuhl fallen. Viel Schlaf hatte sie nicht gefunden. In ihrem Kopf war es drunter und drüber gegangen.

Als sie ihren Computer einschaltete, kündigten sich mehrere Nachrichten mit einem Klingelton an. Herzhaft gähnend rief sie ihr E-Mail-Programm auf und beobachtete erstaunt, wie viele Mails in ihr Postfach drängten.

Unter anderem hatte sie bereits eine Antwort von André Johnes Hausbank bekommen, bei der sie Hinweise auf ungewöhnliche Kontobewegungen abgefordert hatte. Die einzige Auffälligkeit wäre am 13. Juni zu verzeichnen gewesen. Da habe André Johne zehntausend Euro in bar eingezahlt.

Sandra sprang auf. Das könnte durchaus Geld sein, das im Zusammenhang mit seinem Brief gezahlt worden war. Sie suchte nach der Telefonnummer von Dr. Schüppels Bank.

Leider war ausgerechnet Daniel Weber am Telefon, aber das ließ sich nun nicht ändern. Unter Verweis darauf, dass sie jederzeit einen richterlichen Beschluss beantragen könnte, sie das aber beiden Seiten gern ersparen würde, erklärte Sandra, dass sie nun doch von ihm eine Auskunft zu Schüppels Kontobewegungen brauche. Es gebe einen Verdacht, dass Dr. Schüppel erpresst worden sei. Ob er in den letzten drei Wochen seines Lebens einen größeren Geldbetrag abgehoben habe?

»Eine Erpressung?« Daniel Webers Stimmlage wechselte von unfreundlich zu höchst interessiert. »Moment, ich sehe nach.«

Es dauerte keine zwei Minuten, bis sich der Privatkundenberater wieder meldete: »Leider nein, Herr Dr. Schüppel hat zuletzt keine ungewöhnlichen Zahlungen über seine Karten getätigt oder Geld am Automaten abgehoben.«

»Und in den Wochen davor? Können Sie nachsehen, ob eine größere Summe, also zehntausend Euro aufwärts, abgehoben oder überwiesen wurde?«, fragte Sandra. Sie war dankbar, dass Weber so kooperativ war, nachdem er sie gestern so ärgerlich verabschiedet hatte.

»Mal sehen ... Nein. Auch da hat sich nichts getan. Aber es kann natürlich sein, dass dies nicht das einzige Konto des Kunden ist«, ergänzte Daniel Weber.

»Ja natürlich, da gibt es ja noch die verschiedenen Firmenkonten«, sinnierte sie. »Vielen Dank erst mal, Herr Weber. Das war sehr freundlich!«

Sandra legte auf und ging mit der ausgedruckten E-Mail zu Leo hinüber.

Leo hatte gehofft, dass wenigsten Sandra heute fit sein würde für den Ortstermin mit Christian und Doreen Hesse. Als sie am Morgen an seinem Büro vorbeigelaufen war, hatte sie auf ihn jedoch den Eindruck gemacht, als hätte sie kaum geschlafen. Sie hatte traurig und antriebslos gewirkt. Tolle Voraussetzungen für stundenlange Gespräche mit dem Waldgold-Geschäftsführer, der so gern aus der Haut fuhr. Er selbst fühlte sich müde und zerschlagen nach dem Streit mit Veronika. Die halbe Nacht hatten sie wegen der Einladung an Korbinian und seine Familie für den August diskutiert. Veronika hatte ihm vorgeworfen, ihre Familie zu meiden. Lächerlich! Er hatte es allen nur bequemer machen wollen mit seinem Vorschlag, eine Ferienwohnung für Veronikas Bruder zu mieten.

Ein Wort hatte das andere ergeben:

»Ich finde es unmöglich, dass du einfach deine Familie in meine Wohnung einlädst, ohne das zuvor mit mir zu besprechen!«

»Deine Wohnung? Ich denke, das ist jetzt unsere Wohnung?«

»Ich wohne hier seit eineinhalb Jahren. Nur weil du gerade mal drei Wochen hier bist, kannst du nicht einfach schalten und walten, als ob es deine Wohnung wäre!«

Veronika war wirklich sauer geworden.

»Ich habe dir gesagt, dass es mich nicht ohne Familie gibt. Wenn ich schon dir zuliebe für drei Monate nach Dresden komme, kannst du mir doch nicht verbieten, meine Familie einzuladen.«

»Du könntest es wenigstens mit mir absprechen."

»Ich dachte, du freust dich!«

»Nein, das tue ich nicht. Kannst du nicht mal drei Monate ohne deine Sippe auskommen?«

»Ha, das sagt so ein Muttersöhnchen wie du! Bevor du nach Dresden gegangen bist, hast du immer noch bei Mama und Oma gewohnt. Da war ich schon längst in meiner eigenen Wohnung!«

Diese Bemerkung von Veronika hatte ihn ernsthaft in Rage gebracht.

»Deine eigene Wohnung liegt genau fünfzig Meter von der deiner Eltern und deines Bruders entfernt im Haus deines Onkels. Das ist lächerlich! Meine Mutter war in der ganzen Zeit noch nicht einmal hier, falls dir das entgangen sein sollte. Von wegen Muttersöhnchen!«

»Pah, du bist nur zu faul, sie einzuladen und dich zu kümmern.«

Spätestens an dem Punkt war er ausgerastet. Leo hatte Veronikas Kopfkissen und ihre Bettdecke aus dem Schlafzimmer ins Wohnzimmer und die Tür mit einem gewaltigen Knall zugeworfen.

Danach hatte er wach gelegen und sich gefragt, warum er sich so über ihr Verhalten aufregte. Morgens um zwei war er zu ihr gegangen und sie hatten eine Art Waffenstillstand ausgehandelt.

Nun stand Sandra mit einem Blatt Papier in seiner Tür.

Rigobert Bausewein war begeistert von Helene Petzolds Garten: schnurgerade gezogene Beete, kreuzförmig angeordnete kleine Wege und eine Blumenschale mit üppigen Geranien in der Mitte. Bienen und Schmetterlinge flogen von Blüte zu Blüte, deren Duft ihn sentimental werden ließ. Anerkennend betrachtete er die Symmetrie des Blumengartens, die exakten Beet-Einfassungen, die üppigen Farben. Rosa Phlox, pinkfarbene Bartnelken, blaue Kornblumen, roter Klatschmohn, rosa Pfingstrosen, weiße Levkoien, leuchtende Margeriten und blauer Rittersporn buhlten um seine Aufmerksamkeit. Diese Frau hatte eine spezielle Beziehung zu Farben, stellte Bausewein fest. Er klingelte am Gartentürchen und hoffte, dass sie, wie gestern versprochen, mitkommen würde nach Sebnitz.

»Guten Morgen, Herr Bausewein.« Helene Petzold bat ihn in ihr schmuckes kleines Haus und setzte ihm einen Kaffee vor. Bausewein konnte sich kaum daran erinnern, wann er zuletzt eine Dame zu Hause besucht hatte. Er setzte sich auf die Eckbank in ihrer Küche, zupfte nervös an seinem Hemd herum und überlegte, was er sagen sollte. Ein Kompliment! Ein Kompliment war immer gut. Er schaute sie an. Wie gestern hatte sie ihre kurzen Haare sorgfältig frisiert, die grüne Strähne irritierte ihn allerdings. Sie trug heute eine gelbe Hose und eine weiße Bluse mit gelben Zitronen drauf. Zitronen mochte er.

»Sie sind heute aber wieder sehr adrett angezogen«, sagte er und hoffte, dass es Helene Petzold freuen würde.

Ihre Mundwinkel hoben sich kurz. Dann setzte sie sich mit der Kaffeekanne ihm gegenüber und sagte: »Also, wissen Sie, Herr Bausewein, ich komme nicht mit nach Sebnitz. Ich denke, diese Untersuchung, wie und warum Stefan gestorben ist, das sollte die Polizei machen. Ich will mich da nicht einmischen und ich denke, das sollten Sie auch nicht tun.«

Seine Schultern sanken herab. Er fühlte sich plötzlich schwer und müde, obwohl er eben noch so voller Energie gewesen war.

»Aber Sie haben doch gesagt, dass Sie diesen Polizisten auch nicht trauen«, versuchte er, sie umzustimmen.

Sie wiegte bedächtig ihren Kopf hin und her.

»Sie waren doch selbst ein Beamter. Ein bisschen mehr Vertrauen in die Polizei sollten Sie schon haben.«

»Polizisten sind auch nur Menschen«, stellte Bausewein fest. »Beim Finanzamt waren wir immer froh, wenn wir Hinweise von außen bekommen haben. Nichts anderes tun wir beide jetzt. Das Sammeln von nützlichen Indizien ist nicht verboten.«

Sie saß mit verschränkten Armen vor ihm und sah ihn skeptisch an.

Er erinnerte sich daran, wie ihre Augen geleuchtet hatten, als er die zwei Millionen Euro Subventionsmittel erwähnt hatte.

»Außerdem geht es um viel Geld. Wie ich gestern schon sagte, sind Millionen in die Forschung der Schüppel Science GmbH geflossen. Das muss sich auf den Wert der Firma auswirken. Sie haben mir gestern erzählt, dass Sie im Testament bedacht wurden. Wir sollten das herausbekommen.«

Helene Petzold schüttelte den Kopf: »Ich bekomme nur zehn Prozent vom Privatvermögen, die Firmen und alles andere gehen an das Ehepaar Hesse.«

Sie stöhnte auf: »Das ist alles so traurig. Ich wünschte, Stefan würde noch leben. Wir waren so ein schönes Paar.« In ihre Augen traten Tränen.

Das ernüchterte Bausewein endgültig, damit hatte er nicht gerechnet. Helene Petzold und Dr. Schüppel waren ein Paar?

Er tätschelte ihr mitfühlend die Hand, doch gleichzeitig legte sich die Enttäuschung wie ein schwerer, nasser Mantel um seine Schultern.

»Johne hat am 13. Juni zehntausend Euro in bar auf sein Konto eingezahlt!«

Sandra hatte schon zu reden begonnen, als sie Leos Büro noch gar nicht richtig betreten hatte. Jetzt erkannte sie, dass er nicht gut aussah: dunkle Augenringe, Knitterfältchen um die Augen, fahle Haut. Außerdem trug er dasselbe schwarze Poloshirt wie gestern.

»Oh, heute musst du noch eine Schippe drauflegen, wenn du ältere Damen beeindrucken willst. Du siehst furchtbar aus. Was ist los?«

»Schlecht geschlafen.«

Sandra sah ihn an und glaubte ihm nicht. Da war noch mehr. Aber es ging sie nichts an. Gestern noch hatte Leo ihr unmissverständlich klargemacht, dass das Privatleben von Kollegen tabu war. Sie würde sich daran halten.

»Was sagst du dazu? Es könnte bedeuten, dass Johne nach seiner Drohung Geld bekommen hat und damit seinen Thailand-Urlaub finanziert.«

»Können wir das beweisen?«, fragte Leo.

»Blöde Frage!«

Er sah sie an. Sandra wurde ärgerlich.

»Hol dir einen doppelten Kaffee und werde munter. Du hängst ja rum wie ein Schluck Wasser in der Kurve. Wir haben einiges vor heute, also reiß dich zusammen!«

Sie hatte erwartet, dass er sofort mit einer provokanten Bemerkung zurückschlagen würde, aber er blieb matt.

»Soll ich dir einen Kaffee mitbringen? Du siehst auch nicht gerade fit aus.«

»Ja, los, geh schon. Ich habe nur vergessen, mich zu schminken«, log sie.

Sandra blieb besorgt in Leos Büro. Das war ja noch viel schlimmer als sie vermutet hatte. Sie gähnte verstohlen und fragte sich, wie sie beide diesen Tag überstehen würden. Immerhin stand ein Ortstermin an, das war interessanter, als im Büro in Akten und Daten zu wühlen.

Leo kam mit zwei Tassen zurück und ließ sich schwer auf seinen Bürostuhl plumpsen.

»Johne hat also Geld eingezahlt und wir wissen nicht, woher es kam.«

»Genau«, erwiderte Sandra.

»Wenn wir sicher wüssten, dass Schüppel ermordet wurde, könnten wir deutlich mehr Leute anfordern und die könnten in der Villa und in seiner Firma jedes Blatt umdrehen und nach Hinweisen suchen. Aber so lange wir nicht genügend Belege für einen Mord haben, müssen wir unsere Kräfte möglichst intelligent einsetzen.«

Leo nickte bedächtig und trank einen Schluck Kaffee.

»Christian Hesse und seine Frau müssen wir uns heute nach dem Ortstermin unbedingt vorknöpfen. Momentan denken die beiden, es geht nur um den Unfall, aber er muss uns auch erklären, wie er zur geplanten Änderung des Testaments stand. Wir müssen überprüfen, was genau beide am Samstag getan haben und wer es bezeugen kann.«

»Gut. Wir befragen sie nacheinander, okay?«

Leo signalisierte Zustimmung.

»Rufst du Frau Petzold an und fragst, ob sie weiß, was es mit dem Gift im Spazierstock auf sich hat? Wenn sie dich nicht sieht, funktioniert dein Charme bestimmt noch«, sagte Sandra. Noch hatte sie genügend Energie, um den schlappen Kollegen anzuschieben. Wie lange ihre eigenen Akkus halten würden, wusste sie nicht.

»Ich versuche derweil, André Johne zu erreichen. Vielleicht hat er ja eine akzeptable Erklärung für das Geld.«

»In Ordnung«, murmelte Leo in seine Kaffeetasse hinein.

»Abmarsch in einer halben Stunde?«

»Abmarsch in einer halben Stunde!«

»Hier ist ja die Hölle los!«

An diesem Freitagvormittag waren alle offiziellen Parkplätze im Kirnitzschtal besetzt. Sandra parkte den Wagen schließlich halb im Straßengraben und Leo hoffte, dass sie da wieder herauskäme, ohne das Bodenblech zu beschädigen.

»Schönstes Juniwetter und Freitag, was erwartest du?«, fragte Sandra und kletterte aus dem schräg stehenden Wagen.

Gemeinsam überquerten sie an der Endstation der Straßenbahn auf einer alten Steinbrücke die Kirnitzsch und folgten den Wegweisern zum Kuhstall.

»Das ist die Wanderroute für die eiligen Touristen«, erklärte Sandra, »die mit Zeit können von allen interessanten Punkten im Nationalpark aus zum Kuhstall wandern. Das Wege-Netz ist bestens ausgebaut.«

Herrje, Sandra hörte sich wie eine Nationalpark-Führerin an. Wie kam es, dass jeder Dresdner, den Leo bisher kennengelernt hatte, sich hier im Elbsandsteingebirge so gut auskannte?

Aber die frische Luft und die Bewegung taten ihm gut. Er spürte, wie mit jedem Atemzug die bleischwere Lähmung aus seinem Körper verschwand und sein Gehirn wieder zu arbeiten begann. Ob er mit Sandra über seinen Streit mit Veronika sprechen sollte? Er schob den Gedanken weg. Der Weg war ohnehin zu steil, um sich bei dem vorgelegten Tempo unterhalten zu können.

Zahlreiche Wanderer waren unterwegs, gingen entweder in die gleiche Richtung oder kamen ihnen entgegen. Je weiter sie den Berg hinaufstiegen, desto breiter wurde der Weg. Links und rechts flankierten ihn gewaltige Felsen und mächtige Buchen.

Keuchend kamen sie schließlich nach zwanzig Minuten strammen Gehens auf dem Hochplateau an. Diese Bergwelt war wirklich faszinierend, fand Leo. Wie eine Sofalehne ragte die Felswand mit der Kuhstallhöhle vor ihm auf, während er auf ebenem Grund stand und hinter ihm der der Wanderweg steil abfiel. Das ganze Gebirge war wie in Terrassen aufgeteilt. Vor ihm tat sich das mächtige Felsentor auf und rahmte die Aussicht auf weitere Berge und Wälder dunkel ein. Er blieb stehen und schaute sich um. Rechts von ihm ließ sich eine ganze Reihe von Wanderern in der Mittagssonne vor dem Gasthaus ihr Essen schmecken.

»Siehst du Christian Hesse und seine Frau?«, fragte Leo, als sein Atem sich wieder beruhigt hatte. Sandra schüttelte den Kopf. Sie sah auf die Uhr.

»Es ist erst halb eins. Der Treffpunkt war für dreizehn Uhr vereinbart.«

»Was, erst halb? Da hätten wir ja nicht wie bei einem Dauerlauf hier hoch rennen müssen«, beschwerte sich Leo. »Dann schau ich mir noch ein wenig die Gegend an.«
»Willst du die Himmelsleiter sehen?«, fragte Sandra und schlenderte in die Kuhstallhöhle hinein.

»Nur, wenn sie mich direkt in den Himmel führt«, scherzte Leo.

Sandra lächelte ihm zu.

»Naja, für die Sachsen führt sie schon in den Himmel. Für einen katholischen Bayern ist sie wahrscheinlich nicht hoch genug oder du musst dann runterspringen, um im Himmel der Katholiken zu landen.«

Leo verzog das Gesicht.

»Sehr spitzfindig. Aber so katholisch bin ich nicht. Mir reicht der sächsische Himmel.«

»Dann komm mal mit!«

Sandra führte ihn auf der linken Seite der Höhle durch einen engen Durchbruch, der zur Rückseite der Felswand führte. Nach wenigen Schritten standen sie vor einer engen Felsspalte, in die eine schmale Metalltreppe gebaut war.

»Das ist die Himmelsleiter. Aus verständlichen Gründen eine Einbahnstraße.«

Sandra deutete nach oben.

»Man kommt hier auf das Gipfelplateau über der Kuhstallhöhle. Willst du rauf?«

»Haben wir genug Zeit?«, fragte Leo mit einem Blick auf die Uhr. Er hatte keine Ahnung, wie lange das dauern würde.

»Na klar.«

Sandra ging voran und Leo begann trotz der schattigen Kühle zu schwitzen. Er ärgerte sich, dass er sich auf dieses Abenteuer eingelassen hatte, als er merkte, dass es zu den schmalen Metallstufen kein Geländer gab. Einmal stolpern und er würde an der Treppenstufe vorbei nach unten fallen. Seine Höhenangst war in diesem Gebirge nicht hilfreich. Von unten kamen Geräusche, die ihn bewogen, sich kurz umzudrehen. Da stiegen doch tatsächlich zwei Kinder im Grundschulalter, gefolgt von ihren Eltern, hinter ihm die Treppe hoch. Er konzentrierte sich auf die Stufen vor ihm. Die Blöße, auf diesem Weg von einem sechsjährigen Pimpf überholt zu werden, wollte er sich nicht geben.

Glücklicherweise öffnete sich die Felsspalte schon bald und endete auf einem schmalen Plateau, das einen fantastischen Rundblick auf die umliegende Landschaft erlaubte.

»Und, gefällt dir der Himmel der Sachsen?«, fragte Sandra und lehnte sich gegen das Geländer. Leo konnte nicht hinschauen. Sie waren genau über der riesigen Kuhstallhöhle und an dieser Stelle fiel die Felswand senkrecht in die Tiefe. Er blieb vorsichtig in der Mitte des Plateaus stehen und bewunderte die Aussicht nach allen Seiten.

»Wieso wollten die Bergsteiger damals hochklettern, wenn es doch eine Treppe gibt?«, fragte er. Sandra verdrehte die Augen.

»Weil Olympia im Fernsehen anschauen auch kein Sport ist. Das hier ist kein Klettergipfel, die sind viel weiter da drüben.«

Sie deutete nach Westen, wo das Plateau kein kompaktes Riff mehr war, sondern begann, sich in einzelne Gipfel und Felsblöcke aufzuspalten.

»Ja, stimmt, die Stelle ist weiter hinten«, musste Leo zugeben.

»Es wird Zeit. Gehen wir wieder runter«, forderte ihn Sandra auf.

Leo warf noch einen Blick auf die senkrechten Felswände in der Ferne und die sanften Hügel auf der anderen Seite und folgte dann Sandra vorsichtig ans Ende des Plateaus, wo zu seiner Erleichterung eine richtige, in Stein gehauene Treppe mit einem Geländer wartete. Nach wenigen Minuten waren sie wieder auf dem Niveau des Kuhstalls und des Gasthauses. Nun übernahm er die Führung zu der Stelle, von der aus Dr. Schüppel in den Tod gefallen war.

»Hier ist es«, zeigte Leo seiner Kollegin, als sie an der Bergrettungsbox vorbei auf den Felsdurchbruch stießen.

»Schönes Plätzchen«, sagte Sandra und ließ sich auf einem fast kugelrunden Felsen nieder, der wie ein Buckel am Weg stand.

Enttäuscht machte sich Rigobert Bausewein mit seinem delfingrauen Trabant allein auf den Weg nach Sebnitz. Um als Nachfolger des genialen Forschers infrage zu kommen, war er wohl doch zu unbedeutend. Aber vielleicht war es auch ganz gut, dass Helene Petzold so schnell wieder aus seinem Leben verschwand. Zu viel Abenteuer war für sein Seelenleben bestimmt nicht gut und er hatte mit der Aufgabe, den Mörder von Dr. Schüppel zu finden, wirklich genug zu tun.

Mit jedem Kilometer, den er auf der gewundenen Strecke zwischen Bad Schandau und Sebnitz zurücklegte, verbesserte sich seine Laune wieder. Der Himmel war blau, die Wiesen leuchteten sattgrün und er hatte eine Aufgabe, der er sich mit all seiner Kraft widmen wollte. Immerhin hatte Helene Petzold ihm versprochen, sich nach dem verschwundenen Betriebsleiter Johne zu erkundigen. Als er seinen Wagen die Straße hinunter ins Sebnitztal lenkte, spürte er wieder den kriminalistischen Forscherdrang, der ihn in den letzten Tagen so unglaubliche Dinge hatte tun lassen.

Die Adresse der Schüppel Science GmbH hatte er im Kopf, er wusste aber nicht, wo er die Weberstraße suchen musste. Also steuerte er zunächst den Marktplatz an.

Dort kam ihm erstmals der Gedanke, ob sein geliebter Trabbi nicht doch zu auffällig war, um mit ihm Mordermittlungen anzustellen. Sonst machte es ihm nichts aus, wenn sich die Leute auf der Straße nach ihm umdrehten und dem sehr speziellen Geruch der Abgase wie einer wertvollen Kindheitserinnerung hinterherschnupperten. Doch hier auf dem Parkplatz im Stadtzentrum wurde er sofort von Interessierten umringt, die Fotos von sich mit seinem Trabant machen wollten.

Nervös scheuchte er die Menschen weg und verbat sich, fotografiert zu werden.

Dann suchte er nach einem Stadtplan.

»Da vorn kommen sie!«

Über den Trampelpfad entlang der Felswand kamen ihnen Christian Hesse und seine Frau Doreen entgegen. Er trug im Gegensatz zu ihrem ersten Gespräch keinen Anzug, sondern eine Jeans und ein lässiges T-Shirt. Hesses Frau hatte sich Leo anders vorgestellt, eher wie eine elegante Geschäftsfrau, aber sie wirkte sehr ungezwungen, fast lässig, in ihrer knielangen Outdoor-Hose und der karierten Bluse. Sie strich sich immer wieder die halblangen, lockigen Haare aus dem Gesicht und ihre Augen huschten aufmerksam umher und nahmen, so schien es Leo, jedes Detail wahr.

Christian Hesse begrüßte erst Sandra, dann ihn.

»Ob Sie es glauben oder nicht, ich bin seit dem Unfall zum ersten Mal wieder hier.«

Doreen Hesse, die ihnen ebenfalls kurz die Hand gereicht hatte, drückte ihrem Mann den Arm und nickte ihm aufmunternd zu. Er sammelte sich kurz und sagte:

»Sie wollen also genau wissen, wie der Unfall damals abgelaufen ist? Ich glaube zwar nicht, dass es Ihnen bei der Aufklärung von Stefans Tod helfen wird, aber bitte.«

Er bedeutete ihnen, ihm zu folgen. Genau wie Sascha am Sonntag Leo geleitet hatte, führte nun Christian Hesse die beiden Kommissare und seine Frau unter der riesigen Sandsteinplatte hindurch auf die ausgesetzte Seite des Hochplateaus. An dieser Stelle war Stefan Schüppel heruntergefallen. Linker Hand konnte Leo einen Einschnitt in der aufragenden Felswand sehen. Christian Hesse deutete genau auf diese Stelle.

»Da beginnt der Weg durch die Westschlucht. Man klettert an der Außenseite der Verschneidung nach oben. Der Weg ist als IV klassifiziert, also keine sehr schwierige Route, weil der Fels tief eingeschnitten ist und man immer gut Halt findet.«

Er sah sich um und deutete auf den nächsten Gipfel in westlicher Richtung.

»Das ist der Wilderer. Dahinter hatten wir unser Zelt aufgeschlagen, Thomas, Stefan und ich. Doreen hatte aus der SPOWA eine Menge neuer Sachen organisiert, unter anderem ein Iglu-Zelt, das wir ausprobiert haben.«

»Warum sind Sie nicht dabei gewesen?«, wandte sich Leo an Doreen Hesse.

Sie lächelte erst ihn an, dann ihren Mann.

»Ich bin zu der Zeit durchaus klettern gegangen, aber damals konnte ich nicht mit, weil ich mit Fieber und Erkältung im Bett lag.«

Leo nickte. Genau das hatte ihm auch Heike Weber erzählt.

Er wandte sich wieder an Christian Hesse: »Warum sind nur die beiden geklettert, ohne Sie?«

Der strich sich verlegen über das schüttere Haar.

»Ich war zu besoffen. Die beiden hatten sich abgesprochen, dass sie eine Jahreserste machen wollten, aber ich hätte nicht mehr hinaufgekonnt. Zu viel Apfelkorn ...«

Sandra übernahm nun die Befragung: »Stefan Schüppel und Thomas Lippmann machen sich also hier fertig und wollen los. Wo waren Sie zu dem Zeitpunkt?«

Christian Hesse kniff die Augen zusammen:

»Anfangs war ich noch dabei, als sie die Seile und alles ausgepackt haben. Aber dann bin ich ins Zelt, um mir noch einen Schnaps zu gönnen und dann in den Tiefschlaf zu fallen. Die zwei waren ja keine Anfänger, sondern ein erfahrenes Team, das oft miteinander unterwegs war.«

»Sie haben also nicht gesehen, wer den Vorstieg gemacht und wer gesichert hat?«

Sandra fragte sehr souverän, fand Leo. Man merkte, dass sie wusste, wovon sie sprach.

Christian Hesse schüttelte den Kopf: »Nein. Ich wusste aber, dass Stefan den Vorsteiger machen sollte, weil der am nüchternsten war. Stefan hat Alkohol nicht gut vertragen, außer ein, zwei Bier hatte er nichts getrunken, obwohl das so ein besonderer Jahreswechsel war.« Er schaute kurz seine Frau an.

»Moment, Stefan Schüppel ist vorangeklettert und Thomas Lippmann blieb unten, um ihn zu sichern?« Leo mischte sich erstaunt ins Gespräch ein. Heike Weber hatte das Gegenteil erklärt.

»Genau so«, nickte Christian Hesse.

"Sind Sie sicher, dass es so herum war? Sie sagten eben, dass Sie reichlich angetrunken waren. Vielleicht haben die beiden ja auch noch mal die Positionen gewechselt, als Sie schon verschwunden waren.«

Christian Hesse stand mit hängenden Schultern vor ihm, sehr nahe an der abbrechenden Felskante, was Leo ein wenig nervös machte.

»Sie haben keine Ahnung vom Klettern, oder?«

Leo blieb nichts anderes übrig, als zu bejahen.

»Also«, Hesse holte aus. »Beim Klettern gibt es einen Vorsteiger und alles, was danach kommt, sind die Nachsteiger. Der Vorsteiger hat das größte Risiko, weil er sich zumindest bis zum ersten Sicherungspunkt völlig ungesichert in der Wand bewegt. Soweit alles klar?«

Leo nickte.

»Um sich in der Wand zu sichern, hat der Vorsteiger verschiedene Möglichkeiten. Er kann Knotenschlingen in die Felsspalten klemmen, um sein Seil dort einzuhängen. Und dann gibt es die Ringe an besonders gefährlichen Stellen, die sind dauerhaft im Stein verankert.« Er deutete auf den Kletterfelsen gegenüber.

»Da oben hängt zum Beispiel ein Ring. Sehen Sie den?«

Leo brauchte ein wenig, um den rostigen Eisenring in der unebenen Felswand zu sehen.

»Ja. Habe ich kapiert.«

»Gut.«

Christian Hesse fuhr sich über das Haar und wandte sich wieder der entgegengesetzten Felswand mit der Spalte zu.

»Die Knotenschlingen sind eine sächsische Spezialität und Stefan war sehr gut darin. Um den Fels nicht zu verletzen, dürfen im Elbsandsteingebirge keine Haken geschlagen werden. In den Alpen ist das anders. Da kommt jeder Amateur eine Wand hoch, wenn er nur genügend Eisen dabeihat, um sich hochzunageln. Das geht bei uns nicht. Nur an sehr exponierten Stellen befinden sich Ringe, in die sich ein Bergsteiger einhängen kann. Um eine Knotenschlinge zu legen, sucht sich der Vorsteiger eine geeignete Spalte im Fels.«

Christian Hesse sah sich um und entdeckte eine passende Stelle an den herumliegenden Felsbrocken.

»Sowas hier, zum Beispiel. Je nachdem, wie breit der Spalt ist, macht man einen passenden Knoten und klemmt den in den Spalt. Die Schlinge hängt nach vorne raus, daran kommt ein Karabiner und darin läuft das Seil zur Sicherung. Der Nachsteiger nimmt die Knotenschlinge dann wieder mit, wenn er an der Stelle vorbei ist.«

Das leuchtete Leo ein.

»Habe ich verstanden. Aber woran erkennt man, wer vorneweg klettert?«

»Wenn ich das gewusst hätte, hätte ich ein Seil mitgebracht ...«, murmelte Christian Hesse.

Leo wollte die Unterredung nicht verkomplizieren. Es war ihm ein bisschen peinlich, dass er keine Ahnung hatte, während den anderen drei offenbar völlig klar war, wie das sächsische Klettern ablief. Deshalb winkte er ab.

»Nein, ist schon gut. Erzählen Sie einfach weiter.«

Sandra mischte sich ein. »Die genauen Details zum Klettern kann ich dir auch später noch erklären.«

Er nickte ihr zu.

»Gut.« Christian Hesse stellte sich wieder knapp an die Kante, wo man so abenteuerlich hinaus auf den ausgesetzten Kletterweg steigen musste, wenn man hinaufwollte. Leo wurde schon schummrig bei dem Gedanken, noch einen Schritt näher an den Abgrund gehen zu müssen. Er hatte sich an die schräg gegen den Felsen gelehnte Steintafel gelehnt, um möglichst viel Bodenhaftung zu spüren.

»Wer der Vorsteiger ist, erkennt man daran, wie er ins Seil eingebunden ist. Beide Kletterer haben je ein Ende des Seils am Brustgurt befestigt. Bei einem Vierzig-Meter-Seil und einer Kletterhöhe von, naja, schätzen wir mal: zwölf Metern bleibt also eine Menge Seil übrig, mit dem sich der Nachsteiger eine Sicherung baut. Thomas hat damals diesen runden Felsen dafür ausgesucht.« Er deutete auf die Felsnase, auf der Sandra vorhin noch gesessen hatte.

»Es war also leicht zu sehen, wer vorne dran war. Das Seil zieht der Nachsteiger nicht straff, aber doch mit Tuchfühlung zum Vorsteiger vor seiner Brust durch zwei Karabiner, die als Seilbremse dienen. Mit dem restlichen Seil baut er sich eine eigene Sicherung, die ihn im Fall eines Unglücks halten soll. Der Vorsteiger, also Stefan, hat ein Seil am Brustgurt, während der Nachsteiger mit zwei Seilabschnitten, dem, an dem der Vorsteiger hängt, und dem, an dem er selbst gesichert ist, arbeiten muss.«

Leo hatte es immer noch nicht ganz begriffen, aber das war hier auch nicht so wichtig – eine andere Frage beschäftigte ihn weit mehr.

»Wissen Sie, warum Stefan Schüppel abgestürzt ist?«

Hesse funkelte ihn leicht genervt an: »Ich war nicht dabei, also kann ich es nicht wissen. Entweder hat ein Griff nicht gehalten, oder die Kräfte haben ihn verlassen, was weiß ich? Jedenfalls ist er gefallen und wurde dabei erst ein paar Meter tiefer von seiner Sicherung aufgefangen. Bei dem Sturz muss er mit dem Gesicht gegen die Felswand gedonnert sein, denn die rechte Seite war blutüberströmt und er hatte Brüche im Gesicht.«

»Und Thomas Lippmann, was passierte mit dem, als Stefan über ihm stürzte?« Leo war es egal, dass Hesse langsam ungeduldig wirkte. Er musste es genau wissen.

»Der Nachsteiger kann das Gewicht eines Fallenden nicht einfach so halten. Im Normalfall greift er zwar zur Seilbremse, aber der heftige Impuls reißt ihn trotzdem von den Beinen. Genau für diesen Fall hat er sich ja aber mit dem Rest des Seiles eine eigene Sicherung gebaut, die ihn und den Gestürzten halten soll. Bei Thomas hat diese Eigensicherung aber nicht gehalten. Auch hier weiß ich nicht, warum. Vielleicht hatte er das Seil zu schlampig befestigt. Jedenfalls hat es ihn in Richtung des Abgrundes gerissen und dabei ist er mit dem Kopf an einen Felsen geknallt. Wenigstens hat Stefans Sicherung gehalten und Thomas blieb nur kurz unterhalb des Niveaus, auf dem wir hier stehen, im Seil hängen.«

Leo beschloss, Christian Hesse mit Heike Webers Version zu konfrontieren.

»Die Verlobte von Thomas Lippmann behauptet, es wäre umgekehrt gewesen. Thomas sei geklettert und Stefan Schüppel habe ihn nicht richtig gesichert. Deshalb der Unfall.«

»Was?!?« Das Paar reagierte heftig auf diese Darstellung. Beide redeten durcheinander: »Wie kommt sie denn darauf? Was für ein Unsinn! Warum hat sie sich das nicht von mir erklären lassen? Wie kann sie sowas behaupten?«

Sandra sorgte für Ruhe.

»Herr Hesse, Sie waren als Erster am Unfallort, Sie sind demnach wohl der verlässlichste Zeuge. Sie schwören also, dass Stefan Schüppel den Vorstieg gemacht hat?«

»Auf jeden Fall! Ich weiß das hundertprozentig. Und so habe ich es damals auch den Polizisten gesagt, die nach Stunden endlich ankamen.«

Sandra warf Leo einen skeptischen Blick zu.

»Das Polizeiprotokoll dieser Aktion ist verschwunden«, sagte sie zur Erklärung. »Sie wissen ja selbst, dass in der Wendezeit spezielle Umstände herrschten.«

Christian Hesse nickte: »Natürlich weiß ich das. Aber wie kommt Heike auf die Idee, dass es andersherum gewesen ist? Das kann sie doch nur von dem Polizisten haben, der ihr die Nachricht überbracht hat. Ich habe damals so oft versucht, mit ihr Kontakt aufzunehmen.

Bei Thomas' Beerdigung war sie nicht ansprechbar und kurz danach war sie wie vom Erdboden verschluckt.«

Doreen Hesse ergänzte: »Wir haben uns damals schon gefragt, ob sie vielleicht Stasi war und untertauchen musste. So richtig gut kannten wir sie ja alle nicht. Sie war ein eher stilles Mädchen, wirkte verträumt und romantisch. Und plötzlich war sie einfach weg.«

Leo staunte. Das war ein völlig neuer Gedanke.

»Ich habe gehört, dass die Hochzeit der beiden schon geplant war. Also muss es doch eine ernsthafte Beziehung gewesen sein«, entgegnete er.

Doreen wiegte ihren Kopf hin und her, sodass ihr die dunklen Locken wieder ins Gesicht fielen.

»Damals haben viele junge Leute schnell geheiratet, weil sie so bessere Chancen auf eine eigene Wohnung hatten. Heike wollte unbedingt weg von zu Hause, sie ist nach zwei Wochen schon bei Thomas und seinen Eltern eingezogen. Thomas war auch vernarrt in sie, aber ich fand damals trotzdem, dass sie eigentlich zu ...«, sie suchte nach dem richtigen Wort, »... zu empfindsam für Thomas war.«

»War das auch Ihr Eindruck?« Leo wandte sich an Christian Hesse. Der stand immer noch nahe am Abgrund. Die Sonne schien ihm ins Gesicht und ließ ihn blinzeln.

»Thomas war ein lustiger Kerl. Wir hatten viel Spaß miteinander. Man konnte sich auf ihn verlassen, er war mein bester Freund.«

Hesses Stimme bekam einen erstickten Unterton. Er machte eine Pause. Die Erinnerungen an das Unglück und an seinen Freund gingen ihm offensichtlich nahe. Seine Frau trat einen Schritt zu ihm und legte ihm die Hand auf den Rücken.

»Von Thomas konnte man alles haben, er war immer für einen da, wenn man ihn brauchte«, fuhr Hesse fort, als er sich wieder gefangen hatte. »Das Einzige, was er nicht leiden konnte, war, wenn jemand nicht aufrichtig war. Dann ist er ausgerastet.«

Er atmete tief durch.

»Aber es ist müßig, sich darüber noch Gedanken zu machen. Er wollte Heike heiraten und sie ihn. Ob es gepasst hätte oder nicht, haben wir nicht erfahren, weil Thomas genau hier«, Hesse deutete auf die Felskante und den Abgrund dahinter, »sein Leben und seine Zukunft verlor.«

Doreen Hesse stand nun ganz nahe bei ihrem Mann. Leo sah, dass ein kleiner Schubser genügt hätte, um sie beide über die Kante zu stoßen. Anscheinend hatten sie weder Höhenangst noch Gefahrenbewusstsein.

Es setzte kurz eine bedrückende Stille ein.

»Wenn ich dabei gewesen wäre, hätte Thomas wohl überlebt. Aber ich habe sie erst eine ganze Weile später gefunden. Vielleicht hätte er noch eine Chance gehabt, wenn ich sofort da gewesen wäre und geholfen hätte.«

Christian Hesse stand jetzt da wie ein gebrochener Mann. Jede Energie schien ihn verlassen zu haben. Leo empfand Mitleid mit ihm.

»Bis an diesem abgelegenen Ort ein Rettungsdienst erschienen ist, hat es sicher lange gedauert, zumal in dieser Silvesternacht«, wandte Sandra ein.

»Das habe ich ihm auch schon tausendmal gesagt«, bestätigte Doreen Hesse. »Er ist nicht schuld an diesem Unfall und er sollte sich nicht verantwortlich für Thomas' Tod fühlen. Wir haben danach versucht, Heike zu erreichen, und wir haben uns um Stefan und seine Familie gekümmert. Mehr konnten wir nicht tun.« Sie sagte das mehr zu ihrem Mann als zu Leo und Sandra.

Während Christian Hesse um Fassung rang, wechselten Leo und Sandra einen Blick. Sie glaubten ihm.

Sandra deutete in Richtung des Trampelpfades, auf dem sie hergekommen waren, und ging mit Leo ein paar Schritte weg vom Ehepaar Hesse.

»Wir wissen immer noch nicht, warum Stefan Schüppel genau hier in den Tod gestürzt ist. Aber ich kann mir nicht vorstellen, dass Hesse seinen Freund von damals an derselben Stelle in den Abgrund gestoßen hat. Was denkst du?«

Leo wägte ab. Geldgier war immer ein starkes Motiv für einen Mord. Aber stark genug für Christian Hesse?

Keuchend stand Rigobert Bausewein endlich vor der Adresse in der Weberstraße 4. Seinen Trabant hatte er lieber unten am Marktplatz stehen lassen. Deshalb hatte er sich zu Fuß den steilen Hang hinauf mühen müssen, an dem das Gebäude lag. Es hatte seine besten Tage eindeutig hinter sich. Vier Stockwerke hoch zog sich der beigegraue Steinkoloss aus dem neunzehnten Jahrhundert entlang der ansteigenden Straße. Noch während er nach dem Eingang suchte, stiegen Erinnerungen an seine Jugend in ihm hoch. Er kannte das Gebäude, er war hier als Junge an der Hand seines Vaters vorbeigekommen.

Und allmählich dämmerte ihm auch der Name wieder: »VEB Kunstblume«. Der Onkel seines Vaters hatte damals in Sebnitz gelebt und in dem Betrieb als Elektriker gearbeitet. Bausewein erinnerte sich, sogar schon einmal im Gebäude gewesen zu sein. Damals war ihm der Bau prächtig und respekteinflößend erschienen. Die hohen Fenster, diese auffällige abgerundete Ecke an der Kreuzung zum Albertweg – das war eine völlig andere Architektur als der Neubaublock in Pirna, in dem er aufgewachsen war. Besonders beeindruckt hatte ihn das zweiflügelige Einfahrtstor mit den halbrunden, strahlenförmigen Oberlichtern. Die Robur-Lastwagen waren hier ein- und ausgefahren und in seiner kindlichen Erinnerung wuselten Hunderte von Menschen treppauf und treppab durch das Gebäude. Die kunstvollen Blumen aus Stoff, Draht und Papier, die hier seit über einhundert Jahren gefertigt wurden, hatten ihn als sechsjährigen Jungen allerdings nicht besonders interessiert.

Als er wieder Luft hatte, suchte Rigobert Bausewein das große Portal nach einem Firmenschild ab, fand aber nur ein paar Bohrlöcher in der Mauer. Der Eingang war verschlossen, einige Fenster im ersten Stock sogar eingeworfen. War die Schüppel Science GmbH in der Weberstraße 2 oder 4? Er meinte, es wäre die 4 gewesen. Er ging noch ein Stück die Straße hoch, aber auch hier fand er keine Spur der Firma.

Bausewein begann zu grübeln. Was hatte das zu bedeuten? War die Forschungszentrale von Dr. Schüppel kürzlich umgezogen? Er umrundete den Gebäudekomplex und suchte nach einem Hintereingang. Nun, da er schon mal hier war, wollte er zumindest sehen, wo sich die ehemaligen Räume der Firma befanden. Dass das Haus in einem so erbärmlichen Zustand war, schockierte ihn. Hatte das Genie Schüppel in diesen alten Mauern geforscht? Bausewein quetschte sich durch ein Gebüsch an der Hauswand entlang und stieg über Schutt und durch Gestrüpp, das nach seinen nackten Unterarmen schlug. Hinter der Schmalseite des Gebäudes erreichte er einen kleinen Innenhof, der an drei Seiten von Wänden umgeben war.

Er wanderte weiter, immer mehr im Zweifel, ob dies tatsächlich die Adresse sein konnte, die für eines der innovativsten Forschungsunternehmen der Region stand. Und er war froh, dass Helene Petzold nicht mitgekommen war. Sie wäre hier mit ihrer gelben Flatterbluse und den leichten Sandalen völlig fehl am Platze gewesen. Die erste Schramme holte er sich, als er versuchte, die rückwärtige Tür ins Produktionsgebäude zu öffnen. Sie schwang zwar auf, aber von innen fielen ihm mehrere Leisten entgegen. Bevor er zur Seite treten konnte, hatten sie schon seinen linken Arm erwischt und die Haut aufgeschürft.

»Mist!« Bausewein fluchte leise. Er war drauf und dran umzukehren. Andererseits hatte er eine Mission. Er war es Dr. Schüppel schuldig, seinen Tod aufzuklären. Später – und dieser Gedanke verbesserte seine Laune – könnte er versuchen, mit der freundlichen Steuerberaterin Kontakt aufzunehmen, die die Unterlagen immer persönlich bei ihm abgegeben hatte. Sie würde wissen, was hier passiert und wo das Labor hingezogen war.

Aus dem Flur wehte ihm ein modriger Geruch entgegen. Sollte er da wirklich hineingehen?

Bausewein presste sein Taschentuch gegen die Schramme am Arm, als ein Insekt seine Aufmerksamkeit erregte. Sofort schlug sein Herz schneller. Es war wieder eine Calliphora vicina, eine Schmeißfliege, seine Lieblingsart, ganz bestimmt. Die Mittagssonne schaffte es im Innenhof gerade noch bis auf den Boden und ließ den Panzer der Fliege grünlich schillern. Sie saß kurz auf dem verschrammten Türrahmen, so, als wolle sie ihn auffordern, mitzukommen, dann hob sie ab und flog durch den Flur ins Dunkle.

Vorsichtig setzte Bausewein seinen rechten Fuß auf den Boden im Flur. Es knirschte. Die steinernen Bodenplatten waren bedeckt mit abblätternder Farbe, Schmutz, altem Laub, Holzleisten und ein paar von der Decke gefallenen und zerborstenen Platten. Die Luft war voller Staub, aber es war in diesem Flur doch nicht so dunkel wie er befürchtet hatte. Am Ende befand sich ein Treppenhaus mit einem trüben, aber großen Fenster, das das Licht wie durch Watte gefiltert durchließ. Am Fuß der Steintreppe blieb er stehen. Obwohl sie solide aussah und das Geländer zusätzliche Sicherheit versprach, zögerte er, der Fliege zu folgen. Das letzte Mal, als er einer gefolgt war, hatte er den toten Dr. Schüppel gefunden.

Er strich sich nervös mit dem Taschentuch über die schweißnasse Stirn.

Eine weitere Fliege ließ sich auf seinem linken Arm am Rand der blutigen Schramme nieder. Bausewein verscheuchte sie mit einer kurzen Handbewegung. Die Fliege umrundete ihn und nahm dann den Weg hinauf in den ersten Stock.

Er konnte nicht anders, er musste ihr folgen. Vorsichtig tastend suchte er sich die besten Stellen auf dieser mit Unrat übersäten Treppe, bis er nach zwei Treppenabsätzen in einer großen, leeren Halle stand. Außer einem dicken Rohr, das von der Decke mitten in den Raum ragte, hatte keine Einrichtung die Zeit überdauert. Der Boden war bis auf den Estrich herausgerissen, die Farbe blätterte von den Wänden und der Decke.

Inmitten dieser Trostlosigkeit nahm Bausewein einen vertrauten Geruch wahr. Er verriet ihm, warum die Schmeißfliegen hier zugange waren: Aas.

Freitagnachmittag

Das Ehepaar Hesse hielt zusammen wie Pech und Schwefel. Sandra entging nicht eine Geste und keiner der Blicke, mit denen es sich verständigte. Doreen Hesse unterstützte ihren Mann vorbildlich, stärkte ihm den Rücken, bestätigte alles, was er sagte. Sandra war beeindruckt. Die beiden waren schon dreißig Jahre zusammen, aber sie schienen ein Herz und eine Seele zu sein. Beneidenswert, fand Sandra. Sie ging auf sie zu und fuhr mit der Befragung fort:

»Was passierte nach dem Unfall? Wie haben Sie die beiden gefunden?«

Christian Hesse lief unruhig zwischen dem nächsten Kletterfelsen und der Absturzstelle hin und her.

»Ich bin aufgewacht, warum, weiß ich nicht mehr. Vielleicht habe ich was gehört, vielleicht auch nicht. Ich sehe, dass Stefan und Thomas noch nicht im Zelt sind, und gehe raus.«

Er machte ein paar Schritte zurück in Richtung des Gasthauses.

»Ich rufe, bekomme aber keine Antwort, denke mir, die sind noch vor zur Hütte, weiterfeiern, aber da sind sie nicht. Dort ist schon alles ruhig. Also komme ich hierher und da hängen sie beide ohnmächtig am Felsen, nur noch von Stefans Sicherung gehalten! Keiner reagiert, als ich schreie. Es ist wie in meinen schlimmsten Alpträumen. Ich allein und meine beiden besten Freunde hilflos im Seil.«

Christian Hesse fuhr sich mit den Händen über das Gesicht, als könne er die Bilder, die in ihm hochkamen, wegwischen. Erregt lief er auf und ab, immer am Abgrund entlang. Seine Verzweiflung rührte Sandra tief. Sie war oft beim Klettern gewesen, aber es war nie etwas passiert. Wie viel Glück sie doch gehabt hatte.

»Die Sicherung, die Thomas um diesen Stein hier gelegt hat …«, er deutete auf den großen, fast kugelrunden Felsen, auf dem Sandra vorhin kurz in der Mittagssonne gedöst hatte, »… ist einfach weg. Die hat ihn nicht gehalten, warum auch immer. Beide bewusstlos! Thomas hängt nur ein kleines Stück unter dem Niveau hier. Ich kann ihn mit der Hand erreichen, als ich mich hinlege. Aber mir ist sofort klar, dass ich es alleine nicht schaffen werde, ihn hochzuziehen.«

Zur Demonstration kniete sich Christian Hesse an die Kante, unterhalb der Thomas Lippmann damals gehangen hatte, gleich neben dem Einstieg in den Kletterweg.

Sandra reichte ihm die Hand, damit er wieder aufstand. Er nahm sie, war aber in Gedanken immer noch mitten in den Geschehnissen der Silvesternacht 1989.

»Ich renne vor zur Hütte und rufe um Hilfe. Das Gasthaus ist geschlossen, das weiß ich, aber in der Hütte sind ein paar Leute, die wie wir Silvester gefeiert haben. Zwei Frauen laufen hinunter zum Gasthof Lichtenhainer Wasserfall, um die Bergrettung und einen Notarzt zu alarmieren. Einer ist zum Glück ein Bergsteiger, kennt sich aus und ist auch ziemlich nüchtern. Er schaut sich die Situation an, sichert erst uns beide und dann das Seil, an dem Stefan hängt. Dann ziehen wir Thomas hoch, der ist käseweiß, blutet aus Ohren und Nase, reagiert nicht. Wir legen ihn vorsichtig auf einen Schlafsack und decken ihn zu, damit er nicht auch noch erfriert. Es ist kalt und dunkel und ich bin so verzweifelt, ich kann nicht klar denken. Ohne die Hilfe dieses Kletterers hätte Stefan wahrscheinlich auch nicht überlebt. In einem Brustgurt kann man nicht stundenlang hängen, man erstickt irgendwann.«

Sandra setzte sich auf den runden Felsen, der als Sicherung so schmählich versagt hatte, und beobachtete Christian Hesse, der auf dem sandigen Trampelpfad auf und ab lief. Doreen Hesse hatte sich neben Leo gestellt und verfolgte jede Bewegung ihres Mannes. Ihr Gesicht verriet, dass sie mit ihm litt, obwohl sie die Geschichte sicherlich schon oft gehört hatte.

»Dieser Bergsteiger, wie hieß der?«, fragte Sandra.

»Wolfgang.« Hesse blieb kurz stehen. »Er war einige Jahre älter als wir drei. Ein guter Bergsteiger. Als Thomas versorgt ist, steigt er den Alten Weg, also die leichteste Route, hoch, ich stehe unten und sichere ihn. Ratzfatz ist er oben und seilt sich mit dem Radeberger Haken ab.«

Sandra sah Leo an und freute sich darüber, dass sein Gesicht ein einziges Fragezeigen war. Normalerweise war er derjenige, der herumschlaute und zu allem seinen Senf dazu gab – vom Klettern wusste er dagegen so gut wie nichts. Einen Radeberger Haken hatte sie selbst noch nie benutzt, aber sie wusste, dass es eine Art Seilbremse war, mit der man sich sogar über Knoten hinweg abseilen konnte. Er wurde speziell zum Retten benutzt und hing üblicherweise in den Rettungsboxen der Bergwacht. Sandra rechnete es Leo hoch an, dass er Hesse nicht unterbrach. Sie würde ihm das nachher alles noch einmal erklären, damit er den Ablauf verstand.

»Wolfgang bindet den bewusstlosen Stefan an sich fest und lässt sich langsam weiter runter, bis er kurz über dem Niveau des Einstiegs ist. Er wirft mir eine Schlinge zu und ich ziehe ihn so weit zu mir rüber wie ich kann. Die letzten zwei Meter trägt er Stefan und legt ihn hier ab.«

Sie waren wieder vorn am Abgrund, auf dem schmalen Felsband. Hesse fuhr fort:

»Wolfgang ist völlig ausgepumpt und liegt keuchend da, obwohl Stefan ein schmales Hemd ist. Mit Thomas wäre das nicht möglich gewesen, den hätte man bis zum Fuß der Zyklopenmauer abseilen müssen. Stefan atmet, aber nur flach. Sein Gesicht ist voller Blut.«

Sandra spürte eine Gänsehaut über ihren Rücken kriechen. Das war eine Situation, die kein Bergsteiger je erleben wollte: Einen verunglückten Kameraden aus der Wand retten zu müssen. Sie blies geräuschvoll Luft aus den Wangen und ließ Christian Hesse Zeit, sich zu sammeln.

»Wie lange hat das alles gedauert? Was schätzen Sie? Haben Sie mal auf die Uhr gesehen?«

Hesse schaute sie kopfschüttelnd an.

»Keine Ahnung. Ich stand unter Schock. Beide waren schwer verletzt und ohnmächtig. Es war fürchterlich. Dass Stefans Bein mehrfach gebrochen war, habe ich nicht mal bemerkt. Wahrscheinlich haben wir es noch schlimmer gemacht, als wir ihn hierher neben Thomas geschleift haben. Aber was hätten wir denn sonst tun sollen? Ich saß zwischen beiden, habe gehofft, dass bald Hilfe kommt, und habe versucht, sie warm zu halten. Wolfgang begann irgendwann, die Seile zusammenzurollen und seine eigenen Klettersachen im Rucksack zu verstauen. Es hat so lange gedauert, bis Hilfe kam! Aber was hätte ich denn tun können?«

Die Frage klang so verzweifelt, dass Sandra befürchtete, er würde in Tränen ausbrechen. Die Hilflosigkeit darüber, dass damals alles zu lange gedauert hatte, war nicht nur für Sandra fast greifbar. Sie sah, dass Leo angespannt auf seiner Unterlippe kaute.

Doreen Hesse beruhigte ihren Mann schließlich, indem sie ihn umarmte und ihm ein paar Worte ins Ohr flüsterte. Er klammerte sich an sie und schloss für ein paar Atemzüge die Augen, dann ging es ihm wieder besser.

»Wie ging es weiter?«

Sandras Frage weckte ihn aus seiner stillen Erinnerung. Er ließ seine Frau los und begann wieder, auf und ab zu gehen.

»Die beiden Frauen, die zum Gasthaus hinuntergelaufen waren, kamen wieder und berichteten, dass aus Sebnitz ein Notarzt unterwegs sei. Daraufhin verabschiedete sich Wolfgang ...«

»Was? Er ist nicht geblieben?«, platzte es aus Sandra heraus.

Mit einem tiefen Atemzug wandte sich Christian Hesse ihr zu.

»Nein. Er und alle aus der Hütte sind gegangen, bevor der Notarzt und vor allem bevor die Polizei kam. Sie hatten einen guten Grund dafür: Die Hütte, in der sie gefeiert hatten, war nicht ihre. Sie hatten das Schloss geknackt und sind einfach rein. Im Wald zu übernachten war ja schon strafbar, aber Einbruch war natürlich noch mal eine andere Nummer. Ich habe ihm gesagt, dass ich keinen Ton über die Hütte verlieren würde, aber er wollte trotzdem weg. Sobald sie die Scheinwerfer des Notarztwagens im Wald sahen, sind sie neben der Hütte die Treppe hinunter und ab in den Zschand.«

»Haben Sie Wolfgang Fritzsche danach wiedergetroffen?«, fragte Sandra.

Sie erntete nur ein Kopfschütteln. Sandra folgerte daraus, dass Fritzsche sich wohl von sich aus bei der Polizei gemeldet hatte, nachdem er die ganze Sache nochmals überdacht hatte.

»Sie haben nicht versucht, ihn später zu finden?«

Hesse zuckte mit den Schultern: »Nein. Ich hatte nur einen Vornamen und Doreen und ich sind bald danach in den Westen gegangen. Da stürzte so viel Neues auf uns ein.«

»Christian hatte ihm seinen Namen und seine Adresse gegeben. Er hätte sich also melden können, wenn er gewollt hätte«, warf Doreen Hesse ein. Ihr Mann nickte unentschlossen.

»Eine furchtbare Geschichte«, meldete sich Leo zu Wort.

»Aber sie verrät uns nicht, warum Stefan Schüppel so viele Jahre nach seiner Rettung an derselben Stelle sterben musste.«

Mit vorsichtigen Schritten und bebenden Nasenflügeln tastete sich Rigobert Bausewein über den mit Unrat bedeckten Fußboden der alten Produktionshalle. Er hatte das Labor der Schüppel Science GmbH finden wollen, aber nun würde er etwas Totes finden. Gab es außer Dr. Schüppel noch andere Opfer in diesem Fall?

Unter seinen Gummisohlen knirschten Schmutz, Putzreste, Krümel des rauen Betonbodens und von der Decke abgeblätterte Farbe. Der Geruch, der in seine Nase drang, wurde strenger.

Wollte er das wirklich sehen? Lag hier womöglich dieser verschwundene Betriebsleiter, der Dr. Schüppel einen Drohbrief geschickt hatte? Diese Idee durchzuckte ihn wie ein schmerzhafter Stich. Bausewein blieb einen Moment stehen und holte tief Luft. Wieso hatte er sich auf so ein Abenteuer eingelassen? Er sollte rausgehen, die Polizei anrufen und aufhören, den Helden zu spielen.

Andererseits hatte er es noch nie gemocht, wenn die Arbeit halb fertig liegen blieb. Er straffte seinen Rücken und ging weiter, dem Gestank nach, der von der anderen Seite der Halle herüberwehte. Einige Fliegen waren mit ihm unterwegs, in deutlich schnellerem Tempo. Am Ende der Halle ging es in einen Trakt mit Sanitärräumen. Er schaute durch die offen stehende Tür und sah eine weiß geflieste Gemeinschaftsdusche mit schlampig über Putz verlegten Rohren, alles nicht sehr einladend.

Aus einer weiteren, halb offenen Tür schaute ein Gummistiefel hervor. Bei dem Anblick blieb ihm fast das Herz stehen. Lag da ein toter Mensch?

Der Geruch nach totem Fleisch wurde noch stärker, Bauseweins Hände begannen zu zittern. Sollte er tatsächlich einen Blick in die Kabine werfen, aus der der Stiefel ragte? Er zwang sich vorwärts, aber seine Füße bewegten sich nur zentimeterweise. Seine Beine wollten eindeutig in die andere Richtung. Das Herz schlug ihm bis zum Hals.

Vorsichtig schob er sich zur Tür mit dem Stiefel und atmete noch einmal tief durch den Mund ein. Er war auf das Schlimmste gefasst.

Nach dieser schrecklichen Geschichte war Leo versöhnt mit seiner Höhenangst. Es war unsinnig, auf steile Felsen zu klettern und diese Lebensgefahr auf sich zu nehmen. Um die schöne Aussicht zu genießen, reichte es doch wirklich, die gut zu erreichenden Plätze wie hier am Kuhstall aufzusuchen. Wozu musste man noch ein paar Meter höher hinaus? Aber gut, manche Leute brauchten eben ein aufregendes Hobby. Er fand seinen Beruf aufregend genug und seine Angst vor dem Fallen bewahrte ihn vor Dummheiten. Er löste sich von der Felswand, die ihm als Rückenlehne gedient hatte, und sprach das Ehepaar Hesse an.

»Warum, glauben Sie, ist Stefan Schüppel genau an dieser Stelle in den Tod gefallen?«

Die beiden sahen sich kurz an.

»Wir haben seither so oft darüber gesprochen«, erklärte Doreen Hesse mit ihrer samtigen Stimme, »aber wir können es uns wirklich nicht erklären. Stefan war manchmal depressiv, ab und an hat er davon gesprochen, ein Ende zu machen. Aber warum er dazu ausgerechnet hierhergekommen sein soll – wir wissen es nicht.«

Leo nickte mehrmals und sah Sandra an. Die gab ihm grünes Licht, weiter zu fragen.

»Sie glauben also, dass er sich selbst das Leben genommen hat?«

Christian Hesse räusperte sich, bevor er sprach.

»Ich halte das für die wahrscheinlichste Erklärung. Vielleicht war er auch nur zur Erinnerung hier und ist unglücklich gestolpert. Das wäre die zweite Variante.«

»Hat er Ihnen erzählt, dass er ständig ein tödliches Gift bei sich trug?«, fragte Leo.

Die Reaktion war deutlich. Beide schauten sich an und nickten dann stumm. Wieder antwortete Christian Hesse.

»Ja. Er hat uns vor Jahren eröffnet, dass er nichts dem Zufall überlassen würde. Er ließ sich nicht davon abbringen. Für den Fall der Fälle, sagte er.«

Leo begann auf und ab zu gehen, wie es vorher Hesse getan hatte.

»Warum sollte er sich vom Felsen hinunterstürzen, wenn er doch ständig eine tödliche Dosis Gift bei sich hatte?«

Ratloses Schulterzucken bei beiden. Nach kurzer Zeit fuhr Christian Hesse auf:

»Sie glauben, dass er umgebracht wurde?«

Die Erkenntnis arbeitete heftig in ihm, er ging ein paar Schritte, setzte an, etwas zu sagen, besann sich kurz, sah seine Frau an und polterte schließlich doch los, als ihm bewusst wurde, dass er sich hier in einer polizeilichen Befragung befand:

»Warum sind meine Frau und ich hier? Sind wir etwa Verdächtige?«

Leo bedeutete ihm, seine Lautstärke etwas zu dämpfen.

»Sie sind hier, um uns zu erklären, warum dieser Ort so wichtig für Dr. Schüppel war. Dass wir nun im Anschluss gemeinsam ins Polizeipräsidium nach Dresden fahren werden, um sie zu ein paar anderen Sachverhalten zu befragen, bedeutet noch nicht, dass wir Sie einer Straftat verdächtigen.«

»Also, das hätten Sie mir aber vorher sagen müssen! Ich kann doch nicht den ganzen Tag in diese Fragerei investieren. Das eben war ziemlich bitter für mich und jetzt bringen Sie uns noch wie zwei Verbrecher nach Dresden?«

Christian Hesses Temperament ging wieder mit ihm durch.

Doreen Hesse sagte nichts, aber ihr fragender Blick ruhte schwer auf Leo. Er ließ sich nicht aus der Ruhe bringen.

»Sie können gern selbst fahren, wir werden Sie ja nicht verhaften. Wir bitten Sie nur noch zu einem Gespräch im Büro.«

»Wir sind um halb vier mit unserer Tochter Celine und unseren beiden Enkelkindern verabredet. Warum haben Sie uns nicht gesagt, dass es den ganzen Nachmittag dauern würde?«, fragte Doreen Hesse. Sie war im Gegensatz zu ihrem Ehemann die Ruhe in Person.

»Mir steht die Arbeit gerade bis hier!«, rief Hesse erbost und deutete mit der Hand unter seine Nase. Sie haben keine Ahnung, wie aufwendig es ist, mehrere Unternehmen zu führen und noch dazu einen Todesfall und eine Firma abzuwickeln. Meine Frau und ich arbeiten seit Montag praktisch durch und Sie kommen uns dauernd mit diesen Befragungen in die Quere. Es ist doch lächerlich anzunehmen, jemand hätte Stefan heruntergestoßen! Wer sollte so was tun?«

Hesse war wieder laut geworden.

Leo gab nach.

»Wenn Sie heute keine Zeit mehr haben, dann nennen Sie uns einen Termin innerhalb der nächsten Tage, an dem Sie uns für ein weiteres ausführliches Gespräch zur Verfügung stehen.«

Leo sah Sandra an, die unmerklich nickte.

Hesse und seine Frau besprachen sich kurz, dann schlug Christian Hesse den morgigen Samstag um elf Uhr vor.

»Allerdings müssen Sie dann am Wochenende arbeiten«, murmelte er nicht ohne Häme in Leos und Sandras Richtung.

Leo sah ihm in die Augen und legte seine ganze kühle Autorität in diesen Blick und in seine Stimme.

»Wir bei der Kripo sind es weiß Gott gewöhnt, am Wochenende und in der Nacht zu arbeiten. Sie sind nicht der Einzige hier, der strapaziöse Arbeitszeiten kennt.«

Hesse wollte etwas erwidern, aber seine Frau berührte ihn am Arm und hielt ihn ab.

Sandra behielt das letzte Wort:

»Wir erwarten Sie morgen um elf pünktlich in unserer Abteilung in der Schießgasse. Bitte bringen Sie dann auch die Liste der Mitarbeiter mit! Sie kennen die Adresse ja schon, Herr Hesse.«

Bausewein machte, dass er nach draußen kam. Es war unsinnig, weiter durch dieses Gebäude zu streifen. Sollte er stolpern und sich ein Bein brechen, niemand würde ihn finden. Er musste raus hier. Von einem Forschungslabor hatte er keine noch so klitzekleine Spur gefunden. Das beunruhigte ihn. Hier stimmte etwas nicht.

Als er das Gebäude verlassen hatte, unternahm er einen letzten Versuch: Er ging die Albertgasse an der Schmalseite der ehemaligen VEB Kunstblume hinauf, um zu sehen, ob sich an dieser Gebäudeseite ein weiterer Eingang befand. Eine Tür fand er nicht, aber einen schwer bepackten Mann, der versuchte, mit vollen Armen die Heckklappe seines Wagens zu öffnen. Bausewein sprang ihm zu Hilfe und öffnete den Kofferraum.

»Tausend Dank, mein Lieber, die Götter mögen es Ihnen vergelten!«

Der Mann in altmodischer Bundfaltenhose und merkwürdig gemustertem Hemd stellte sich vor: »Eric Michler, Latein und Griechisch!«

Bausewein brauchte einen Moment.

»Ahhh, Sie sind Lehrer am Goethe-Gymnasium.«

Michler zwinkerte ihm zu. Seine Augenfältchen gruben sich tief in die gebräunte Haut. Silbrig-graue Schläfen und der große Stapel Akten, den er eben transportiert hatte, überzeugten Bausewein: Der Mann war verlässlich.

»Rigobert Bausewein, pensionierter Finanzbeamter und passionierter Fliegenforscher.«

»Interessante Kombination«, entgegnete Michler. Er ließ die Heckklappe herunterfallen und suchte nach den Autoschlüsseln.

Bausewein ergriff seine Chance.

»Sagen Sie, Herr Michler, hier im Nachbargebäude befindet sich doch das Labor der Schüppel Science GmbH. Wissen Sie, wo genau das untergebracht ist?«

»Da drüben?« Michler schaute ihn erstaunt an. »Also, das muss schon Äonen her sein, wie wir Altphilologen sagen. Das Ding steht schon lange leer. Die eine Hälfte wird demnächst abgerissen und der vordere Teil wird zu einem Seniorenwohnheim umgebaut. Aber warten Sie mal! Schüppel, sagten Sie?«

Er machte ein spitzes Igelgesicht und ließ seine Nase kreisen.

»Ja, Dr. Stefan Schüppel. Ein hervorragender Biologe, der zu heimischen Pflanzen forscht und schon …«

Michler fiel ihm ins Wort.

»Wusste ich es doch! Den Namen habe ich schon mal gehört. Da gibt es Kooperationen. Fragen Sie unsere Biologielehrerin, Frau Groß. Die ist vielleicht noch da, wenn Sie sich beeilen. Haupteingang rein, erster Stock, dann rechts. Salve!«

Er deutete hinüber zum Gymnasium und stieg in sein Auto.

Rigobert Bausewein zögerte einen Moment. War das ernst gemeint? Kooperationen?

Die Hesses zogen schlechtgelaunt von dannen, Sandra blieb mit Leo noch einen Moment am Abgrund über der Zyklopenwand stehen.

»Findest du es nicht merkwürdig, dass Hesse und Schüppel nach dem Unfall nicht versucht haben, Kontakt zu Wolfgang Fritzsche aufzunehmen?«, fragte sie ihn.

In gebührendem Abstand zur Felskante schaute Leo auf die wie verunglückte Baumkuchen aus den Wäldern ragenden Felswände in der Ferne. Das Nachmittagslicht holte die Konturen und den Aufbau des Sandsteines deutlich aus der Zweidimensionalität. Wenn er es nicht besser gewusst hätte, würde er glauben, vor ihm läge unberührte Wildnis.

»Das macht Christian Hesse zum alleinigen Chronisten dieses Unfalls«, sagte er. »Seine Geschichte war sehr bewegend. Aber wir müssen uns unbedingt auch Wolfgang Fritzsches Version anhören.«

Sandra klappte ihr Notizbuch zu und schaute sich um. Dann deutete sie nach rechts: »Ganz da vorne sind die Schrammsteine. Die reichen bis an die Elbe und der Wanderweg ist spektakulär. Solltest du am Sonntag gleich mal mit Veronika machen.«

Leo schüttelte sich: »Bloß nicht. Spektakulär heißt ja wohl, dass der Weg schmal ist wie ein Brett und es links und rechts steil in die Tiefe geht. Das ist kein Vergnügen für mich.«

»Genau so«, Sandra zwinkerte ihm zu.

»Außerdem fährt Veronika heute gleich nach Dienstschluss nach Hause zu ihrer Familie.« Leo wandte sich ab. »Gehen wir?«

Sandra folgte ihm. Das hatte eben frustriert geklungen. Veronika schien ein echter Familienmensch zu sein. Bei ihr selbst war das anders. Ihre Eltern traf sie alle paar Wochen, ihre Brüder höchstens einmal im Jahr. Das reichte auch vollkommen, fand sie.

»Sobald ich wieder Netz habe, rufe ich Herrn Fritzsche an und frage, ob er sein Tagebuch von damals gefunden hat. Damit hätten wir wohl die glaubwürdigste Darstellung nach dieser langen Zeit.«

»Unbedingt«, bestätigte Leo.

Sandras Magen knurrte. Sie schlenderte mit Leo in Richtung Kuhstallhöhle.

»Helene Petzold ist übrigens aus allen Wolken gefallen, als ich sie gestern angerufen und gefragt habe, ob sie was von dem Fläschchen im Spazierstock von Dr. Schüppel wusste. Sie hat mir versichert, dass sie keine Ahnung hatte. So eng scheint die Beziehung also doch nicht gewesen zu sein. Wenn Schüppel wirklich eine Familie gründen wollte, wie der Notar dir sagte, dann wette ich drauf, dass er jemand anderen im Sinn hatte.«

Leo ging neben ihr her, hörte aber nur mit halbem Ohr zu.

»Das Blöde am Heiraten ist doch, dass man immer gleich die komplette Familie am Hals hat, oder nicht?«

»Tja.« Was sollte sie darauf schon antworten?

Als sie am Gasthaus »Zum Kuhstall« vorbeigingen, stieg ihr der Duft von warmem Essen in die Nase.

»Lass uns Mittagspause machen«, sagte sie zu Leo. »Du hast es nicht eilig und ich sterbe vor Hunger.«

Hinter dem großen Eingangsportal des Sebnitzer Gymnasiums war die Welt still und sauber. Bausewein sog den Duft des Reinigungsmittels ein, den das Treppenhaus verströmte. Was für eine angenehme Alternative zum Geruch der verendeten Katze, die in der Toilette neben dem alten Gummistiefel gelegen hatte. Auf den blanken Stufen, über die schon Generationen von Schülern gelaufen waren, schritt Bausewein nach oben in den ersten Stock. Die steinerne Treppe, die weißen Wände, die einförmigen Türen: All das erinnerte ihn an das alte Finanzamt in Pirna und gab ihm ein Gefühl des Nach-Hause-Kommens. Er suchte die Biologie-Kabinette und fand sie recht bald – in einer Ecke des Flures, in der Schaukästen platziert waren.

Rigobert Bausewein klopfte an die Tür zum Biologiesaal 104. Als sich nichts tat, drückte er die Klinke herunter, aber der Raum war verschlossen. Ebenso erging es ihm beim nächsten Klassenzimmer.

Unschlüssig stand er im Flur. Wie hatte die Dame noch geheißen, an die er sich wenden konnte? Er formte einen Trichter um seinen Mund und rief dreimal: »Frau Groß?«

Dann lauschte er. Zunächst tat sich nichts. Es war vollkommen still im Haus. Aber bald hörte er Schritte und die Tür eines Raumes ohne Türschild öffnete sich. Eine kleine Frau mit blonden Locken und mächtigem Busen sah ihn fragend an.

»Sie suchen mich? Was gibt es? Wer sind Sie?«

Bausewein eilte auf sie zu, stellte sich vor und bat für sein Eindringen um Entschuldigung.

»Ich suche nach dem Labor von Herrn Dr. Schüppel, dem Biologen. Ihr Kollege, Herr Michler, meinte, Sie könnten mir vielleicht weiterhelfen.«

Die Biologielehrerin trat vollends auf den Flur und reichte ihm die Hand.

»Dagmar Groß. Also, wo das Labor von Herrn Dr. Schüppel jetzt genau ist, kann ich Ihnen nicht sagen. Die sind umgezogen, weil das Gebäude abgerissen wird. Das Labor wurde irgendwo nach Tschechien verlegt, hat mir seine Mitarbeiterin mitgeteilt, als ich vor ein paar Wochen wieder einen Termin mit ihm vereinbaren wollte.«

Bausewein nahm erleichtert zur Kenntnis, dass das Labor tatsächlich existiert hatte. Er wurde neugierig. »Sie hatten in der Vergangenheit Termine mit Herrn Dr. Schüppel?«

Dagmar Groß strahlte ihn voller Stolz an: »Ja! Meine Initiative. Wir haben in den letzten Jahren einmal im Jahr einen Biologie-Tag mit Herrn Dr. Schüppel organisiert. Sein Labor war ja drüben in der Weberstraße, aber da durfte man nicht hinein. Hohe Sicherheitsstufe und Geheimhaltung und solche Sachen, Sie verstehen? Aber die Schüler der Oberstufe, die Biologie als Leistungskurs gewählt hatten, durften einen Tag lang mit Herrn Dr. Schüppel arbeiten. Das hat immer seine Mitarbeiterin organisiert. Für die Schüler war es sehr aufschlussreich zu erleben, wie ein Biologe forscht. Er war jeweils den ganzen Tag hier im Schullabor und hatte immer interessante Versuchsanordnungen dabei. Leider ist er ja nun tot, der Herr Dr. Schüppel.«

Sie zuckte bedauernd mit den Schultern.

Rigobert Bausewein war erleichtert. Seine Zweifel an der Existenz des Labors kamen ihm nun kleinlich und unangemessen vor. Er schämte sich ein bisschen.

Als er sich gerade bedanken wollte, winkte ihn Frau Groß an eine Wand mit Fotos gegenüber den Schaukästen.

»Hier sehen Sie die letzten Jahrgänge unserer Biologie-Leistungskurse mit Herrn Dr. Schüppel. Er war eher ein stiller, schwer zugänglicher Mensch, aber seine Assistentin, die ist ein Sonnenschein!«

Die Biologielehrerin deutete stolz auf eines der Fotos, auf denen ein knappes Dutzend Schüler in Laborkitteln zu sehen und im Hintergrund Dr. Schüppel zu erkennen war. Neben Schüppel, halb verdeckt vom Kopf eines hochaufgeschossenen Zwölftklässlers, stand eine Frau mit dunklen, halblangen Haaren, in der Bausewein bei näherem Hinsehen eine alte Bekannte entdeckte: Doreen Hesse, Schüppels Steuerberaterin.

Das irritierte ihn umso mehr, als ihm der Aufbau des Fotos ebenfalls bekannt vorkam. Wo hatte er das schon einmal gesehen? Und wie viele Berufe hatte diese Frau Hesse eigentlich?

Er blickte die Biologielehrerin erstaunt an. »Doreen Hesse war die Assistentin von Herrn Dr. Schüppel?«

Sie reagierte freudig: »Wenn Sie sie kennen, rufen Sie die doch an. Die kann Ihnen das alles noch viel besser erklären als ich. Sie ist ein ausgesprochen netter Mensch, nicht wahr?«

»Ja, ja, sicher.«

Bausewein kam ins Grübeln. Er studierte die Bilder an der Wand.

»Die Fotos wurden hier in der Schule gemacht?«, fragte er.

»Nu«, bestätigte sie. »Wir waren immer sehr stolz, dass er sich die Zeit genommen hat. Immerhin hat er mehrere Auszeichnungen gewonnen und war ein vielbeschäftigter Mann. Er hatte nicht nur ein Labor hier nebenan, sondern auch eins in Bad Schandau, besser gesagt in Rathmannsdorf. Ein Forscher durch und durch, seine ganze Leidenschaft und Energie flossen in seine Arbeit, das war sein Lebensinhalt.«

»Und was war er so für ein Mensch, ich meine, abgesehen von seiner Forschung?«

Bausewein wollte gern mehr über Dr. Schüppel wissen, seit er wusste, dass der Helene Petzolds Herz erobert hatte. Dagmar Groß fixierte versonnen die linke Ecke des Flures und wiegte den Kopf hin und her.

»Er war ein merkwürdiger Mann. Es dauerte immer ein wenig, bis er mit den Schülern warm wurde und die mit ihm. Sein Gesicht war entstellt, was die Schüler gruselig fanden, und er wusste das natürlich. Aber nach und nach hat er sie mit seinen Ideen fasziniert und am Ende hingen sie an seinen Lippen. Beim letzten Praktikumstag waren deutlich mehr Mädchen als Jungs in der Gruppe und er hat mit ihnen Gesichtscremes hergestellt. Sie können sich vorstellen, dass die jungen Damen begeistert waren.«

»Hat er auch etwas von Leuchtmoos erzählt?«, fragte Rigobert Bausewein.

»Leuchtmoos?« Dagmar Groß sah ihn skeptisch an. »Nein.«

»Kennen Sie noch andere Mitarbeiter von Herrn Schüppel?«

Dagmar Groß überlegte kurz.

»Ne, da waren immer mal wieder Leute und haben was vorbeigebracht oder abgeholt, wenn er mit dem Kurs gearbeitet hat, aber von Kennen kann man nicht sprechen. Meine Anlaufstelle war immer Frau Hesse. Wieso fragen Sie mich das? Sind Sie von der Polizei oder von der Presse?«

Er konnte spüren, dass sie misstrauisch wurde.

»Nein, mein Interesse ist rein persönlich. Ich bin ein großer Bewunderer von Herrn Dr. Schüppel«, beeilte er sich zu sagen.

Sein Blick schweifte über die anderen Fotos, die schwarz gerahmt an der Wand hingen. Jedes Foto zeigte Dr. Schüppel und eine Gruppe von Schülern in Laborkitteln hinter einem Tisch, auf dem chemische Gerätschaften standen. Im Hintergrund konnte er die immer gleiche Wand mit Fotografien heimischer Pflanzen erkennen.

Dieses Bild hatte er definitiv schon einmal gesehen, schoss es Bausewein durch den Kopf. Ja! Es war das gleiche Motiv wie das im Flyer der Schüppel Science GmbH, das er aus dem Archiv des Finanzamtes mitgenommen hatte. Nur waren ihm die Kittelträger auf dem Foto da deutlich älter erschienen. Er hatte sie für eine internationale Forschergruppe gehalten. Wie konnte das möglich sein?

Irritiert schüttelte Bausewein den Kopf. Darüber musste er nachdenken.

»Na dann, herzliches Beileid«, sagte die Biologielehrerin und deutete zur Treppe. »Da vorn geht es zum Ausgang. Ich hoffe, Sie haben gefunden, wonach Sie gesucht haben.«

Bausewein war sich nicht sicher, ob er das tatsächlich hatte.

»Ich bin gespannt, was Hesse uns morgen zur geplanten Testamentsänderung berichtet.«

Leo fuhr mit Sandra durch das enge Kirnitzschtal zurück nach Bad Schandau.

»Zu wessen Gunsten hätte Schüppel sein Testament denn eigentlich ändern wollen?«, fragte Sandra.

»Das ist ja das Interessante! Der Notar sollte den Namen erst am Montag erfahren, er hätte keine Ahnung, behauptet er. Das klingt für mich, als wollte Schüppel noch einiges abklären, bevor er die Änderung wirklich durchführen ließ. Und dann stürzt er zwei Tage zuvor in den Tod und das neue Testament ist passé.«

»Die Hesses sind nach wie vor die Einzigen mit einem glaubhaften Motiv und Christian Hesse ist ein ziemlich impulsiver Mensch. Dem ist im Affekt einiges zuzutrauen«, folgerte Sandra.

»Wir hätten sie nicht gehen lassen sollen. Bis morgen haben sie noch jede Menge Zeit, abzuhauen oder sich ein Alibi zu zimmern, falls sie es nicht schon längt getan haben«, räumte Leo ein. Jetzt hatte er das Gefühl, zu nachgiebig gewesen zu sein.

Sandra sah das nicht so kritisch: »Wer erben will, wird nicht einfach verschwinden, und ein Alibi haben wir schon von ihm. Er hat uns am Dienstag bei der ersten Befragung gesagt, dass er den ganzen Tag mit seiner Frau verbracht hat. Wir können höchstens die Nachbarn fragen, ob die beiden wirklich den kompletten Vormittag zu Hause waren, so, wie er es beschrieben hat.« Sie machte sich ein paar Notizen dazu.

Leo dachte nun auch an die ersten Gespräche mit Hesse. Dann stutzte er und sah Sandra an:

»Hat er am Dienstag nicht auch so getan, als ob er nicht wisse, was im Testament steht? Dabei hat mir der Notar ja erzählt, dass Hesse sich vor drei Jahren tierisch darüber aufgeregt habe, als Schüppel der Helene Petzold zehn Prozent von seinem Privatvermögen zugeteilt hat. Die aktuelle Fassung des Testaments kannte er also durchaus. In dem Punkt hat er uns ganz klar angelogen.«

Sandra ergänzte ihre Notizen.

»Das werden wir morgen in jedem Fall auch ansprechen. Bin gespannt, was er sagt und wie seine Frau die gleichen Fragen beantwortet.«

Sandra gähnte herzhaft.

»Johne habe ich auch noch nicht erreicht, das versuche ich morgen nochmals. Für heute habe ich genug gearbeitet. Ich bin so müde. Wenn ich zu Hause bin, fall ich sofort in mein Bett!«

Leo hörte nicht mehr zu. Nachdem Veronika inzwischen wohl auf dem Weg nach Bayern war, konnte er auch noch gut und gerne ins Büro gehen und sich mit den Gesprächsprotokollen beschäftigen.

Er lieferte Sandra vor ihrem Wohnhaus ab und fuhr weiter in die Schießgasse. Der Himmel bewölkte sich und Windböen fegten den trockenen Staub und Schmutz der vergangenen Sommertage durch die Straße. Es würde ein Gewitter geben. Als er das Auto abgegeben hatte, rief er Veronika an.

»Gute Fahrt, Vroni, ich muss morgen arbeiten. Insofern hast du eine gute Entscheidung getroffen. Richte deinen Eltern viele Grüße von mir aus. Und bitte fahr vorsichtig. Du kannst dich morgen ja mal melden, wie es dir geht.«

Sie reagierte, wie er es erwartet hatte: freundlich, aber reserviert. Sagte, wie schade es sei, dass er noch arbeiten müsse und dass sie seine Grüße ausrichten würde. Dann wünschten sie sich gegenseitig ein schönes Wochenende.

Sandra ließ sich müde auf ihr Sofa sinken, aber sie war stolz auf sich. Den Tag hatte sie wirklich gut gemeistert. Wenn sie nicht so aufmerksam gewesen wäre, hätte Leo den Termin am Kuhstall garantiert verbockt. Der hatte morgens ja noch deutlich schlechter ausgesehen als sie selbst. Sie war sogar zu müde, um noch einkaufen zu gehen, obwohl ihr Kühlschrank nicht mehr viel Essbares enthielt. Aber Salat und ein Hüttenkäse taten es im Notfall auch, sie hatte ja schließlich erst sehr spät oben am Kuhstall zu Mittag gegessen. Durch die offene Balkontür fegten schwüle Windböen.

Den ganzen Tag über hatte sie immer wieder an die Szenen mit Armando und mit der Frau denken müssen, die ihr so süffisant erklärt hatte, dass er verheiratet sei und sie nicht die erste dumme Gans, die auf ihn hereinfiel. War das tatsächlich so?

Obwohl sie erschöpft war, ließ ihr der Gedanke keine Ruhe. Wie bekam sie heraus, ob es stimmte, dass er Frau und Kinder hatte? Sie beschloss, in der Tanzschule anzurufen.

»Latin Dance Club, hier iste Consuela«, meldete sich die sexy Stimme der Salsa-Lehrerin aus Kolumbien.

»Guten Tag, mein Name ist Müller von der Agentur für Arbeit, Familienkasse«, Sandra sprach betont langsam.

»Kann ich bei Ihnen Armando Mirador erreichen? Es geht um seinen Antrag auf Kindergeld.«

»Un momentito!« Sandra hörte sie auf Spanisch mit jemandem tuscheln.

»Mirador«, schallte ihr Armandos wohlbekannte Stimme aus dem Telefon entgegen. »Worum es gehen?«

Sandra hatte schon damit gerechnet, ihn selbst an den Apparat zu bekommen. Seine Stimme kitzelte nach wie vor ihre Bauchdecke. Sie atmete tief durch, gab sich Mühe, offiziell und abgehackt zu klingen und betete das Sprüchlein von der Familienkasse herunter. Dann sagte Sie: »Sie wissen, dass Sie in Deutschland für jedes Ihrer Kinder ein ›Kindergeld‹ beantragen können?«

Armando war erstaunt, das konnte Sie hören.

»Oh, muy bien! Nein, weiß nicht. Sehr schön. Woher Sie kenne meine Kinder? Mein Frau wird sein so glucklich.«

Das war's. Sie hatte es von ihm selbst gehört. Sandra schloss die Augen und spürte das brennende Gefühl, wenn sich Tränen ankündigen.

Sie legte auf, rollte sich auf dem Sofa zusammen und starrte auf die Baumwipfel, die vor ihrem Balkon vom Wind gepeitscht wurden. Es würde bald regnen.

Schimpfend tappte Leo durch seinen Flur ins Bad und zog sich die durchnässten Kleider vom Leib. Aus seinen braunen Haaren liefen ihm Rinnsale in die Augen und die nassen, kalten Sachen ließen ihn frösteln. Das Gewitter hatte ihn voll erwischt. Draußen zuckten Blitze über die Stadt und Sturzbäche von Regen verschwanden gurgelnd in den Rinnsteinen.

Noch vor einer halben Stunde hatte er in seinem Büro gesessen und Protokolle gelesen. Doch er hatte festgestellt, dass er immer wieder von neuem mit dem Lesen beginnen musste, weil er den Inhalt der Zeilen nicht mehr erfasste. Seine Erschöpfung und die müden Augen hatten ihn davon überzeugt, dass es Zeit war, nach Hause zu fahren.

Als er sich auf sein Fahrrad geschwungen hatte, waren die ersten Blitze durch die Wolken gezuckt und dann war es Schlag auf Schlag gegangen. Regen, Gewitter und Windböen hätten ihn auf der Carolabrücke fast vom Fahrrad gefegt. Die kurze Strecke bis in die Alaunstraße hatte gereicht, um jede Faser an ihm zu durchtränken. Selbst im zweiten Stock hatte er noch nasse Tapsen auf der Holztreppe hinterlassen.

Nach einer warmen Dusche ging er ins Schlafzimmer, um sich trockene Kleidung zu holen – und erschrak. Das Zimmer sah ganz anders aus, als er es am Morgen verlassen hatte. So penibel aufgeräumt, wie es war, wirkte es fast, als würde hier niemand wohnen. Drei Wochen lang hatten hier ständig Veronikas Sachen herumgelegen. Ihr

Schlafshirt auf dem Kopfkissen, die BHs über der Stuhllehne am Bett, die Jeans daneben. Richtig ordentlich war sie nur mit den eleganten Kleidungsstücken umgegangen, die sie in der Bank trug. Wo war das alles geblieben?

Ein eisiger Schreck durchfuhr ihn. War Veronika etwa ausgezogen? Hatte sie alle ihre Sachen mitgenommen? War der Streit für sie so heftig gewesen? Sie hätte ihm das doch gesagt, als er heute Nachmittag mit ihr telefoniert hatte, oder?

Leo riss den Kleiderschrank auf.

»Puhhhh!«

Erleichtert ließ er die Luft aus seinen Lungen strömen. Ihre braven Röcke, Blusen und Hosen für die Arbeit hingen noch auf den Bügeln. Mit dieser ungewohnten Ordnung hatte sie ihm einen gehörigen Schrecken eingejagt.

Samstagvormittag

Der kleine, weiße Zettel wirbelte unter den Schreibtisch, als Sandra mit Schwung ihre Tasche darauf warf. Sie wusste augenblicklich, was auf dem Papier stand: die Telefonnummer von Wolfgang Fritzsche. Und ihr fiel auch sofort ein, dass sie ihn gestern noch hatte anrufen wollen.

Sie kroch unter ihren Schreibtisch, machte sich auf die Suche und hatte ihn kurz darauf am Telefon. Er war sofort im Bilde.

»Ah, die Frau Kommissarin, guten Morgen! Ich habe mein Tagebuch von damals tatsächlich gefunden«, verkündete er stolz. »Ich musste ein paar Kisten mit altem Kram auf dem Dachboden auseinandernehmen und jede Menge Staub einatmen, bis es mir in die Hände fiel. Ist wirklich lustig, diese alten Eintragungen wieder zu lesen. Man erinnert sich ja oft an Dinge, die einem damals gar nicht wichtig waren. Und hat umgekehrt viel von dem verdrängt, was man damals aufgeschrieben hat. Das Gedächtnis ist schon eine merkwürdige Angelegenheit, es funktioniert nach seinen eigenen Gesetzen. Zum Beispiel hatte ich total vergessen, dass wir damals ...«

»Herr Fritzsche«, unterbrach ihn Sandra, »es ist fantastisch, dass Sie die Aufzeichnungen gefunden haben. Aber ich habe momentan keine Zeit, lange mit Ihnen zu telefonieren, ich muss gleich zu einem Termin. Hätten Sie denn heute Nachmittag Zeit, meinem Kollegen und mir Ihr Tagebuch zu zeigen?«

»Heute Nachmittag ...«, wiederholte Fritzsche mit seiner sonoren Stimme, dann hörte sie ihn undeutlich mit jemandem sprechen. Sandra wartete ungeduldig auf seine Antwort.

»Also, meine Frau und ich wollten heute ohnehin nach Dresden. Mal wieder durch die Innenstadt flanieren und abends zum Konzert von Karat ans Elbufer. Wenn wir 'ne Stunde früher fahren und bei Ihnen reinschauen, reicht das?«

Sandra war erfreut. Das klang gut, jedenfalls besser als extra nach Sebnitz hinauszufahren, um dieses Tagebuch zu holen.

»Wunderbar, kommen Sie zu uns in die Schießgasse und melden Sie sich unten am Empfang. Die sollen mich anrufen und ich hole Sie dann ab. Wann könnten Sie da sein?«

Fritzsche unterhielt sich wieder mit seiner Frau, Sandra hörte nur undeutliche Wortfetzen.

»Um zwei sind wir da.«

»Perfekt, Herr Fritzsche. Vielen Dank und bis später!«

Sie warf die Kaffeemaschine an, ging ihren Fragenkatalog durch und organisierte sich eine Polizistin, die während des Gesprächs mit den Hesses dem jeweils wartenden Ehepartner Gesellschaft leisten würde.

»Kann ich sonst noch was tun?« Die junge Kollegin brannte vor Eifer, bei den Ermittlungen zu helfen. Sandra bat sie erfreut, sich bei der Verkehrsüberwachung zu erkundigen. Die Chancen, etwas zu finden, waren zwar gering, aber möglicherweise waren in der fraglichen Tatzeit Kontrollen durchgeführt worden, die man auswerten konnte.

Dann nahm sie ihre Unterlagen und ging hinüber ins Besprechungszimmer. Alles war vorbereitet. Fehlten nur noch Leo und das Ehepaar Hesse.

Rigobert Bausewein lag die halbe Nacht wach und versuchte, die Informationen, die er von der Biologielehrerin bekommen hatte, mit Dr. Schüppels Tod in Verbindung zu bringen. Zunächst war er beruhigt gewesen, aber dann gab es in diesem Fall doch zu viele Ungereimtheiten. An Dr. Schüppel, dem genialen Forscher, zu zweifeln, kam nicht infrage. Es musste eine andere Lösung geben. Die Worte »geheim« und »Tschechische Republik« führten ihn schließlich auf den richtigen Weg. Nach längerem nächtlichen Grübeln passte dann doch alles zusammen:

Dr. Schüppels Forschungen waren wahrscheinlich noch viel bedeutender, als er zunächst angenommen hatte. Daher die Geheimhaltung im Labor, deshalb durften die Schüler nicht hinein. Aus diesem Grund waren auch alle, wirklich alle Spuren des ehemaligen Labors beseitigt worden. Freiwillig war Dr. Schüppel mit seinem Labor garantiert nicht in die Tschechische Republik umgezogen! Jemand hatte ihn unter Druck gesetzt, davon war Bausewein felsenfest überzeugt. Für einen erzwungenen Umzug ins osteuropäische Ausland sprach nur ein Argument: die Nähe zu Russland. Er tippte auf den russischen Geheimdienst und wahrscheinlich war dieser Johne, von dem ihm Helene Petzold und Denise Venus erzählt hatten, ein Agent der Russen. Der hatte Dr. Schüppel überreden wollen, seine Forschungsgeheimnisse auszuplaudern, und ihn umgebracht, als der nicht dergleichen tat. Es war völlig logisch, dass der Mann danach einfach verschwunden war. Bestimmt hatten ihn die Russen mit einer falschen Identität aus dem Land geholt. Es passte alles zusammen. Der Drohbrief, das Verschwinden des Labors bis auf den letzten Aktenschrank, schließlich Dr. Schüppels Tod. Nur diese verblüffende Ähnlichkeit der beiden Fotos konnte er sich noch nicht erklären. Aber auch dafür würde sich ein triftiger Grund finden lassen.

Oder war es vielleicht doch völlig anders? All die Jahre, in denen er die Unterlagen der Schüppel Science GmbH geprüft hatte, war es ihm nie in den Sinn gekommen, die Existenz dieser Firma und der eingereichten Belege infrage zu stellen. Aber nun nagte der Zweifel doch an ihm wie eine große Ratte an einem Stück Käse.

»Sie sind zu jung, um zu verstehen, wie das für uns war.«

Christian Hesse lehnte sich zurück und sah an die Decke.

»Im November 1989 veränderte sich alles. Wir waren im Ausnahmezustand. Wochenlang hatten wir zuvor überlegt, ob wir unsere Sachen packen und nach Ungarn zur grünen Grenze fahren sollten. Und dann fiel am 9. November plötzlich die Mauer. Als sich der eiserne Vorhang hob, haben wir uns sofort in den Trabbi von Thomas' Eltern gequetscht und sind rübergemacht, Thomas, Heike, Doreen, Stefan und ich. Unser erstes Ziel waren Verwandte von mir in München. Der Bruder meiner Mutter ist mit seiner Frau noch kurz vor dem Mauerbau ausgereist. Wir hatten einen guten Draht zu Onkel und Tante, sie haben uns oft besucht. Wir waren willkommen bei ihnen, sie hatten in dieser Zeit praktisch permanent Besuch aus Ostdeutschland und waren auch auf größere Gruppen eingerichtet. Nach diesem ersten Ausflug sind wir jedes Wochenende in eine andere Stadt gefahren, nur um zu sehen, ob die Grenzöffnung halten würde.«

Ein versonnenes Lächeln spielte um Hesses Mund, als er seine Erinnerungen wiedergab.

»Zum ersten Mal im Leben haben wir uns wirklich frei gefühlt. Es war wunderbar.« Seine Augen leuchteten, als er das sagte.

»Heike hatte eine Tante in Hannover, Stefans Mutter eine entfernte Cousine in Dortmund – alle haben wir besucht. Einmal, in Hamburg, haben wir im Trabbi übernachtet, aber das war schon verdammt unbequem.« Hesse verstummte und sein Blick schweifte in die Ferne. Er war ganz in seinen Erinnerungen versunken.

Sandra forderte ihn mit einer Geste auf, weiterzusprechen.

»Ich habe mich sofort um einen Studienplatz in München gekümmert, denn mein Onkel Sigfried hatte mir versprochen, dass ich bei ihm und Tante Inge wohnen könnte. Biologie hatte sich nicht als meine große Leidenschaft entpuppt. Ich wollte unbedingt verstehen, wie Kapitalismus funktioniert. Doreen entschied sich sofort, mit mir zu kommen und eine Ausbildung zu machen«, fuhr Christian Hesse fort.

»Sie war damals Verkäuferin bei der SPOWA, aber das hatte keine Zukunft und außerdem war sie unterfordert. Doreen, müssen Sie wissen, konnte immer alles besorgen. Sie hat bis heute ein unglaubliches Talent, alles zu organisieren, was man braucht. Als ich in München mit dem Studium der Betriebswirtschaft begann, hatte sie schon eine Ausbildung zur Steuerfachgehilfin angefangen und für mich einen Nebenjob bei einem Unternehmensberater gefunden. Wir hatten eine tolle Zeit in München.«

Sandra saß Christian Hesse gegenüber im Besprechungszimmer, Leo neben ihr. Er war schweigsam, aber konzentriert.

Sie hatte trotz der Erkenntnis, dass Armando keine Option für sie war, gut geschlafen. Eigentlich ging es ihr sogar deutlich besser, seit das Thema vom Tisch war. Endlich konnte sie sich wieder auf sich selbst und auf ihre Arbeit konzentrieren.

»Wann sind Sie wieder zurück nach Sachsen gekommen?«, fragte sie Hesse.

»Ich habe mein Betriebswirtschaftsstudium 1995 abgeschlossen, im Frühjahr. Meine Frau arbeitete da schon eine Weile in einem Steuerbüro. Wir haben während dieser Zeit immer wieder den Kontakt zu Stefan gesucht, auch, als er nach vielen Wochen nicht mehr im Krankenhaus lag, sondern wieder zur Uni ging, um seinen Doktor zu machen. Er hatte sich aber verändert. Er fühlte sich zum einen schuldig an Thomas' Tod, zum anderen hatte ihn der Unfall ja auch entstellt. Sein Gesicht war eingedrückt, er hinkte, hatte immer wieder Kopfschmerz-Attacken und damals begannen auch die Depressionen. Es war manchmal sehr anstrengend mit ihm.«

»Stefan Schüppel hat also weiter Biologie studiert und seinen Doktor gemacht. Damals lebten seine Eltern noch?«

Christian Hesse nahm einen Schluck Kaffee und nickte bedächtig.

»Ja. Sie versuchten, das alte Familienunternehmen Waldgold über diese bewegte Zeit zu retten. Aber sie hatten keine Ahnung von moderner Betriebsführung und als es darum ging, dass die Treuhand auch die PGH Waldgold wieder privatisieren wollte, und Angebote eingeholt wurden, hat mich Stefan kontaktiert. Sein Vater war damals schon ziemlich krank, es war klar, dass Stefan die Firma übernehmen musste, wenn sie wieder in Familienbesitz übergehen sollte. Stefan war ein brillanter Biologe, aber von Betriebswirtschaft hatte er keine Ahnung.«

»Aber Sie hatten Ahnung, Herr Hesse. Was für ein Glück für Stefan Schüppel.« Sandra hatte es ein wenig provokant formuliert, um Hesse aus der Reserve zu locken.

Das funktionierte. Er schlug mit der flachen Hand auf den Tisch, dass die Kaffeetassen klirrten.

»Er hatte wirklich Glück! Sie haben keine Ahnung, wie es damals zuging! Die Treuhand hat etwas versucht, was noch nie zuvor in der Geschichte versucht worden war: Die verstaatlichten Betriebe eines ganzen Landes wieder in private Hände zu geben. Da ist permanent was schiefgelaufen, Leute haben betrogen und sich bereichert, andere haben nicht nur ihren Lebensunterhalt, sondern ihren kompletten Lebenssinn verloren! Gar nicht weit von der Waldgold hat sich ein guter Freund von Stefans Vater das Leben genommen, weil er den Zuschlag für seinen eigenen Betrieb nicht bekommen hat. Stellen Sie sich das mal vor! Erst war er von der DDR enteignet worden und hatte seine Fischzucht als Betriebsleiter weiterführen müssen, den unsinnigen Zielvorgaben und Regeln diverser Parteifunktionäre ausgeliefert. Und dann, als er endlich die Chance hatte, sein Lebenswerk doch noch zu vollenden, musste er ein Gebot abgeben, aber ein skrupelloser Westbeamter bekam den Zuschlag. Seine Familie hat ihn erhängt auf dem Dachboden gefunden. Da spielten sich menschliche Dramen ab! Kaum ein Betrieb war gerüstet für den westlichen Markt. Die Planwirtschaft hatte den Menschen vorgegaukelt, dass sie produktiv und wichtig seien, aber die meisten mussten nun erleben, dass der Westen alles liefern konnte, was sie bisher produziert hatten, und das in viel besserer Qualität. Zigtausende waren plötzlich arbeitslos und ihr bisheriges Leben war nur noch ein Haufen wertloser Scherben. Stefan hat mich um Hilfe gebeten und wir sind gekommen.«

Zu Sandras Ärger schaltete sich Leo in das Gespräch ein.

»Ich habe das alte Werk an der Kohlmühle in Goßdorf gesehen. Es ist riesig, da haben sicher Hunderte von Menschen gearbeitet.« Die riesige Anlage hinter Helene Petzolds Häuschen hatte ihn tief beeindruckt.

Hesse nickte: »Exakt! Oft sind nur solche Ruinen übriggeblieben. Doreen und ich hatten das Wissen, um einen Betrieb zu führen, und wir wollten Stefan helfen. Also haben wir gemeinsam mit ihm und seinen Eltern die Waldgold zurückgekauft und eine GmbH gegründet. Wir haben versucht, die meisten Arbeitsplätze zu erhalten, haben moderat modernisiert und geschaut, wo wir Fördergelder auftreiben konnten, um das alles zu leisten. Als die Waldgold GmbH wieder halbwegs lief, also kostendeckend arbeitete, haben wir die Schüppel Science GmbH aufgebaut, weil Stefan mit dem Herstellen von Kräuterextrakten für Likör und Heilsalben nicht ausgelastet war.«

Sandra machte sich Notizen.

»Um die betriebswirtschaftlichen Belange beider Firmen haben also Sie und Ihre Frau sich gekümmert, während Dr. Schüppel forschte?«

»Genau so.« Christian Hesses kräftige Stimme füllte den Raum. »Das hat sehr gut funktioniert, weil so jeder seine Stärken einbringen konnte.«

»Sie haben damals die volle Summe für die Gründung der GmbH alleine aufgebracht, entnehme ich den Firmengründungsunterlagen«, sagte Sandra. »Warum sind Sie dieses Risiko eingegangen?«

Hesse schaute seine auf dem Tisch liegenden Hände an.

»Ich habe das Potenzial gesehen, das in der Firma steckte. Ich hätte es nicht gemacht, wenn ich nicht an einen wirtschaftlichen Erfolg geglaubt hätte. Wir haben das lang und breit durchgerechnet. Stefan hätte das Geld nicht aufbringen können.«

Sandra schaute Hesse lange an. Er wirkte nervös, sein Temperament würde beim geringsten Anlass wieder mit ihm durchgehen, mutmaßte sie.

»Wir wissen, dass Dr. Schüppel ums Leben kam – zwei Tage, bevor er sein Testament erneut ändern wollte. Sie und ihre Frau sind deshalb dort nach wie vor die Hauptbegünstigten. Ich nehme an, Sie waren nicht erfreut, als Sie von Stefan Schüppels erneuten Änderungsplänen erfahren haben?«

Sie fragte ohne Vorwurf, so neutral wie möglich, um ihn nicht zu provozieren.

Christian Hesse atmete schwer ein und aus. Obwohl das nächtliche Gewitter die Luft abgekühlt hatte und der Vormittagshimmel bewölkt war, zeigte sein dunkelblaues Hemd bereits Schweißflecken.

»Natürlich wollten wir von ihm wissen, warum er sein Testament ändern wollte. Vor drei Jahren hatte er ja bereits seine Haushälterin, diese Helene Petzold, mit einem Anteil bedacht. Das fanden wir schon ungewöhnlich, weil die Frau einfach nur eine Angestellte war. Sie bekam einen angemessenen Lohn und die beiden standen sich auch nicht besonders nahe, egal, was die Frau Ihnen erzählt. Wahrscheinlich hat sie ihm so lange in den Ohren gelegen, bis er nachgegeben hat. Die wäre gern bei ihm eingezogen, als neue Hausherrin, aber so weit hat Stefan es glücklicherweise nicht kommen lassen. Dieser neue Änderungswunsch kam dann sehr überraschend für uns. Er wollte uns nicht sagen, wen er statt uns einsetzen würde. Das klang für uns alles so unausgegoren, so überstürzt, als hätte ihn jemand unter Druck gesetzt. Wir waren ehrlich beunruhigt.«

Sandra fand es irritierend, dass er dauernd in der Wir-Form sprach. Dieses Ehepaar schien eine spezielle Symbiose eingegangen zu sein. Sie beschloss, dass es Zeit war, ihn aus der Reserve zu locken.

»So beunruhigt, dass Sie ihn vor der Testamentsänderung von der Felskante gestoßen haben?«

Hesse reagierte noch heftiger als Sandra es erwartet hatte. Er sprang auf und schlug mit beiden Fäusten auf den Tisch.

»Was fällt Ihnen ein!? Wir haben Stefan Schüppel seit dem Unfall in jeder Hinsicht unterstützt, wieso sollten wir ihn dann plötzlich umbringen? Er war mein Freund, unser Freund!«

Sein Gesicht war rot angelaufen, sein Blutdruck war eindeutig hochgeschnellt.

»Das ist eine bösartige Unterstellung und Sie können es hundertmal behaupten und es ist trotzdem nicht wahr. Wie kommen Sie auf so eine absurde Idee?«

Er lief vor dem Tisch auf und ab, wischte sich mit einem Taschentuch den Schweiß von der Stirn und machte seinem Ärger Luft.

»Ich würde meinen Freund doch nicht umbringen, nach allem, was wir zusammen durchgemacht haben! Sind Sie denn völlig wahnsinnig?«

Leo stand auf und schaltete sich ein.

»Der Verdacht ist nicht so weit hergeholt, Herr Hesse. Beruhigen Sie sich und setzen Sie sich bitte wieder hin. Sie haben eben erwähnt, dass Sie befürchteten, Stefan Schüppel werde wegen des Testaments unter Druck gesetzt.«

Hesse folgte zögerlich seinem Beispiel, als sich Leo wieder neben Sandra niederließ. Die zog die Stirn in Falten, als Leo ihr signalisierte, dass er fortfahren wolle, ließ ihn aber gewähren.

»Wissen Sie von dem Drohbrief, den André Johne an Dr. Schüppel geschrieben hat?«, fragte Leo nun.

Hesse ließ die Schultern sinken, nickte und fuhr sich durch das schüttere Haar.

»Dieser Idiot wollte uns erpressen. Es hatte nichts mit dem Testament zu tun«, knurrte er schließlich.

Sandra horchte auf und nutzte den Moment der Überraschung: »Inwiefern konnte Johne Sie und Dr. Schüppel erpressen?«

Hesse wand sich eine Weile und überlegte, ehe er antwortete.

»Wir hatten, um einen finanziellen Engpass bei der Waldgold zu beheben, seine Stelle für kurze Zeit auf die Schüppel Science GmbH umgeschrieben. Das hat er mitbekommen und wollte uns damit erpressen.«

»War Johne erfolgreich damit?«, fragte Sandra.

»Nein, natürlich nicht!« Hesse schüttelte energisch den Kopf.

»Die zehntausend Euro, mit denen er seinen ausgedehnten Thailand-Urlaub finanziert, sind also nicht von Ihnen und Dr. Schüppel?«

»Doch«, seufzte Hesse.

Helene Petzold klang skeptisch, was seine Theorie vom russischen Geheimdienst anging, aber allzu abwegig fand sie es auch wieder nicht. Nachdem sie Bausewein eine Weile am Telefon zugehört hatte, sagte sie:

»Herr Bausewein, ich brauche Ihre Hilfe. Wir sind ja nun so was wie Komplizen, nicht wahr?«

Bausewein spürte, wie sich augenblicklich ein warmes Gefühl in seiner Brust ausbreitete. Glücklicherweise konnte Helene Petzold ihn nicht sehen, denn er vermutete, dass er rote Wangen bekommen hatte.

»Ja?«, fragte er vage und wartete darauf, dass sie sich erklärte.

»Also wissen Sie, ich habe gestern kurz an der Villa in Rathmannsdorf vorbeigeschaut, ob auch alles in Ordnung ist. Da hing ein Zettel am Briefkasten, dass ein Päckchen abgeholt werden könne. Das habe ich ja nun all die Jahre immer gemacht und besitze dafür von Stefan auch eine Vollmacht. Ich bin also zur Post in Bad Schandau gefahren, habe das Päckchen abgeholt und erst dann ist mir eingefallen, dass ich das wahrscheinlich nicht hätte tun dürfen.«

Sie stockte und Bausewein wusste nicht recht, was er sagen sollte. Bisher war das doch eine ganz normale Sache. Sie brauchte das Päckchen nur der Polizei übergeben.

»Wo ist das Problem?«, fragte er vorsichtig nach.

Helene Petzold schnaufte schwer ins Telefon.

»Naja, ich habe vor einigen Tagen versehentlich ein paar Briefe von Stefans Schreibtisch mit zu mir nach Hause genommen. Die hat der eine Kriminalpolizist, der so komisch redet, bei mir gefunden. Das wäre eine Straftat gegen das Briefgeheimnis und so, dabei waren die schon geöffnet gewesen. Jedenfalls mag ich da nicht anrufen und sagen, dass ich das Päckchen abgeholt habe, verstehen Sie?«

»Hm«, machte Bausewein, um Zeit zu gewinnen. Er verstand so viel, dass Helene Petzold nicht nur in die Villa eingebrochen war, sondern auch Briefe an sich genommen hatte, die ihr nicht gehörten. Eine nicht mehr zu nutzende Küchenmaschine zu entwenden war das eine, vertrauliche Briefe an sich zu nehmen aber schon ein anderes Kaliber. Nun hatte er im Zuge der Ermittlungen ja auch die Grenzen des Legalen überschritten, aber Helene Petzold bewies da eindeutig mehr kriminelle Energie als er.

Die Frage war, wie er sich dieses Geständnis zunutze machen konnte.

»Haben Sie das Päckchen geöffnet?«, fragte er.

»Also wissen Sie, nein! Das würde ich doch nie tun«, kam es vorwurfsvoll aus dem Telefonhörer.

Bausewein lächelte, er wusste es besser. Sie würde es öffnen, wenn er sie darum bitten würde.

»Wer ist der Absender des Päckchens?«, wollte er wissen.

Helene Petzolds Stimme bekam einen flüsternden Unterton, als würde sie ihm ein großes Geheimnis verraten:

»Es kommt aus Amsterdam von einer Firma ›Diagnostic‹.«

»Diagnostic?« Bausewein sagte das nichts. »Was soll das sein?«, fragte er, aber Helene Petzold konnte damit auch nichts anfangen.

»Vielleicht ist es einfach eine Werbesendung für irgendwelchen Laborkram. Es könnte völlig unwichtig sein«, sagte er.

»Ja, vielleicht«, antwortete Helene Petzold lahm. »Aber was mache ich jetzt? Ich will mich nicht noch mal von dem Kommissar erwischen lassen, weil ich eine Postsendung an Stefan an mich genommen habe. Soll ich das Päckchen einfach zurückschicken?«

Bausewein überlegte. Die Situation war vertrackt für Helene Petzold, aber er würde eine Lösung finden.

»Herr Bausewein?«, fragte sie in die entstandene Pause hinein.

»Was halten Sie davon: Ich rufe bei der Kripo in Dresden an und teile denen mit, dass vor der Eingangstür der Villa ein Päckchen liegt. Das könnte ich ja einfach gesehen haben, oder? Sie bringen es dahin und danach liegt es in der Verantwortung der Kriminalpolizei, ob und wann die sich darum kümmern.«

»Sie meinen, wir sollten es nicht öffnen und nachsehen?« Helene Petzold klang ein bisschen enttäuscht.

Bausewein schüttelte energisch den Kopf. »Nein! Auf keinen Fall. Wenn es unwichtig ist, bringt es uns nicht weiter. Und wenn es wichtig für den Fall ist, bringt es Sie in Teufels Küche.«

Er zögerte einen Moment.

»Oder könnte man es so öffnen, dass man es danach wieder verschließen kann?«

Sie seufzte: »Leider nein.«

Ein wenig bedauerte auch Bausewein, dass er nun nicht erfahren würde, was in dem Päckchen war.

»Also, wie abgemacht. Sie bringen die Sendung zur Villa und ich rufe an. Dann sind Sie völlig sicher, liebe Helene.«

»Danke, Rigobert!«

Mit Genugtuung stellte er fest, dass sie ihn nun mit seinem Vornamen ansprach.

»Diese Befragung jetzt werde ich durchführen«, sagte Leo bestimmt zu seiner Kollegin und öffnete die Tür.

Doreen Hesse saß erwartungsvoll am Tisch und sah ihnen entgegen.

Leo nahm alle Personendaten auf und entschied, mit seinen Fragen ebenfalls bei der Zeit nach dem Unfall zu beginnen.

»Wie kam es zu Ihrer gemeinsamen Firmengründung mit Herrn Dr. Schüppel, Frau Hesse?«

Die entspannte sich.

»Nach dem Unfall ging alles drunter und drüber. Heike Weber tauchte von heute auf morgen ab, Stefan lag wochenlang im Krankenhaus und brauchte danach eine lange Zeit der Rehabilitation, bis er wieder zur Uni gehen konnte. Christian und ich wollten unbedingt weg aus Dresden. Er hatte sich in München an der Universität für Betriebswirtschaft eingeschrieben. Es war bald klar, dass ich mit ihm gehe, und ich habe mir einen Ausbildungsplatz als Steuerfachgehilfin gesucht. Wir waren sicher, dass das eine gute Kombination ist, um später ein Unternehmen zu führen.«

»War es das?«, fragte Leo nach.

Sie sah ihn erstaunt an.

»Natürlich! Wir haben die Waldgold GmbH gerettet, die Schüppel Science GmbH gegründet und mein Mann hat eine eigene Unternehmensberatung. Reicht das nicht als Erfolgsgeschichte?«

Sie sah wie immer perfekt aus, weiße Hemdbluse zum olivfarbenen Rock. Um ihren Hals nahm eine Kette aus emaillierten Perlen die Farbe des Rocks wieder auf. Ein spöttisches Lächeln zuckte um ihre Mundwinkel. Leo ließ sich davon nicht beeindrucken.

»Ihnen stand doch die ganze Bundesrepublik offen. Warum sind Sie und Ihr Mann ausgerechnet zurück nach Sachsen gekommen?«

Ihr Blick wanderte im Raum umher, bis sie ihm antwortete.

»Sowohl Christians als auch meine Eltern leben in Dresden und wir hatten Heimweh. Außerdem plagt meinen Mann bis heute ein schlechtes Gewissen wegen des Unfalls. Er ist der Meinung, es wäre weniger schlimm ausgegangen, wenn er früher reagiert hätte. Dieser Unfall hat im Grunde unser gesamtes Leben bestimmt. Wir fühlten uns deshalb verpflichtet, den Schüppels zu helfen, und wir hatten gelernt, wie die Marktwirtschaft funktioniert. Wir waren uns sicher, dass wir die Waldgold retten und ein profitables Unternehmen daraus machen könnten. Es gab doch ohnehin so wenige Arbeitsplätze in der Region, da musste man etwas tun.«

»Aber Herr Dr. Schüppel war Biologe, kein Unternehmer. Haben Sie ihm das auch zugetraut?«

Doreen Hesse lächelte und fegte imaginäre Fussel von ihrem Rock.

»Stefan war ziemlich schrullig. Vor dem Unfall war er ein Träumer, danach war er ein Kautz. Nein, er hätte die Firma nie allein leiten können. Er übernahm den Posten, den sein Vater zuvor innehatte, kümmerte sich also um die Kräutermischungen, Rezepturen und biochemischen Prozesse. Alles, was mit Finanzen und Unternehmensstrategie zu tun hatte, erledigten Christian und ich. Als sich die Produktion bei Waldgold nach einigen Jahren eingespielt hatte, wurde Stefan zunehmend unzufrieden. Er wollte forschen, nicht nur jeden Tag die gleichen Rezepturen mischen. Also haben wir die Schüppel Science GmbH gegründet – und das mit großem Erfolg.«

Sie lächelte Leo und Sandra an. Dann wurde sie ernst.

»Aber das ist nun vorbei. Stefans Tod ist ein großer Verlust für uns. Nicht nur ein menschlicher, auch ein großer wirtschaftlicher Verlust. Ohne ihn hat die Schüppel Science GmbH keine Zukunft.«

»Sie wissen, dass Dr. Schüppel kurz vor seinem Tod sein Testament ändern wollte?«

Sie nickte.

»Da Sie beide die Begünstigten seines Testaments sind, war es recht praktisch für Sie, dass er die Änderung nicht mehr veranlassen konnte.«

Leo beobachtete sie genau. Aus den Augenwinkeln sah er, dass auch Sandra neben ihm die Luft anhielt. Aber Doreen Hesse blieb ruhig.

»Ich bitte Sie. Natürlich haben wir uns gewundert und wollten wissen, warum er das tut. Aber der Verlust durch seinen Tod wiegt für uns viel schwerer. Wie gesagt, mit Stefan Schüppel ist auch die Schüppel Science GmbH gestorben. Mit dem Ende dieser Firma verlieren wir viel mehr, als uns der Anteil von Stefans Erbe nach einer Testamentsänderung gekostet hätte. Stefan hat sehr bescheiden gelebt.«

»Von welcher Größenordnung sprechen wir hier?«, mischte Sandra sich ein.

Doreen Hesse kniff die Augen zusammen und überschlug die Summe.

»Etwa einhunderttausend Euro, alles zusammen. Sie unterstellen uns nicht ernsthaft, dass wir dafür unseren langjährigen Freund umgebracht haben, oder?«

Leo war irritiert. Wenn er den Notar Himmelstoß richtig verstanden hatte, ging es eigentlich um deutlich höhere Summen. Das musste abgeklärt werden. Er sah Sandra an. Sie dachte das Gleiche. Sollten sie sich kurz zurückziehen und beraten, wie sie weiter vorgehen wollten?

Aber Sandra schüttelte kaum merklich den Kopf. Er wandte sich wieder an Doreen Hesse.

»Dr. Schüppel hat Ihnen gegenüber keine Angaben gemacht, wem er sein Vermögen vererben wollte?«

Sie wiegte ihren Kopf hin und her, als würde sie abwägen, ob und was sie antworten sollte. Schließlich gab sie sich einen Ruck.

»Ich kann mir vorstellen, dass er Heike Weber wiedergesehen hat. Mein Mann hat das gestern nicht erwähnt, aber ich glaube, dass Stefan zum Zeitpunkt des Unfalls heimlich in Heike verliebt war. Er hat um die Jahrtausendwende versucht, sie zu finden. Damals lebte sie mit einem Mann in Hannover zusammen und hatte einen Sohn mit ihm. Danach dachte ich, das Thema sei endgültig erledigt.«

Leo sah Sandra an, beide waren erstaunt über diese Neuigkeit.

»Sie glauben, er wollte Heike Weber als Erbin einsetzen? Ich habe mit ihr gesprochen. Sie hat mir gesagt, dass sie Stefan Schüppel auf keinen Fall treffen wollte, weil sie ihn für schuldig am Tod von Thomas Lippmann hält.«

Doreen Hesse zuckte mit den Schultern und machte zum ersten Mal den Eindruck, sich nicht hundertprozentig sicher zu sein.

»Es ist nur so ein Gefühl. Ich weiß es nicht. Aber eine bessere Erklärung habe ich nicht.«

Leo rief sich das Gespräch mit Heike Weber ins Gedächtnis. Er hatte ihr geglaubt, dass sie sich nicht mit Schüppel getroffen hatte. Aber er hatte es nicht nachgeprüft. Er würde ihr nochmals auf den Zahn fühlen müssen. Alte Liebesgeschichten wiederaufzufrischen war kompliziert. Seine eigene Erfahrung zeigte, wie schwer das schon nach nur einem Jahr Pause war. Wie sollte eine alte Verbindung nach so vielen Jahren wiederbelebt werden können? Er schob den Gedanken an die nächtliche Diskussion mit Veronika beiseite. Während er tief durchatmete, übernahm Sandra die Befragung.

»Was wissen Sie über André Johne und seine plötzliche Kündigung?«, fragte sie.

»Nun, ich weiß, dass das sehr ärgerlich ist und uns in zusätzliche Schwierigkeiten bringt«, sie war wieder ganz die verbindliche Geschäftsfrau.

»Wie haben Sie reagiert, als Sie von seinem Drohbrief erfuhren?«

Doreen Hesse zuckte mit keiner Wimper. Falls sie überrascht war, dass sie von dem Brief wussten, zeigte sie es nicht. Leo begann, sie zu bewundern. Im Gegensatz zu ihrem Mann war sie die Ruhe in Person. Bei ihm und Veronika war es eher umgekehrt: Sie war viel emotionaler und ging aus sich heraus, während er sich zurückzog, wenn zu starke Gefühle ins Spiel kamen.

»Wir haben eingesehen, dass wir einen Fehler gemacht haben, und klein beigegeben.«

»Einfach so?« Leo war erstaunt.

Das Thema war ihr sichtlich unangenehm. »Wir hatten bei der Schüppel Science GmbH ein wenig Geld übrig, weil durch den Firmenumzug zwei Wissenschaftler gekündigt hatten. Da es bei der Waldgold im ersten Halbjahr nicht so gut lief, haben wir Herrn Johnes Gehalt vorübergehend auf die Science GmbH genommen. Das ist rechtlich nicht ganz in Ordnung. Damit hat er uns erpresst.«

Zum ersten Mal kaute Doreen Hesse auf ihrer Unterlippe.

»Sprechen wir hier von Subventionsbetrug? Immerhin bekam die Schüppel Science GmbH eine stolze Summe von Fördergeldern.«

Sandra hatte ihre Hausaufgaben gemacht, stellte Leo anerkennend fest.

Doreen Hesse lächelte begütigend.

»Das dürften nur äußerst böswillige Menschen so sehen. Aber gut, wir haben uns damit erpressbar gemacht. Ich habe die Buchhaltung sofort wieder in Ordnung gebracht, das können Sie gern überprüfen. Das Finanzamt hat in all den Jahren nie auch nur eine Beanstandung gehabt. Gehen Sie davon aus, dass wir beide Unternehmen äußerst korrekt geführt haben. Um dieses Bild nicht zu zerstören, haben wir André Johnes Forderung erfüllt und ihn eine Verschwiegenheitserklärung unterschreiben lassen.«

Sie räusperte sich und klaubte wieder imaginäre Fussel von ihrem Rock. Dann sagte sie nicht ohne Ironie:

»Hätten wir gewusst, dass Stefan diesen Brief nicht, wie vereinbart, vernichtet, sondern sich stattdessen in den Abgrund stürzt, hätten wir uns das alles sparen können.«

Sie lächelte bemüht.

»Tja, Sie hätten sich wohl nicht die Mühe machen müssen, es zu vertuschen. Aber wirklich entlastend ist das nicht, Frau Hesse.«

Die ließ sich von Sandras Bemerkung jedoch nicht provozieren: »Glauben Sie mir, das ist eine ziemlich unangenehme Geschichte, aber wir konnten im Fall Johne nicht anders handeln.«

Auf ein Klopfen hin erschien die junge Polizistin an der Tür, die bei Christian Hesse im Konferenzraum warten sollte.

Sie hielt ein Telefon in der Hand: »Ich habe einen Herrn Bausewein am Telefon. Er sagt, er habe schon mehrmals angerufen und müsste unbedingt mit einem von Ihnen beiden sprechen.«

Leo ärgerte sich über die Störung und wollte die junge Beamtin mit einer Handbewegung aus dem Zimmer komplimentieren, aber Sandra stand auf und bat um eine kurze Pause.

Leo blieb sitzen und stellte fest, dass Doreen Hesse nun, nach der Unterbrechung, deutlich angespannter als zuvor auf ihrem Stuhl saß. Er würde mit der Befragung warten, bis Sandra wieder zurück war.

»Möchten Sie noch einen Kaffee?«, bot er ihr an und stand auf.

Doreen Hesse bejahte mit einem freundlichen Lächeln, erhob sich und meinte, sie würde sich gern kurz die Beine vertreten.

»Kriminalkommissarin Sandra Kruse«, meldete sich eine Stimme. Er hatte zwar verlangt, mit dem Leiter der Ermittlungen im Fall Schüppel verbunden zu werden, aber gut – es war Samstag, da musste er wohl mit dieser Dame Vorlieb nehmen. Rigobert Bausewein stellte sich kurz vor, nicht ohne darauf hinzuweisen, dass er erstens den toten Dr. Schüppel gefunden und zweitens den Todeszeitpunkt korrekt bestimmt habe. Außerdem erinnerte er die Kommissarin an die Tatsache, dass er bereits mit dem Abteilungsleiter, Herrn Richter, über seine Erkenntnisse bezüglich der Schüppel Science GmbH gesprochen hatte.

Das war wohl ein wenig langatmig ausgefallen, denn die Dame am Telefon klang nun schon nicht mehr so freundlich wie anfangs.

»Würden Sie jetzt bitte zum Punkt kommen, Herr Bausewein! Ich habe zu tun.« Sie sagte es in einem Ton, der ihn schnell wieder zurück auf den Boden brachte.

»Ich möchte Ihnen zwei wichtige Dinge mitteilen«, beeilte er sich zu sagen. Erst das Päckchen oder erst die russische Mafia? Er entschied sich, die wichtigere Botschaft ans Ende zu setzen.

»Ich bin heute Morgen zufällig an der Villa von Herr Dr. Schüppel vorbeigekommen und habe gesehen, dass ein Päckchen auf der Türschwelle liegt. Kümmern Sie sich um solche Dinge?«

Die Stimme am Telefon wurde wieder freundlicher.

»Wie aufmerksam von Ihnen. Vielen Dank, dass Sie uns informieren. Ich werde jemanden hinschicken, der es abholt.«

Als sie sich verabschieden wollte, unterbrach Bausewein sie.

»Ich habe den Verdacht, dass Dr. Schüppel vom russischen Geheimdienst umgebracht wurde, weil die seine Forschung stehlen wollten. Immerhin ist das Labor in die Tschechische Republik umgezogen und so was macht doch niemand freiwillig, oder?«

Er lauschte gespannt auf die Reaktion der Kommissarin.

»Herr Bausewein, Sie überlassen die Ermittlungen in diesem Fall bitte uns! Halten Sie sich raus und vertrauen Sie darauf, dass wir von der Polizei unsere Arbeit machen. Haben wir uns verstanden?«

Ihre Stimme war nun schneidend geworden. Wahrscheinlich konnte sie ziemlich zickig werden, dachte sich Bausewein. Er holte seinen nächsten Trumpf aus dem Ärmel:

»Und dieser Betriebsleiter, der Herr Dr. Schüppel erpresst hat und dann von der Bildfläche verschwunden ist? Das riecht doch eindeutig nach Geheimdienst, oder etwa nicht?«

Es entstand eine längere Pause, die er so deutete, dass die Kommissarin endlich die Tragweite seiner Überlegung verstand.

»Woher wissen Sie von Herrn Johne und seinem Verschwinden?«

Er zuckte zusammen. Sollte er Helene Petzold erwähnen? Lieber nicht.

»Ich weiß es eben.« Journalisten mussten ihre Quellen auch nicht verraten, das wusste Bausewein genau.

»Herr Bausewein, ich verbinde Sie wieder mit meiner Kollegin und der geben Sie bitte Ihre Kontaktdaten. Wir unterhalten uns nächste Woche einmal in Ruhe. Ich fordere Sie aber nochmals auf, sich nicht in die Ermittlungen einzumischen.«

Bevor er noch reagieren konnte, hatte sie ihn wieder mit dem jungen Ding verbunden, das er zuerst am Telefon gehabt hatte. Enttäuschung machte sich in ihm breit. Die Kommissarin hatte ihm nicht geglaubt, er konnte das spüren. Und sie hatte ja Recht, er sollte sich heraushalten. Aber das konnte er nun nicht mehr. Nicht, nachdem er sich selbst nicht mehr sicher war, ob er nicht einen riesigen Fehler gemacht hatte.

Leo kam mit zwei vollen Tassen aus der Kaffeeküche und sah Sandra mit dem Telefon am Ohr energisch auf dem Flur hin und her laufen.

»Herr Bausewein, Sie überlassen die Ermittlungen in diesem Fall bitte uns!«, hörte er sie in ziemlich scharfem Ton sagen.

Dieser Bausewein war ein zäher Hund, wenn er die Kripo selbst an einem Samstag mit seinen abstrusen Ideen belästigte. Gut, dass Sandra am Telefon war, die wusste mit diesem Wichtigtuer umzugehen. Doreen Hesse ging entspannt den Flur entlang, drehte vor dem Konferenzraum um und kam zurückgeschlendert. Mit einem freundlichen Lächeln nahm sie Leo die zweite Kaffeetasse aus der Hand. Sie war ein echter Segen für den cholerischen Christian Hesse, dachte er sich. Die beiden ergänzten sich gut.

Sandra hatte das Telefon inzwischen an die junge Beamtin zurückgegeben und sprach ein paar Worte mit Christian Hesse im Konferenzraum.

Dann kam sie zurück und meinte: »Herr Bausewein meint, er müsse unsere Arbeit machen. Ich sage dir später, was für abstruse Ideen er jetzt schon wieder hat.«

»Ist das Leuchtmoos passé?«, fragte Leo leichthin, aber an Sandras Blick sah er sofort, dass er gerade dabei war, Interna auszuplaudern.

Herr Hesse wird langsam ungeduldig«, sagte sie zu ihm. »Vielleicht holen wir ihn hinzu und klären die wenigen letzten Fragen, die wir noch haben, gemeinsam?«

Wenn sie nicht in einem ziemlich kahlen Raum gesessen hätten, hätte man ihre Gruppe fast für ein nettes Kaffeekränzchen unter Freunden halten können, fand Sandra. Tatsächlich saßen sich hier zwei sehr unterschiedliche Paare gegenüber. Dort ein Ehepaar, das wie Pech und Schwefel zusammenhielt, und hier sie neben einem unkonzentrierten Leo Reisinger, der dauernd versuchte, die Ermittlungen an sich zu reißen und sie zur Hilfskraft zu degradieren. Da kam er ihr heute gerade recht! Sandra fühlte sich fit wie seit Tagen nicht mehr und sie würde nicht lockerlassen.

»Wir haben Ihre Alibis für den Samstag überprüft. Ihre Nachbarn und eine Mitarbeiterin im Gasthaus Schwarzbachtal haben sie bestätigt«, eröffnete Sandra. »Sie haben uns außerdem erläutert, dass die geplante Testamentsänderung von Herrn Dr. Schüppel für Sie aus finanziellen

Gründen von nachrangiger Bedeutung war. Das wird zu prüfen sein. Sie haben schließlich durch Ihre Aussagen André Johne als möglichen Täter insofern entlastet, als Sie seiner Forderung nachgekommen sind und er somit kein erkennbares Motiv hatte, Herrn Dr. Schüppel aus dem Weg zu räumen. Die Frage, die sich uns jedoch nach wie vor stellt, ist: Mit wem könnte sich Stefan Schüppel am Samstagmorgen um sieben Uhr am Kuhstall getroffen haben?«

Sandra ließ ihre Worte ein wenig auf das Ehepaar Hesse wirken. Beide hatten Blickkontakt gesucht, als sie von der Überprüfung des Alibis gesprochen hatte.

»Sie kannten Stefan Schüppel am längsten von allen Personen, die wir bisher befragen konnten. Wer könnte sich dort oben mit ihm verabredet haben?«

Christian Hesse schüttelt den Kopf: »Ich habe nicht die leiseste Ahnung, glauben Sie mir! Ich denke ohnehin, dass er allein da oben war. Vielleicht hat ihn die Erinnerung einfach eingeholt und er konnte mit dem Gefühl nicht mehr leben. Die Theorie, dass er umgebracht wurde, halte ich nach wie vor für Unsinn.«

Sandra nahm Doreen Hesse ins Visier. Die zuckte mit den Schultern und bedeutete, dass sie ebenfalls keine Ahnung hätte.

»Was ist mit Heike Weber?«, bohrte Sandra nach. »Hätte er sich vielleicht mit ihr an dieser Stelle treffen wollen, um sich, sagen wir mal, auszusöhnen?«

Christian Hesse antwortete für seine Frau: »Eine merkwürdige Uhrzeit und ein noch merkwürdigerer Treffpunkt, um sich mit ihr auszusöhnen. Sie haben doch mit ihr gesprochen. Da müssen Sie doch wissen, ob sie gerade an diesem Tag aus Hannover hierhergekommen ist.«

Jetzt schaltete sich Leo ein.

»Heike Weber und ihr Sohn leben seit einem Jahr in Dresden. Sie arbeitet am Uni-Klinikum als Nachtschwester.«

»Ach!« Beide wirkten ehrlich überrascht.

»Das ist mir völlig neu«, sagte Christian Hesse. »Stefan hat mich um die Jahrtausendwende gebeten, ihn bei der Suche nach Heike Weber zu unterstützen. Da ihre Eltern mittlerweile umgezogen waren, hatte ich keine Ansprechpartner und es dauerte eine Weile, bis wir eine Spur fanden. Ich habe eigens einen Privatdetektiv beauftragt, nach ihr zu suchen, weil es Stefan so wichtig war. Der hat sie in Hannover gefunden und ein paar Daten und Fotos von ihr geschickt. Sie lebte mit einem Mann zusammen und sie hatte einen etwa sieben Jahre alten Sohn. Nachdem sie sich damals einfach aus dem Staub gemacht hatte, haben Doreen und ich beschlossen, keinen Kontakt zu ihr zu suchen. Stefan hat meines Wissens auch nichts weiter unternommen. Es ist ja auch lächerlich zu glauben, dass ein Mensch nach zehn Jahren nicht sein eigenes Leben lebt. Ich weiß nicht, was ihn da geritten hat.«

Doreen Hesse mischte sich ein: »Wie ich schon sagte, kann ich mir gut vorstellen, dass Stefan Heike gern wiedergesehen hätte. Wenn sie jetzt in Dresden lebt, wäre das naheliegend. Vielleicht sollten Sie sich noch einmal mit Heike unterhalten. Ich wüsste zwar nicht, welche Gründe sie hätte haben sollen, Stefan etwas anzutun, aber das ist ja Ihre Aufgabe. Wir hatten definitiv keine.«

Sandra klappte ihr Notizbuch zu und bedankte sich.

»Nur noch eine Frage an Sie, Herr Hesse: Warum haben Sie uns am Montag bezüglich des Testaments nicht die Wahrheit gesagt? Ihnen ist klar, dass Sie sich damit verdächtig machen?«

Christian Hesse zuckte auf seinem Stuhl leicht zurück, während seine Frau die rechte Augenbraue hochzog und ihren Mann skeptisch von der Seite musterte. Es war das erste Mal, dass Sandra einen Hauch von Verstimmung zwischen den Partnern registrierte.

»Naja, das war dumm von mir, ich weiß«, druckste Hesse herum. Er wandte sich dabei aber mehr an seine neben ihm sitzende Frau als an Sandra und Leo. »Ich dachte mir, dass es keinen guten Eindruck macht, wenn sofort über die geplante Testamentsänderung gesprochen wird.«

Christian Hesse vermied es, seine Frau anzusehen, deren Blick ihn fixierte, als beobachte sie ein höchst interessantes Naturphänomen.

»Gibt es noch andere Umstände, bei denen Sie uns wegen des besseren Eindrucks Informationen vorenthalten haben?«, fragte Sandra spitz.

Diesmal antwortete Doreen Hesse. Sie war ruhig und liebenswürdig wie immer, schaute ihr in die Augen und sagte mit samtiger Stimme:

»Nein. Wir haben Ihnen in allen anderen Punkten die Wahrheit gesagt. Sie können jederzeit auf uns zukommen und unsere Angaben überprüfen.«

»Gut. Verlassen Sie sich darauf, dass wir das tun werden.« Sandra sah auf die Uhr. Es war schon halb zwei. Zeit für eine kurze Pause, bevor das Ehepaar Fritzsche kam. »Ich glaube, wir sind für heute fertig.«

Samstagnachmittag

Das kurze Vibrieren seines Handys nahm Leo nur mit halber Aufmerksamkeit wahr. Statt Sandra und dem Ehepaar Hesse auf den Flur zu folgen, blieb er aber doch stehen und nahm den Störenfried aus der Hosentasche. Es war nur ein Summton gewesen, also kein Anruf. Eigentlich konnte so eine Kurznachricht warten, aber er warf doch einen Blick auf das Display. Michi, sein alter Freund aus Kindertagen, hatte ihm ein Foto geschickt, mit dem Kommentar »Ein Bild sagt mehr als tausend Worte«. Was war das nun für ein Blödsinn? Hin- und hergerissen zwischen Neugier und Desinteresse drückte er auf die Botschaft und hatte ein Foto von Veronika vor sich. Sie saß gut gelaunt im Biergarten im Maisacher Bräuhaus, neben ihrer besten Freundin Johanna, der

»Ich hätte dich nicht wiedererkannt, nach der langen Zeit. Schade, dass wir uns nicht mal getroffen haben, um über den Unfall zu reden.«

Hesse lächelte entschuldigend: »Ja, wirklich schade. Aber es ging damals drunter und drüber, Sie wissen es ja selber ...«

Fritzsche klopfte ihm auf den Rücken. »Allerdings. War ein besonderes Silvester damals und ich war verdammt sauer auf euch drei! Dass der Unfall passierte, war schrecklich. Danach war alles andere belanglos.«

Doreen Hesse, die bislang abwartend neben ihrem Mann gestanden hatte, mischte sich ein: »Wieso waren Sie sauer auf die drei?«

Fritzsche sah sie mit verschwörerischer Miene an und meinte lächelnd: »Das ist schon so lange her, das müssen Sie nicht wissen. War ja auch bestimmt vor Ihrer Zeit. Oder, Christian?«

Christian Hesse legte einen Arm um seine Frau und sagte: »Komm wir gehen. Wir haben genug Zeit hier verbracht. Die beiden sind sicher auch nicht zu ihrem Vergnügen hier.«

Aber Doreen Hesse dachte nicht daran, zu gehen. Sie wandte sich an Sandra und Leo:

»Ich würde gern wissen, wie Herr Fritzsche den Unfall damals erlebt hat. Kann ich zuhören, wenn er seine Version erzählt?«

Leo sah Sandra einen Moment an. In ihren Augen konnte er lesen, dass sie noch überlegte. Aber er hielt das für völlig ausgeschlossen.

»Nein, auf keinen Fall. Sie können sich jederzeit privat treffen und ihre Erinnerungen austauschen«, sagte er bedauernd. Er fühlte sich wieder als Herr der Lage und er wollte nicht riskieren, dass Hesse und Fritzsche in ein Streitgespräch gerieten. Hier ging es um polizeiliche Ermittlungsarbeit, nicht um einen Plausch über alte Zeiten.

Sandra bestätigte seine Entscheidung mit einem Nicken.

Doch Doreen Hesse gab sich noch nicht geschlagen, obwohl ihr Mann versuchte, sie an der Hand wegzuziehen.

»Warum waren Sie sauer auf Christian und was ist vor dem Unfall passiert?«, fragte sie nochmals, an Fritzsche gewandt.

Der druckste ein wenig herum, dann meinte er: »Naja, die drei Jungs haben es schon ordentlich krachen lassen. Meine Schwester und ihre zwei Freundinnen waren auch nicht gerade Unschuldslämmer, aber dieser Thomas und du ...«, dabei schlug er Christian Hesse kräftig auf die Schulter, »... ihr habt da ja sowas von auf den Putz gehauen!«

Doreen Hesse gab sich immer noch ruhig und freundlich, während ihr Mann neben ihr verlegen auf den Boden starrte und unwillig stöhnte.

Leo erschien sie jetzt wie eine Spinne, die ein Netz um ihre Beute webt. Christian Hesse hatte wohl doch nicht die ganze Wahrheit über den Unfall erzählt und nun waren es nicht er und Sandra, die ihn entlarvten, sondern Wolfgang Fritzsche.

Er würde sie noch eine Weile gewähren lassen.

»Wie genau meinen Sie das, Herr Fritzsche? Haben sich Christian und Thomas damals bis zur Besinnungslosigkeit betrunken?« Doreen Hesse lächelte Wolfgang Fritzsche freundlich an.

Der klopfte auf seine Brusttasche und entgegnete: »Ich habe das alles taufrisch aufgeschrieben, als ich damals nach Hause kam. Liest sich heute wie eine Mischung aus Katastrophen-, Porno- und Einbrechergeschichte. Aber das ist ja glücklicherweise alles verjährt.« Er zwinkerte ihr freundlich zu. »Nehmen Sie es Ihrem Mann nicht krumm, wir waren alle mal jung und damals war die Welt ohnehin aus den Fugen.«

Während Doreen Hesse ihren Gatten mit Blicken durchbohrte, machte Sabine Fritzsche den Versuch, die Situation zu retten.

»Wolfgang mag es gern ein bisschen derb. Das war sicher nicht so dramatisch, wie es jetzt klingt, Frau Hesse.«

Sie rempelte ihrem Mann sanft den Ellenbogen in die Seite, was der aber offenbar missverstand.

»Na, du wirst gleich staunen, was er damals abgezogen hat, wenn ich vorlese«, sagte er zu ihr und hob vielsagend die Augenbrauen. Seine Frau schüttelte den Kopf und lächelte entschuldigend in die Runde.

»Du bist ein Hornochse, Wolfgang«, sagte sie freundlich.

Leo und Sandra beobachteten beide das Ehepaar Hesse. Doreen Hesse stach mit ihrem rechten Zeigefinger auf die Brust ihres Mannes ein.

»Du sagst mir jetzt, wie es wirklich war, sonst rede ich kein Wort mehr mit dir!«

Die beiden Falten auf Christian Hesses Stirn zogen sich bedenklich zusammen und seine Kiefer mahlten, als wolle er seine Zähne gleich ebenso fletschen wie der Wolf auf Fritzsches T-Shirt.

»Wieso musst du Idiot hier eine halbe Stunde zu früh auftauchen?«, knurrte er Wolfgang Fritzsche an, der erstaunt die Augen aufriss. »Du Blödmann, verdammter! Das hätte es nun wirklich nicht gebraucht. Wieso musst du hier fröhlich rumerzählen, dass Thomas und ich uns mit den beiden Frauen eingelassen haben?« Hesse wurde laut, wie es seinem Naturell entsprach, sein Gesicht lief rot an und er begann mit den Armen zu fuchteln. Doreen Hesse stand ungerührt neben ihm, während alle anderen einen Schritt zurücktraten.

»Wir haben die Hütte neben dem Gasthaus aufgebrochen und da gefeiert, es gab einen Ofen und Betten, es war gemütlich und eines führte zum anderen.«

Hesses Stimme füllte den kompletten Flur, aber eigentlich sprach er nur zu seiner Frau.

»Es hat mir nichts bedeutet, Doreen, glaub mir. Männer können das. Ich habe es nicht provoziert, es hat sich einfach so ergeben. Und ich habe bitter bezahlt dafür. Mein schlechtes Gewissen verfolgt mich bis heute. Wenn ich nicht so sauer auf Stefan gewesen wäre, weil er mir Vorwürfe deinetwegen gemacht hat, wäre der Unfall wahrscheinlich gar nicht passiert. Ich hätte trotz des Ärgers bei Stefan und Thomas bleiben sollen, dann würde Thomas wahrscheinlich noch leben.«

Doreen sah ihren Mann mit zusammengekniffenen Augen an.

»Du hast Thomas gesteckt, dass Stefan in Heike verknallt war!«

»Ja ... Nein!« Christian Hesse begann, hektisch von einem Bein auf das andere zu steigen. »Ich habe Stefan gesagt, dass er nicht so scheinheilig tun solle, weil er auch jemanden hintergehen würde. Das hat Stefan sofort verstanden, aber Thomas hat nicht reagiert. Wahrscheinlich hat er es erst später kapiert und in seinem Ärger Stefan aus der Wand gerissen, als der da oben hing. Thomas wäre dazu fähig gewesen. Ich weiß, dass es meine Schuld ist. Es tut mir so schrecklich leid!«

Die Atmosphäre war aufgeladen wie vor einem Gewitter. Leo fühlte, wie sich die feinen Haare an seinen Armen aufstellten.

»Deshalb also dieses unglaublich schlechte Gewissen Stefan gegenüber.« Doreen Hesse sah ihren Mann ohne jedes Mitleid an. »Du hast mich damals betrogen, während ich mit Grippe im Bett lag. Hast du später auch jede sich bietende Gelegenheit genutzt?«

Ihre Stimme war immer noch ruhig, aber sie zitterte jetzt leicht.

»Nein. Nie wieder, Doreen! Die Folgen waren so schrecklich! Glaub mir, das ist mir nie wieder auch nur in den Sinn gekommen.«

Christian Hesse hatte die Hände flehentlich nach oben genommen. Er sah jämmerlich aus, fand Leo. Er hoffte, dass sich keiner in dieses Gespräch einmischte, bevor alles Wichtige gesagt war. Christian Hesse hatte sich eben noch verdächtiger gemacht, denn möglicherweise hatte Stefan Schüppel ihm gedroht, das Geheimnis, das er über fünfundzwanzig Jahre gehütet hatte, preiszugeben.

»Unser ganzes Leben hat sich seit dem Unfall um Stefan Schüppel und die Firma gedreht. Jetzt endlich weiß ich, warum du so besessen warst von deinem schlechten Gewissen. Aber du hast dir meine Hilfe mit einer Lüge erkauft. Wie willst du das je wiedergutmachen?« Doreen Hesse starrte ihren Mann an.

»Bitte lass uns jetzt gehen. Ich verstehe, dass du verletzt bist. Aber das geht nur uns beide etwas an. Wir müssen reden, aber nicht vor diesen Leuten.«

Christian Hesse atmete schwer, als er das sagte.

Seine Frau drehte sich abrupt um und ging grußlos mit schnellen Schritten davon. Ihr Mann folgte ihr mit gesenktem Kopf.

Sandra stand neben Wolfgang Fritzsche in der Mitte des Flurs und schaute den beiden hinterher. Sie war ehrlich betroffen. Dieser emotionale Ausbruch hatte keinen von ihnen kalt gelassen. Sie fühlte mit Doreen Hesse, deren Vertrauen in den Grundfesten erschüttert worden war. Aber sie traute der Frau auch zu, dass sie ihren Mann in kleine Stückchen reißen würde, bis er in einen Fingerhut passte.

Leo räusperte sich: »Theoretisch hat Christian Hesse damit ein weiteres Motiv.«

Sandra sah ihn fragend an.

»Ich meine, falls Stefan Schüppel beschlossen haben sollte, dieses Geheimnis zu lüften, wäre es für Hesse ein starkes Motiv, das zu verhindern, oder nicht?«, erläuterte Leo.

Darüber würde sie später nachdenken. Sie wandte sich dem Ehepaar Fritzsche zu. Wolfgang Fritzsche versuchte, sich zu entschuldigen, bevor sie ihn ansprechen konnte.

»Also, das tut mir jetzt leid, das wollte ich nicht. Ich konnte doch nicht wissen, dass er das seiner Frau nie erzählt hat.«

Er wandte sich an seine eigene: »Die war wohl doch schon damals mit ihm zusammen.«

Sabine Fritzsche gab ihrem Mann einen Klaps auf den Hinterkopf.

»Du Schnellmerker hast es endlich erfasst!«

Sandra schaltete sich ein. »Sie müssen sich ganz sicher nicht entschuldigen. Herr Hesse hat sich das selbst eingebrockt. Ich bin froh, dass es zu diesem Treffen kam, denn nun bekommen wir endlich ein realistisches Bild von der Silvesternacht 1989. Ich bin gespannt auf Ihre Aufzeichnungen.«

Sie sah auf ihre Uhr.

»Geben Sie mir bitte zehn Minuten, um das Gespräch eben zu protokollieren und mir einen Keks zu holen.«

Zu Leo gewandt sagte sie: »Vielleicht bietest du dem Ehepaar Fritzsche etwas zu trinken an und nimmst schon mal die Personalien auf?«

Sie zog sich in ihr Büro zurück und tippte mit fliegenden Fingern den Tenor der Auseinandersetzung zwischen Christian Hesse und Wolfgang Fritzsche in die Tastatur.

Erst beim Schreiben wurde ihr wirklich bewusst, was Christian Hesse da eben gesagt hatte: Möglicherweise hatte Thomas Lippmann aus Wut über Stefan Schüppels Schwärmerei für seine eigene Verlobte Heike den Freund aus der Kletterwand gerissen. Er war angetrunken gewesen und Christian Hesse hatte am Vortag an der Unfallstelle angedeutet, dass Thomas zwar ein loyaler Freund war, aber auch überhaupt nicht damit umgehen konnte, hintergangen zu werden. Christian Hesse traute seinem alten Freund Thomas Lippmann eine so lebensgefährliche Aggression zu. Nur brachte sie das im aktuellen Fall Schüppel nicht wirklich weiter. Denn noch immer war nicht geklärt, mit wem sich Stefan Schüppel am Kuhstall getroffen hatte.

Sie kramte in ihrer Schublade nach etwas Essbaren und wurde fündig. Mit einem Müsliriegel in der Hand machte sie sich auf den Weg ins Besprechungszimmer.

Auf Leos Bitte hin hatte die Kollegin Kirpal Kaffeetassen, frischen Kaffee und sogar ein wenig Gebäck aus Frau Kerschensteiners heimlichen Vorräten besorgt. Zum ersten Mal fiel ihm auf, wie eifrig und hilfsbereit die junge Frau war, die sich gemeinsam mit ihnen das Wochenende mit Arbeit vertrieb. Nun saß er angeregt mit dem Ehepaar Fritzsche plaudernd im Besprechungszimmer. Wolfgang Fritzsche hatte sich von seinem Schreck erholt und berichtete von seiner Zeit als junger Mann in der DDR. Er war zweimal als Aufwiegler zu einer Haftstrafe in Bautzen verurteilt worden, nur weil er es gewagt hatte, Entscheidungen des Parteisekretärs im Kombinat »Fortschritt«, in dem er gearbeitet hatte, zu kritisieren.

»Dabei war es vollkommener Unsinn, die Liefermengen jedes Jahr zu erhöhen. Wir schafften die Vorgaben schon seit Jahren nicht mehr«, erklärte er.

Leo saß auf demselben Stuhl wie zuvor, fühlte sich aber angespannt. Er sah Sandra aus den Augenwinkeln und winkte sie herein.

»Sandra, Herr Fritzsche hat mir gerade erzählt, wieso er bei dem Unfall am Kuhstall nicht die Ankunft des Rettungswagens und der Polizei abgewartet hat.«

»Warum, Herr Fritzsche?«, fragte Sandra und setzte sich.

»Ich hatte Angst, wieder in den Knast gehen zu müssen. Zwar lösten sich damals viele Strukturen auf, aber es saßen immer noch die alten Polizisten und Richter im Amt. Ich wollte kein Risiko eingehen, deshalb bin ich abgehauen.«

Leo nickte und forderte ihn auf, weiterzusprechen.

»Wir hatten gemeinsam die private Berghütte aufgebrochen, uns an dem Schnaps bedient, Feuer gemacht und«, er machte eine kurze Pause und räusperte sich, »naja, die Betten benutzt. Die Hütte ist sehr schön, allerdings hatte sie kein fließendes Wasser und keinen Strom. Aber der Holzofen hat funktioniert und die Einrichtung war fast luxuriös, mit schönen Möbeln, richtigem Bettzeug und so weiter. Die Volkspolizei hätte uns also entweder wegen des Einbruchs oder aber wegen des illegalen Übernachtens im Gelände drankriegen können.«

Bis hierher stimmte Hesses Version noch weitgehend überein mit Fritzsches Aussage.

»Dann lassen Sie uns über den Unfall reden. Alle haben also in der Hütte gefeiert, Sie, Ihre Schwester und deren Mann, zwei ihrer Freundinnen und die drei Studenten, die Sie zuvor oben auf dem Dach des Kuhstalls kennengelernt hatten.«

Fritzsche nickte, setzte eine Lesebrille auf und klappte das abgewetzte Schreibheft auf, das vor ihm auf dem Tisch lag.

»›1. Januar 1990. Wenig geschlafen, mir tun alle Knochen weh, bin völlig fertig. Habe gedacht, ich feiere das erste freie, das beste Silvester meines Lebens, dabei ist ein Mensch gestorben. War eine fürchterliche Nacht! Aber von Anfang an: War mit Irmgard und Jochen und Irmgards Freundinnen Rosi und Margit am Neuen Wildenstein, um dieses Silvester zu feiern. Jochen hatte Wernesgrüner und sogar zwei Flaschen Rosenthaler Kadarka dabei, ich rumänischen Sekt.‹ «

Fritzsche schaute auf und schüttelte den Kopf. »Himmel, was haben wir damals für fürchterliches Zeug getrunken!«

Er fuhr fort zu lesen.

»›Irmgard schleppte einen Topf Soljanka hoch, die beiden anderen Mädels Semmeln, Knacker, Letscho. Dazu Raketen und jede Menge Blitz-Knaller. Also gute Voraussetzungen für eine lange Nacht im Freien. Wetter nicht zu kalt und relativ klar. Jochen und ich haben noch zwei Gipfel gemacht, dann war Feiern angesagt.

Rosi hat oben am Kuhstall drei junge Studenten angequatscht, die ebenfalls Silvester feiern wollten. Haben sie eingeladen und gemeinsam getrunken, obwohl die nur Roten Lockwitzer hatten und unser Kadarka schnell weg war. Um zehn Uhr abends jammert Rosi, dass ihr kalt ist. Einer der Studenten, ein Christian, meint, sie kann mit in sein Zelt kriechen. War eine eindeutige Anmache. Rosi geht drauf ein, will aber nicht in ein Zelt, sie hat das Gasthaus und die Hütte unten gesehen. Sagt: ›Jetzt sind wir frei, keiner kann uns was, gibt eh keine Polizei mehr.‹ Die zwei ziehen los und versuchen, im Gasthaus einzubrechen, aber die Riegel bekommen sie nicht auf. Dann haben sie die Hütte geknackt und Feuer gemacht. Ich war auch nicht traurig, ein Dach über dem Kopf zu haben, zumal es leicht zu schneien anfing und feuchtkalt wurde. Wir also alle in die Hütte rein, nachschauen, was da ist, finden Feuerholz und Schnaps, heizen ein, machen es uns gemütlich. Vor Mitternacht wieder rauf aufs Kuhstalldach, die Knaller und Raketen abgefeuert. Ungemütlich kalt. Gehen wieder runter, aber da ist Rosi mit dem Studenten schon verschwunden. In der Hütte ist klar, was sie im Nebenzimmer treiben.

Wir setzen uns an den Ofen und reden. Der magere Student ist noch ziemlich nüchtern, der andere, Thomas, redet dummes Zeug, ist angetrunken. Jochen ist bald so besoffen, dass wir ihn auf die Bank legen, damit er seinen Vollrausch ausschlafen kann. Margit macht sich an den blonden Thomas ran, was mich schon ärgert. Sie tut, als wäre ich nicht da.‹ «

Fritzsche schaute von seiner Lektüre auf und sagte zu seiner Frau: »Die Margit hätte mir damals schon gefallen, aber gegen dich war die natürlich eine taube Nuss.«

Sabine Fritzsche lachte ihren Mann an und nickte.

»Das ist nicht gerade Hochliteratur. Aber darum geht es ja auch nicht«, entschuldigte er den Telegrammstil seines Tagebuchs.

Leo fragte sich, ob Christian Hesse seiner Frau auch so detailliert erklären würde, wie der Abend abgelaufen war, aber es konnte ihm ja egal sein. Dieser Tagebucheintrag war wohl die Version, die der Wahrheit am nächsten kam.

Sandra zog eine Grimasse und meinte: »Da ging es ja ganz schön schnell zur Sache damals!«

Fritzsche nickte. »Ja, wir waren damals ziemlich aufgeschlossen, was Sex anging. Wahrscheinlich, weil das Fernsehprogramm so schlecht war, oder?« Er wandte sich zwinkernd seiner Frau zu.

Sie feixte und zwinkerte zurück.

»Keine Ahnung warum, so verklemmt wie die jungen Leute heutzutage waren wir jedenfalls nicht.«

Sandra warf Leo einen Blick zu, als wollte sie ihm sagen: »Guck dir diese zwei alten Hippies an. Die genießen ihr Leben, während wir uns so viele Gedanken über unsere Beziehungen machen.«

Leo musste an Sascha denken, der ihm auch vorgeworfen hatte, verklemmt zu ein, unterließ es aber, die Fritzsches zu fragen, was sie vom Nacktwandern hielten. Allerdings hätte er darauf gewettet, dass sich das Ehepaar, wie viele Menschen seiner Generation, für FKK begeisterte. Er forderte Fritzsche mit einer Geste auf, weiterzulesen.

»Gut. Wo waren wir? ›Sie tut, als wäre ich nicht da. Unterhalte mich also mit dem Studenten Stefan, der ebenfalls noch ziemlich nüchtern ist, und mit meiner Schwester Irmgard. Stefan ist genauso sauer wie ich, dass Thomas und Margit für eine Stunde im Nebenzimmer verschwinden, aber was soll ich machen? Kann sie schlecht rauswerfen, ist ja nicht meine Hütte. Als Thomas wieder auftaucht, will er mit Stefan die Jahreserste auf die Zyklopenmauer machen. Ich sage ihm, das soll er lieber lassen, aber die hören nicht auf mich. Als die beiden gehen, haue ich mich aufs Ohr, obwohl Jochen schnarcht wie ein Holzfäller.

Irgendwann werde ich wachgerüttelt. Christian schreit, dass seine Freunde abgestürzt sind. Ich renne mit ihm vor zur Wand und sehe, dass beide im Seil über dem Abgrund hängen. Thomas können wir gemeinsam hochziehen, aber Stefan hängt in der Wand an einer Schlinge. An den kommt man nur von oben ran. Christian ist zu geschockt, um zu klettern. Wir packen Thomas in den Schlafsack, rennen zurück zur Hütte. Irmgard und Rosi laufen runter zum Gasthaus, einen Krankenwagen anrufen. Jochen und Margit sind nicht wach zu bekommen. Hole mein Kletterzeug und den Radeberger Haken aus der Rettungsbox. Rauf über den alten Weg, Christian sichert. Seile mich ab, binde Stefan an mir fest. Der Kopf voller Blut, muss gegen den Felsen geknallt sein. Sehe auch, warum er gefallen ist: Knotenschlinge ausgebrochen, wahrscheinlich Fels zu feucht. Schaffe es grad so, Stefan hinüberzutragen, obwohl er ein schmaler Kerl ist. Als die Frauen wiederkommen, kriegen wir Schiss wegen der aufgebrochenen Hütte. Irmgard weckt Margit und Jochen auf, wir packen unser Zeug. Es dämmert schon. Bevor wir gehen, sehe ich Christian bei den beiden Verletzten stehen und heulen. Er sagt: Thomas ist tot. Kann's kaum glauben. Nur weil das Seil über den Stein gerollt ist. Hoffentlich schafft es der andere. Vielleicht gehe ich doch noch zur Polizei. Scheiß-Silvester war das.‹ «

Als Fritzsche das Buch von sich schob und aufsah, fühlte Leo wieder Christian Hesses Verzweiflung. Kein Wunder, dass er sich schuldig fühlte. Sandra neben ihm schüttelte den Kopf und sagte: »Das ist so ein Unsinn mit dieser Jahresersten. Viele steigen besoffen hoch und bringen sich in Gefahr!«

Leo blies die Luft aus den aufgeblähten Wangen und konzentrierte sich.

»Herr Fritzsche, nach diesem Bericht war Christian Hesse nicht dabei, als die beiden anderen zu der Klettertour aufgebrochen sind. Ist das richtig?«

Fritzsche wiegte seinen Schädel mit dem grauen Haarkränzchen hin und her. »Ich habe Christian jedenfalls nicht mitgehen sehen. Vielleicht ist er später dazugekommen, als ich schon geschlafen habe. Es war da ja sicher schon vier Uhr früh. Aber es kann auch sein, dass er erst nach ein, zwei Stunden überhaupt gemerkt hat, dass die unterwegs sind, und dann nachgeschaut hat. Ich kann es nicht sagen.«

Das würden sie also Christian Hesse nochmals fragen müssen, notierte sich Leo.

Er schaute auf. »Könnte an der Theorie von Christian Hesse was dran sein, dass Thomas seinen Vorsteiger mit Absicht aus der Wand gerissen hat?«

Fritzsche schüttelte den Kopf: »Das glaube ich eigentlich nicht. Die beiden waren Freunde! Die Schlinge war lose und ich habe gesehen, wo er sie gelegt hatte, da fehlte eine Ecke im Fels. Wenn der Sandstein feucht wird, verliert er an Festigkeit, deshalb darf man nicht klettern, wenn es regnet oder gerade geregnet hat. Das weiß jeder Bergsteiger in der Sächsischen Schweiz.«

Sandra meldete sich zu Wort.

»Sie haben da was von einem Seil vorgelesen, das gerollt ist. Was bedeutet das?«

Fritzsche schaute noch mal in sein Tagebuch und überlegte. »›... weil das Seil über den Stein gerollt ist ...‹ Hm. Ich weiß nicht mehr, welchen Stein ich da gemeint habe.« Er sah auf und schüttelte den Kopf.

Sandra versuchte, die Bilder wieder in ihm wach zu rufen: »Christian Hesse hat erzählt, dass das Sicherungsseil über der runden Felsnase ein Stück vor dem Einstieg gelegen hat. Sie wissen, wo das ist? Zwei Meter vor der schrägen Felstafel, die am Massiv lehnt. Das ist wirklich eine ziemlich unsichere Stelle zum Sichern. Meinten Sie diesen Stein?« Fritzsche schloss kurz die Augen, dann öffnete er sie wieder.

»Ja, das war der Stein! Ich erinnere mich. Und jetzt weiß ich auch wieder, warum ich das geschrieben habe.

Unsere alten gestrickten DDR-Seile konnte man locker um so einen Buckel legen, das Seil hat sich ohne Probleme festgehalten. Aber die drei hatten ein nagelneues West-Seil. Es war bunt, glatt und rund, nicht so schwer und weich wie unsere alten Seile. Die zogen sich ja wie Gummi. Aber dieses neue Seil ist bei dem Ruck, den es beim Absturz gab, einfach über die Kuppe gerollt. Deshalb sind beide abgestürzt.«

Leo sah Sandra an: »Dann hatte also Doreen Hesse, die das Seil wahrscheinlich organisiert hat, eine Mitverantwortung.«

»Herr Hesse ist sicher dankbar, wenn du ihm das zusteckst«, entgegnete sie ungerührt.

Als die Fritzsches gegangen waren, setzte sich Leo zu Sandra, um die Eindrücke zu sammeln. Sie hatte mehrere Seiten beschriebenes Papier vor sich liegen.

»Puh, heute war ein sehr aufschlussreicher Tag«, sagte Sandra. »Wir müssen unbedingt Heike Weber auf den Zahn fühlen.«

»Allerdings«, bestätigte Leo. »Sie hat mir nicht gesagt, dass Schüppel eine Schwäche für sie hatte.« Er fuhr sich über das Gesicht. Es gab noch viel zu tun.

»Dann können wir auch mit Helene Petzold noch mal ein Hühnchen rupfen. Sie hat auch nicht alles erzählt und weiß garantiert, mit wem er telefoniert oder sich verabredet hat.« Sandra überlegte, ob sie das am Sonntag erledigen sollten, aber ein freier Tag würde ihnen beiden guttun.

»Dann kümmern wir uns am Montag um Heike Weber und Helene Petzold?«, fragte sie.

»Von mir aus können wir gleich morgen weitermachen. Ich habe am Sonntag nichts vor«, sagte Leo. Veronika würde erst spätabends wiederkommen und er hatte keine Lust, alleine vor sich hinzugrübeln. Sandra verzog das

Gesicht und schaute aus dem Fenster. Der Himmel bewölkte sich und kündigte Regen an.

»Von mir aus. Ich verpasse morgen auch nichts. Wo fangen wir an?«

»Ich werde im Klinikum anrufen und erfragen, wann Heike Weber Dienst hat.«

Sandra nickte und überflog ihre Notizen.

»Übrigens hat Herr Bausewein nun die Theorie, dass Dr. Schüppel wegen seiner Forschungsarbeiten vom russischen Geheimdienst umgebracht wurde. Er meint, die hätten ihn gezwungen, das Labor in die Tschechische Republik zu verlegen, um dort leichter an die Ergebnisse heranzukommen.«

»Der Typ ist ein Spinner!«, murrte Leo. »Bloß gut, dass er nicht wieder Richter ans Telefon bekommen hat. Wieso mischt der sich ständig in unsere Arbeit ein? Wenn ein Geheimdienst nach Ergebnissen gesucht hätte, wäre das Labor in der Villa sicherlich nicht völlig unversehrt geblieben. Außerdem sagten beide Hesses, dass ohne Dr. Schüppel die Forschung nicht weitergeht. Was hätten sie also davon gehabt, den Kopf der Science GmbH umzubringen?«

»Das Leuchtmoos?« Sandra prustete los.

»Na, die Idee ist nicht so übel, oder? Wir müssten einen Wissenschaftler fragen, der den Wert von Schüppels Arbeit beurteilen kann«, tadelte Leo sie und stand auf. »Dann gehe ich mal und kümmere mich um das Protokoll von Fritzsches Aussage. Seine Schrift ist auf der Kopie nicht einfach zu lesen.«

Sandra erinnerte sich, dass Bausewein noch etwas gewollt hatte.

»Stopp! Unser eifriger Hilfssheriff hat außerdem darauf hingewiesen, dass vor der Eingangstür der Schüppel-Villa ein Päckchen liegt.«

»Wie, der schleicht um das Haus herum und macht solche Beobachtungen? Ich habe langsam das Gefühl, den sollten wir uns auch mal vorknöpfen.«

»Da haben wir ja einiges vor. Das Päckchen vor der Schüppel-Villa lasse ich uns hierherbringen.«

Sandra wandte sich ihrem Computer zu.

»Sag mal, Sandra, kann es sein, dass dieser Daniel Weber, den du in Veronikas Bankfiliale befragt hast, der Sohn von Heike Weber ist?«

Leo stand eine halbe Stunde später unvermittelt wieder in ihrem Büro, als sie gerade die Akten zuklappen wollte, die inzwischen den Fall Schüppel dokumentierten.

Sie sah auf: »Du meinst, dass Schüppel überhaupt erst durch ihn darauf aufmerksam geworden ist, dass Heike Weber wieder in der Stadt ist?«

»Genau. Sie hat sich, soweit ich das beurteilen kann, nicht von sich aus bei ihm gemeldet. Also muss es einen anderen Anlass gegeben haben. Weißt du, wann und wo er geboren ist?«

Sandra überlegte kurz. »Nein, aber das bekomme ich schnell heraus.«

Sie suchte nach Daniel Weber und fand mehrere Meldungen über ihn zum Thema Golfspielen. Doch es war seine Facebook-Seite, die am meisten über ihn verriet.

»Hier. Er ist am 3. August 1990 in Hannover geboren. Schau, das ist er.« Sandra drehte den Bildschirm ihres Computers so, dass Leo das Facebook-Profil mit seinen neuesten Fotos von einem Golfturnier sehen konnte.

»Hannover würde passen. Der Privatdetektiv hielt Heike Webers Sohn zur Jahrtausendwende für etwa sieben Jahre alt. Aber Daniel Weber ist so dünn und zierlich, dass er bestimmt schon damals jünger geschätzt werden konnte«, gab Sandra zu bedenken. »Moment, ich versuche, noch mehr herauszubekommen.«

Mit fliegenden Fingern loggte sie sich in die Personendatenbank ein.

»Seit April letzten Jahres ist er in Dresden gemeldet, in der Loschwitzer Straße«, las Sandra vor. »Mutter ist Heike Weber, sein Vater Thomas Lippmann.«

»Also doch! Warum ist uns das nicht früher aufgefallen? Kein Wunder, dass sie so verbittert ist. Das muss ein Alptraum für sie gewesen sein. Der Verlobte tot und sie sogar schwanger! Jedenfalls müsste der Sohn auch wissen, dass Dr. Schüppel versucht hat, mit seiner Mutter Kontakt aufzunehmen, oder nicht?«

Leo stand immer noch vor ihrem Schreibtisch, wie meistens trug er ein schwarzes Polohemd und schwarze Jeans.

Sandra wurde ärgerlich: »Dieser Schnösel hat mir keine Silbe darüber erzählt, dass Schüppel und seine Mutter sich kennen!«

»Vielleicht wusste er es ja wirklich nicht, aber wir sollten dem nachgehen. Was hältst du davon, wenn wir morgen mit ihm anfangen?«

»Du schlägst vor, dass wir uns bei Daniel Weber zum Sonntagsfrühstück einladen?« Sandra klang ironisch.

»So ungefähr. Nach dem Frühstück gegen zehn Uhr ist auch in Ordnung. Ich würde jetzt gern nach Hause fahren, es sieht wieder nach Regen aus.« Er winkte ihr zu und war schon zur Tür draußen.

Lange wollte sie ebenfalls nicht mehr bleiben, aber der Ärger darüber, dass Daniel Weber sie wohl an der Nase herumgeführt hatte, war noch nicht verflogen. Sie scrollte sich durch sein Facebook-Profil. Außer Golf hatte dieser Mann offenbar keine Hobbys. Ab und an war auch seine Mutter zu sehen, eine zierliche Frau mit markanter Kurzhaarfrisur. Er und sie waren offenbar ein Herz und eine Seele. Zu ihrem Geburtstag im März hatte er ihr einen riesigen Rosenstrauß geschenkt. Mutter und Sohn lächelten hinter den prächtigen Blüten Arm in Arm in die Kamera. Nie und nimmer konnte sie sich vorstellen, dass er nichts von den Kontakten seiner Mutter mit Schüppel gewusst hatte. Zumal in Leos Protokoll stand, dass Heike Weber sich über Schüppels Versuche, sie zu kontaktieren, sehr aufgeregt hatte und ihr Sohn sie deshalb sogar zum Arzt schicken wollte. Wenn Mutter und Sohn ein so enges Verhältnis hatten, hatte sie ihm doch sicherlich erzählt, warum sie so aufgewühlt war, oder er hatte es gemerkt. Warum hatte er ihr diese Verbindung verschwiegen?

Glücklicherweise breiteten die meisten Menschen ihr Privatleben ja sehr großzügig in den sozialen Medien aus. Sie würde noch ein bisschen weiter in Daniel Webers Vergangenheit stöbern. Was oder wen versuchte Daniel Weber zu schützen? Hatte vielleicht er sich mit Schüppel am Kuhstall getroffen?

Noch auf dem Radweg auf der Carolabrücke versuchte Leo, Veronika anzurufen. Aber sie ging nicht ran. Er umrundete den Albertplatz und winkte hinüber zur Figur von Erich Kästner, die dort auf der Gartenmauer des gleichnamigen Museums saß und das Verkehrstreiben beobachtete. Dieser belebte Platz und die angrenzenden Straßen der Neustadt waren Leo inzwischen sehr ans Herz gewachsen. Geschickt wich er einer Straßenbahn aus und setzte seine Fahrt in die Alaunstraße fort. Die Bewegung tat ihm gut. Seine Gedanken wurden klarer.

Theoretisch wusste er ganz genau, was seit Michis Nachricht mit dem Foto mit ihm los war. Er war eifersüchtig. Die Frage war nur, ob diese Eifersucht berechtigt und ob sie zielführend war. Seit Veronika bei ihm eingezogen war, wurde ihre Beziehung immer komplizierter. Die Euphorie der ersten Woche war ziemlich schnell abgekühlt. Doch schließlich war er es gewesen, der sie dazu überredet hatte, diesen Versuch zu machen und zu ihm zu ziehen. Somit war er auch verantwortlich dafür, dass dieses Experiment gelang, oder nicht? Dieser Verantwortung konnte und wollte er sich nicht entziehen. Aber warum fiel es ihm so schwer, mit ihr in Dresden die alte Leichtigkeit ihrer Beziehung wiederzufinden? Warum war es damals, als er noch zu Hause gewohnt hatte, so viel leichter gewesen?

Als er an seinem Lieblings-Konsum angekommen war, zog er den Schluss, dass es an seiner Erziehung liegen musste. Da er mit seiner Mutter und seiner Oma groß geworden war, konnte er sich weiblichen Forderungen nicht entziehen. Es sei denn, er hielt sich von Frauen fern. War das die Lösung? Lieber alleine leben als sich auf eine Beziehung einzulassen? Das klang theoretisch gut, aber war es das auch praktisch?

Gedankenverloren streifte er durch die Gänge des Supermarkts und zog Packungen mit Toast, Eiern, Schinken, Nudeln, Milch und Tiefkühlgerichten aus den Regalen.

In seiner Wohnung verstaute er die Lebensmittel im Kühlschrank und setzte sich auf sein Sofa. Dort starrte er auf die drei Poster mit bayerischen Landschaften an seiner Wand und fühlte sich zerrissen.

Schließlich griff er zum Telefon.

»Leo!« Seine Mutter war hörbar erstaunt. »Du?«

Er hatte mal wieder tagelang nichts von sich hören lassen, wurde ihm klar.

»Ich muss dich was Wichtiges fragen, Mama.« Seine Stimme klang belegt, er musste sich räuspern, bis sie wieder klar war.

»Ja?«

»Hast du es je bereut, dass du nicht geheiratet und mehr Kinder bekommen hast?«

Seine Mutter ließ sich lange Zeit mit ihrer Antwort. »Ich wäre gerne auch mal woanders hingegangen, so wie du das getan hast. Aber ich hatte dich und war damit nicht so frei. Ich hatte Angst davor, die Verantwortung für dich ganz allein tragen zu müssen. Vielleicht hätte ich geheiratet, wenn ich den Richtigen getroffen hätte. Aber jetzt genieße ich die Freiheit, für mich selbst zu entscheiden.«

»Veronika ist übers Wochenende nach Hause zu ihrer Familie gefahren.« Leo merkte selbst, dass er sich anhörte, als würde er eine Niederlage eingestehen.

»Ich verstehe. Sie hat sich dich in den Kopf gesetzt und ist bereit, Opfer für dich zu bringen. Aber es ist schwer, langjährige Gewohnheiten hinter sich zu lassen. Sie ist ganz stark in ihrer Familie verwurzelt und du wirst in ihrem Leben immer nur die zweite Geige spielen. Das muss aber nicht schlecht sein. Dir ist dafür deine Arbeit sehr wichtig.«

Leo war verblüfft. »Mama, was erzählst du mir da? All die Jahre, die ich mit Vroni zusammen war, fandst du es gut und hast mich darin bestärkt. Und nun stellst du so nebenbei fest, dass für Veronika nichts wichtiger ist als ihre Familie?«

Seine Mutter seufzte vernehmlich. »Tut mir leid, Leo. Ich habe immer gedacht, dass es dir guttun würde, bei Veronika eine Familie zu haben, so wie du sie bei mir und bei Oma nie hattest. Außerdem war mir klar, dass du, solange du mit ihr zusammen bist, höchstwahrscheinlich im Nachbarort bei ihrer Familie wohnen würdest. Das gebe ich gern zu. Ich habe mir vorgestellt, dass ich euch mit dem Fahrrad besuche, dass ihr mir nachmittags meine Enkelkinder vorbeibringt – dass wir eben nie wirklich getrennt sind. Das war egoistisch von mir, ich wollte dich gern weiter in meiner Nähe haben. Seit du in Dresden bist, führe ich ein anderes Leben, auch wenn es anfangs schwer war.«

Leo hatte sich damals kaum Gedanken darüber gemacht, wie es sich für sie anfühlen musste, als er sich für zwei Jahre nach Dresden gemeldet hatte. Obwohl er damals noch im Haus seiner Großmutter und Mutter wohnte, hatte er sie einfach über seinen einsamen Entschluss informiert. Er bedauerte sein Verhalten ein wenig, nicht aber seine Entscheidung.

»Ich fand es hier in Dresden von Anfang an aufregend und schön. Das Stadtleben, die Arbeit, meine eigene Wohnung: Mir ist hier nichts schwergefallen«, sagte Leo und fühlte sich fast schlecht dabei.

»Sehr gut! Das war überfällig. Verstehst du? Es tut mir leid, wenn du es doppelt so schwer hattest wie andere Kinder, dich abzunabeln. Es tut allen gut, wenn es endlich vollbracht ist.« Seine Mutter klang sehr überzeugend und heiter, ganz und gar nicht schwermütig.

»Und Veronika?« Er war unsicher, ob er sie nach seiner Freundin fragen sollte.

»Diese Entscheidung musst du selbst treffen, Leo.«

Sie war nicht bereit, weiter über das Thema zu sprechen. Leo spürte es genau. Sie tauschten ein paar Neuigkeiten über Oma und die Nachbarn aus und Leo berichtete kurz von seinem aktuellen Fall, ohne Details zu nennen. Dann verabschiedeten sie sich.

Unschlüssig lief er danach von seinem Wohnzimmer in die Küche und zurück. Er hatte Hunger, konnte sich aber nicht entschließen, etwas zuzubereiten.

Schließlich griff er nochmals zum Telefon.

»Gehst du mit mir was essen?«, fragte er.

Sonntag

Sandra fand nur schwer aus wirren Träumen. Sie hatte am Abend noch lange wach gelegen. Die emotionale Berg-und-Tal-Fahrt vom Sonnabendnachmittag und zwei Gin Tonic hatten sie schwer in den Schlaf finden lassen. Das unschöne Geräusch, das an ihr Ohr drang, passte anscheinend gut zu ihrem Traum, denn es dauerte lange, bis sie es als das Klingeln ihres Telefons identifizierte.

Sie gähnte und schaute auf ihre Uhr. Es war nach halb neun. Sie hatte lange geschlafen und fühlte sich trotzdem nicht ausgeruht. Regentropfen pladderten an ihr Fenster.

»Guten Morgen Frau Kruse, entschuldigen Sie bitte die frühe Störung. Aber nachdem es gestern so hoch herging, dachte ich, ich sollte Ihnen mitteilen, dass sich die Verkehrsüberwachung gemeldet hat.« Die junge Polizistin Vanessa Kirpal, die am Samstag schon Bereitschaft gehabt hatte, war am Telefon.

»Haben die was für uns?«, fragte Sandra noch schlaftrunken.

»Am vorletzten Sonnabend gab es tatsächlich mehrere Verkehrskontrollen in der Gegend, eine gegen Mittag in Pirna und eine frühmorgens direkt im Kirnitzschtal am Straßenbahndepot.«

»Und?« Sandra hielt den Atem an. Vielleicht hatte sie eine Chance, durch die Kontrolle einen der Verdächtigen zu überführen.

»Die haben alle Fotos vorliegen, aber wir müssen den Behördenweg einhalten. Außer wir haben ein bestimmtes Kennzeichen, nach dem wir suchen.«

»Phhhh ...« Sandra schüttelte genervt den Kopf. »Das ist alles so umständlich. Okay, sagen Sie denen, wir beantragen die Herausgabe aller Fotos und Daten. Ich hoffe, das dauert nicht lange. Und fragen Sie sie gezielt nach dem Kennzeichen von Hesse. Sie finden es in den Unterlagen zum Fall Dr. Schüppel.«

»Gut. Ich kümmere mich drum. Außerdem wurde ein Paket abgegeben. Es ist an Dr. Schüppel adressiert.«

Sandra streckte sich. »Das legen Sie meinem Kollegen Reisinger auf den Tisch. Mit dem treffe ich mich um zehn und fahre zu Daniel Weber, danach kommen wir ins Büro.«

Sie kochte ein Frühstücksei, machte sich einen Kaffee und spürte mit jedem Schluck, wie ihr Kopf klarer wurde. Jetzt noch eine Dusche, dann war sie fit. Während sie ihr Ei köpfte, dachte sie grinsend an Leo. Der war nach dem Essen im Restaurant Hommage auch nicht beim Bier geblieben, sondern hatte es in Sandras Lieblingsbar gleich um die Ecke ihrer Wohnung am Wasaplatz ordentlich krachen lassen. Sie konnte sich nicht erinnern, ihn jemals Schnaps trinken gesehen zu haben. Jedenfalls dürfte er heute üble Kopfschmerzen haben.

»Wehe, er ist nicht pünktlich«, drohte sie ihrem weichgekochten Ei.

Nach der Dusche schlenderte sie zurück in ihr Schlafzimmer und warf das schwarze Tangokleid und die großen Kreolen in einen Müllsack. Sie war wild entschlossen, alles, was mit Armando zu tun hatte, loszuwerden. Mit gekräuselter Stirn stand sie vor ihrem Kleiderschrank und überlegte, was sie anziehen sollte. Wieder einmal wurde ihr bewusst, wie sehr sie sich bei ihrer Kleidung an den Männern orientierte, mit denen sie gerade zusammen war. War das vielleicht der Schlüssel zu ihren Beziehungsproblemen? Dass sie selbst nicht recht wusste, wer sie war und was sie wollte? Das Klingeln an ihrer Wohnungstür vertrieb den Gedanken.

Vorsichtig drehte Rigobert Bausewein die Schmeißfliege ein wenig, um ihren Brustpanzer genauer inspizieren und so ihre Art genau bestimmen zu können. Doch er war mit seinen Gedanken nicht hundertprozentig bei der Sache. So viele Jahre waren die Zweiflügler seine heimliche Liebe gewesen, aber nun, nach der ganzen Aufregung um Dr. Schüppel und Helene Petzold, war er unzufrieden damit, in sein altes, beschauliches Leben als Pensionär zurückzukehren.

Nachdem er gestern der Kripo seinen neuen Verdacht in Bezug auf Dr. Schüppel mitgeteilt hatte, hatte er beschlossen, den Rest den Fachleuten zu überlassen und sich fortan herauszuhalten. Das war gerade mal einen Tag her – und schon langweilte er sich. Die Fliege, die er kunstvoll auf eine Stecknadel aufgespießt hatte, entpuppte sich als ganz gewöhnliche Calliphora vomitoria. Von dieser Art besaß er schon einige schöne Exemplare, also zog er das tote Insekt von der Nadel und schnippte es in seinen Papierkorb. Er hatte seine Wohnung aufgeräumt, seine Wäsche gewaschen und die Einkäufe erledigt, aber das war alles eher nervtötend, als dass es ihn befriedigt hätte. Bausewein sah auf die Uhr. Es war kurz vor elf, zu früh, um schon mit dem Kochen des Mittagessens zu beginnen. Ruhelos drehte er eine Runde in seinem Wohnzimmer, bis er sich wieder an den Tisch mit den Fliegen setzte.

Vor seinem Fenster verwandelten der Nieselregen und der tief hängende Nebel das Elbtal in eine Waschküche. Man konnte kaum bis zum anderen Elbufer hinübersehen.

Bausewein konzentrierte sich wieder auf die Fliegen. Die Ausbeute vom vorletzten Samstag, als er Dr. Schüppel gefunden hatte, war üppig. Vorsichtig spießte er die sechsundzwanzigste Fliege auf die Nadel und schob sie unter sein hochauflösendes Mikroskop. Fast augenblicklich schlug sein Herz schneller, als er die Borsten und die Pünktchen auf ihrem Brustpanzer zählte. War das etwa eine neue Art? Hektisch begann er, in seinem Bestimmungsbuch zu blättern.

Daniel Webers Adresse gehörte zu einer gepflegten Gründerzeitvilla. Bäume und Gärten säumten die Loschwitzer Straße und gaben ihr und den beschaulichen Nebenstraßen das Flair eines grünen Villenviertels.

»Noble Gegend hier«, stellte Leo fest. »Heike Weber sagte mir, dass er seine Wohnung von den Großeltern geerbt habe.«

»Hier ist es.« Sandra verschloss den Wagen und steckte die Autoschlüssel in die Manteltasche. Sie sah heute ziemlich gut aus, fand Leo. Sollte er ihr das sagen? Aber sie würde es wohl als Anmache verstehen. Er ließ es lieber.

In der Einfahrt stand ein blauer BMW. Er notierte das Kennzeichen, um später prüfen zu können, ob es Daniel Webers Wagen war.

Auf sein Klingeln hin öffnete ein junger Mann, der fast wie ein Teenager wirkte. Sandra drängte sich an Leo vorbei in die Erdgeschosswohnung und begrüßte ihn.

»Wir müssen mit Ihnen reden, Herr Weber, auch mit Ihrer Mutter. Ist sie zufällig da?«

Der Angesprochene war völlig perplex. Er starrte sie beide an und rührte sich nicht – als ob die Zeit stehen geblieben wäre.

Schließlich hörten sie aus dem Hintergrund eine weibliche Stimme. »Daniel, was ist?«

»Ah, Frau Weber«, rief Leo in den dunklen Flur. »Gut, dass Sie da sind, wir möchten gern noch mal mit Ihnen beiden sprechen. Reisinger, Kripo Dresden, Sie erinnern sich? Meine Kollegin Sandra Kruse hatte schon das Vergnügen mit Ihrem Sohn. Dürfen wir reinkommen?«

Damit schob er den immer noch stummen Hausherrn zur Seite und trat ein. Erst jetzt fing sich Daniel Weber.

»Also, damit habe ich nicht gerechnet. Wir haben doch schon in der Bankfiliale miteinander gesprochen, Frau Kruse. Was wollen Sie denn noch von mir, zumal am Sonntagmorgen? Und meine Mutter lassen Sie da bitte raus! Die regt sich nur auf über diese Geschichte.«

Leo und Sandra gingen auf Heike Weber zu, die in einem lichterfüllten Türsturz stand. Sie machte ihnen Platz, sodass sie das helle, große Wohnzimmer betreten konnten. Zum Garten hin war ein Wintergarten angebaut, der nicht nur einen gedeckten Tisch, sondern auch ein paar Pflanzenkübel beherbergte, die das Gefühl vermittelten, im Freien zu sitzen.

»Schön haben Sie es hier, Herr Weber. Das ist also die Wohnung von Thomas Lippmanns Eltern?«, fragte Sandra.

Leo sah sich um. Eine antike Kommode, ein modernes Sofa, knarzendes Fischgrät-Parkett, das alles machte einen sehr gediegenen Eindruck.

Heike Weber wirkte genauso schmal und mädchenhaft, wie er sie in Erinnerung hatte. Sie trug dieselben klobigen Gesundheitssandalen, dazu eine weiße Hose und eine rosa Bluse mit weißen Tupfen. Daniel Weber dagegen wirkte in Jeans und hellblauem Hemd wie ein jugendliches Männer-Model für Freizeit-Mode.

»Was wollen Sie denn noch?«, fragte ihn Heike Weber ungehalten.

»Mit Ihnen beiden über Stefan Schüppel sprechen«, sagte Leo. »Zum Beispiel wüsste ich gerne, wann genau Herr Dr. Schüppel Kontakt mit Ihnen aufgenommen hat.«

»Das war Anfang Juni«, antwortete sie knapp.

Leo lud Sandra mit einer Handbewegung ein, weiterzufragen. Sie wandte sich an Daniel Weber: »Also nachdem Stefan Schüppel Sie in der Bank kennengelernt hat. Er hat demnach die Verbindung zwischen Ihnen und Heike Weber, seiner Jugendfreundin, erkannt. Warum haben Sie mir das bei unserem Gespräch verschwiegen?«

»Lassen Sie meine Mutter aus dieser Sache heraus!«, herrschte er sie an. »Sie regt sich bloß wieder auf über diesen unverschämten Kerl!«

Er ging zu Heike Weber und legte den Arm um sie.

»Sie haben mich nach Stefan Schüppel und seinem Besuch in der Bank gefragt. Damals war er nur ein verwirrter Kunde für mich. Er hat mich zwar nach meinen Eltern gefragt, aber nichts weiter dazu gesagt. Ich wüsste wirklich nicht, was meine Mutter mit der ganzen Sache zu tun haben sollte.«

Heike Weber stand blass neben ihrem Sohn und wirkte ängstlich. Leo sprach sie an: »Sie haben Ihrem Sohn aber davon erzählt, dass Stefan Schüppel Sie angerufen hat, oder?«

Heike Weber nickte nur.

»Haben Sie ihm auch erzählt, dass Sie sich mit ihm getroffen haben?«

Sie schüttelte den Kopf und sah Leo an. Mit leiser Stimme sagte sie: »Ich habe mich nicht mit ihm getroffen, wir haben nur telefoniert. Er hat mir wirres Zeug erzählt. Er war völlig verrückt.«

»Was meinen Sie mit ›völlig verrückt‹?«, hakte Leo nach.

»Er wollte, ach was, ... es ist egal, was er wollte. Es geht Sie nichts an! Das war eine ganz private Sache.« Heike Weber hatte ihre Stärke wiedergefunden. Sie funkelte ihn böse an.

Ihr Sohn fuchtelte jetzt mit ausgestrecktem Arm und gezücktem Zeigefinger vor ihnen herum.

»Sie sind schuld, wenn meine Mutter sich wieder aufregt. Das ist nicht gut für ihr Herz.«

Leo ahnte, was in Daniel Weber vorging. Genauso hatte er sich als Zehnjähriger verhalten, als seine Religionslehrerin, Frau Ganser, seine Mutter in die Sprechstunde zitiert hatte. Die Ganser hatte sich beschwert, dass Leo im Unterricht nicht den nötigen Respekt erkennen lasse. Gottloses Zeug rede er daher. Seine Mutter hatte sich zur Wehr gesetzt, denn besonders religiös war sie nie gewesen. Ein Wort mit der bigotten Lehrerin hatte das nächste ergeben, Leo hatte daneben gestanden und seine Wut darüber, dass diese Frau es wagte, seine heiß geliebte Mutter anzugreifen, war unendlich gewachsen. Schließlich hatte Frau Ganser gekeift, dass sie wohl mit der Erziehung ihres Sohnes überfordert sei, das komme davon, wenn man ein uneheliches Kind in die Welt setze. Da war ein heißer Feuerball in seinem Bauch aufgestiegen und er hatte Frau Ganser angegriffen. Das war das Ende seiner Karriere als Ministrant gewesen und seine Mutter hatte ihn später auf dem Gymnasium für das Fach Ethik angemeldet.

Auch er hätte seine Mutter nie schutzlos einer Befragung durch die Kripo ausgesetzt, wenn er es hätte verhindern können. Veronika hatte ihm noch am Freitag vorgeworfen, dass er ein Mamasöhnchen sei. Das mochte stimmen, aber er hatte sich durch den Umzug nach Dresden deutlich abgenabelt und das tat ihnen beiden gut. Inwieweit Daniel Weber eine gesunde Distanz gefunden hatte, konnte er nicht beurteilen. Aber er spürte, dass der junge Mann sich nicht nur verantwortlich für seine Mutter fühlte, sondern auch ein schlechtes Gewissen ihr gegenüber hatte. Wahrscheinlich, weil sie so viel auf sich genommen hatte, um ihn großzuziehen. Dieser Junge hatte viel zu früh groß werden und Verantwortung für diese Frau übernehmen müssen. Ein Schicksal, das Leo erspart geblieben war, weil seine Oma und sein Onkel Josef immer für ihn und seine Mutter da gewesen waren.

Sandra ergriff das Wort: »Wir wissen von Christian und Doreen Hesse, dass Stefan Schüppel heimlich für Sie geschwärmt hat. Welcher Art war Ihre Beziehung? Ging es ihm darum, wieder aufzunehmen, was auch immer da zwischen Ihnen beiden war?«

»Was?!« Daniel Weber war zusammengezuckt und sah seine Mutter an. »Die lügen doch! Sag', dass das nicht stimmt! Du hast mir immer von Papa erzählt und was für ein wunderbarer Mann er war. Und jetzt kommen die und sagen, du hattest was mit dem Mörder meines Vaters?«

Leo mischte sich ein: »Stefan Schüppel war nicht der Mörder Ihres Vaters. Wir wissen aus zwei verlässlichen Quellen, dass Stefan Schüppel bei der fatalen Klettertour der Vorsteiger war. So wie es aussieht, ist Ihr Vater gestorben, weil das von ihm selbst gelegte Sicherungsseil nicht gehalten hat. Aber zu dem Zeitpunkt stand er unten auf festem Grund, während Stefan Schüppel in der Felswand hing.«

»Wenn hier überhaupt einer den anderen aus der Wand gerissen hat, dann war es Ihr Vater, der sich an Stefan Schüppel rächen wollte – wegen dessen heimlicher Liebe für Sie, Frau Weber«, ergänzte Sandra.

Heike Weber wurde noch blasser und suchte tastend nach einem Stuhl.

»Das sind doch alles Lügen! Wie können Sie so was behaupten?« Ihre Stimme knisterte wie abblätternde Farbe.

»Mutti, sag mir, dass das nicht wahr ist!« Daniel Weber flehte seine Mutter an, aber die sank auf einem Stuhl am Esstisch zusammen und sagte nichts mehr.

Alle Blicke waren nun auf Heike Weber gerichtet.

Sie hob nach einer Weile den Kopf. Leo sah, dass alle Energie aus ihren Augen verschwunden war. Sie tat ihm leid.

»Es ist meine Schuld, dass Thomas sterben musste. Das ist die Strafe dafür, dass ich mit Stefan geflirtet habe … Ich wollte das nicht, es ist einfach passiert.«

»Warum hast du mir das nie gesagt?«, schrie Weber seine Mutter an. Er ging auf sie zu und packte sie hart an den Schultern. »Warum hast du mich angelogen?«

Sie standen sich gegenüber wie unter einer Glasglocke, sie schienen völlig abgeschnitten von der sie umgebenden Welt zu sein. Daniel Weber war außer sich. Leo spürte, wie sein eigener Puls in die Höhe ging. Er musste aufpassen, dass der enttäuschte Sohn keine Dummheiten machte. Aus dem Augenwinkel sah er, dass auch Sandra sprungbereit und mit angespannten Armen neben ihm stand.

»Ich dachte, ich muss dich vor dem Mörder meines Vaters schützen, dabei hattest du eine Schwäche für ihn?«

»Ach, Daniel, es war doch nur eine kleine Schwärmerei damals. Ich hatte mein Leben lang ein schlechtes Gewissen deshalb. Dieser Unfall wäre nicht passiert, wenn ich nicht … Aber wir hatten nun mal so viele Gemeinsamkeiten.«

Heike Weber stand da und hatte die Arme um ihren Oberkörper gelegt, als müsse sie sich selbst festhalten.

»Ich weiß, dass du nie gewollt hättest, dass ich Stefan treffe. Ich habe ihm gesagt, dass er sich nicht in mein Leben einmischen soll und auch nicht in deines. Aber jetzt ist das ohnehin egal.«

Sie versuchte, ihrem Sohn über die Wange zu streicheln, aber der wandte sich abrupt ab.

»Beruhige dich doch, ich will es dir erklären.«

Heike Weber atmete schwer ein und aus, dann straffte sie ihren Rücken.

Diese Frau war es gewöhnt zu kämpfen, stellte Leo fest. Sie würde nicht so schnell aufgeben. Während ihr Sohn noch erregt hinaus in den Garten starrte und sich nervös durch das dunkle Haar fuhr, fixierte Heike Weber Sandra und ihn.

»Stefan Schüppel ist tot, die Sache ist längst erledigt. Aber Sie beide kommen hierher und zerstören das Vertrauen meines Sohnes in mich. Wie können Sie es wagen, sich so in mein Privatleben einzumischen?«

»Wir glauben, dass Stefan Schüppel umgebracht wurde«, sagte Leo mit ruhiger Stimme.

Heike Weber riss die Augen auf, Daniel Weber fuhr herum und starrte ihn an.

»Ich dachte, es war Selbstmord?«, fragte er.

»Eher nicht.«

»Frau Weber, Ihr Alibi für den betreffenden Samstag ist ziemlich wackelig. Sie haben mir bei meinem Besuch gesagt, dass Sie um sieben Uhr morgens die Klinik verlassen, ein paar Lebensmittel eingekauft und dann den Vormittag schlafend in ihrer Wohnung verbracht haben. Wir werden überprüfen müssen, ob das so stimmt.«

»Tun Sie das«, hauchte sie. »Ich hätte Stefan nie umbringen können. Ich bin Krankenschwester, haben Sie das vergessen?«

»Überlegen Sie noch mal genau: Wo haben Sie eingekauft und haben Sie auf dem Weg in Ihre Wohnung jemanden gesehen oder gesprochen, der das bestätigen kann?«

»Im Konsum bei mir um die Ecke«, antwortete Heike Weber tonlos. »Und nein, ich habe niemanden getroffen auf dem Weg in meine Wohnung.«

Sandra wandte sich an ihren Sohn: »Von Ihnen haben wir noch gar keine Angaben darüber, wie Sie den vorletzten Samstag verbracht haben.«

»Also, das ist doch lächerlich. Daniel hat Stefan nur in der Bank gesehen. Welchen Grund sollte er gehabt haben, ihn zu treffen?« Heike Weber war aufgestanden und stellte sich schützend vor ihren Sohn.

Daniel Weber bedeutete ihr, zu schweigen.

»Sie können mein Alibi gern überprüfen. Ich war schon morgens um sechs Uhr auf dem Golfplatz in Ullersdorf. Beim Einspielen habe ich mich kurz mit dem Greenkeeper Rudi unterhalten. Dann habe ich eine Runde über den Platz gedreht. Halb neun habe ich mit meinem Mannschaftskollegen Jan Schmid gefrühstückt und um zehn gemeinsam mit ihm auf der Driving Range ein Schlagtraining absolviert.«

»Sie sind ganz alleine über den Golfplatz gegangen?«, fragte Sanda nach.

»Ja, ganz allein. Ich habe die ganze Woche über mit vielen Menschen zu tun und genieße diese Ruhe«, sagte Daniel Weber.

»Bitte geben Sie mir die Telefonnummer von Herrn Schmid und allen anderen, die das bestätigen können.«

Wortlos schrieb er ein paar Namen und Nummern auf ein Stück Papier und reichte es ihr.

Dann sagte er: »Ich finde, Sie haben jetzt lange genug alte Wunden aufgerissen und meine Mutter und mich mit Fakten konfrontiert, die wir nicht erfahren wollten. Sie wissen, wo die Tür ist.«

Leo wandte sich zum Gehen, ließ Sandra aber den Vortritt. Dann drehte er sich nochmals um: »Frau Weber, was hat Herr Dr. Schüppel eigentlich auf den Zettel über Ihre Telefonnummer geschrieben?«

Sie schloss die Augen. Und flüsterte: »Mondscheinengel.«

»Wie romantisch. Ein Kosename wie aus einem Gedicht: Mondscheinengel.« Sandra schlenderte langsam mit Leo die Einfahrt entlang zur Straße. »Wahrscheinlich war Stefan Schüppel mehr als ein bisschen verliebt damals, sonst hätte er sie nicht nach fast dreißig Jahren immer noch so genannt.«

Leo schien noch ganz in Gedanken zu sein, er hörte nicht richtig zu.

Sie versuchte es noch einmal: »Ist es nicht verrückt, wie diese alte Geschichte bei allen Beteiligten plötzlich Lügen aufdeckt und wie jeder seine eigene Wahrheit zum Besten gibt? Heike Weber kam heute in eine ganz ähnliche Situation wie Christian Hesse gestern.«

Sie entriegelte das Auto und setzte sich auf die Fahrerseite. Leo sagte immer noch nichts.

»Was ist, du bayerischer Klotz? Kannst du die Tiefen der sächsischen Seele, die du eben vorgeführt bekommen hast, nicht ausloten? Oder hast du katerbedingte Denkstörungen?« Sie stupste ihn in die Rippen.

Leo seufzte: »Ganz im Gegenteil. Ich kann mich so verdammt gut in ihn hineinversetzen. Wenn du keinen Vater hast, bis du als Junge ganz schnell der Mann in der Familie und hast das Gefühl, du musst deine Mutter beschützen. Daniel Weber hat ein schlechtes Gewissen ihr gegenüber, wahrscheinlich, weil sie keine Hilfe hatte und es ganz allein durchziehen musste.«

Sandra ließ den Autoschlüssel wieder sinken und sah ihn an: »Mag sein, dass dieses Muttersöhnchen ein schlechtes Gewissen hat. Aber er hat auch eine Menge Eifersucht und Wut in Bezug auf seine Mutter gezeigt. Ich habe gestern in der Klinik in Hannover angerufen, in der Heike Weber gearbeitet hat. Als ich nach jemandem fragte, der sie von früher kennt, hat man mich an eine ehemalige Kollegin von ihr verwiesen. Diese Krankenschwester sagte mir, dass Heike Weber praktisch nur für ihre Arbeit und für ihren Sohn gelebt habe. Jeder Versuch eines männlichen Kollegen, eine Beziehung zu ihr aufzubauen, sei schnell gescheitert. Sie wäre fast immer allein gewesen. Angeblich hätte eben keiner gepasst, aber diese Kollegin war der Meinung, dass der Junge alle Annäherungen hintertrieben habe.«

»Und der Mann, mit dem sie zusammenwohnte, als Christian Hesse sie suchen ließ?«

»Danach habe ich die Frau auch gefragt. Sie sagte, das wäre der Golflehrer ihres Sohnes gewesen. Anfangs hätte der Junge den wohl gut gefunden. Als Heike Weber aber mit ihm zusammenzog, wäre Daniel komplett ausgerastet. Sie sagte, es habe nur drei Monate gedauert, bevor der Golflehrer wieder passé gewesen wäre.«

Leo fragte sich, ob er als Kind auch ausgeflippt wäre, wenn seine Mutter ihm irgendwann einmal einen Lebenspartner vorgestellt hätte. Wahrscheinlich schon, musste er sich eingestehen.

»Und?« Sandra startete endlich den Wagen.

»Und was?«, fragte Leo.

Sandra schüttelte den Kopf und fuhr los. »Meine Güte, Leo! Der Mann hat offenbar immer versucht, seine Mutter für sich allein zu behalten. Jeden Annäherungsversuch von außen hat er offenbar als Kampfansage an ihn verstanden. Wenn also Stefan Schüppel in der Bank in Daniel Weber Heikes Sohn erkannt und danach versucht hat, seine alte Romanze wiederzubeleben, dann hätte Daniel Weber doch nach diesem alten Muster versucht, ihn davon abzuhalten. Immerhin hat Stefan Schüppel dem Notar mitgeteilt, er plane, eine Familie zu gründen. Damit kann er doch nur Heike Weber und ihren Sohn gemeint haben. Weber hatte ein Motiv.«

»Na, ich weiß nicht. Das ist ziemlich dünn als Motiv für einen Mord, findest du nicht? Außerdem wollte Heike Weber, aus welchen Gründen auch immer, nichts von Schüppel wissen. Das passt für mich nicht zusammen.«

»Aber Daniel Weber hielt ihn auch noch für den Mörder seines Vaters«, wandte Sandra ein. Sie war höchst alarmiert. Dass Leo so zögerlich war, ließ sie ungeduldig werden.

»Du fährst schon wieder zu schnell«, sagte Leo mahnend.

Sandra ging vom Gas.

»Mist! Ich halte ihn für verdächtig. Wir müssen dringend sein Alibi überprüfen. Du hast die Nummer von diesem Golfpartner?«

Leo nickte zustimmend. Dann sagte er: »Das Ganze geht mir ziemlich nahe. Veronika hat mir erzählt, dass er täglich mit seiner Mutter telefoniert, immer nachmittags, wenn sie ausgeschlafen hat. Bei den beiden bin ich mir nicht sicher, wer das mehr braucht, er oder sie. Wenn Daniel Weber wirklich das Gefühl hatte, er müsse seine Mutter gegen den Mörder seines Vaters verteidigen, dann kann ich mir schon vorstellen, dass er auch zu drastischen Mitteln greifen würde.«

Na also. Sandra war zufrieden. Endlich raffte auch Leo, dass Daniel Weber verdächtig war. Die Aufgabe war nun, stichhaltige Beweise für seine Schuld zu finden.

Sie lieferte Leo vor dem Präsidium ab und bat ihn, sich um die Verkehrsüberwachung, den Golfpartner und das Päckchen zu kümmern.

»Ich fahre zum Golfplatz und sehe, was ich dort erfahre.«

Leo schob das an Dr. Schüppel adressierte Päckchen auf die Seite und griff zum Telefon. Jan Schmid erreichte er tatsächlich nach kürzester Zeit.

»Daniel Weber? Am vorletzten Samstag? Lassen Sie mich überlegen und einen Blick in meinen Terminkalender werfen.« Leo hörte kurze Zeit nichts, dann kam die jugendliche Stimme zurück.

»Der war früh morgens schon auf einer Runde. Ich gehe ja auch gerne morgens auf den Platz, aber am Freitag war ich abends aus und kam so früh nicht aus dem Bett. Wir haben uns zum Frühstücken auf die Terrasse gesetzt und danach kurze Schläge geübt.«

Leo schrieb mit.

»Wann genau und wo haben Sie Daniel Weber morgens getroffen?«

»Sagte ich doch schon, am Golfplatz, so kurz nach neun Uhr. Ist er etwa bei irgendwas verdächtig?« Schmid wurde neugierig.

»Nein«, log Leo, »es geht eher darum, ihn zu entlasten. Also wäre es gut, wenn Sie sich an jedes Detail erinnern.«

»Hm, na gut. Also, ich komme am Parkplatz an und packe meine Golftasche und den Golfwagen aus dem Auto. Damit gehe ich vor in Richtung Klubhaus. Daniel kommt von der Seite, auch von seinem Auto, sagt, er habe sein Geld im Auto liegen gelassen, und fragt, ob ich mit ihm frühstücken gehe, weil er gerade eine Runde gedreht hätte und Hunger habe.«

»Er kam also von seinem Wagen?«, fragte Leo nach.

»Ja. Ist das gut?«

»Ja, prima«, sagte Leo. «Und weiter?«

»Wir sind frühstücken gegangen.«

»War er irgendwie anders als sonst?«

Jan Schmid überlegte eine Weile.

»Er hatte schlechte Laune. Sagte, er habe eine grässliche Runde gespielt, und beim Üben danach hat auch nichts geklappt. Das war wohl nicht sein Tag. Aber das passiert jedem. Golfspielen ist immer auch eine Sache der momentanen Verfassung. Man ist ja nicht immer gleich gut drauf.«

»An dem Tag war Daniel Weber also nicht so gut drauf?«

»Nein, eindeutig nicht.« Schmid lachte dazu.

»Sind Sie ganz sicher, dass Daniel Weber zuvor über den Golfplatz gelaufen ist?«

»Ja, sicher, hat er doch gesagt! Außerdem sieht man es, wenn jemand Golf gespielt hat. Die Schuhe sind nass, die Schläger voll Gras und Erde. Er war total durchgeschwitzt, obwohl es morgens noch angenehm kühl war. Logisch war der auf dem Platz.« Schmid klang sehr überzeugt.

»Wie lange braucht man, wenn man so eine Runde dreht?«, fragte Leo.

»Etwa drei bis vier Stunden für alle achtzehn Löcher. Wenn man alleine spielt und so früh am Morgen nirgends warten muss, geht es auch etwas schneller.«

»Vielen Dank, Herr Schmid. Das war sehr hilfreich. Sind Sie ein guter Freund von Daniel Weber?«, fragte Leo abschließend.

»Sie meinen, ob ich mein letztes Bier mit ihm teilen würde? Eher nicht. Wir spielen Golf zusammen, ich kenne sein Handicap und ich weiß, dass er eine schöne Wohnung von seinen Großeltern geerbt hat und dass er in einer Bank arbeitet. Damit hat sich's dann auch schon.«

»Kennen Sie seine Freundin?«

Schmid verneinte. »Ich wusste nicht, dass er eine hat.«

Leo verabschiedete sich.

Dieses Alibi war fadenscheinig wie ein löchriger Lappen.

Die junge Bereitschaftspolizistin Vanessa Kirpal, die schon gestern Dienst gehabt hatte, schob ihren Kopf mit den dunklen, kinnlangen Haaren durch seine Tür. »Frau Kruse hat mich gebeten, bei der Verkehrsüberwachung nach Christian Hesses Wagen zu forschen. Die haben sein Kennzeichen aber nirgends erfasst.«

Leo sah auf: »Dann fragen Sie bitte nach dem von Heike Weber.«

Die Dame an der Anmeldung hatte Sandra bereitwillig Auskunft erteilt. Daniel Weber war am vorletzten Samstag wie jeden Samstag in der Saison zum Training auf dem Platz gewesen. Ob und wann er morgens die Runde über den Golfplatz gemacht habe, das könne sie nicht sagen, schließlich sei er Clubmitglied und könne außerhalb der stark frequentierten Zeiten ohne Anmeldung einfach losspielen. Aber sie habe ihn gesehen, er sei bereits vormittags im Clubhaus gewesen.

»Um welche Zeit?«, fragte Sandra.

»Gegen neun Uhr.«

Das war alles zu vage. Sandra brauchte verlässlichere Auskünfte.

»Können Sie herausbekommen, wer ganz früh morgens, sagen wir um sieben Uhr, über den Platz gegangen ist und mir bestätigen kann, dass er Daniel Weber gesehen hat?«

»Du liebe Zeit, wie stellen Sie sich das vor?«, fragte die Frau zurück. »Ich kann doch nicht jedes einzelne Clubmitglied fragen, ob es zufällig vorletzten Samstagmorgen eine Runde gespielt hat. Das sind Hunderte!«

Sandra sah ein, dass das keine sehr gute Idee war.

»Ab wieviel Uhr müssen sich die Spieler denn morgens anmelden, wenn sie spielen wollen?«

»Ab acht Uhr werden Zeiten vergeben. Aber die Spieler, die an Loch eins beginnen, sehen nicht, wer auf Loch dreizehn spielt. Das hilft Ihnen nichts.«

»Könnte ich Ihren Gärtner Rudi kurz sprechen?«, probierte es Sandra mit der zweiten Spur.

»Den Greenkeeper? Moment, ich rufe ihn an und schicke ihn vor zur Terrasse.«

Sandra durchquerte das Gebäude und trat auf die große Terrasse, die zum Golfplatz zeigte. Der vor ihr liegende Rasen war so perfekt grün, dass das Gelände fast künstlich wirkte. Rechter Hand schlugen einige Golfspieler ihre Bälle auf eine bereits weiß getüpfelte Wiese, links konnte sie vier Spieler in Regenjacken beobachten, die gemeinsam ihre Golfwagen über die erste Bahn zogen. Ein junger Mann mit grüner Arbeitskluft parkte vor der Terrasse schwungvoll ein Gefährt, das wie ein großer Rasenmäher aussah.

»Rudi?«

Er nickte und hob die Hand an seine Mütze.

Auf Sandras Frage, ob er sich erinnern könne, wen er vorletzten Samstag morgens gegen sieben gesehen habe, meinte er: »Ne ganze Reihe Leute kommen schon ganz früh auf den Platz.«

»War Daniel Weber dabei und können Sie sich an die genaue Zeit erinnern?«, fragte Sandra.

»Nu klar! Der war ja gestern auch wieder um sechse da und hat gespielt. Hat mir extra gesagt, dass er das jeden Samstag so macht, weil er een Morgenmensch ist. Interessiert mich ja nicht, aber er wollte halt ein wenig plaudern.«

»Und am Samstag zuvor? War es die gleiche Zeit?«, fragte Sandra.

Rudi nahm seine Mütze ab und rieb sich den Nacken.

»So genau weiß ich das nicht. Gucke ja nicht dauernd auf die Uhr beim Arbeiten. Aber wird schon so um sechse rum gewesen sein.«

Sandra bedankte sich. Die Angaben stimmten weitgehend mit denen überein, die Weber gemacht hatte.

Sie ging zurück zum Wagen und rief Leo an. Sie erfuhr, dass Jan Schmid Daniel Weber gegen neun Uhr auf dem Parkplatz getroffen haben wollte. Da sei der von seinem Wagen gekommen, weil er angeblich seine Brieftasche dort vergessen hatte.

»Er könnte also gerade von seiner Fahrt aus dem Kirnitzschtal angekommen sein«, schlussfolgerte Leo.

»Schon. Aber wir können es nicht beweisen. Falls er tatsächlich am Kuhstall war, hat er sein Alibi ziemlich gut vorbereitet«, erwiderte Sandra. Sie berichtete von ihren Recherchen.

»In der Zeit zwischen sechs und neun Uhr hat ihn also niemand gesehen.«

»Alles schön und gut, aber kein Beweis, dass er nicht auf dem Golfplatz war. Wir müssen jemanden finden, der uns bestätigt, dass er stattdessen im Tal und am Kuhstall war«, fasste Sandra zusammen.

»Ich gebe sofort sein Kennzeichen an die Verkehrsüberwachung, damit die prüfen können, ob er geblitzt wurde. Die Kollegin Kirpal kennt sich da inzwischen aus.«

»Gut. Ich komme zurück ins Büro.« Sandra startete den Wagen.

Nachdem er sich um das Kennzeichen gekümmert hatte, überlegte Leo, wie er weiter vorgehen sollte. Sein Blick fiel auf das Paket.

Leo schob es hin und her, drehte es um, schüttelte es. Der Absender war eine Firma Diagnostic in Amsterdam.

Diagnose wovon? Wenn es chemisches Zubehör für Schüppels Arbeit gewesen wäre, hätte er die Sendung doch nicht an seine Privatadresse, sondern an die Schüppel Science oder an die Waldgold GmbH senden lassen. Gab es möglicherweise eine Diagnose, die den Mann in den Selbstmord getrieben hatte? Etwas, das sein Hausarzt nicht wusste?

Er riss die Packung auf und fand ein Anschreiben, mehrere steril verpackte Wattestäbchen, Materialträger und eine Firmenbroschüre.

»Vaterschaftstests schnell und sicher«, stand auf der Broschüre. Vaterschaftstests? Leo war irritiert. Wozu brauchte der kauzige Dr. Schüppel einen Vaterschaftstest?

Doch als er das Anschreiben durchlas, wurde es ihm sofort klar:

Sehr geehrter Herr Dr. Schüppel,

wir begrüßen Ihre Entscheidung, den vorgenommenen Gentest auf die mütterlichen Gene auszuweiten. Das erhöht die Aussagefähigkeit des Tests auf nahezu einhundert Prozent. Wir bitten Sie, bei diesem Test nicht wieder mit unsicheren Materialien zu arbeiten. Die sicherste Methode ist, das sterile Wattestäbchen mehrfach über die Mundschleimhaut der Testperson zu führen. Bitte teilen Sie uns mit, ob Sie wieder ein Expressergebnis wünschen.

Leo starrte auf das Blatt und versuchte zu erfassen, was er da gerade las. Sein Körper fühlte sich plötzlich an, als würde er mit kaltem Blei ausgegossen.

»Er wollte eine Familie gründen.«

Die Worte des Notars Himmelstoß hallten in seinem Kopf wider wie in einer riesigen Montagehalle.

Daniel Weber war Stefan Schüppels Sohn.

Die Einzige, die es hätte wissen müssen, war Heike Weber, doch die wollte es nicht wissen.

Leo fröstelte. Das war ungeheuerlich. Daniel Weber hätte seinen Vater kennenlernen können, seinen leiblichen Vater, einen lebenden Vater. Einen Vater, der Anteil genommen hätte, der ihm von früher hätte erzählen können, der ihn noch viele Jahre begleitet hätte.

Daniel Weber hatte seine beiden Väter an der gleichen Stelle verloren.

Hatte er etwas mit dem Tod von Stefan Schüppel zu tun??

Leo hoffte, dass dem nicht so war. Dass es eine andere Erklärung für diesen Todesfall gab.

Seine Arme und Beine wogen Tonnen. Es dauerte eine ganze Weile, bis er aufstehen konnte. Er musste sofort hinaus in die Schüppel-Villa und das Schreiben mit dem Ergebnis des Vaterschaftstests finden.

»Leo ist wo?!?«

Sandra, die sich eben noch hocherfreut für den Kaffee bedankt hatte, den ihr Vanessa Kirpal auf den Schreibtisch gestellt hatte, wurde laut. Die junge Polizistin zog den Kopf ein.

»In Rathmannsdorf. Er war ganz blass und sagte nur, er müsse ganz dringend raus in die Schüppel-Villa.«

»Verdammt. Ich muss mich hier um alles selbst kümmern. Haben Sie eine Nachricht von der Verkehrsüberwachung?«

Diesmal klang Vanessa Kirpal wieder selbstbewusst. »Ich habe die Kennzeichen von Heike Weber und danach von ihrem Sohn durchgegeben, aber noch kein Ergebnis bekommen. Ich rufe gleich noch einmal an.« Sie verschwand aus Sandras Büro.

Während der Computer mit leisem Surren ansprang, packte Sandra ihre Notizen aus. Dann griff sie zum Telefon und versuchte, Leo zu erreichen, aber er ging nicht ran. Als der Anrufbeantworter ansprang, drückte sie die Verbindung kopfschüttelnd weg. Sie hatte jetzt keine Zeit für solche Mätzchen. Immer wenn sie den Eindruck hatte, dass sie doch ganz gut mit ihm zusammenarbeiten konnte, machte er wieder einen Alleingang und ließ sie einfach stehen, ohne sie zu informieren. Es war frustrierend.

Von zwei verschiedenen Internet-Diensten ließ sie sich die kürzeste Strecke vom Golfplatz Ullersdorf zum Lichtenhainer Wasserfall anzeigen. Die Strecke wurde mit zweiundvierzig Kilometern und einundfünfzig Minuten Fahrzeit ausgewiesen. Wenn Daniel Weber gegen sechs Uhr direkt nach dem Gespräch mit dem Gärtner losgefahren war, hätte er nur knapp eine Stunde Zeit gehabt, um vom Tal hinauf zum Kuhstall und wieder hinunter zu laufen. Das war eigentlich nicht zu schaffen, wenn er dort auch noch Dr. Schüppel getroffen hatte.

Es sei denn, er wäre mit dem Auto die nur für die Belieferung des Kuhstall-Gasthauses zugelassene Schotterstraße hochgefahren.

Vanessa Kirpal kam mit leuchtenden Augen in ihr Büro gestürmt. »Sie haben Daniel Webers Auto um acht Uhr elf im Kirnitzschtal erwischt. Das wird teuer für ihn, er hatte fast achtzig Kilometer pro Stunde drauf!« Der Ausdruck, den sie ihr auf den Tisch legte, zeigte einen dunklen BMW mit Daniel Webers Kennzeichen und der saß, gut erkennbar, mit grimmigem Gesicht hinter dem Steuer.

Sandras Arm schnellte zu einem Victory-Zeichen hoch.

»Wir haben ihn! Und das wird noch viel teurer für ihn als der Bußgeldbescheid. Ich rufe sofort den Haftrichter an und lasse mir einen Haftbefehl ausstellen. Sie kommen mit mir, Vanessa!«

»Kennen Sie sich in seinem Ablagesystem aus?«, fragte Leo und deutete auf die Schränke in Schüppels Büro. Helene Petzold verzog unsicher das Gesicht.

»Also wissen Sie, ich habe mich ja schon um das Haus und die Wäsche und das Essen und so gekümmert, da konnte ich nicht auch noch die ganze Büroarbeit ...«

»Frau Petzold!« Leo bellte ihren Namen und sah ihr in die Augen.

Schmollend holte sie die Schrankschlüssel aus dem Keramikbecher und öffnete nacheinander die Türen.

»So genau weiß ich es wirklich nicht«, grummelte sie. »Aber er war ja ein sehr ordentlicher Mensch, also gehe ich davon aus, dass er alles abgeheftet hat.«

Leo studierte die Ordnerrücken. Der linke Schrank, das war schnell klar, betraf ausschließlich Fachliches. Im rechten Schrank fand er einen Ordner mit dem Titel »Korrespondenz«. Er schlug ihn auf unter dem Buchstaben »D«.

Aber es gab hier kein Schreiben von Diagnostic, auch nicht unter »V« wie Vaterschaftstest.

Leo betrachtete Helene Petzold, die neugierig am Schreibtisch lehnte und ihn beobachtete. Er hatte sie dazugebeten, weil sie sich in Schüppels Unterlagen offensichtlich bestens auskannte.

»Haben Sie schon einmal Sendungen einer Firma Diagnostic aus Holland bei Dr. Schüppel gesehen?«

Ihr Gesicht hellte sich auf.

»Sie meinen, von der Firma, von der am Samstag das Päckchen gekommen ist?«

»Genau von der.« Leo schüttelte schmunzelnd den Kopf. Helene Petzold steckte also mit diesem merkwürdigen Rigobert Bausewein unter einer Decke.

»Nicht, dass ich wüsste. Aber ich habe ja auch nicht immer die Post vom Briefkasten geholt, oft hat Stefan das selbst erledigt. Was war denn da drin?« Ihre Augenbrauen hoben sich erwartungsvoll.

»Wattestäbchen.«

Sie sah ihn verständnislos an. »Wattestäbchen?«

»Wo könnte Herr Dr. Schüppel wichtige Briefe noch aufbewahrt haben?« Leo hangelte sich an den Ordnern entlang: Heizung, Strom, Gemeinde, Steuer privat, Gebrauchsanweisungen, ... Nichts schien zu passen. Er wanderte durch das Zimmer und überlegte.

»Soll ich vielleicht mitsuchen?«, fragte Helene Petzold.

Leo forderte sie mit einer Handbewegung auf, das zu tun. »Diagnostic. Wir suchen einen Brief von Diagnostic, der nicht älter als drei Wochen ist.«

Sie nahm den Rechnungsordner in die Hand und begann zu blättern.

Leo beschloss, in Schüppels Schlafzimmer nachzusehen. Er versuchte, die Schubladen des Nachttischchens zu öffnen, doch die oberste war verschlossen. Als er an dem Holzknauf rüttelte, fiel sein Blick auf die Fotos, die über dem Bett hingen. Schon bei seinem ersten Besuch waren sie ihm als einige der wenigen persönlichen Gegenstände von Dr. Schüppel aufgefallen. Er sah sie genauer an und entdeckte ein Foto von drei jungen Männern vor einer Felswand. Der eine war zweifelsfrei als die junge Ausgabe von Christian Hesse zu erkennen. In der Mitte stand ein kräftiger junger Mann, der wohl Thomas Lippmann sein musste, denn der schmale Bergsteiger neben ihm sah Stefan Schüppel ähnlich. Ähnlichkeit hatte er allerdings auch mit Daniel Weber. Kein Wunder, dass Stefan Schüppel sich in der Bank so merkwürdig benommen hatte! Er hatte sich selbst in Daniel Weber erkannt.

Vorsichtig nahm Leo das Foto von der Wand. Als er es anhob, um es vom Haken zu ziehen, fiel etwas Kleines herunter und hinter das Bett. Konnte das ...?

Er kniete sich nieder, um den Gegenstand unter dem Kopfende des Bettes zu ertasten und hatte bald einen kleinen Schlüssel in der Hand.

In der Nachttisch-Schublade fand er zwei Schreiben von Diagnostic und eines von einem englischen Labor für Vaterschaftstests, dazu mehrere handbeschriebene Seiten, eine Broschüre über Reisen zum Nordkap samt Polarlicht-Beobachtung und ein altes Foto, das Dr. Schüppel als Studenten mit Heike Weber zeigte. Die saß in kurzen Hosen auf einem Felsen und lächelte fröhlich in die Kamera, während Stefan Schüppel, ein Seil in der Hand, sie ansah.

In zwei Genanalysen wurde die Wahrscheinlichkeit einer Vaterschaft von Stefan Schüppel in Bezug auf die eingesandten Proben auf nahezu achtzig Prozent beziffert. Leo hatte keinerlei Zweifel daran, dass diese Proben von Daniel Weber stammten.

Er packte alles zusammen und ging zurück in Schüppels Büro.

»Frau Petzold? Kommen Sie! Ich habe alles gefunden.« Er bedeutete ihr, ihn zu begleiten.

Sie sah von einem Ordner auf.

»Er hat dreimal einen riesigen Blumenstrauß an eine Frau Heike Weber in Dresden schicken lassen. Wer ist das?«

»Eine Jugendfreundin von Dr. Schüppel«, antwortete Leo.

Sie gingen gemeinsam die Treppe hinunter.

Leo sah, dass es in Helene Petzold arbeitete. Sie wirkte niedergeschlagen. Als sie vor der Haustür standen, fragte sie: »Mit dieser Heike Weber wollte er auch die Reise ans Nordkap machen, oder?«

Sie sah ihn mit zusammengezogenen Augenbrauen an.

Er erwiderte ihren Blick, sagte aber nichts. Sie verstand es auch so.

Sonntagabend

Die zusätzliche Polizeistreife stand schon vor der Einfahrt zu Daniel Webers Wohnhaus, als Sandra und Vanessa Kirpal eintrafen.

Sandra winkte ihre Kollegin um die Ecke der Villa herum, um einen Blick in den Wintergarten zu werfen. Das bläulich flackernde Licht eines Fernsehgeräts verriet ihnen, dass sich jemand in der Erdgeschosswohnung aufhielt. Sandra war gespannt, ob sie Heike Weber immer noch bei ihrem Sohn antreffen und wie sie reagieren würde. Von außen war nicht zu erkennen, wer sich in der Wohnung befand, die üppigen Grünpflanzen versperrten die Sicht. Sie ging zurück und drückte den Klingelknopf.

Als Daniel Weber nach einer Weile die Wohnungstür öffnete, reagierte er ärgerlich.

»Sie schon wieder!«

Vanessa Kirpal erklärte ihm, dass er festgenommen sei, betete ihm seine Rechte herunter und forderte ihn auf, ihnen zum Präsidium zu folgen.

»Ich denke nicht dran!«, blaffte der völlig überrumpelte Weber die junge Frau an.

Nun trat Sandra einen Schritt vor: »Gegen Sie liegt ein Haftbefehl vor, Herr Weber. Sie stehen unter dem dringenden Verdacht, vorletzten Sonnabend Dr. Stefan Schüppel getötet zu haben.«

»Sind Sie verrückt?«, japste der junge Mann. »Ich habe Ihnen doch gesagt, dass ich auf dem Golfplatz war. Das muss ein Missverständnis sein!«

Er plusterte sich hinter seiner nur halb geöffneten Wohnungstür wütend auf. Sandra stellte vorsichtshalber ihren Fuß hinter die Schwelle.

»Stimmt, das haben Sie mir erzählt. Aber Sie haben gelogen. Ich habe ein hübsches Foto von Ihnen, das meine Kollegen von der Verkehrsüberwachung morgens um exakt elf nach acht im Kirnitzschtal geblitzt haben.«

»Was?« Daniel Weber sackte zusammen wie ein Soufflé, das man zu früh aus dem Ofen nimmt. Er schloss kurz die Augen und sah nun aus wie ein unglücklicher kleiner Junge.

»Ich habe den Mann nicht umgebracht«, sagte er mit verzweifelter Stimme. »Sie müssen mir glauben. Ich habe ihm nichts getan!«

»Dann müssen Sie uns erklären, was Sie kurz nach der Tatzeit im Kirnitzschtal verloren hatten. Sie kommen jetzt mit aufs Präsidium und reden mit uns.«

Kraftlos öffnete er die Wohnungstür, nahm sich eine Jacke von der Garderobe und den Hausschlüssel vom Haken.

Dann ließ er sich von den beiden Streifenbeamten, die in der Einfahrt gewartet hatten, widerstandslos zum Polizeiwagen bringen.

Sandra ging mit Vanessa Kirpal in die Wohnung und sah sich um. Auf dem Esstisch im Wohnzimmer lag sein Handy, daneben stand ein aufgeklappter Laptop, an dem er wohl gerade gesessen hatte. Sandra tippte die Maus an und sah, wie sich vor ihr auf dem Bildschirm ein virtueller Golfspieler zum Abschlag bereitmachte.

Mit einem Mausklick schloss sie das Spiel und fuhr dann das Gerät herunter. Kirpal packte es ebenso ein wie das Handy. Aus dem Schlafzimmer nahm Sandra einen handgeschriebenen Kalender mit.

»Na, dann los!« Sie winkte ihre Kollegin zum Gehen. »Ich bin gespannt, wie er mir sein Blitzerfoto erklären will.«

Sie ließ Kirpal ans Steuer und rief Leo an. Der ging endlich ans Telefon.

»Ich habe eben Daniel Weber verhaftet. Er ist an jenem Samstagmorgen im Tal gewesen, wir haben ein Beweisfoto von der Verkehrsüberwachung.«

»Da hast du ja einen Volltreffer gelandet, Sandra!« In Leos Stimme schwangen jedoch Zweifel mit. »Ich habe auch was gefunden. Dr. Schüppel hat in Daniel Weber seinen Sohn erkannt – und das mithilfe zweier Vaterschaftstests bestätigen lassen. Wenn Weber es tatsächlich war, wird ihn diese Nachricht völlig umhauen. Sei vorsichtig, was du ihm sagst! Ich komme so schnell ich kann ins Präsidium, aber zuvor muss ich mit seiner Mutter sprechen.«

In Leos Kopf ging es drunter und drüber. Ihm war klar, dass es nicht gut war, wie sehr er sich mit dem Verdächtigen identifizierte. Zu wenig Distanz konnte sein Urteilsvermögen beeinflussen. Dennoch war er überzeugt davon, auf dem richtigen Weg zu sein. Momentan sprachen alle Argumente für die Festnahme von Daniel Weber und glücklicherweise hatte Sandra das schon erledigt. Seine Skepsis aber blieb.

Leo saß in seinem Auto, das er in der Mildred-Scheel-Straße geparkt hatte – gegenüber der Kinderkrebsklinik der Medizinischen Akademie, Heike Webers Arbeitsplatz. Eben hatte ihm die diensthabende Schwester erklärt, dass Heike Weber seit drei Tagen krankgemeldet sei. Von Sandra wusste er, dass sie bei der Festnahme nicht bei ihrem Sohn gewesen war. Wo also war sie abgeblieben? Bereits vor seinem Besuch in der Klink hatte er versucht, sie per Telefon zu erreichen, und war zu ihrer Adresse in der Fetscherstraße gefahren. Aber auch dort hatte er keinerlei Reaktion auf sein lang anhaltendes Klingeln bekommen.

Seit er den Vaterschaftstest gefunden hatte, konnte er sich nicht mehr vorstellen, dass Daniel Weber Dr. Schüppel von der Felskante gestoßen hatte. Zu gut kannte er die Sehnsucht nach einem Vater. Nie und nimmer hätte Daniel Weber einen Mann getötet, der ihm soeben eröffnet hat, sein Vater zu sein. Diese Tat traute er dem jungen Mann nur für den Fall zu, dass Dr. Schüppel nicht mehr genügend Zeit gehabt hatte, ihm diese Information mitzuteilen. Die Frage war, ob Heike Weber ihren Sohn über die Vaterschaft aufgeklärt hatte. Er war sich ziemlich sicher, dass dem nicht so war. Sie hatte stets den Anschein erweckt, dieses alte Kapitel mit Stefan Schüppel am liebsten aus ihrem Leben radieren zu wollen.

Wo war sie jetzt?

Leo startete den Wagen und fuhr die wenigen Hundert Meter zurück in die Fetscherstraße. Der Regen wurde stärker, die Straßen waren leergefegt. Leo parkte vor Heike Webers Wohnhaus und umrundete den Block. Er war sich nicht ganz sicher, wo ihre Wohnung lag, aber er nahm in einigen Fenstern im dritten Stock einen schwachen Lichtschein wahr. Je länger er hinaufstarrte, desto mehr verstärkte sich sein Gefühl, dass Heike Weber oben in ihrer Wohnung war. Plötzlich schoss ihm der Gedanke durch den Kopf, dass sie sich etwas angetan haben könnte. Dass sie es nicht mehr ertragen hatte, wie ihre wohlbehütete Vergangenheit ans Tageslicht gezerrt wurde – oder dass sie ihren Jugend-Freund und den Vater ihres einzigen Kindes getötet hatte?

Leo griff zum Telefon und rief in der Zentrale an: »Schickt mir eine Streife und einen Schlüsseldienst in die Fetscherstraße!« Er gab die Adresse durch, dann spurtete er nach vorn zum Eingang.

Dort stand gerade eine Dame mit einem Pudel vor der Eingangstür und suchte nach ihrem Hausschlüssel. Leo beeilte sich, Heike Webers Klingelknopf zu drücken, dann ergriff er die Gelegenheit und betrat gemeinsam mit der Frau das Treppenhaus.

»Wie ist das eigentlich, wenn man sich aussperrt?«, fragte er die Dame im Regenmantel unvermittelt. »Gibt es einen Hausmeister, der einem die Wohnungstür öffnen kann?«

Er erntete einen skeptischen Blick: »Wohnen Sie hier? Ich kenne Sie nicht.«

»Ich mache mir Sorgen um Heike Weber, die wohnt hier im dritten Stock«, antwortete er. Ihr Gesicht wurde wieder freundlich.

»Ach, meine Nachbarin? Die ist zu Hause!«

Daniel Weber saß unruhig auf seinem Stuhl und wippte mit dem Oberkörper vor und zurück. Er reagierte nicht auf ihre Fragen nach seiner Autofahrt am Samstagmorgen ins Kirnitzschtal und verweigerte seit einer Stunde jedes Gespräch. Es war ihm anzusehen, dass er höchst aufgewühlt war. Er war ständig in Bewegung, seine Haare hingen ihm wirr ins blasse Gesicht, seine Kiefer mahlten. Seine Verzweiflung hing wie dicker Rauch im Raum und machte Sandra zu schaffen.

»Wenn Sie behaupten, dass Sie nichts mit Herrn Dr. Schüppels Tod zu tun haben, können Sie mir doch erklären, warum Sie an jenem Samstagmorgen um kurz nach acht Uhr am Depot der Kirnitzschtalbahn vorbeigerast sind, Herr Weber«, versuchte Sandra es erneut. Aber er warf ihr nur einen kurzen, flackernden Blick zu und nahm sein Wippen wieder auf.

»Sollen wir Ihre Mutter informieren, dass Sie hier sind?«, fragte sie spontan. Ein Laut wie von einem angeschossenen Tier drang durch Webers Kehle, während er wild den Kopf schüttelte. Dann starrte er wieder auf die Wand hinter ihrem Rücken und ließ einige Male seinen Kopf kreisen.

Mit dieser Reaktion hatte sie nicht gerechnet. Viel eher hätte sie erwartet, dass er dringend und ganz unbedingt seine geliebte Mutter bei sich haben wollte.

»Warum wollen Sie sie nicht sehen?«, fragte sie leise. »Haben Sie sich wegen dieser alten Geschichte so zerstritten?«

Daniel Weber warf ihr einen verächtlichen Blick zu, schüttelte den Kopf und wandte sich wieder ab.

»Ihnen ist klar, dass Sie sich durch Ihr Schweigen nur noch verdächtiger machen?«, fragte sie ihn. Neben ihr schüttelte Vanessa Kirpal ratlos den Kopf.

Keine Reaktion.

»Sie haben Ihr Alibi mit dem Golfplatz ziemlich gut eingefädelt, das spricht dafür, dass Sie diese Fahrt sorgfältig geplant haben, Herr Weber. Warum?«

Sie kam nicht weiter. Der junge Mann vor ihr zeigte keinerlei Bereitschaft, mit ihr zu sprechen. Ungeduldig begann sie, auf ihrem Schreibblock herumzukritzeln.

Sandra war unschlüssig, wie sie weiter verfahren sollte. Leo hatte sie gewarnt, den Verdächtigen unvermittelt mit dem Vaterschaftstest zu konfrontieren, aber sie wollte ihn aus der Reserve locken und zum Reden bringen.

»Herr Weber, wir wissen inzwischen, dass sich Herr Dr. Schüppel in der Bank so merkwürdig verhalten hat, weil er in Ihnen seinen Sohn erkannt hat. Dr. Stefan Schüppel war Ihr leiblicher Vater. Wussten Sie das?«

Augenblicklich hatte sie Daniel Webers volle Aufmerksamkeit. Er klammerte sich mit beiden Händen am Tisch fest, schob seinen Oberkörper so weit wie möglich vor und sah sie mit aufgerissenen Augen an. »Was sagen Sie da?« Seine Stimme klang krächzend, sie überschlug sich fast.

»Dr. Schüppel war Ihr leiblicher Vater. Er hat mehrere Vaterschaftstests machen lassen, die seinen Verdacht bestätigt haben. Um Ihren genetischen Fingerabdruck einschicken zu können, hat er bei seinem zweiten Besuch in der Bank Ihre Kaffeetasse mitgehen lassen.«

Weber hatte es nicht gewusst, das zeigten seine Reaktionen deutlich. Sie beobachtete gespannt sein Gesicht, in dem sie erst Unglaube, dann Hass und Verzweiflung lesen konnte.

»Das glaube ich nicht!«, schrie er sie unvermittelt an. »Beweisen Sie es!« Angespannt und schwer atmend fixierte er sie wie ein sprungbereites Tier.

Sie nickte Vanessa Kirpal zu, die kurz hinausging und mit dem Schreiben von Diagnostic zurückkehrte. Eine ganze Weile lang schaute Weber stumm auf den Brief, scheinbar ohne den Inhalt wirklich zu erfassen.

»Nein, das ...«, er stöhnte. »Das kann nicht sein!«

Seine Halsschlagader pulsierte heftig, sein Atem kam flach und stoßweise. Sandra sah, dass er völlig verzweifelt war. War jetzt der Zeitpunkt für ein Geständnis gekommen?

Kraftlos ließ sich Weber nach hinten in die Stuhllehne sinken, krümmte sich vornüber und begann haltlos zu weinen.

»Haben Sie Ihren Vater von der Felskante gestoßen, Herr Weber?«, fragte sie ihn ruhig.

Während Kirpal Papiertaschentücher hervorkramte, behielt Sandra den jungen Mann im Blick und sah es plötzlich kommen. Eben noch hatte er mit zuckenden Schultern in seine Hände geschluchzt. Nun plötzlich schüttelte ihn ein Weinkrampf durch, gleichzeitig begann er zu hyperventilieren. Seine Arme und Beine fingen an, unkontrolliert zu zittern.

»Schnell, einen Arzt!«, rief sie ihrer Kollegin zu und stand auf, um Weber zu stützen.

Leo stand vor Heike Webers Wohnungstür und klopfte mehrmals. Dann legte er sein Ohr an die Tür und horchte angestrengt. Nach kurzer Zeit hörte er tatsächlich langsame Schritte hinter der Tür. Er klopfte nochmals.

»Wer ist da?«, hörte er Heike Webers Stimme. Er zögerte kurz, dann sagte er leise: »Ich bin's.«

»Daniel, bist du das?«, kam es ein wenig munterer von drinnen. Leo klopfte nochmals, bevor er hörte, wie der Schlüssel im Schloss gedreht wurde. Als Heike Weber die Tür öffnete, drückte er sie auf und quetschte sich durch den Spalt.

»Was soll das?« Heike Weber funkelte ihn böse an. »Gehen Sie, ich will nicht mit Ihnen reden. Raus hier, oder ...!«

Leo drängte sie in ihren Flur und zog die Tür hinter sich zu. »... oder Sie holen die Polizei, Frau Weber?«, fragte er ruhig und sah sie an. Seit heute Vormittag schien sie um Jahre gealtert zu sein. Sie hatte trotz der rosa-weiß-gepunkteten Bluse nichts Mädchenhaftes mehr an sich.

»Warum gehen Sie nicht ans Telefon? Warum öffnen Sie nicht die Tür, wenn man klingelt?« Leo schob sie sanft in ihr Wohnzimmer.

»Das geht Sie nichts an!«, knurrte sie. Unwillig ließ sie sich auf ihren Platz am Sofa führen. Dort hatte Leo eine tiefe Kuhle gesehen, bevor sie sich wieder hineinfallen ließ. Wahrscheinlich hatte sie stundenlang genau dort gesessen und darüber nachgedacht, wie ihr Leben nun weitergehen würde.

Das Zimmer war unverändert seit seinem letzten Besuch, nichts lag herum, keine Spuren davon, dass sie etwas zu sich genommen hätte. Sie wirkte auch nicht betäubt auf ihn, er war sich relativ sicher, dass sie keine Schlaftabletten oder ähnliches geschluckt hatte. Aber er konnte spüren, wie angespannt sie war, und er wusste, dass die Situation sich gleich nochmals zuspitzen würde.

»Ich habe eben mit einer Ihrer Kolleginnen im Mildred-Scheel-Haus gesprochen. Sie hat mir gesagt, dass Ihre Nachtschicht nicht um sieben Uhr, sondern bereits um sechs Uhr morgens endet. Die Lebensmittelmärkte öffnen nicht vor sieben, Sie waren also nicht gleich nach dem Dienst einkaufen. Damit haben Sie mir zwei Lügen auf einmal aufgetischt. Sie hatten genügend Zeit, um hinaus zum Kuhstall zu fahren und Stefan Schüppel zu treffen.«

Sie tat verwundert. »Oh, da muss ich mich versprochen haben. Aber das ist ja leicht nachzuprüfen. Trotzdem war ich nicht draußen im Gebirge, oder hat mich da etwa jemand gesehen?«

Sie saß ihm gegenüber wie ein Bollwerk, die Arme fest vor der Brust verschränkt, die Augen zu kleinen Schießscharten zusammengekniffen. Nur das nervöse Zucken ihres Fußes verriet Leo, dass sie nicht so ruhig war, wie sie zu erscheinen versuchte. So kam er nicht weiter.

Helene Petzolds Bemerkung fiel ihm wieder ein.

»Was haben Sie mit den Blumen gemacht, die Ihnen Dr. Schüppel geschickt hat? Konnten Sie sich an denen erfreuen oder haben Sie sie sofort weggeworfen?«

Überrascht blickte sie auf. »Woher ...?« Sie lockerte ihre Haltung ein wenig.

»Es muss doch ein schönes Gefühl gewesen sein, diese alte Freundschaft wiederaufleben zu lassen«, setzte Leo nach.

»Pah!« Sie schnaubte verächtlich. »Stefan wollte doch nur über mich an Daniel heran. Das war alles nur eine Masche. Deshalb wollte ich ihn auch nicht treffen.«

Leo verstand langsam, worum es hier ging.

So sanft wie möglich sagte er: »Dieses Foto draußen im Flur, die Polarlichter, das ist Ihre Verbindung zu Stefan Schüppel, nicht wahr?«

Sie seufzte. »Das war damals. Wir waren beide fasziniert von den Lichtern und malten uns eine Nacht lang aus, diesen Himmel irgendwann gemeinsam zu sehen. Alles längst vergessen!« Den letzten Satz spuckte sie aus, also wollte sie damit ihre eigene Erinnerung ausradieren.

»Nicht für Stefan Schüppel, Frau Weber. Er hatte für den März nächsten Jahres für sich und für Sie eine Reise zum Polarkreis gebucht. Er wollte Ihnen eine Freude machen und Ihnen einen Traum erfüllen.«

»Zu meinem Geburtstag?«

Ihre Augen füllten sich mit Tränen. Leo sah einige über ihre Wangen rollen, bis sie an ihrem zitternden Kinn hängen blieben.

»In seinem Nachtkästchen bewahrte er ein Foto von Ihnen beiden auf.«

Sie schluckte schwer.

»Er wollte Ihnen Daniel nicht wegnehmen. Er träumte von einer Familie.«

Heike Weber stützte die Ellenbogen auf die Oberschenkel und verbarg ihren Kopf in den Händen. Nur das Zucken ihrer Schultern verriet, dass sie weinte.

»Ich habe das wohl falsch eingeschätzt, nach all den Jahren«, sagte sie, als sie kurz aufsah, um sich ein Taschentuch aus der Hosentasche zu ziehen. »Das ist traurig, aber es ist ohnehin vorbei. Stefan lebt nicht mehr und es ist müßig, sich darüber viele Gedanken zu machen. Das Leben geht weiter.« Sie wischte sich die Tränen aus dem Gesicht und zerknüllte das Taschentuch in ihrer rechten Hand.

Leo bewunderte, wie schnell sie sich wieder im Griff hatte.

Sie machte einen tiefen Atemzug, zwang sich, ihn anzuschauen, und sagte so unfreundlich wie möglich: »Wenn das alles ist, was Sie mir zu sagen haben, können Sie jetzt endlich gehen. Es macht mir keine Freude, mit Ihnen zu sprechen. Ganz im Gegenteil. Sie sind die Pest.«

Leo nickte verständnisvoll, aber es war noch nicht vollbracht. »Ich bin noch nicht fertig. Stefan Schüppel hat in Daniel seinen leiblichen Sohn erkannt, nicht wahr?«

Sie nestelte an dem Taschentuch in ihrer Hand herum. »Das ist eine lächerliche Idee. Wir haben nur ein einziges Mal ... das kann einfach nicht sein. Er hat sich das nur eingebildet.«

»Nein. Das hat er nicht – und Sie wissen es, wenn Sie ehrlich zu sich selbst sind. Jeder Blick in das Gesicht Ihres Sohnes dürfte Ihnen den jungen Stefan Schüppel in Erinnerung rufen. Er ist ihm sehr ähnlich, deshalb hat Herr Dr. Schüppel ihn überhaupt erkannt. In Daniel hat er sich selbst wiedergesehen.«

»Nein!«, keuchte sie. »Es darf nicht sein. Thomas ist Daniels Vater. Sie haben keine Belege für diese Lüge!«

»Doch.« Leo beugte sich vor zu ihr. »Stefan Schüppel hat seine Vaterschaft von zwei Genlaboren überprüfen lassen. Beide Tests sind eindeutig.«

»Hören Sie auf!« Sie sprang auf und schrie es ihm ins Gesicht. »Stefan ist tot und es ist bedeutungslos. Daniel ist mein Sohn und sein Vater wird für ihn immer Thomas bleiben!«

Leo nickte langsam und stand ebenfalls auf. »Jetzt verstehe ich Ihre Gründe, Frau Weber. Ich möchte wissen, wie Sie zum Kuhstall gekommen sind, wie Sie ihn von da oben heruntergestoßen haben und warum Sie dachten, dass das die einzige Lösung ist.«

Sie zitterte und brauchte eine Weile, um sich zu sammeln, dann sagte sie mit ruhiger Stimme: »Sie reden Unsinn. Es stimmt einfach nicht. Hören Sie auf, mich zu verdächtigen! Oder können Sie Ihre Behauptung beweisen?«

»Nun gut.« Leo erhob sich. »Dann muss eben Ihr Sohn dafür geradestehen. Wir haben einen klaren Beweis dafür, dass er am fraglichen Samstagmorgen im Kirnitzschtal war. Meine Kollegin hat ihn vor einer Stunde wegen des Mordes an Dr. Stefan Schüppel verhaftet.«

»Was?« Heike Weber taumelte an den Türrahmen. »Das dürfen Sie nicht tun! Er war es nicht!«

Leo nickte und fing sie auf. »Ich weiß.«

Montag

»Na, das wird heute eine interessante Beerdigung werden«, sagte Sandra und legte Leo die aktuelle Dresdner Morgenpost auf den Tisch. Sie titelte mit »Schreckliches Familiendrama am Kuhstall«.

Reinhard Richter hatte den Medien noch in der Sonntagnacht gemeinsam mit dem Staatsanwalt das Geständnis von Heike Weber verkündet.

Leo überflog den Artikel. »Der Pfarrer wird es schwer haben, sich Gehör zu verschaffen. Die Segenssprüche für den armen Dr. Schüppel werden wohl niemanden interessieren, angesichts dieser Schlagzeile.«

»Pastor, mein Lieber. Wir sind hier im evangelischen Sachsen«, korrigierte Sandra ihn mit erhobenem Zeigefinger. Sie fühlte sich gut nach diesen Ermittlungen, die sie gemeinsam mit Leo so erfolgreich abgeschlossen hatte. Ihre Garderobe war heute entsprechend farbenfroh in leuchtendem Blau und Weiß. Leo zuckte nur kurz mit den Schultern und wischte den Einwand beiseite.

»Gibt es Nachrichten von Daniel Weber?«, fragte er.

Sandra schüttelte den Kopf: »Ich habe vorhin mit der Klinik telefoniert und erfahren, dass er nach seinem Zusammenbruch vor allem Ruhe braucht. Aber ich habe seine Aussage, dass er von dem Treffen wusste und seiner Mutter beistehen wollte, obwohl sie es ihm nicht verraten hatte. Er hatte es nur zufällig auf einem Kalenderblatt in ihrer Wohnung gelesen. Warum er den Gehstock abgewischt und ins Gebüsch geworfen hat, wird er uns erklären müssen, wenn es ihm wieder besser geht. Hätte er das nicht getan, wäre Schüppels Tod vermutlich als Selbstmord durchgegangen. Ich denke, er wollte damit seine Mutter schützen. Vielleicht hatte er da schon den leisen Verdacht, dass etwas vorgefallen war. Schüppels Spazierstock kannte er ja aus den Besuchen in der Bank.«

Leo sah das genauso. »Er hat bestimmt nicht lange überlegt, sondern versucht, ein Beweismittel verschwinden zu lassen. Als er das Ding in der Hand hatte, wurde es ihm zu heiß und er hat den Stock einfach weggeworfen.«

»So viele Zufälle«, sinnierte Sandra vor sich hin und wippte mit dem Fuß. »Mutter und Sohn können sich nur um ein paar Minuten verfehlt haben. Er ist die Zufahrtstraße zum Gasthaus hochgefahren, seine Mutter ist den Fußweg zum Beuthenfall zurückgelaufen. Wie schrecklich muss es für ihn gewesen sein, als er erfahren hat, dass es kein Selbstmord war. Er muss seine Mutter in Verdacht gehabt haben.«

»Kein Wunder, dass er das am Ende nicht mehr ausgehalten hat«, bestätigte Leo. Er schielte immer wieder auf sein Handy.

»Was ist los?«, fragte ihn Sandra.

»Ich bin ein wenig unruhig, weil Veronika mir letzte Nacht eine SMS geschickt hat, dass sie erst heute früh um vier zu Hause aufbrechen und direkt zur Bank fahren will. Sie ist noch unterwegs. Ich hoffe, sie hat heute Abend gute Laune«, murmelte er.

Sandra hätte ihn gern weiter nach Veronika gefragt, aber bevor sie den Mund aufmachen konnte, klopfte er auf die Papiere auf seinem Schreibtisch: »Wir brauchen noch die Bestätigung der Firma, bei der Heike Weber das Auto gemietet hat«, sagte er.

Er wollte also nicht weiter darüber reden. Sandra akzeptierte es. Die letzten Beweise einzusammeln, das war nun nur noch Routine. Heike Weber würde ihr Geständnis nicht widerrufen.

»Es war ein merkwürdiger Fall«, sinnierte sie und trank einen Schluck Kaffee.

»Ja. Wie wenn man die Büchse der Pandora öffnet und alle ins Verderben reißt«, meinte Leo und legte die Beine hoch.

Da wurde schwungvoll die Tür aufgerissen.

»Was für eine Büchse?«

Sascha drängte sich herein, so übernatürlich gut gelaunt, dass er von beiden angeguckt wurde wie ein Zirkuspferd. Er sah bestens aus, hatte mindestens drei Kilo abgenommen und trug eine neue Hose und ein modisches Karohemd.

»Redet ihr von meiner Dose voll herrlich duftendem Hackepeter?« Er strahlte in die Runde und präsentierte das Behältnis. Sandra grinste ihn an.

Leo dagegen verzog angewidert das Gesicht. »Ich werde nie verstehen, wie ihr dieses rohe Zeugs essen könnt. Das ist ekelig. Und nein, davon reden wir nicht. Wir sprechen von der Büchse der Pandora.«

»Kenne ich nicht. Aber ich habe so viel Energie, ich will was tun. Habt ihr was für mich?«

Sandra sah in Leos Augen und erkannte dort die gleichen Fragezeichen, die auch sie im Kopf hatte. Sascha drängte sich nach Arbeit? Wie lange würde das wohl anhalten?

»Du kannst dich ja um die Schüppel Science GmbH kümmern, da sind uns im Laufe der Ermittlungen ein paar Ungereimtheiten aufgefallen«, sagte sie leichthin.

Aber Sascha schüttelte den Kopf: »Nee, dafür sind wir doch nicht zuständig. Ich will einen richtigen Mord!«

Erleichtert las Leo die kurze Textnachricht, dass Veronika sicher in Dresden und bei ihrer Bank angekommen war. Die Fahrt über fünfhundert Kilometer war eine Anstrengung und es konnte immer etwas passieren. Aber sie hatte es rechtzeitig geschafft. Er war gespannt, was sie heute Abend erzählen würde. Doch so lange musste er gar nicht warten.

Kurz nachdem er die Textnachricht empfangen hatte, klingelte sein Telefon.

»Hallo Vroni. Gut angekommen?«

»Ihr habt tatsächlich Daniel Weber verhaftet?« Veronikas Stimme klang ungläubig.

»Schön, dass du dich meldest, Vroni. Ich hatte mir Sorgen gemacht, als ich las, dass du erst morgens in aller Frühe losfährst«, antwortete er.

»Ich kann nicht glauben, dass Daniel einen unserer Kunden umgebracht haben soll. Bitte erklär mir das!«, forderte sie ihn unmissverständlich auf.

»Hat er auch nicht. Er hatte gestern einen Nervenzusammenbruch und muss sich erst erholen, bevor er wieder arbeiten kann.«

»Oh Gott, der Arme! Hier sind alle völlig aufgelöst, keiner versteht, was vorgefallen ist.«

»Ich freue mich darauf, dich heute Abend zu sehen«, versuchte er es noch mal und schloss die Tür seines Büros, damit niemand das Privatgespräch verfolgen konnte. Er hatte außerdem heute Morgen extra die Wohnung aufgeräumt und sich vorgenommen, früh Schluss zu machen und die nächsten zwei Tage Urlaub zu nehmen. Er wollte Zeit für Veronika haben und sich um sie kümmern. Wenn er sie gleich nach der Arbeit in der Bank abholen würde, könnten sie gemeinsam Ausflüge machen, nette Lokale fürs Abendessen aussuchen und endlich wieder Zeit miteinander verbringen.

»In der Zeitung steht was von Familiendrama, meine Kollegen erzählen sich gegenseitig die wildesten Gerüchte.

Ich kann nicht lange telefonieren, damit sie meine Verbindung zur Kripo nicht mitbekommen.« Veronika klang ein wenig gehetzt. Leo hörte im Hintergrund eine Straßenbahn. Wahrscheinich war sie vor die Tür gegangen, um zu telefonieren.

»Keine Angst, es ist alles aufgeklärt. Daniel Weber ist unschuldig am Tod von Dr. Schüppel«, beruhigte er sie.

»Da bin ich froh. Er ist ein netter Kerl.« Sie machte eine kurze Pause. Er hörte sie auf und ab gehen.

»Freu dich übrigens nicht zu früh! Ich habe mir meine Gedanken gemacht. Die nächsten zwei Monate bleibe ich, aber wenn du dich bis dahin nicht klar entschieden hast, werde ich das tun.«

Das klang in seinen Ohren sehr beunruhigend.

Zur Feier des Tages hatte sich Rigobert Bausewein eine Flasche Rotkäppchen-Sekt geöffnet und prostete sich selbst nun mit dem dritten Glas zu. Gut, dass er der Polizei nichts über seinen Streifzug ins Finanzamt erzählt hatte, das hätte ihn Kopf und Kragen kosten können. Als Helene Petzold erfahren hatte, dass die Mutter des leiblichen Sohnes von Dr. Schüppel seine Mörderin war und der Doktor die Reise keineswegs mit ihr, sondern mit dieser Frau hatte antreten wollen, war ihre Begeisterung für ihren Chef deutlich abgekühlt. Einen undankbaren, wortkargen Klotz hatte sie ihn genannt. Bausewein lächelte in sein Glas. Die Kohlensäure-Perlen kitzelten ihn in der Nase.

Sie hatte ihm versprochen, demnächst eine Wanderung mit ihm zu unternehmen. Mit Helene konnte er sich eine ganze Menge vorstellen. Der Alkohol trieb ein paar pikante Blüten in seiner Fantasie. Vielleicht würde sie sogar ein paar Tage mit ihm verreisen? Es musste ja nicht das Nordkap sein. Möglicherweise würde sie sich auch für den Thüringer Wald begeistern lassen, da wollte er schon lange mal wieder hin.

Ein helles Klingeln drang an sein Ohr. Er hatte so selten Besuch, dass er sich kaum erinnern konnte, wann seine Türglocke zuletzt geläutet hatte. Beschwingt stand er auf und drückte den Türöffner. Durch die offene Wohnungstür hörte er das harte Klackern von hohen Absätzen auf der Treppe. Das konnte nur eine Frau sein. Sofort überkam ihn eine Mischung aus Freude und Furcht. Sollte das etwa Helene Petzold sein? War er korrekt angezogen? Wie sah seine Wohnung aus, hatte er genügend gelüftet?

Als er noch in Gedanken seine Zimmer durchforstete, tauchte ein brauner Lockenkopf auf der Treppe auf. Bausewein rieb sich die Augen. Da stand nach ein paar weiteren Schritten tatsächlich Doreen Hesse, Dr. Schüppels Steuerberaterin und Assistentin, vor seiner Tür.

»Frau Hesse, guten Tag«, stammelte er.

»Herr Bausewein!« Sie lächelte ihn an.

»Wie schön, dass Sie zu Hause sind. Ich würde gern etwas Wichtiges mit Ihnen besprechen.«

Bausewein war so erstaunt, dass er vergaß, sie hereinzubitten.

»Darf ich?«, fragte sie, nachdem er sie eine Weile wie eine Erscheinung angestarrt hatte.

Er bat sie in sein Wohnzimmer, bot ihr ein Glas Sekt an und war bereit, ab sofort an den Weihnachtsmann und an den Osterhasen zu glauben.

»Sie haben auf eigene Faust im Todesfall Dr. Schüppel ermittelt?«, fragte sie unvermittelt.

Bausewein nickte hoheitsvoll.

»Sie schickt der Himmel, Frau Hesse. Ich hätte da ein paar wichtige Fragen an Sie, bevor ich ...«

»Bevor Sie was?«

»... zur Polizei gehe«, hatte er sagen wollen. Aber ihm schwante plötzlich, dass Doreen Hesse genau deshalb bei ihm war.

Sie knipste ihr freundliches Lächeln aus und sagte: »Herr Bausewein, Ihnen ist sicherlich bewusst, dass alle

Steuererklärungen der Schüppel Science GmbH ohne Beanstandung von Ihnen abgenickt wurden?«

Eine kalte Dusche hätte nicht ernüchternder sein können. Bausewein konzentrierte sich und registrierte, wie seine ganze Theorie von der Russenmafia, von der vorbildlichen Schüppel Science GmbH und von der perfekten Buchhaltung wie eines dieser in Fernsehdokumentationen kunstvoll gesprengten Hochhäuser langsam in sich zusammenstürzte. Er fühlte sich plötzlich dumm und klein.

»Wenn Ihnen an Ihrer Pension und Ihrem guten Ruf gelegen ist, sollten Sie lieber die Füße stillhalten.« Doreen Hesses Stimme war nun nicht mehr sanft, sondern hatte einen schneidenden Ton.

»Aber ...!«

»Ansonsten sorge ich dafür, dass Sie mit uns untergehen, Herr Bausewein. Sie haben die Wahl.«

Bausewein spürte sein Herz bis zum Hals schlagen. Diese Frau war gerissen und sie hatte ihn all die Jahre perfekt getäuscht. Ihm wurde plötzlich kalt. Er traute ihr alles zu. Was hatte er zu verlieren? Jede Menge, gerade jetzt, wo er Helene kennengelernt hatte.

Sein Blick streifte die Wand mit den Kriminalromanen. Es war ihm nicht gut bekommen, dass er sich als Ermittler versucht hatte. Er hatte das Steuergeheimnis gebrochen und war mit seiner »Komplizin« in die Schüppel-Villa eingebrochen. Er war eindeutig erpressbar.

»Ich habe es verstanden, Frau Hesse«, sagte er. Seine eigene Stimme kam ihm plötzlich fremd vor.

»Wir sind uns einig?«, fragte sie und lächelte wieder.

Rigobert Bausewein nickte. Doch auch im Moment der völligen Kapitulation konnte er seine Neugier nicht zügeln:

»Wie haben Sie diese Fotos von den Wissenschaftlern gemacht? Das waren doch die Schüler vom Biologie-Leistungskurs in Sebnitz, oder?«

Doreen Hesse winkte ab. Sie erhob sich, um zu gehen.

»Photoshop, mein Lieber. Nichts leichter als das.«

Zum Schluss

Mit diesem Krimi habe ich mich an ein heißes Eisen gewagt: Bergsteigen. Ich kann nicht bergsteigen, ich teile die Höhenangst meines Kommissar Reisinger. Mein Ratgeber in Kletterfragen ist deshalb mein Mann Uwe, der als junger Mann zahlreiche Gipfel der Sächsischen Schweiz erklommen hat. Bei ihm möchte ich mich zuallererst für sein Wissen und die geduldige Erklärung der Abläufe bedanken.

In geografischen Fragen bekomme ich immer schnellstens kompetente Auskunft vom Kartografen Dr. Rolf Böhm, wenn es um den Nationalpark Sächsische Schweiz geht, ist die Nationalparkverwaltung meine Anlaufstelle. Eine wunderbare Quelle für das Bergsteigen in der DDR sind auch Karin und Klaus Lemnitzer sowie Renate Lehmann. Bei medizinischen Problemen wandte ich mich vertrauensvoll an Dr. Gerhard Boecken. Ihnen allen Danke für die Unterstützung!

Ein großes Dankeschön geht an meine Testleserinnen Petra Jacobi, Klaudia Blake und Martina Steenken, die mir durch ihr genaues Lesen und ihre Hinweise sehr geholfen haben, den Text runder zu machen. Die wichtigste Instanz ist allerdings der Lektor. Besonderer Dank gebührt deshalb Enrico Bach, der wieder mit Engelsgeduld meine Fehler ausgemerzt und den Text verbessert hat. Ebenso bedanke ich mich für das Vertrauen, das der Saxo'Phon Verlag, speziell Romy Werner und Constanze Günther, in meine Arbeit setzen.

Thea Lehmann

Auch in dieser Reihe erschienen:

Ein Toter in der Kirnitzschtalbahn. Der erste Fall für den Neu-Dresdner Kriminalkommissar Leo Reisinger – und die Ermittlungen werfen Fragen über Fragen auf, beunruhigenderweise auch zu seinem eigenen Leben ...
ISBN 978-3-943444-47-6

Nachdem auf einer Wiese über dem Kirnitzschtal ein Toter gefunden wird, erlebt Leo Reisinger acht dramatische Tage. Er kommt physisch und psychisch an seine Grenzen: Kann er seinem Schicksal wirklich nur durch einen stockfinsteren Stollen entfliehen?
ISBN 978-3-943444-62-9

Sie war jung und kerngesund. Warum hatte sie sterben müssen? Die Tote von Bad Schandau lässt Reisinger keine Ruhe. Auch dann nicht, als zwei weitere Menschen ihr Leben verlieren. Der Kommissar glaubt, einem Kunstschmuggelring auf den Fersen zu sein ...
ISBN 978-3-943444-66-7

www.editionsz.de